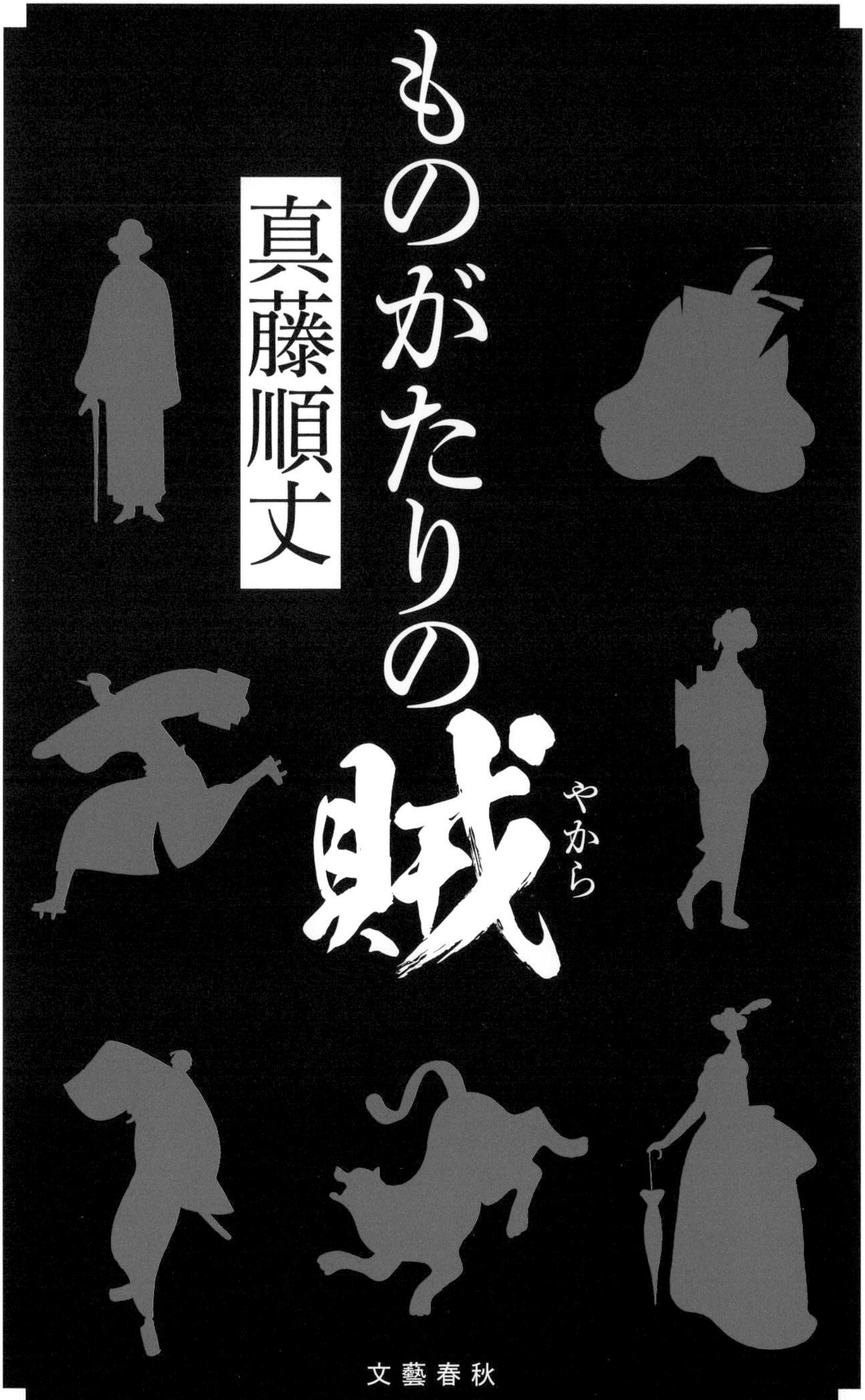

ものがたりの賊《やから》

真藤順丈

文藝春秋

もくじ

装画　いとう瞳
写真　釜谷洋史
装丁　永井　翔

ある寵児《ちょうじ》

一

嵐《あらし》の日に乾布摩擦《かんぷまさつ》をしても得はない。風邪の予防の為《た》めにするのを、諸肌《もろはだ》脱ぎで風と雷にさらされては元も子もない。そんな無暗《むやみ》をしたのも元旦《がんたん》に一念発起、庭先でえっちらおっちら手拭を使っていたところ、四つ目垣《がき》の向《むこ》うから隣の家の親仁《おやじ》が、毎朝の御精励《ごせいれい》とは行かんでしょう、正月の誓いは大抵《たいてい》続かんもんです、と云ったからである。あんまり腹が立ったので、その日から風が吹いても雪が積もっても朝の日課を徹《とお》した。屋根の瓦《かわら》が飛ぶほどの風雨の中でもなぁに死にゃすまいとごしごし乾布を擦《こす》りつけていたら、その日の夜から高熱が出て、三日三晩もこっぴどく魘《うな》される破目《はめ》になった。

鼻たれの頃からこの気性の所為《せい》で、元も子もない、と云う憂目《うきめ》はざらである。洋靴《ブーツ》の底が買って三ケ月もしないで捲《め》くれて、鰐《わに》の口のように爪先も破れて靴足袋《くつたび》がこんにちはしていたので、買った靴屋に繕《つくろ》わせに行ったら、直ぐに駄目になるような拵《こしらえ》ではない、履《は》きぶり歩きぶりが悪いのだと修繕の手間賃を吹っかけられた。戯《たわ》けた靴屋と店先で小突合《こづきあ》いになり、踏ん張ったり足搦《あしがら》をかけたりしていたら靴底がすっぽ抜けて、とうとう裸足《はだし》で家まで帰って来た。

職場では掏摸《すり》の被害が引きも切らず、このまま取り締《しま》れぬなら愈《いよいよ》減俸《げんぽう》だと下達があった時には、朝な夕な鮨詰《すしづ》めの電車に乗りこんで見張りを続け、三週目になって遂《つい》に現場を押さえた。電車から降りていった掏摸の小僧を捕《つら》まえて、細民街の出だというので一銭飯屋で丼飯を食わせながらもう搔《か》っ払《ぱら》いはよせ、そんな齢《とし》から盗みなんて働いてどうすると諭《さと》してやったが、勘定《かんじょう》になって自分の蝦蟇口《がまぐち》が失《う》せているのに気が付いた。捕まえるべく小僧と取っ組合っていたところで袷《あわせ》の袖《そで》から落ちたに違《ちが》いない。この時の代金は、偶《たまたま》行き逢った気前の良い素封家《そほうか》に出してもらって無銭飲食にならずに済んだ。

喧嘩《けんか》の一つや二つぐらい誰でもするが、それで却《かえ》って自分が損をするばかりなのはかなわない。数年ぶりに又《また》独り暮しになってからは余計に堪《こら》え性がなくなった。このところは持ちつけない庖《ほう》丁《ちょう》を持つのが億劫《おっくう》で、外で食事を済ませてばかりで、飲みつけない酒を飲んでは公園で寐《ね》たりしているのだから始末に負えない。どうにも艫綱《ともづな》の切れた舟になったようで、鼻先をくすんと孤独が翳《かす》める夜には、おれも好《よ》い齢だ、所帯を持つのも悪くないかと妻の当てを思案しているのだから随分《ずいぶん》な気の弱りだ。とはいえ縁談を運んでくる親類はないし、毎日顔を合せるのが機械油に塗《まみ》れた職工や技手の男たちでは職場結婚を望むべくもない。

そもそも男女の縁というものは、雁首《がんくび》をせっかちに突きさらして、縁はないか、縁はないか、そこに落ちているのは縁じゃ御座《ござ》いませんか、と物乞《ものご》いのように探し歩くものではあるまい。それこそ午食《ひるしょく》を届けに来た同僚の女姉妹と見初《みそ》め合うとか、停車場でくらっと倒れた令嬢を偶《たまたま》介抱するとか、そうした日常の中にあるものこそが真《まこと》の宿縁である筈《はず》だ。おれはさもしくなりたくない。天然自然の縁のめぐりを待ちたいものである——云々《うんぬん》と漫《みだ》りな思案を縦《ほしいまま》にした翌朝には、何だか却ってみっともないような心持ちになって、「一、二、三」と声を上げて我無洒落《がむしやら》な乾布摩擦に精を出すのだった。

腑《ふ》抜《ぬ》けていてもおれは徒食者ではない。家は千駄木《せんだぎ》にあるが、朝の定刻通りに数寄屋橋《すきやばし》の鉄道会社に出勤して、電車の保守点検をしたり、職工を軌道の修理にやらせたり、運転手からの業務連絡を帖面《ちょうめん》にまとめたりして一日の最後の電車が戻るまで働いている。おれは物理学校の卒業だが、工業を学んだわけではないので、電気系統の原理などは分かってもモーターの構造などの実用に足る知識は授かっていない。入社してから勉強もしたが、技術者の腕を嘱望《しょくぼう》されて職に就《つ》いた連中《れんじゅう》にはかなわない。それで平常は会社に詰めて、上役というのではないが下端《したっぱ》でもない現場の監督役に甘んじていた。

だから聊《いささ》かばかりの羨望《せんぼう》も覚えていた。喩《たと》えば坂本《さかもと》と云って、炭《た》どんのように色黒でごつごつした痘痕面《あばたづら》の運転手兼修理工がいる。職人気質《かたぎ》が強すぎて、専門分野になると威張《いば》るのでおれは好かなかったが、この男なんぞは電車の一台一台を我が子のように可愛《かあい》がっていて、電車の顔に当たる前面部に一目を遣《や》るだけで、一形四九九はどこそこに不調があるとか、一〇一一形はなぜ虫の居所が悪いかとか、それらが覿面《てきめん》に分かると云うので「辻占《つじうら》でもあるまいし、中身も検《あらた》めないでそんな事が分かってたまるか」とおれが云うと、妙な顔をしてから「分かるのだから仕方ない」と答える。「だったらおれの目の前で悪いところを開けてみろ」と煽《あお》ると「云われんでも開ける」と返して、手際よく構造部を開いてそこに故障や不具合を見出してしまう。おれは大《おお》いに感心していたが、監督役の面子《めんつ》もあるのでずっと賞《ほ》めるのは見合わせていた。

坂本はそんな男なので、電車の事故があればいの一号に飛んで行く。猫を轢《ひ》けば敷石や軌道でぺしゃんこになった死骸《しがい》を引き剝《は》がして手厚く埋葬していた。人身事故でも起ころうものなら大変だ。運転をしていたわけでもないのに、不肖の倅《せがれ》がしでかした罪を詫びてまわる父親のように足労を惜しまない。三月に件《くだん》の電車焼き討ちがあった時なんて見るに堪《たえ》なかった。燃え尽きた車輛《しゃりょう》が路上に打ち棄《す》てられているのを凝《じっ》と見つめて、それから暫《しば》らくは電車の喪《も》に服すように塞《ふさ》ぎの気味だった。食事も喉を通らないのか、憔悴《しょうすい》して、炭《た》どんが黒焦げの竹輪《ちくわ》のように瘠《や》せさらばえてしまった。

天下国家に不満があるからと云って、電車を燃《も》していい法があるものか。頗《すこぶ》る野蛮でみみっちい振舞《ふるまい》だ。そんな卑怯《ひきょう》な真似がどこの国に流行《はや》ると思っているんだ。技手や職工がどれほどの点検や修理を重ねて電車を走らせているかを考えろ。燃すなら電車ではなくて値上げを謀《たばか》った会社の社屋か、値上げを認めた府知事や警視総監の邸《やしき》を燃すがいい。恐ろしくてそんな事は出来ないと臆病風を吹かすなら、てんでしないほうがいい。おとなしく引き退がって毛布《ケット》を被って寝てしまえ。喧嘩と云うのは雑兵《ぞうひょう》とではなくて、横綱や大関並《なみ》の相撲取りとこそやるものだ。

坂本とつるむようになったのは、三月の焼き討ち事件から大分経ったころだ。おれは二月に共に暮らした女の焼骨《しょうこつ》を拾《ひら》い、坂本は我が子に等しい電車を燃やされた。だからと云うわけでもないが、独りの家に帰ってもつまらないし、坂本もおれの誘いは断わらなかった。

数寄屋橋から連れだって歩いて、灯《あかり》を落《おと》した勧工場《デパート》や第八十四銀行を通り過ぎる。国旗を飾った五層楼、烟草店《たばこ》、半衿店《はんえり》、絣店《かすり》、時計店といずれも高品質を誇る専門店が並んでいるが、そこかしこの壁や瓦斯燈《ガスとう》には値上げ反対のビラが貼られ、アナキストが砲兵工廠《こうしょう》で爆裂弾を作っているぞ、と流言《デマ》の怪文書が風にそよいでいる。熟々《つくづく》東京も物騒になったな、開化の荒波がひとえに火種を撒《ま》いているのだ、と話しながらおれたちは恵比寿麦酒《えびすビール》直営のビアホールに這入《はい》る。半リットルのジョッキとつまみを注文すると、大抵《たいてい》はおればかりが喋舌《しゃべ》った。変にくさくさしていても仕様がないから、昔のしくじりやいたずら、月日が過ぎたからこそ話せる笑い話を披露《ひろう》して、「君は座談の名手だな」と坂本の好評を買った。こんな話でいいならおれは露店で売れるほど持ち合わせている。

坂本は変わった男で、今日は話を聞く日、今日は話をする日と分けているような節があった。聞く日はたえず相槌《あいづち》も小気味よく聞き役に徹し、話す日でもおれのように手前味噌《てまえみそ》の味噌漬けを食わせる無粋《ぶすい》はしない。訥々《とつとつ》と語ったところでは、自分は東京から出たことがなく世間を知らない、ずっと電車の勉強ばかりをしてきたので、モーターの構造やブリル二一形マキシマムトラクションが世界の全てだった。それでは見識が狭いので、この頃は私塾のようなところで語学も学んでいるらしい。多言語を使いこなせれば異国の客に乗り換えの手順を教えてやれるからと云うのだ。おれなどは専門職に引け目があるから、なまじな小器用よりも唯《ただ》一つの事に精通する方が余《よ》っ程《ぽど》上等だと思うのに、坂本はそんな自分を恥《は》じて、仕事旁《かたがた》学問にも励んでいると云うのだから恐れ入った。このところは漸《よう》う元気になって、活力も戻りつつあると感じていた矢先、その坂本が、会社のお偉《えら》いさんに無暗《むやみ》な要求を吹っかけられたのだった。

「合併したばかりの三社の親睦《しんぼく》で、内務省や警察の要人もお出《い》でになるらしい。うちの社長は座興好きだからな、一遍《いっぺん》云いだしたら引っ込めない。あんな騒動があったから、現場の忠誠心も量りたいのかも知れない」

坂本はそう云うと、頤《おとがい》を突き出してジョッキを干した。おれは巻烟草《まきたばこ》に火を点けながら、

「親睦と云ったって、何だって運転手が幇間《ほうかん》の真似をしなくちゃならんのだ」

「宴会を盛り上げるのも社員の務めだと云うのさ」

「座敷芸なら、舞《まい》なり謡《うたい》なり芸妓《げいぎ》にさせておけ」

「君は知らんだろうが、一寸《ちょっと》前に余興を断《ことわ》った技手が閑職《かんしょく》に追われたことがある」

「馬鹿ぁ云え、そんな道理を知らない鉄道会社があるものか」

「これは命令だよ、おれたちには社命がすべてだ」

そう云って坂本は麦酒《ビール》をもう一杯注文する。おれは烟《けむり》を鼻から抜いた。熟々《つくづく》人の最大の欠点は腹が減ることだ。霞《かすみ》を食って生きられやしまいし、生身の人は毎日の糧を確保しなくては始まらない。定刻通りに家と会社を往き来して、朝寝や朝風呂は望めない。好きに休暇をもらって寄席《よせ》や芝居見物をする太平楽は許されない。勤め先にどれだけ好物《かんぶつ》が揃っていても、四方八方のべつ幕なしに平突張《へえつくば》って、初めてお銭《あし》にありつく資格が得られるのだ。

「精々《せいぜい》笑われてくる積《つも》りだが、困っているのはおれが芸のない男と云うことでね」坂本は溜息を吐くと馬鹿におれを見入って、「何をやったらいいか、君、一寸《ちょっと》知恵を貸してくれないか」

おれも今より若い時分には、理窟に外れた出鱈目《でたらめ》を強いられて我慢がなるものか、どんな仕事

でもいざとなれば辞表を擲《たた》きつけてやったらいいと考えていたが、御陰《おかげ》でもう腹一杯になるほど元も子もない目にさらされて来たのだし、ある人の臨終《いまわ》の遺言もあった。こう云われたのだ。御《ご》活潑《かっぱつ》なのは結構ですが、双六《すごろく》のように職を転々とする人生に上《あが》りはありません、最後は物乞いですよと云われて、それは困るな、と肝の冷えたおれは周旋《しゅうせん》されたこの仕事を余っ程でないかぎり辞さないと墓前に誓っていたのだ。

遣る方なし、と云う坂本の心持ちはよくわかった。芸の演目なんて何でも構いやしないだろうと思うが、唄も踊りも嗜《たしな》みがなくてと悩んでいる同輩に加勢を頼まれて、鼻であしらうのは不人情な屁垂《へたれ》のすることだった。

二

隅田《すみだ》川に架かる三連トラスの鉄橋を、電車がゆっくりゆっくりと軌道を鳴らして通過する。下町はさすがに着物姿の通行人が多かったが、中折帽《なかおれぼう》の紳士や蛮カラ学生、ハイカラな小紋《こもん》と袴《はかま》洋靴《ブーツ》の女学生、鳥打帽《ハンチング》を被った鳶頭《とびがしら》の姿もあった。ぼんぼりを灯した屋形船や荷足舟《にたりぶね》が、昏《く》れなずむ川面をゆるやかに行き交っている。

浅草《あさくさ》から少し離れた柳橋《やなぎばし》の料理屋で親睦会は行われた。大きな石灯籠《いしどうろう》と五葉松《ごようまつ》を門口に見上げる大楼《だいろう》だ。唐紙《からかみ》障子の戸を開ければ、緋毛氈《ひもうせん》を敷いた座敷に人数が揃っていた。奥の上座には三社の社長や副社長、専務、警察や内務省からの客人も座を列《つら》ねている。酒や料理がそこへ運ばれてくる。吸物椀《すいものわん》に八寸《はっすん》、硯蓋《すずりぶた》、銚子《ちょうし》と並んで、琥珀玉子《こはくたまご》にとこぶし、しおぜんまい、天麩羅《てんぷら》、鮪《まぐろ》の刺し身と揃ったところで幹事が立って開会の辞を述べた。そこからは続けざまの挨拶でなかなか酒肴《しゅこう》に口をつけられない。社長も賓客《ひんきゃく》もこぞって鉄道会社が置かれた苦境について演舌をふるったが、鯱張《しゃっちょこば》った面《つら》つきをしたところでこれから宴会で酒を呑んで遊ぼう、と云うのだから締まりが悪い。皆は真面目に謹聴《きんちょう》していたが、おれなぞはさっさと足を崩して胡座《あぐら》をかいてしまった。

通り一遍《いっぺん》の式辞が終わると、燗徳利《かんどくり》が盛んに行き来し始める。おおどかに飲みねえ食いねえの声が賑《にぎ》やかになって、皆が座席をめぐって献酬《けんしゅう》を交わした。芸者が来てからは一層陽気になって、あっちでは三味線《しゃみせん》を弾《ひ》いてチントンシャン、こっちでは徳利をふって酒の追加をせがんでいる。そのうち上座の方から、おい、そろそろやれと声がして、隠し芸の御披露目《おひろめ》とあいなった。乱痴気《らんちき》騒ぎの群《むれ》に加わるのは御免《ごめん》を蒙《こうむ》りたかったが、助太刀《すけだち》をすると請け合ったのだから尻尾《しっぽ》は巻けない。一番手、二番手と片付いて、すぐに坂本の順番がめぐってきた。

おれたちは二人羽織《ににんばおり》をやった。この芸を一向知らぬ者はあるまい。一人は顔を出して両手を引き込める。もう一人がその背後に隠れるようにして蹲《うずくま》り、顔を出さずに両手を出す。そうして大きな羽織を着れば二人が一人のように見える案配《あんばい》だ。顔を出しているのを甲、両手を出しているのを乙とすると、甲が弁舌をふるい、乙がそれに仰山《ぎょうさん》な動きを附足《つけた》して、甲の口に乙が料理を運んだりする。喩えば坂本がこんな風な口上を披瀝《ひれき》したとする。

「えー、私はここにいる同輩たちと力を合わせ、東京の動脈である電車の運転にこの身を捧げる所存であります。雨が降ろうが、槍《やり》が降ろうが、おでこを蚊《か》が刺そうが、値上げの反対運動家にぽかりとやられようが、ねじり鉢巻《はちまき》でも何でもして、一日《いちじつ》たりとも運行の遅れを出さぬように不《ふ》退転《たいてん》の覚悟を以《もっ》て……」

おれはその科白《せりふ》に合わせて動作を行う。言葉と手ぶりはてんでんばらばらになる。張り切りすぎたおれは坂本に手を噛まれた。甲と乙の選手交代をしてから、仕返しに噛んでやろうと獅子舞のように歯を鳴らしていたら、勢いあまって自分の舌を噛んだ。

おれたちの二人羽織は大《おお》いに当たりを取った。演舌がお気に召したらしい社長たちに坂本が御酌《おしゃく》をさせられているのを見て、こっちまで呼ばれては堪らないとおれは座敷を逃げ出し、敷島《しきしま》を喫《す》いながら料亭の庭を眺めた。けやきや松、楓《かえで》、桜が植わっていて、池には朱色の太鼓橋が架けられ、渡りの曲廊《きょくろう》がめぐらされている。他の座敷からも賑やかな声が聞こえていた。西の空には上弦の月が浮かんでいて、庭の景観に贅沢《ぜいたく》な趣《おもむき》を添えていた。

するとそこで、庭を挟んだ向《むか》いの障子戸が開いて、洋杖《ステツキ》を突いた年寄が出てきた。端《は》歌《うた》や幇間芸には当方、露《つゆ》ほどの興味も御座いませんと云った静粛さで、酒席で乱れたところがない。今の今までそこで密議を凝《こら》していたかのような風情だった。

おれはその白髯《はくぜん》の老人を、何処《どこ》かで見たことがあるような気がした。知り合いの御隠居かしらんと見ていると、眼と眼が合った。すると老人は厠《かわや》に向かうでもなく、能の役者のように足音も立てずに椽側《えんがわ》を回ってきて、

「らるの、えすたすべら」

おれに異郷の呪文のような言葉を投げかけた。

爺さん、何て云ったんだ?

英語だろうか。おれに唐人の言葉を翻訳する頭はないから、麩《ふ》を呑みそこねた鯉《こい》のように口をぱくぱくさせるばかりで返答に塞《つま》っていると、ぼうなん、べすぺえろん、みあのもえすたすさぬきのみやつこと続けた。石鹸水《せっけんすい》でのろくさい泡玉《シャボン》を作るような奇妙な言葉だった。

おれのような江戸っ子を捕《つら》まえて、ぼうなんべすぺえろんとはよく云ったものだ。この爺さん、頭の中に大鋸屑《おがくず》が詰まっているのでなければ相当に目を悪くしている。こっちは辛抱《しんぼう》が利かない性《たち》だから、耻《はじ》をかかされているような心持ちになって「おれは日本人だよ」とぶっきら棒に答えると、烟草を指で弾いて庭先に捨てた。

爺さんは、はてなと小首を傾げている。眼差しは斜め上に注がれて、彼岸《ひがん》と此岸《しがん》の間で迷子になったような風情だった。銘仙《めいせん》の着物に巻いた帯の上辺から金鎖をぶらつかせ、季節外れの二重外套《インバネス》をまとって汗の一滴も泛《うか》べていない。瀟洒《しょうしゃ》な身形《みなり》ではあるが眼窩《がんか》は落ち窪《くぼ》み、両の頬は削《そ》げ、ありたけの肉を小鳥の嘴《くちばし》に掃除させたように瘠《や》せている。御大尽《おだいじん》がそのまますれこうべになったような爺だ。乃木《のぎ》大将に妖気をまぶせばこんな案配《あんばい》に仕上がるんじゃないか。隠居した名将元帥《げんすい》の類《たぐ》いか、正三位《しょうさんみ》の華族か、端渓《たんけい》の硯《すずり》や懸物《かけもの》を売り買いする骨董《こっとう》屋の店主のようでもあって正体を攫《つか》みかねた。

「御隠居、そいつぁ何処の国の言葉ですか。あんたとは以前に逢ったことがあるような気がするんですけどね」

おれは二言三言を吐きながら爺さんを観察していて、そこで漸《ようや》く思い当たった。「掏摸の小供に飯を食わせた時じゃあないか」と口に出して云った。「あの時の勘定を持ってくれた人じゃないですか」と云っても爺さんは直ぐに要領を得ない。あれこれと委細を説くと、急に得心がいった面差しで「ああ、そんな事もありましたな」と思い出した。

「あの時は、掏摸の子に道理を説くあなたに感服仕《つかまつ》った次第で、随分とその口ぶりが堂に入っているので、あるいは教職の方ではないかと思わされたほどでした。差し出がましいとは知りながらも肩代わりさせてもらった。それにしても又逢うとは奇縁ですな」

最前のシャボン玉言葉は引っ込んでいた。この爺さんは惚《ほう》けてなぞいない。至って流麗で淀《よど》みのない日本語を使っている。再会したなら借りは返さなくてはならない。厚意に甘んじたままでは寝覚めが悪い。ところが爺さんは、それには及びません、と金を受け取ろうとしない。然《しか》しそれではこちらの名折れだ。受け取れ、要らぬと二人で押問答《おしもんどう》をしていたところへ、爺さんの連れとおぼしき別の男が馳《か》けてきた。

「何をなさっているのですか、翁《おきな》、勝手に見知らぬ者と接触なさっては困ります」

連れの男は厠に行っていたようだ。手指をハンケチで拭っている。縦に畝《うね》のある背広姿でネクタイを締めている。櫛《くし》の通った髪には光沢《つや》があり、唇の上に髭を載せ、大きくて藪睨《やぶにら》みの気味がある眼をぎょろぎょろと向けてくる。さかしらな智慧《ちえ》はありそうだが、この男はおれよりも年若じゃないのか。学士然としてハイカラな、虫の好かない手合いだった。見目で人は判断できないが、こういう手合いほど優しい声で論法をもてあそび、巧妙な弁舌で人を貶《おとし》めたりするのだ。

「翁《おきな》、この男は何者ですか」と爺さんに問う。見ず知らずの他人を捕《つら》まえてこの男とはなんだ、貴様のほうこそ何者だと糾問《きゅうもん》してやりたくなった。「座敷にいてください。為すべきことは私が為すと申し上げたはずです」

「御名前は存じ上げぬが、今日で逢うのは二度目でしてなあ」

「もしかして誰かと勘違いしているのではないですか」

「然し、さっき二人で確認したではないか」

「この男ではありません」

学士風の男と爺さんは、おれから離れて小声で何か話し始めた。二人の視線の先をたどると、うちの座敷の障子に穴が開いている。指を湿して空けたような小供の悪戯《いたずら》じみたものだ。こちらの集まりを窃視《せっし》していたのか。二人の話はよく聞こえない。一寸《ちょっと》だけ近づいてみたが、例のシャボン玉言葉の間に日本語が聞こえても、途切れ途切れでどうも要領を得ない。「ええ、それはどうだか……」「市民大会が……」「こちらで話をつけてあるので……」

間が抜けた二人だった。密談の続きを廊下でする者があるか。おれの眼差しに気がついても爺さんの方は、ああどうも、と云うように目礼を返してくるのだから呑気なのか無頓着なのかわからない。とはいえ話している中身は何やら険呑《けんのん》だった。

「地位のある人物から……」「君はあれが初陣だったでしょう」「青写真は慎重に描かねばなりません……」「無論、革命の潮流と云うわけですな……」

切れ切れの片言《へんげん》ではあったが、革命や市民大会と云った言葉から察するに、ははん読めた、この学士様は今般《こんぱん》流行《はやり》の無政府主義《アナキズム》の運動家に違いない。さしずめ爺さんのほうは活動資金を供する後援者《パトロン》と云ったところか。読めてきたぞ、うちの会社がこの店で会合を催すと聞きつけて偵察に来たか。夜風が少し冷えてきて、頭上に浮かぶ月にもやのような雲が被さったと思ったら、直ぐにその全貌を隠して、薄い紗幕を掛けたように辺りが暗くなった。どこかで夜の鴉《からす》が鳴いていた。

事の経緯はこう云うものだ。おれの働く鉄道会社ではその開業から、全線三銭の均一運賃制を採用して来た。然しこの運賃制度は計算に誤りがあって、頓馬《とんま》なことに三銭で採算を取るのは不可能なことが後々になってわかった。そこで同業二社と結託して、お役所や国会や府議会にせっせと根回しを進め、三社共同で五銭均一に値上げする方針を発表した。これに猛烈に反対したのが東京市民だ。ただでさえ日露戦争の講和によって世情は擾《みだ》れ、国債の発行によって生活が苦しくなっているところに来て、三銭をいきなり五銭、およそ一・六倍の値上げをしようとは何たる暴挙かと鬨《とき》の声がつらなった。

かくして去る三月、市民大会のあとで参加者の一部が暴れだした。数寄屋橋の社屋に押し寄せ、罵倒や礫《さざれ》を飛ばし、騎馬警官隊が出動するほどの騒ぎになって、遂には外濠《そとぼり》や日比谷などで車輛に石油が浴びせられ、電車の焼き討ち事件が起こってしまったのである。

値上げの申請が取り下げられたところで一旦反対運動は鎮まったが、すると今度は三社が合併し、全線三銭で他社線に乗り換え時にさらに三銭と云う運賃体制だったところを運賃四銭均一とすることで折り合おうとした。然し東京市民はこれも容《い》れない。五銭だろうが四銭だろうがとにかく値上げなど許さん！　と云うわけで二《ふた》たび運動は活潑になって、九月に又ぞろ値上げ反対の市民大会が催される予定になっていた。

三月の騒擾《そうじょう》の折、群衆を使嗾《しそう》して直接行動を煽り、市庁舎の襲撃や電車の焼き討ちの旗振り役となった無政府主義者《アナキスト》たちがいたと云う。主要な者はいずれも兇徒聚衆罪《きょうとしゅうしゅうざい》で逮捕されたが、わずか数ケ月で保釈になったと聞いている。次の大会でも騒動が出来《しゅったい》するのは間違いないと云われていて、一層計略《はかりごと》を密にしたアナキストたちが会社や政府をきりきり舞《まい》させんと目論《もくろ》んでいるに違いなかった。

国家や政府を害あるものと見なし、権威の打倒を図るのが無政府主義者だ。翁と学士風情はその斥候《せっこう》で、ここへは敵状視察に来ているのだ。これは愈《いよいよ》退っ引《ぴ》きならないと思っていたところで、翁がおれの方へ寄ってきて繁々《しげしげ》と視線を凝《こら》してくる。連れの男の制止も聞かず、食い入るように見つめるのでおれは気味が悪くなった。どことなく妖物《ようぶつ》に魅入《みい》られた心地がして、魂を素手で撫《な》でられるようなこそばゆい蹌踉《よろめ》きを覚えた。

「あなたの御意見を伺いたいですな」と翁は云った。「今般の値上げについて、どのような見解をお持ちかな」

おれは身構えながらも、退くに退けないような心持ちになって思うところを単簡に述べた。値上げをするのなら、する前よりも電車利用が快適になっていなくてはなるまい。即《すなわ》ち座席の座り心地が良くなるとか、電車が速くなるとか、事故が減るように設備が増強されるとか、車輛の見映えがよくなって乗っているとモダンな気分になるとか。ところが会社はそうした努力を惜しんで切符代ばかりを上げたがる。これでは市民が憤《いきどお》るのも無理はないと云うと、至極《しごく》ごもっとも、もっと云えば値上げをしたところであなたたち技手や職工の俸給が上がるでもない。挙句《あげく》に社長以下はこうして大店《おおだな》や遊郭《ゆうかく》に入り浸り、売れっ妓《こ》を落籍《ひか》し、あなた方の時間手当から幾らか抜いている者すらある。懐が温《ぬく》まるのは一部の上級社員だけですと翁が云うものだから、おれまでだんだん腹が立ってきた。

「この現世において尋常な生活者が、食い扶持《ぶち》にすがらざるを得ないのは必定。然しながら我々は、最後には銭金や理窟で生きてはいけない。近代の思想も高邁《こうまい》な理想もとどのつまりは付け焼刃に過ぎません。なかんずく我々はいざという時に発起して、正しき事、善き事、美しき事、この世のあらゆる真・善・美を守るために働けるかどうかで真価が問われる。あなたもそうは思われませんか」

おれはせっかちな性分だから、年寄の説教なんてものは五円やるから傾聴しろと云われても断るが、この時ばかりは腹の底を見透かされたような、昨今の自問自答を具《つぶさ》になぞられているような心情になって、知らず知らずのうちに翁の言葉に耳を傾けていた。

「ここで逢ったのも縁かも知れぬ、どうです、我々と参りませんか」

「あなたと？　それはどういう意味です、何処に行こうってんですか」

「外《ほか》にも仲間が居《お》ります。私たちの結社の、勉強会に先《ま》ずは顔を見せてくれるだけでも宜《よろ》しい」

「アナキストの集まりですか」

「ああ、まあ、そっちもありますが」

「翁、節操もなく勧誘などされては困ります」

学士風の男がすかさず窘《たしな》めたが、翁は飄々《ひょうひょう》として意に介するでもない。

「大局に鑑《かんが》みれば、此度《こたび》の騒ぎも瑣末《さまつ》な世の泡《あぶく》。警備対策を調べ上げるのよりも肝要な、天の配剤というものがあって……」

既《すんで》のところでおれは、翁の言葉を聞き逃さなかった。

「さてはおれを抱き込んで、間者《かんじゃ》の真似事をさせようと云うんだな。見損《みそくな》ってもらっちゃ困る。社長や重役たちがどれだけ下種《げす》の親方でも、犬っころのように大事の報知《しらせ》を奸賊《かんぞく》に咥《くわ》えていくほど落ちぶれちゃあいない」

それまで茫《ぼう》然としていたが、我に返っておれは勧誘を退《しりぞ》けた。奸賊と呼ばれても誘いを突っぱねられても、翁は痛くも痒《かゆ》くもない様子で、左様《さよう》か、では戻るとしましょう、と連れの男とともに廊下を歩き去っていく。あっさり退いたなと拍子抜けしていると、おもむろに振り反《かえ》った翁が、

「あなたとは何処かで又逢うことになるでしょう」と前途を見透かすような事を云う。食えない爺さんだ、どうにも調子を狂わされて仕様がなかった。

「あんた方は、一体何をする積《つも》りです」とおれは云った。

「それはね……何をするんでしたっけ」翁は惚《とぼ》けて傍の男に訊いた。

「事と次第によっちゃあ、おれは無視できる立場じゃありませんよ」

「なんのなんの、私はいつでも世の動きを見つめるだけ。こんな老骨に何ができましょう」

「だったらどうしておれに構うんです。おれの目には、爺さん、あんたこそが計略《はかりごと》をしているよ

うにしか見えないが」

「どうして構うか、それはね――」

翁は笑った。月夜にはお誂《あつら》え向きの表情だったかもしれない、蜻蛉《かげろう》の羽根のように向《むこ》うの風景を透かしそうな、この世のものではないような莞爾《かんじ》とした笑みだった。

「好きなんですな。あなたみたいに、竹を割ったような気性の御仁が」と云い残すと、椽側《えんがわ》をたどって元の座敷に戻っていった。おれはと云うと、直ぐに宴会に戻るような心持ちになれなかった。夜空には上弦の月が浮かんでいた。

肩代わりしてもらった飯代は、結局、返却しそびれてしまった。

三

おれは自宅の畳に寐《ね》そべってうんと考えた。宴席の外で怪《あや》しい爺さんと話してから、会社の上の連中が不埒《ふらち》に思えて仕方がなくなった。何だか腰のあたりがむず痒くて落ち着かない。ぼやぼやしているうちに、数日後にまで市民大会は近づいてきていた。

あの爺さんは、石を穿《うが》つ雨垂れのような言葉で、おれの頭の中に反体制の思想を浸み込ませたんじゃあるまいか。アナキストなんてきっと刺戟《しげき》さえ手に入れば何でもいいんだろう、そんな奴らの跳梁《ちょうりょう》に与《くみ》する積りはない。もう二度と職を辞さないと誓ったのだし、無軌道に動きまわって自分だけが損を見るような顚末は懲《こ》り懲《ご》りだ。社長たちも碌《ろく》なものではないが、裏へ廻って策動するような手合いも信用ならない。宴会の席にまで穿鑿《せんさく》を向けてきたぐらいだから、外《ほか》にも至るところに調べの手を入れているのは間違いなかった。

このまま静観しているに若《し》くはないのか、それとも何かするべきか。どうにも判断をしかねている自分に嫌気が差してきた。おれはよく親から物事の一番肝心なところを見誤ると小言を言われていたが、成程《なるほど》その通りかもしれない。思い煩《わずら》っていたところで会社の朝礼で申し渡しがあった。――二日後に予定されている市民大会の当日であるが、警察や内務省とも連携を強めて、厳重な警備を敷いた上で通常通りに全線を運行する。有事の際には全線を車庫に戻す事とする。各人は心して業務に当たるように。以上。

万難を排して運休にすればよいものを、一日分の儲けを惜しんだと見える。車庫に出向くと坂本が項垂《うなだ》れていた。頭の裏から悪夢が落っこちて胃の腑《ふ》で凭《もた》れているような面持ちだった。坂本にしてみれば、我が子たちを安全な車庫に引き籠《こも》らせていたかっただろう。三月の擾乱のような光景は二度と拝みたくあるまい。電車が焼かれることを金銭の損害以上のものに捉える現場の人間は、何もこの男だけではないとおれは考えた。

「運休にならなかったな」おれから声をかけた。「君はどう思う、無事に済むと思うか」

「嫌な予感がするんだよ」坂本は首をもたげておれを見返した。「この前よりもっと悪い事が起こる、そんな気がしてならない」

「今からでも運休を談判するか」

「疾《と》うに社長には掛け合った。新聞社や市議会にも話を持ち込んだ。だけど電車は市民の大事な足だから休ませる訳に行かないって。どうする事もできなかった」
「現場に出たら焼かれるかもしれないなんて、そんな電車がどこの国にあるんだ。君たち運転手だって危険にさらされるのに」
「あとは当日に懸けるしかない。おれは日比谷公園に行ってみる積りだ。そこで暴動を煽るような動きがあったら、その場で説得するか、体を張ってでも阻止するしかない」
「よし、おれも加勢する。めいめい仕事を抜けて日比谷公園で落ち合おう」

その日の仕事を終えてから、おれは菩提寺《ぼだいじ》に足を向けた。寺の鐘が鳴り、一陣の風が吹き起こる。晩年を共に暮らしたその女《ひと》は、境内《けいだい》の一隅《いちぐう》の、四面四角の墓石の下に納まっている。そう云えばこっちにも金を借りっぱなしだ。熟々《つくづく》金と云うものは、返せる相手が居るうちに返しておかなくちゃならない。機会を逸すれば、こうして事有るごとに思い出して、返却しそびれた悔しさに悶える破目になるのだから。

好物ばかりを食わせてくれた。忘れられない言葉をくれた。教育も身分もないが気立てのよい善人で、おれにとっては日本中を探しても二人といない、頗る《すこぶる》尊い《たつと》人だった。電車に乗せて東京めぐりをさせたかった。各地の景勝にも連れていきたかった。この尊い人が傍《かたわら》にいないと、おれはどうにも八方破れが過ぎてしまう。本来のおれではなくなっていくような懼《おそ》れや不安にさらされることも屢々《しばしば》だった。

「そっちの暮らしはどうだい、こっちは何かと険呑でなあ……」

おれの頭はからきし整頓《せいとん》が下手だが、ここに来るといつでも言葉が澱《よど》まずに溢《あふ》れ出した。だから洋袴《ズボン》が汚れるのも構わずに墓前で寝転がって、肱枕《ひじまくら》をして、このところの思い煩いを詳々《つばらつばら》に言葉にしていった。世の中は物騒になるばかりで、奸物俗物がどこでも大安売りになっている事。そんな中でも珍しく好漢の坂本と云う友達が出来て、宴会で二人羽織をしたのが思いの外《ほか》愉快だった事。同じ日に正体の知れない翁に出逢い、ここぞという時に尊い振舞ができるのかと問われた事。今のおれには無理な相談なのかもしれない。生きていると人の営みはとかく面倒で、齢《よわい》を重ねるにつれて憂世は住みにくくなっていくようで——

あっと声が出た。

不意に、脳裡《のうり》に閃《ひらめ》いた思いつきがあった。

本来無縁のものが結びつき、髪が逆立つ感覚があった。

「いや、おかしい」おれは墓前でむっくりと体を起こした。「そんなのはおかしい。そんな話が通ってたまるものか」

独りでぶつぶつと呟きながら墓所をあとにして、なんだっけ、なんと云ったんだっけ、と繰り返しながら足の向く方角を歩き散らした。この期《ご》に及んで智慧《ちえ》が回らないのがもどかしい。持て余したおれは、道すがら幾人《いくたり》かに声をかけた。学識の高そうな者を選び、大学の教授だという紳士に勧めてもらって上野の図書館にも足を向けた。司書に手を借りて書籍を当たっていき、漸《ようや》く探していたものに行き当たった。然《しか》しここで気付いていなかったことに気付いたところでどうしたらいいものやら。頭上を仰いだおれは、武者震《むしやぶるえ》とも臆病風《おくびようかぜ》の吹きつけともつかぬ身震《みぶるい》にさらされていた。

矢張《やは》りそれは日本語ではなかった。海の向《むこ》うで生まれた言語でありながら、然しどの国家にも属さない言語だった。らるの、えすたすべら。

あの夜偶《たまさか》出逢ったその人は、「月がきれいですね」と云ったのだ——

四

天鵞絨《ビロード》のような夕暮れが、街並を黄昏《たそがれ》の色に染めていく。乾いた砂煙が火の粉《こ》のように市民の足元を包んだ。濃密な橙《だいだい》色の空の底は火照《ほて》っていて、視界に入って来る風景はそのいずれも混乱の予感に焦げていた。

市民大会のその日、おれは急いで日比谷公園に飛びこんだ。この公園の事なら陸軍の練兵場だった時分から知っている。公園の角を馬場先の方へ曲がると、七時も近いのに大混雑していた。演説大会は既《すで》に終ったようで、地面にはビラが散らばり、続々と公園から人が通りに溢れていく。幾《いく》流《ながれ》となく続く人の往来の中で押したり押されたりしながら前に進んだ。演壇の周りを探して、それから人だかりができた数ケ所を探したが、落ち合うはずの坂本の姿が見えない。といって群衆を焚《た》きつけようとしている何者かが居るわけでもなかった。

然し大会は終わった。騒動が起きるならこれからだ。既にして周辺の交番や新聞社に人が殺到しているようで、内幸町《うちさいわいちょう》の大臣邸にも一群が向かった、と云う声が聞こえてきた。坂本が見つからないので、おれも路上に出て来た。刻一刻と暴動の兆《きざし》が高まっている。要衝の中には防塞《ぼうさい》で鎖《とざ》しているところもあったが、群衆の一部は封鎖に使われた丸太を引き抜き、これを門扉に擲《たた》きつけ、ついでに石を投じて、馳《か》けてきた警官隊と揉合《もみあ》いになっている。

暴れだした群衆の矛先が、電車に向くのだけは避けたかった。威張るばかりの社の重役たちに忠誠を尽くす積りはないが、腐ってもおれは鉄道会社の技手である。だからそれが務めだ。罪もない車輛が焼き殺される不道理が許されるわけがない。それはこの進歩の時代にあって、物理的な損失以上に大事な価値を喪失させる、愚かで非道な暴挙に違いあるまい。だからこそ止めるのだとおれは愈《いよいよ》腹を括っていた。

そこで半町ばかり東の方角からわあっと声がして、往来の群衆がどよめき、一人また一人と東へ移動し始めた。電車だ、電車が戻っていると云う声が聞こえて、我勝《われが》ちな群衆の足に拍車がかかった。数寄屋橋の車庫に戻って来ると、群衆のみならず巡査や消防隊も詰めかけている。警備や防塞は既にまるで機能していなかった。

「お前たち、祭りの神輿《みこし》じゃあるまいし、どうしてそう電車に寄って来たがるんだ」

暴動の発生を受けて、戻ってきた電車の一台一台に市民が群がっていた。三月の焼き討ちの影響は計り知れなかったと見える。電車を焼くことこそが連中にとって運動の成果、値上げを止める手段、勝利の為めの直接行動になってしまっているのだ。車庫に近づいたところで、風を切って飛んで来た石がおれの後頭《うしろあたま》に当たった。抛《な》げろ抛げろ、どんどん抛げろと云う声がする。おれは此畜生《こんちくしょう》とばかりに落ちた石を拾《ひら》って抛げ返した。背中を棒でどやして来た男の頭を張り飛ばしてやった。

こうなると引き退がれなくなるのが、これまでのおれだった。おれを誰だと思ってるんだと撲《なぐ》ったり撲られたりしていただろうが、ここで喧嘩の渦に呑みこまれていては埒が明かない。身動きもままならず、洋服を引き破られ、鼻柱を殴られ、指で触れてみたら顔のそこかしこから血が出ていたが、どうにか人の渦を脱出して、車庫の裏に避難していた技手に「戻ってない車輛はあるか」と訊いた。「君、顔が真っ赤だぞ」と云われて「それはいいから早く教えろ」と急き立てる。須《す》田町《だちょう》と本郷《ほんごう》の間を走る一形ヨシ六三六が戻っていなかった。おれは同僚の声を聞かずに車庫を飛びだして一散に走った。

身体中が痛くてかなわなかった。滝のように顔を流れているのが汗なのか血なのかも分からないが、これしきの事に閉口《へこ》たれていられるかと踏ん張って馳《か》けた。

電車の軌道に沿わずに近道をして、数町ほどを走り抜けたところで、数寄屋橋とは逆の本郷方面へ向かうヨシ六三六に追いついた。幾人《いくたり》かの客が乗っているようだ。そして電車が動いているという事は、運転している何者かがいると云う事だった。

おれは早馳《はやが》けすると、走る電車にひょいと飛び乗り、昇降口から車内に這入った。そんな乗り方を試した事は一度もなかったが、試してみると存外へっちゃらだった。先に乗っていたのは、ロイド眼鏡の紳士と職工風の男、それから書生風の男が三人ばかりで、三人とも飛び乗ってきたおれに仰天《ぎょうてん》した。体格のよい職工は大きな壺《つぼ》らしきものを抱え込んでいる。眼鏡の男が運転席の方に視線を向けた。振り反った運転手は「何をしているんだ」とおれを詮議《せんぎ》する。何をしているもあったもんじゃない、それはおれが云うべき科白《せりふ》だ。日比谷公園で逢う約束をしたお前が、何だって車庫を離れる方角へ電車を走らせているんだ。

素早く動いた書生風が、懐の匕首《あいくち》を抜いておれを牽制《けんせい》してきた。理非を弁ずることもなく刃物を振りかざすとは、これがアナキストの流儀ならこいつらは思想家でも何でもない只《ただ》の破落戸《ごろつき》だ。刃先の威嚇《おど》しを受けながら、おれと運転手の間にはこんな問答が起こった。

「おい、坂本」

「どうして来たんだ」

「君が、電車の焼き討ちに加担することはないじゃないか」

「そんなに勘のいい男だったか。どうして解《わか》った」

「おれたちは二人羽織をやったぐらいだからな。おれは君で、君はおれだ。君の考えることぐらいはお見通しだ」

「あの宴会の夜に、大杉《おおすぎ》たちと話したらしいね。それで気が付いたんだな」

「ここにはいないな。あの澄まし顔の男も、気色の悪い爺さんも」

「そりゃいないさ、ああいう人たちは頭脳労働だ。絵図を描くのが仕事だから」

「おれも誑《たぶら》かされかけた。イカサマ師の口車に乗るおれじゃないが、もう一人は爺だてらに底知れないところがあったからな。君がおかしくなるのも無理はない」

「ちょっと待て、最前《さっき》から君は、誰の事を云っているんだ」

「ここまで来て、空惚《そらとぼ》けるのはよせ」

「おれが通じたのは大杉だけだ。そんな爺は知らん」

「だって爺さんもいたじゃないか」

「とにかく降りろ、君とお喋《しゃべ》りはしてられない」

「あの壺の中身は灯油か、この電車を焼く算段だな」

「巻きこみたくないから云ってるんだ、降りろ」

坂本は説得なんて聞き入れそうになかった。あの夜、出くわした学士風情の男は大杉栄《さかえ》と云って、三月の事件でも陰で動いていた駆け出しのアナキストだった。翁のほうを知らないあたりの事情は知れないが、少なくとも坂本は大杉に唆《そそのか》されて内通者になった。警察や内務省と手を結んだ鉄道三社の警備対策などをアナキストたちに教えて、車庫に戻ってくる電車と、そこに群がる暴徒を謂《い》わば目晦《めくら》ましに使い、警戒の網を出られるところまで走らせた電車で焼き討ちを実現させようとしていたのだ。

坂本はおれをさらに嚇《おど》かすために計略《はかりごと》の種明《たねあか》しをした。アナキストたちの目当ては示威行為だ。無政府状態を現出させて、官憲の支配がいかに脆弱《ぜいじゃく》なものかを喧伝《けんでん》し、延《ひ》いてはこの夜に国家の無力を印象づける事だ。三月の焼き討ちをなぞるだけでは効果は薄い。だから火を放った電車をそのまま無人で走らせ、然るのちに予定の地点で脱線させて、これを以てアナキズムの達成を誇ろうと云うのだから、恐れ知らずの破茶滅茶ぶりだった。

「おれに云わせれば、君が許しているのが信じられん」坂本は声に瞋《いか》りを滲《にじ》ませた。「あんな形で車輌を何台も亡くしながら、それでも値上げを断行して、自分たちが富や権益を貪《むさぼ》ることしか考えない奸物ども。おれは一生許さないと決めた。慥《たし》かにおれは世間を知らないが、こんな腐った世界なら取り換えるしかないと思った。君にならそれが分かるだろう、これは腐った組織に加える誅戮《ちゅうりく》なんだ」

おいそれと脱線なんぞさせられまいと云うと、出任せでそんな事が云えると思うか、と坂本は返した。陸軍の砲兵部隊にいた男が、密《ひそか》に製造した爆裂弾をこの先の軌道に仕掛けてあると云う。そんなものを爆発させたら大惨事だ、死人が出るぞとおれは難じた。心配無用、予定の場所の人払いは済ませてある。おれたちも飛び降りるから、君さえ邪魔をしなければ死人は一人も出ないと云う。坂本たちは決意を固めきっているようだった。

「おれは君を見損《みそくな》った。こんな遣り方でしか天誅は下せないのか、電車を燃さないでどうにかしろ、君だって電車を見殺しにしようとしてるじゃないか」

「大きな成果を遂げるには、小さな損失は已《や》むを得ない。大杉はそう云った、この日本の為《た》めにもなることだから、尊い犠牲を恐れてはならないって」

「誰が死ななくたって、おれが嫌なんだ。かつての君でもそう云った筈だ、電車が焼け死ぬのを見るのは嫌だって」

「だったら好きにしろ、君の信念を貫き通してみろ」

アナキストは壺の中身をぶちまけると、車内に火を放った。昌平橋《しょうへいばし》を過ぎて本郷の停車場に差しかかる手前で、坂本とあと一人が飛び降りた。運転手がいなくなっても電車は速度を落とさない。ブレーキ桿《かん》は固定されているようだ。残った二人のアナキストが、運転席に向かおうとするおれに組みかかってくる。職工が下からすくい上げてきた。おれはどうにか踏ん張って、職工の首をうんと攫《つか》んで引き倒した。組《く》んず解《ほぐ》れつしながら拳を振り回していると、脇腹をどんと衝《つ》かれ、おれは横に倒れた。跳ね起きたら上に乗った書生風の男が転がった。起き上がって見ると、書生の持っていた得物がおれの右の腹に突き刺さっていた。

茫《ぼう》然としていると書生にそれを引き抜かれ、激痛と共に血がどうどうと溢れ出した。そのあたりで限界に近づいたようで、書生と職工も燃える電車から飛び降りた。

おれは蹌踉《よろめ》きながら、ブレーキ桿に取り付いた。血でぬるぬるして手にうまく力が込められない。燃えながら速度を増す電車は、焰《ほのお》の息を吐き上げて、視界の何もかもを真紅に染めていた。赫々《かっかく》たる火の塊《かたまり》が焼いた木材や手摺《てすり》と共に落下する。無数の火球が軛《くびき》を解かれたように絡みあい、増殖し、盛大な風に煽られて、食い心棒《しんぼう》の魔物のようにおれを食らい尽くそうとする。高熱に巻かれながらその場にしゃがみ込んで、両足を突っ張らかせ、渾身の力を込めてブレーキ桿を手前に引きつけた。

本郷の湾曲したカーブに達しかけたところで、重く軋《きし》むような音とともに電車は停まった。間に合ったのか、爆裂弾の仕掛けに達する前に停車させられたみたいだ。それでも鎮火は急がないとならない。ふらつきながら電車を降りたところで、風景がぐらっと傾《かし》いだ。軌道敷から数歩離れたところでおれは、暗い土の地面に倒れ込んだ。

ああ、やっぱり元も子もなかった。

電車を死なせまいとして、自分が死んじまっちゃあ元も子もない。坂本の嚇しを聞き入れておくんだっただけどさすがに草臥《くたび》れた。これは無事に済みそうにない。熟々《つくづく》おれの人生は損のし通し、損ばかりだ。

爆発物の仕掛けは作動しなかったようだが、停止したまま燃え続ける電車の隣で、たった一人で抛《ほう》り出されて、割れた薬玉《くすだま》の残り滓《かす》になったような心持ちだった。あちこちに火傷《やけど》も負っていたが、腹の創傷《さしきず》がいけない。これはいくらなんでも血が出過ぎている。辺りは変に閑寂《かんじゃく》としていて、黒煙と火の粉が絡み合い、気の早すぎるおれと電車の遺灰のような塵《ちり》が舞っていた。

暗いだけでなく視界が朦朧《もうろう》と翳《かす》んで、眼と鼻の先の風景すらも判然としない。洋袴《ズボン》は膝の下まで血に染まっていて、指先を動かすのも大儀《たいぎ》だった。死に瀕《ひん》しながらおれは自分でも驚くほど恬《てん》然《ぜん》としていた。あまりにも突然に高い断崖《だんがい》から突き落とされてしまうと、真の衝撃が襲って来るのには時間を要するのかもしれない。そんな有様では考えるなと云う方が無理だろう、おれは先に逝った片破《かたわ》れのことを思った。墓の下でおれが来るのを待っていると云った女の事を思った。だからすぐ側《そば》に気配を感じた時には、その人が迎えに来てくれたのだと喜んだ。悪いな、わざわざ出て来てくれたのか——

やがて体が震えだす。震えは内側から来た。胸がびくびくと波打ち、自壊していくような冷たい底震えに歯が鳴った。それでも暗い世界はあまりにも、あまりにも静かで、自分の瞳孔《どうこう》が開く音すら聞こえるような気がした。

そこで、声がした。

さるうとん、みでのうべ、れんこんていじす。

あのシャボン玉言葉だ。傍《かたわ》らまで来ていたのは違う人物だった。

今のおれは、それがエスペラント語だと知っている。坂本が私塾で学んでいた言語だ。おそらく同志間の符牒に使っていたんだろう。だからこそおれは坂本の関与を察することができた。箆《べら》棒《ぼう》め、この期に及んで余所《よそ》の言語で話しかけるなと啖呵《たんか》を切りたかったが、咽喉《のど》を絞った途端《とたん》に血の泡《あぶく》を吐きそうで試せなかった。

「どうして、直ぐに飛び降りなかったんです」

あの翁が来ていた。翳《かす》んだ視界にぼんやりその髯面《ひげづら》が映った。アナキストの大杉は連れていないようで、代わりに別の者たちが随行していた。

そのうちの一人は、無暗に面立ちが整った貴族のような優男《やさおとこ》だ。洒脱《しゃだつ》に洋装を着こなしたその相貌は、何やら光輝を放っているように感じた。「麻呂《まろ》には只《ただ》のちんちくりんにしか見えないが」と云うのが聞こえた。ちんちくりんとはおれの事か、失敬千万《しっけいせんばん》な輩だ。他人の最期に立ち会って麻呂とはどれだけ巫山戯《ふざけ》ているんだ。

もう一人、鹿鳴館《ろくめいかん》にでも出入りしていそうな中年増《ちゅうどしま》の貴婦人が来ていた。臀部《でんぶ》が盛り上がったドレスに白い長手袋、黒真珠の首飾り、片手に蝙蝠傘《こうもりがさ》を携《たずさ》えて、気怠《けだる》い優雅さと熟《う》れた艶《つや》のようなものを纏《まと》っている。「翁、この殿方がそうなの」

生老病死をどこかで超越しているような、存在感そのものが非現実にも思える両人《ふたり》だった。最初に出逢った時に結社がどうとか云っていたが、この両人《ふたり》はその一味なんだろうか。さもなくば死に際に翁が連れてきた天使と悪魔ではないかと思った。それなら話は早い、さあ、さっさとおれの行き先を決めてくれ。

「勇み肌に過ぎるが、亡くすには惜しい御仁だ」連れの男女にそう云うと翁はおれを又《また》覗きこんで「私たちに任せなさい、あなたはまだ助かります」

さすがにこの様態《ざま》じゃ無理だろう、とおれは答えた積りだったが、切れぎれの気息《きそく》をいたずらに浪費しただけで声にならなかった。

「あなたを、死なせはしない」

翁はそう云うと、どういう積りか上着を脱ぎ、腕まくりをして、鞄から取り出した透明の管についた針を自分の肱《ひじ》の裏に挿し込み、その反対の端の針をおれの腕に挿した。おれは仰天せざるを得なかった。何とも異様な事に、翁は自らの血の輸送を始めたのだ。尋常ならざる仕儀を従軍看護婦のように貴婦人がてきぱきと手伝った。マロ公は特に何もしなかった。

「血が合わねば失敗。血が固まれば失敗。首尾よく叶えばもっけの幸《さいわい》だ」

瘠《や》せこけた翁のくせに、その時ばかりは満身に逞《たくま》しい覇気《はき》が漲《みなぎ》り、それこそ毎朝の乾布摩擦ぐらいは平然と消化《こな》しそうなほどに矍鑠《かくしゃく》としていた。おれの体の内側に、翁の血がぐんぐん運ばれて来るのがわかる。翁が云うには、西洋では人から人へ血を輸《おく》る手技が確立されつつあるらしい。このお方は諸国を漫遊していらっしゃいますから、と貴婦人が云い足した。げに恐ろしきは千歳《せんざい》を生きる妖物《ようぶつ》哉《かな》、とマロ公が云った。

おれは小供の時分から、変な夢を見ることがあって、夢中で跳ね起きてわけのわからぬ寐言《ねごと》を口走って家族の物笑いになったものだった。だからこれも夢じゃないかしらんと思った。さもなくば現世《うつしよ》と常世《とこよ》の界《さかい》に転げ落ちたのか。臨終《いまわ》の際《きわ》でおれは怪しい連中《れんじゅう》に囲まれて、この世の仕儀とは思えぬ神秘を体験させられていた。誰に云っても信じないだろうが、出ていった分の血が入ったとは思えないのに次第に身中が満ちたようになって、処置を始めてさほどの時間も経過していないのに、気息奄々《えんえん》の容態からたちまち恢復《かいふく》を果たしていた。体のそこかしこの熱傷は薄れつつあり、指で触れると腹の創傷まで癒着《ゆちゃく》を始めていた。

「顔に血の気が戻ってきた」満足そうに翁は云った。「ところで失礼ながら、あなたの事を調べさせてもらいました。矢張り元教師だったんですな」

霊妙《れいみょう》な事もあったものだ。無暗《むやみ》に夢物語を信じるおれではないが、満身創痍から目覚《めざ》ましい復調を遂げたのは歴乎《れっき》とした事実で、マロ公が口走ったように、この翁が千年の歳月を生きているという言説も馬耳東風《ばじとうふう》に聞き流せなくなっていた。

「探偵までするとはどういう了見なんだ。あんたは、どうして猿の毛にひっつく蚤《のみ》のようにおれに付きまとうんだ」

「気っ風《きっぷ》のよさも戻ってきたようで何よりだ」

「あんたらこそ一体何者だよ」

「実に良かったですな、勇み肌の坊っちゃん」

「よせ、おれをそう呼ぶな」

翁のその呼びかけで、おれの中に遅れて、命を拾ったことへの感慨が広がってきた。あるいはそれは、世智辛《せちがら》い現世を去りそびれた無念だったのかもしれない。数学の教師を辞めて鉄道会社の技手になり、燃える電車で焼かれて腹を刺されても生きている。数奇なおれの宿命の骨組みを一望するかのように、翁たちが透徹《とうてつ》した眼差しを向けてきていた。

「おれをそう呼んでいいのは、清《きよ》だけだ」

親譲《おやゆず》りの無鉄砲《むてっぽう》で小供の時から損ばかりしている。そんなおれにとってこの命拾いは損得のどちらだったのか。幸か不幸かこのようにして、おれは小日向《こびなた》の養源寺《ようげんじ》で待つ清のところに行きそびれ、後に続いていく生きにくい時代を、因果な縁に結ばれた面々と共に放浪していく破目になった。

ものがたりの賊《やから》

一

あまねく帝都にあるものは、その日その刻《とき》にいたって激しい陸《おか》の震動にさらされた。老いも若きも、富めるものも貧するものも、蚤《のみ》も土鳩《どばと》も竈馬《かまどうま》も、犬も猫も九官鳥も、有機物も無機物も、等しなみに地の底からの響《どよめ》きを聞き、大いなる破壊の贄《にえ》となって、凄まじき災禍《さいか》の曼《まん》荼羅《だら》に融《と》けたのだ。

一九二三年九月朔日《ついたち》、朝から驟雨《しゅうう》。雲足の速い空が翳《かげ》り、どう、どう、どうと風の音が高鳴った次の瞬間、地面がうねった。

たとえば上野の帝国図書館では、童話に詩集、小説、戯曲、古書に珍書に稀覯《きこう》本、あらゆる書物が傾《かし》いだ書架からばさばさと落下した。双翼を開いて羽搏《はばた》こうとした鳥たちが、しかし翔《と》べずに、断崖《だんがい》の下へと墜落していくかのように。

落ちた一冊一冊を拾って片付けてはいられない。司書たちは声を嗄《か》らして閲覧者に避難をうながす。下足番から出世した**券売場の爺《おやじ》**＊1も、建物全体がみしみしと撓《しな》っているのに面食らって屋外に飛びだす。あとには銘々《めいめい》の書、書、書が散らばるばかり――

棲《す》み処《か》から揺り落とされて、紙魚《しみ》の群れまで逃げていく。
下谷竜泉寺町《したやりゅうせんじちょう》では、午食《ひるしょく》に炊《た》かれた赤飯の一粒一粒が揺れた。でこぼこの背鰭《せびれ》を持った恐竜が、畳の真下で身じろいでいるみたいだった。茶碗が、お櫃《ひつ》が、卓袱台《ちゃぶだい》が、底から木槌で突かれるように震えている。

「大きいぞ、地震だ、外に出るんだ」

食卓を囲んでいた家族と共に、十四歳の少女は門前《かどさき》に出てくる。薄鼠《うすねずみ》色の雲が動いて、結《ゆ》い髪を強風にあおられた。あちこちで土埃が舞って、近所の人たちが右往左往している。屋根の瓦が辷《すべ》り落ちて割れる音が聞こえた。通りの前方にある平屋が大きく揺らいだと思った直後、隣の納屋を巻きこんで轟音を上げて倒壊した。とんでもないことになった、と少女は思った。**叔母の美登《みど》利《り》**[*2]は大丈夫だろうか——

今日は私のお祝いなのに——叔母も午過ぎに顔を見せてくれるはずだった。黒髪を島田に結って綺麗な振袖で着飾った叔母、美登利のようになりたかったのに——

大波に揉みしだかれる小舟に乗ったような心地で、少女はどうしたらいいかわからずに家族としがみつきあう。

玄関の水仙の一輪挿しが落ちて割れる。叔母の家の方角に目を向けたところで、地滑りを起こしたように裏の長屋がまとめて崩れ落ちていく。

切支丹《きりしたん》坂を俥《くるま》で下りていた**竹中時雄**《たけなかときお》*3は、揺れが来たその瞬間、蹴込みに置いたトランクの角に脛《すね》を打ちつけた。俥屋はのめるようにして立ち止まり、最初の揺れがおさまるまで舵棒《かじぼう》を低くして待ったが、再び走りだしたところで再度の激震が襲ってきた。

石積みの塀から大小の石が落ちて、突き当たりの家の門柱が倒れて三つか四つに割れた。往来の者は立っていられずにへたりこみ、泡を食った巡査が走っていく。盲学校や砲兵工廠《こうしょう》の方角からは黒煙が上がっていた。「旅行どころではない、引き返してくれ!」午後一時の上野発の汽車に乗るはずだったが、このぶんでは線路も壊れたかもしれない。これまで体験したことがない揺れに家が心配になった竹中時雄は、俥屋に云って切支丹坂を引き返した。

妻と三人の子は、近くの空き地に避難していた。柳行李《やなぎごうり》や蒲団《ふとん》などの家財道具を持てるかぎり持ちだしていた。空き地に集まった誰もが口々に、ほうぼうで火事が起きていると云った。時雄は、空き地の一角に家族を集めて、放心の態《てい》でじいっと空の彼方を眺めた。地面はなおも揺れつづけ、一向に皆の緊張は解けなかった。

湧き上がった雲の峰が形を変えながら段々と伸びていくようだった。あれは雲ではなくて煙の塊《かたま》りなのかもしれない。中心のあたりがもつれて蜷局《とぐろ》を巻いている。昼夜晴曇《せいどん》のすべてを混ぜあわせたような灰色の空の底で、ときどきパッと赤味が差しつける。鬱血《うっけつ》したようなその色の濃さがどうにも恐ろしくて、時雄は取りすがった萌黄《もえぎ》唐草《からくさ》の蒲団の端っこを口元に押しつけた。

地鳴りが聞こえる。揺れはやまない。

煙が大気を満たし、家々の屋根に灰が降ってくる。

午砲《どん》を撃つような音が聞こえ、喧騒が糸玉のようにからまって通過していく。

「お玉《たま》さんも避難しなくちゃ！　一緒に上野公園まで行きましょう」

無縁《むえん》坂のご近所さんに声をかけられて、**お玉婆さん**[*4]も風呂敷包を背負《おぶ》って避難所に向かう。

数えきれない人の流れが、激《たき》つ瀬《せ》のように街路で飛沫《しぶき》を上げていた。前後左右から轟々《ごうごう》と凄い音が響いてくる。知った顔も知らない顔もお玉婆さんを追い越して、肩と肩をぶつけ、周章《あわ》てふためいて目の前を横切っていく。

たくさんの家財や衣類を積んだ大八車を押していく家族。

褌《ふんどし》一丁で走っていく大工、襦袢《じゅばん》の裾《すそ》をからげる遊女。

ねんねこ半纏《ばんてん》に赤子を突っこみ、小さな子供の手を引いていく母親。

椅子や畳を担いだ女中、老いた父親を背負っていく学生さん。

念仏を唱えながら、他者を牛蒡《ごぼう》抜きにしていくお婆さん。

諸肌脱《もろはだぬ》ぎで跳ねまわり、叫声を上げている変人奇人。

つんのめって転び、背中を駒下駄に踏まれて泣く若旦那。

勢いあまってぶつかって、将棋倒しになるご隠居やご新造《しんぞ》さん。

お玉婆さんもふうふうと息を切らせて上野公園に急いだ。不忍池《しのばずのいけ》は見渡すかぎりに泥土《でいど》の色を帯びて、どんなときでも鳴きつ羽たたきつしていた雁が一羽もいなくなっている。ああ、雁はいずこに飛び立ってしまったのか、無事に鳥たちが避難できたならいいけど——

麹町区《こうじまち》永楽町《えいらくちょう》では、お使いの帰りに罹災《りさい》した**秤屋《はかり》の仙吉《せんきち》**が*5「火事だ、火事だ」と云う周囲の声を聞いている。日本橋や京橋、浅草の方でも火事が起こり、あちこちに延焼して、市街を焼きつくすほどに火勢を強めているらしかった。

わあ、大人たちが凄い形相で走っている。わあ、市電も停まっている！　生まれてこのかた味わったことがない恐ろしさだった。奉公先までどうにかして帰ろうと、仙吉は身を低くしてちょこまか路地を走ったが、煙や火事によって見慣れた街の風景は一変している。うろうろすればするほど迷子になり、半泣きになりながら四辻を曲がろうとしたところで、「危ない、小僧！」と後方に引き寄せられた。地面が軋《きし》み鳴って、足元がいきなり割れていた。途轍《とてつ》もなく大きな機械の類《たぐ》いが仙吉のすぐ真下に隧道《ずいどう》を掘っていったように、激しい地割れが稲妻形の亀裂を走らせ、その一部が盛り上がって一部が沈みこんでいた。

親切な紳士に襟首を攫《つか》まれて、引っぱり戻してもらわなかったら、仙吉はあえなく地割れに呑みこまれるところだった。

神田区の千代田町では、避難した人々の相互扶助が見られた。いつになく親しげに言葉を交わして、煙草をすすめ合い、家財を運ぶのを手伝ったり、子供たちのお守《も》りを買って出たりしていたが、誰に云うでもなく「**自分は鶴《つる》が心配である**」*6と独りごちた男だけは、地元の互助の輪にも加わらずに大妻《おおつま》通りを歩きだした。

鶴の通っていた女学校の校庭にも瓦礫《がれき》が積まれていた。急な上り下りの坂道でも家屋が倒れている、電燈も瓦斯《ガス》も使えなくなっているで、夜になるにつれて鶴が恐怖や不安をこじらせるのではないかと自分は思う。食糧が足りなくなるに違いないので自分は道すがら、蠟燭《ろうそく》や米や缶詰を買えるだけ買う。

鶴が嫁いだ柏木《かしわぎ》の家は金持ちだが、こうした変災は貴《き》賤貧富《せんぴんぷ》を問わず万人に降りかかるので、寡夫寡婦が増大するのをあてこんで結婚周旋屋《しゅうせん》が忙しくなるだろう。もしも鶴が後家になっていたら自分が世話をしたく思う。そう考えるとこの事態も、自分と鶴がいよいよ夫婦になるための自然の黙示であったかのように思う。男女の真の恋とは種々の形を経ようとも永遠不滅の形におさまるのだと云うことを自分は見極めたく思う。

坂の上から前途を見ると、目路《めじ》のかぎりに東京が燃えている。

雲の底が真っ赤に染まり、黒煙の筋がいくつも上がって、火焰《かえん》は弱まるどころか一層強くなる。自分はそこに生と死を分かつ境界を見いだす。急がなくてはと自分は思う。たとえ焼けだされた鶴が「妾《わたし》は貴君《あなた》のことを待ってなんていません」と云おうとも、それは口だけだ、意識の上でだけだと自分は思うに違いない。

本所横網《よこあみ》町では、常磐津《ときわず》の師匠だった老母を背負った長吉《ちょうきち》*7が、避難の場となっている陸軍の被《ひ》服廠《ふくしょう》跡に馳《か》けこんだ。

ここなら心配いらないよ、と長吉は老いて足腰の萎《な》えた母に云った。近隣の者たちも皆が来ている。広々としたこの敷地なら家屋の倒壊に巻きこまれることはないし、母子《おやこ》が身を寄せる隙間もないほどに混雑することはない。

あいかわらず敷地の外では火事が起きていたが、それでもしばらくは古馴染みとの久闊《きゅうかつ》を叙したり、長吉っつあん先月の芝居観たよ、と声をかけられたり、持ちこまれた畳や戸板の上に寄せてもらったりして、どこか安閑《あんかん》とした午後の時間を過ごした。

ところがいつまでたっても市街を焼きはらう猛火は消えない。「……消防は何をやってんだい」「ここもまずいんじゃないのか」と危ぶまれだしたころ、四方から降ってくる火の粉がそれぞれの荷物に、逓信《ていしん》省の材料置場に、阿弥陀《あみだ》にかぶられた爺《おやじ》のカンカン帽に、鬢油《びんゆ》をつけた女の頭髪にボッ、ボッ、ボッボッと引火し始める。たがいに毛布などで消火しあうも、見る見るうちに火勢は強まり、飛び火をつらねて、動顛《どうてん》して走りだした人々がさらに延焼を拡げてまわる。敷地の中は蜂の巣を突いたような混乱に呑まれていた。

「ここを出なくっちゃ、母さん」

長吉は母を背負ったが、もはや自由な移動はままならなかった。あたりは火の海になり、走りまわる者がひしめきあい、衝突して転び、倒れた者の上を無数の足が踏みつけていく。地を這うように火焔が走り、靴や衣類を燃やして、逃げまどう者たちの膚《はだえ》を焦がす。

「これは、なんて風だ、飛ばされっちまう」

強かった風が、そこにいたって烈風となった。焼けたトタンや蒲団が舞い上がり、走っていた長吉はそのまま後方から煽《あお》られるように、足の裏が浮くのを感じた。

大八車が、長持が、畳や戸板が、飛ばされる。綿の毛布をかぶった夫婦が、二人まとめて飛ばされる。家財を積んできた馬車が、馬もろとも宙で独楽《こま》のように旋回した。馬のいななき。悲鳴のこだま。阿鼻叫喚《あびきようかん》のつらなり。軽くなったとはいえ母親を背負った成人の男が、親子ともども藁束《わらたば》のように浮上させられた。

「わわっ、わあああっ……」

「飛んじゃう、長吉、飛んじゃう」

燃える竜巻だった。旋風が起こっていた。長吉たちはめまぐるしく宙で廻転する。旋風はそのうちに火を呑んでいて、巻きこまれた者たちは廻りながら燃え、燃えながら廻った。首にしがみついた母親とも引きはがされ、長吉は高みから地面に叩きつけられる。大気は灯油を溶かしたように灼熱の温度を帯びて、鼻や口で吸い込めば肺に引火するのは間違いなかった。呼吸もままならないなかで長吉は、倒れこんだ母親の横まで這っていくと、「母さん、しっかりして」と声をかけながら土を掘り、窪みをつくって、母の顔を押しこんで空気を吸わせ、自分もおなじように息を継いだ。視界のほうぼうで多くの者が焼け死んでいた。黒い人形《ひとがた》の、柔らかい備長炭ができあがっていた。

旋風の気まぐれで火の向きは変わり、敷地に残された人々は翻弄《ほんろう》される。後方で火が強まったようで、絶叫とともに大群衆が長吉のほうに向かってくる。たがいに体をぶつけながら、怒濤《どとう》となって押し寄せる。長吉は母を背負いなおして、逆方向に走りだした。

焼死、圧死、窒息死した亡骸《なきがら》がそこかしこに転がっていた。焼けた死骸を踏みつけると、踏んだところが破けて内臓が迸《ほとばし》った。

走りながら前方を見ると、火焔の旋風がそこに吹き溜まったのか、累々《るいるい》たる亡骸が丘のように盛り上がっている。そこを踏み越えなければ、後方からの群衆に圧《お》し殺される。他の者たちも屍《しかばね》の山を踏み越えていくのが見えたが、踏みそこねて転げこみ、その上にまた他の者たちが積み重なって山を高くしていく。腕や腿《もも》を半端に踏むからいけない、胸部や背部を踏んでいけ。臍《ほぞ》を固めて長吉は走ったが、「ああ、長吉」と母がしがみついてきたことで体勢を崩して、屍の山のふもとで転倒してしまった。母もべちゃっと顎から落ちる。そのまま立ち上がれず、無数の足という足の通過に轢《ひ》き潰《つぶ》されて——

黒焦げの死骸、半焼けの死骸、溝に顔を突っこんだ死骸、折り重なる死骸。

数千数万に達する死骸。

本所の被服廠跡は、震災直後のもっとも凄惨な被災の地となっていた。

焼けただれた皮膚が剝《む》け、髪も衣類も焦げていたが、それでも長吉は亡き数に入らなかった。群衆の足に蹴りこまれる恰好となり、巧《たく》まずして死骸の下に入りこむ僥倖《ぎょうこう》に与《あずか》って、その後もつづいた火災旋風を避ける天蓋《てんがい》を得るにいたった。母子ともども助かった。体じゅうが血と油煙と泥にまみれて、死体の脂《あぶら》で片目が開かなくなっていたけど、それでも生きていた。かろうじて露命をつないでいた。

「もう夜なのかな、母さん」救助の手に身を委ねながら、長吉は母に尋ねた。

「夕方前だよ、まだ三時か四時頃」横たわる母が青息吐息で答える。

「だけど、月が出ているよ」

「あれは太陽だよ、お前。あんまりに煙が濃くて、些《ちっ》とも眩《まぶ》しくないから見謬《みあやま》っているのよ」

さもなくば冥途《めいど》で仰ぐ空は、太陽と月が反転するのかもしれないと長吉は思った。親子で生き延びたのは泡沫《うたかた》の錯覚に過ぎず、自分はとっくに死んでいるんじゃないかと——


たった一日で、帝都のそこかしこが焼け野原に変わっていた。

すべての者が罹災して、変わり果てた風景の只中で嘆きに暮れた。

ああ、どうして、どうしてこんなことになったのか。

有史以来の大惨事だった。最大震度七、マグニチュード七・九。震源は神奈川県相模湾から房総半島南端にかけての一帯。数度の揺れによって十万棟に垂《なん》んとする家屋が倒壊し、殊《こと》に地盤が軟弱だった下町方面の被害は夥《おびただ》しかった。午食の時分だったのも災いして、各戸では竈や七輪に火を起こしていて、避難時にそれらの火元を検《あらた》める余裕もなかった。天麩羅《てんぷら》屋では鍋から油が吹きこぼれ、大学や研究室では化学薬品の棚の倒壊による出火もあった。地震によって水道管は断裂して消火能力が失われ、焔《ほのお》と焔はいたるところで合流して、もつれて撚《よ》れて轟々と高ぶり、複数の大火となって町から町を焼きはらった。

地震、火事、家屋の倒壊、地割れ、火災旋風、わずか一日でこれだけの災禍に見舞われて、東京はすっかり壊滅状態となった。市民の足であった市電も、山手線《やまのて》も甲武《こうぶ》電車もすべて運休。電信も電話も瓦斯《ガス》も絶たれて、新聞も発行されなくなったので正しい情報がまわらない。大きな公園や社寺には避難者がごった返し、あちこちで非常線が張られて、あくる二日には閣議決定によって戒厳令が発布された。

これによって東京の治安維持は警察から軍部へと移される。他の国との戦争が始まったわけでも、紛争が起きたわけでもないのに、警察よりも憲兵隊が行政の上位に立った。ひっきりなしに憲兵が巡回し、避難所でも張りきって指示をして、さらには軍部および警察の主導によって、有志による民間の白警団が続々と立ち上げられていった。

われらの東京をわれらで救え！　彼らは消火にいそしみ、瓦礫の下の生存者を見つけては救助して、朝な夕なほうぼうを練り歩いた。罹災の地ではこんなとき、追いはぎや火事場泥棒を謀《たばか》る不逞《ふてい》の輩《やから》が急増するものだから。再度の地震、津波、富士山噴火、首相暗殺——実《まこと》しやかな噂もささやかれ、それらは猫も杓子《しゃくし》も神経をとがらせた集団心理に溶けこんで、尾鰭《おびれ》も背鰭もつけながら瞬く間に伝播《でんぱ》していった。

恐怖の言葉、不安の言葉が、電燈の消えた夜の底におごめいて——

茫然とする者、噂にたぶれる者、生き別れた家族を探す者がひきもきらない。

ああ、どうしてこんなことになったのか。首都のそこかしこが灰燼《かいじん》に帰して、すべてが変じた町々は原始時代に戻るのか。絶望と失意、怨嗟《えんさ》や自暴自棄、疑心暗鬼といった負の感情が充満するなかで、憲兵隊や自警団にたのむしかないのか。暗黒に覆いつくされた首都に光を注いでくれる者はいないのか、誰か、誰か——

二

油膜の張った水溜まりを蹴って、馳《か》けていく者があった。

裾をからげて瓦礫《がれき》を跳びまたぎ、その軌跡に砂と塵《ちり》を逆巻かせて。

震災から五日目、戒厳令がつづくなかでも疲れを知らずに走りまわっていた。

「何だって云うんだ、次から次へと！」

飛白《かすり》の袷《あわせ》にシャツ、小倉《こくら》の袴《はかま》、駒下駄を鳴らして奔走《ほんそう》している。齢は四十前後のはずだが二十代の半ばにしか見えない。地震が発生したその夜から町会長に乞われて、彼もまた在郷軍人会を中心とする自警団に加わっていた。

だってこんな有事なのだから、地域の安全を守るのに協力しない理由があるものか。自警団のヘルメット帽をかぶって瓦礫をどかし、髪も衣服も焼けたままで彷徨《さまよ》う者があれば救護所に連れていき、他の青年団や軍人会に呼ばれるたび援軍に出張っていった。

ところがどうも穏やかじゃない。自警団の男たちはそれぞれが鉄の棒や鳶口《とびぐち》、竹槍、先祖伝来の日本刀まで持ちだして、肩をそびやかして往来を練り歩き、通行人を呼び止めては詮議を吹っかける。こう云う詰問が繰り返された。「おいお前、ガギグゲゴと云ってみろ」「おいお前、十五円五十銭と云ってみろ」「お前、教育勅語《ちょくご》を暗誦してみろ」――

ついさっきも上野公園の小松宮《こまつのみや》銅像前の交番へ、朝鮮人を引っ立てていったばかりだ。路上の遺体の懐《ふところ》を探っていたと疑われ、針金で縛りあげて連行したのだ。上野公園には数十万人におよぶ避難民が集まっていて、生き別れた家族や友人を呼ぶ声がやまず、山王台《さんのうだい》の西郷隆盛《さいごうたかもり》像などは尋ね人の貼り紙で蓑虫《みのむし》さながらになっている。彼にも消息の知れない者があったので、人探しがてら一息をつこうとしたところで、下谷のほうで騒動が起こっていると聞かされて、休む間もなく夜半の街へと駆りだされていた。

たどりついた暗い路地では、七、八人の男が縛《いまし》められて地面に転がっていた。あとからあとから土地の者が集まってきて、激昂《げっこう》しながら「やっちまえ、やっちまえ」と叫びたてている。縛られた者たちは顔も体も傷だらけで、十代とおぼしき未成年も例外ではなかった。打擲《ちょうちゃく》されて切れた唇をわななかせ、哀号《アイゴー》、と唸《うな》っていた。

朝鮮人か、また朝鮮人か。馳けつけた彼がこいつら何をやったんだと尋ねると、近くの井戸に毒を入れたのだと自警団の男が答えた。この非常時にそんな蛮行を働いたのだとしたら、まごうかたなき鬼畜の所業だ。人道に悖《もと》ると云うよりほかにない。もしも事実であるのなら、この場で血祭りに上げろと息巻く自警団を止めるつもりはなかった。

朝鮮人があちこちで放火している。朝鮮人が準備していた暴動を起こしている。朝鮮人が爆弾を密造している。朝鮮人が女や子供をかどわかしている。朝鮮人が、朝鮮人が――

大地震の再来や噴火の噂を押しのけて、朝鮮人がらみの悪い噂ばかりが巷《ちまた》に蔓延《はびこ》っていた。疑念は疑念を呼び、虚実の境をあやふやにしたあげくに実力行使に結びついていた。こぞって血眼になった自警団は、不審な者を捕まえては誰何《すいか》する。朝鮮人は日本人と外見が変わらないがガ行やザ行の発音がおぼつかないと云うのでしばしば質疑の当てにされ、聾唖《ろうあ》者や吃音《きつおん》の者が答えられずに私刑をくだされることもあった。

彼もこれまでの自警活動で、電信柱に磔《はりつけ》になった朝鮮人を目の当たりにした。首から下げられた札には「この朝鮮人、放火犯につき」とあった。通りすがりの中年紳士が、柱の朝鮮人に向かって唾棄《だき》におよび、傘でしたたか打ち据えていった。その身を縛りつけた鎖が解かれても、お礼も言えないほどに柱の男は消耗し、満身創痍《まんしんそうい》で衰弱しきっていた。

彼はまた、自警団ごっこをしている子供たちも見た。「君の顔は日本人じゃない」「君が敵になってよ」「絶対、嫌だ！　竹槍で突かれたくないもの」とその子が承服しないので餓鬼大将が出てきて「やらないとぶん殴るぞ！」と嚇《おど》して、泣きながら逃げる子を追いまわしながら本当に石を投げ、棒っきれでぼかぼかと殴りだしたので、子供の遊びとはいっても見かねて制止せずにいられなかった。

荒川土手では、避難していた朝鮮人たちが青年団や消防団に囲まれて、身体検査のすえに袋叩きにされたと聞いた。神楽坂でふるわれた鳶口はその尖端を朝鮮人の額にめりこませ、千歳村烏山《ちとせむらからすやま》では朝鮮人労働者を乗せたトラックが脱輪で動けなくなっていたところで自警団に群がられ、車内から引き摺りだされ、殴る蹴るのあげくに荒れ野に放りだされた。四ツ木橋《よつぎばし》の付近では朝鮮人が刀で斬られ、温泉池に逃げこんだ数人は猟銃で撃たれた。隅田川にはどんぶらこと朝鮮人の遺体が流れていった。羅漢寺《らかんでら》のそばでは大人数の朝鮮人が奴隷のように歩かされ、そのあとを民衆がぞろぞろとついていって「渡せ、渡せ」「われらの仇《かたき》を渡せ」と訴えたと云う。護送していた憲兵隊は近くの銭湯に朝鮮人を避難させたが、あとは好きにしろとばかりに「裏から出たぞ」と民衆に耳打ちした。おかげで裏手に逃げた朝鮮人は、追ってきた自警団に殴られ、斬られ、刺され——

数日間で見聞きしてきた出来事が脳裏をよぎり、鮮明な像を重ねて、ついに彼の癇癪玉《かんしゃくだま》を破裂させた。ずんずんと人だかりの先頭に出ていくなり、被っていた自警団のヘルメット帽を脱いで地面に叩きつけた。

「もう止《や》めだ、もう止めだ！　あらぬ因縁を吹っかけて、黒白《こくびゃく》も決さないうちから縛り上げて晒《さら》しものにしたあげく、寄ってたかって痛めつけようなんてそんな無法が通るものか、おれはもう沢山《たくさん》だ、もう止《よ》すぞ！」

尻上がりに声を張ると、面食らった自警団の一人一人と睨《にら》めっくらをしてやった。斜め十字に襷《たすき》を掛けて鉢巻《はちまき》を締めて、地下足袋《じかたび》にゲートルで足元を固めて、陣羽織や甲冑《かっちゅう》を着こんだ者も一人や二人ではない。大時代で滑稽なこんな連中の一味に加わっていたなんて、馬鹿馬鹿しいにもほどがあるような気がしてきた。

「おい君、朝鮮人の肩を持つのか」顔見知りの男が声を荒らげた。

「それを云うなら、連中が不逞を働いた証拠を見せてみろ」

「井戸に毒だぞ、井戸に毒を入れたんだぞ」

「八釜《やかま》しい！」

彼は一喝して、華奢で小作りな体軀《たいく》の肩を怒らせる。

「この大事に、爆弾を拵《こしら》えたり、飲み水に毒を入れたりするのは怪《け》しからんと思うからしょっぴくのを手伝ってきたのに、どれもこれも嘘八百のでまかせ、流言蜚語《りゅうげんひご》、愚説珍説の大安売りじゃあないか。ただの一遍も悪事の現場に逢わないどころか、動かぬ証拠のひとつも出てこない。根拠のない邪推だけで官憲にも引き渡さずに、せっかちに断罪しようなんてのは腐った了見だ。どっちが不逞の輩かわからない」

「君、そんな態度は剣呑だぞ」「犯罪者どもをかばうのか」自警団からは非難が上がった。面識がない者から「彼は本当に日本人なのか」と疑われて、彼はますます癇癪をこじらせる。こんなに巻き舌でべらんめい調の大陸人があるものか。あんまり腹が立ったから口を突きだして「ガキグゲゴ！」「じゅうごえんごじっせん！」と十遍ずつ連呼してやった。教育勅語の方はしくじると外聞が悪いから、見合わせた。

「だいたい朝鮮人が暴動を準備していたと云う者があるが、地震を予知することが何で出来るものか」

「井戸端で毒の罎《びん》を傾けるのを、見た者がいる」

「だったらその目撃者を連れてこい。何処《どこ》のどちら様だ、姓名を云えるか」

「それは、まあ何だ、すぐに連れてくるのは難しいが……」

「しばらく付き合ったから解かるが、お前らは集団の威を借りて憂さを晴らしているだけじゃないか。東京はいつからそんな奸物《かんぶつ》俗物の溜まり場になりさがったんだ。どいつもこいつも愚にもつかないペテン師の、猫被りの、わんわん鳴けば犬も同然の奴等だ！」

ただ一枚の弁舌で昂《たか》ぶった数十人を承服させる手際はなかったが、奸物たちと喧嘩をするための言葉の蓄《たくわ》えはあった。ついさっきまでそちら方に与《くみ》していたことは棚に上げた彼が、怒張する男たちをやりこめようとしていた矢先、団章つきのヘルメット帽をかぶった若い男が馳けてきて、濁った水で満たした一升壜を突きだした。

「これが証拠だ、井戸の水だ。そんなに云うならここで干してみろ」

夜郎自大《やろうじだい》なくせに抜け目がない連中だ。一寸《ちょっと》先の井戸まで走ってわざわざ汲んできたと見える。何だ水ぐらいこの通りだ、と壜を攫《つか》んだ右手の親指には古いナイフの創痕《きずあと》、死ぬまで消えない無鉄砲の刻印――そのとき彼の脳裏を、子供の時分からさんざん云われてきた言葉がよぎった。こいつは碌《ろく》なものにはならない、乱暴者の悪太郎、乱暴で乱暴で行く先が案じられる――それでもこう云う者もあったのだ。「**あなたは真っ直ぐでよい御気性だ**」

だいたいこんな仕方で黙らせようという魂胆が浅ましい。壜の中には汚れた泡《あぶく》や虫の死骸、正体の知れない膿汁《うみじる》も混ざっていたので嫌な心持ちがしたが、これ以上の談判をするのも胸糞《むなくそ》が悪いので、縦に横に一升壜を攪拌《かくはん》してから、伸《の》るか反るか、壜底を天に突き上げて喇叭《らっぱ》飲みしてやった。二口、三口、四口に分けて、最後の一滴まで干した。

怖いようでもあってしばらく黙り、体内の調子を探って目をきょろきょろさせたが、特段におかしな異変はない。これでどうだ、おれの勝ちだと彼は勢いづいた。何が毒なものか、痛くも痒《かゆ》くも苦しくもなんともないぞ。

「お代わりは真っ平御免だが、なんなら井戸に飛びこんで行水だってしてやるぞ」

朝鮮人の潔白を証《あか》し、面目も保つことができて気を好《よ》くした彼は、どんなもんだと誇って一升壜を投げ返したが、勢いよく投げすぎて、自警団の団長の向こう脛に擲《たた》きつける恰好になってしまった。逆上した男たちが、そこを退《の》け、と腕ずくで排除しようとしてきたので、彼も退《ひ》くに退けずに両手で突き返すと、わっと云う声がして大勢が飛びかかってきた。鉄の棒で横腹を撲《なぐ》られ、幾つもの腕に捕まって地面に圧《お》さえられる。喧嘩には覚えのある彼でも多勢に無勢、助太刀をくれるはずの朝鮮人は縛られているので孤立無援だ。三、四十人が相手ではさすがに苦しい。押さえつけられた頭や肩に足蹴りの雨が降ってくる。片腕をほどいてその足の一本を攫んで、下からすくった。拘束から肩を抜き、両手を突いて下から頭突きを見舞う。立てつづけに数人に見舞った。そこでまた背中をどやされた。うなじから肩胛骨《けんこうこつ》にかけて痛みが走った。鋭い鳶口の尖端が頰をかすめて、顔がひっつれたようにぴりぴりした。やっちまえやっちまえと声がつらなる。泥《すっ》鼈《ぽん》なみのしつこさと敏捷さは自身でも誇れるところなので、群がる男たちを張り飛ばし、張り飛ばされて、こうなったらどちらかに死人が出るまでやってやる、横死したところで悲しむ家族があるでもなし、と気を吐いて四方八方に拳をふりまわしていたところで、

「私は、毒が混入されるのを見ましたぞ」

喧騒の只中に、よく通る声が響き渡った。

それは、神通力を伴ったように浸透の度が高い音声《おんじょう》だった。

彼には、よくよく聞き覚えのある声だった。

落雷に衝《う》たれたように誰もが身を震わせ、声の方を一斉に向いた。

確かに見知った姿形があった。銘仙《めいせん》の着物をまとい角袖《かくそで》を肩に掛けている。隠居した名将元帥にも痴《たぶ》れた御大尽《おだいじん》にも、骨董屋にも山師にも、呑舟《どんしゅう》の魚《うお》のごとき巨魁《きょかい》にも見える一人の老翁が白い髯《ひげ》をまさぐっていた。傍らには二人の女を随伴している。

孤立した彼にとっては、援軍であるはずだった。だと云うのにその第一声が「毒を入れるのを見た」とはなんだ。それは排斥の側に与する言葉だ。敵と味方をあべこべに擁護している。しばらく会わないうちにいよいよ気が触れたのかと勘繰りたくなったが、

「この天変地異が、流言と蠟燭《ろうそく》の火が、貴公ら衆生《しゆじよう》の心に毒を廻らせた」

そう云い放つと老翁は、頭上にバッと紙切れを撒《ま》いた。お供の女たちも一緒になってばら撒く。束になっていた紙片が風に吹かれ、分散して男たちの元に舞い降った。彼も一枚を取って見れば、戒厳司令部が作成したビラだった。

注意!!!　有りもせぬ事を言觸らすと、處罰されます。
朝鮮人の狂暴や、大地震が再來する、囚人が脱監したなぞと言傳へて處罰されたものは多數あります。
時節柄皆様注意して下さい。

大地に突いた洋杖《ステツキ》に掌《てのひら》を重ねると、翁《おきな》はカツンとひとつ足元を打ち鳴らした。

「ごもっとも、ごもっとも。だがこの朝鮮人の狂暴なるくだりについては官憲が噂の火元という

説もあります。有事に異邦人を懼《おそ》れる心理は、中央から民間へと還流している。それを止せと云うのだから、西洋ではこれをマッチポンプと呼ぶ」

そもそも各地の自警団は、警察や憲兵隊が組織させたものであり、震災の直後はむしろ治安行政に当たる側が朝鮮人警戒の風潮を強めていた。警察や軍がお墨つきを与えたことが自警団の横暴を後押しして、野放図《のほうず》な暴虐が関東一円に拡がっていったのだと翁は云った。

「大仏さんの頭が首からもげるほどの変災、右往左往するのは仕方ないが、謬見《びゅうけん》に惑わされた暴虐はそろそろ慎まれるがよろしい。少しは落ち着きなさい、さもなくば孫子《まごこ》の代まで汚名を残すことになりますぞ」

黙ってろ老いぼれ、しゃらくせえ！　威喝した自警団の一人が、逆上にまかせて翁に竹槍をふるった。ちょうど降ってきたビラの一枚を串刺しにして、槍の尖端が喉元に突きこまれたが、すんでで横に躱《かわ》した翁は、節くれだった右手で竹槍を攫み返して、

「私にこれを向けるとは、無体な……」

炯々《けいけい》たる瞳を剝《む》きはなつ。嗤《わら》うとも嘆くともつかない気魄《きはく》を漲《みなぎ》らせ、突いてきた男の顔色を失《がんしょくな》からしめて、嬰子《やゃこ》を捻《ひね》るように尻餅《しりもち》を突かせてしまった。そういう常人離れの手妻《てづま》をやってのけるあたりが、この怪老を怪老たらしめている一因だった。

数年ぶりに彼の前に現われた翁は、変わらぬ眼差しで、変わらぬ調子で語りかけてきた。

「勇み肌の坊っちゃん、あいかわらず無茶をなさる。しかし見事な喇叭飲みでしたな」

「そっちこそ、くたばったかと思った」

「この震災で、私が？」

「こっちも随分と探したんだぞ。上京《あが》ってきていると云うのに見つからないから、瓦礫の下敷きになったか、火事で焼け死んだかと思った」

「我らも罹災《りさい》は免れなかった。ちょうど朔日《ついたち》の朝に入って、地震と大火とかかるのちの混乱で離散して、再び集《つど》うまでに数日を要した。坊っちゃん、あなたを探しだすのも骨が折れた」

「だから、おれをそう呼ぶなと云うんだ」

坊っちゃん＊8と彼を呼ぶのは、小日向《こびなた》の養源寺《ようげんじ》に眠っている清《きよ》と、彼女の亡きあとに知己《ちき》を得た翁とその一党の者だけだった。出逢ってから十数年の歳月が流れていたが、まともに齢を数えるなら彼も四十代、いまや五分刈ですらなし、坊っちゃんと呼ばれる筋合いはどこにもない。旗本の元は清和源氏《せいわげんじ》、多田《ただ》の満仲《まんじゆう》の後裔《こうえい》だと伝えてあったが、翁曰く「この私の年輪からすれば、大抵の者は坊っちゃん嬢ちゃん」「竹を割ったようなその気性は、坊っちゃんと呼ぶにふさわしい」と煙《けむ》に巻かれる。再会するたびに呼称の問題を問い直すのが習いとなっていたが、改善された例《ためし》は一度もなかった。

親方がそんな風だから一党の他の者たちも真似をする。坊っちゃんと顰《ひそみ》に倣《なら》って呼ばわる者は、時を経ずして実の姓名を尋ねてこなくなる。百歩譲って年長者にありがちな頑迷固陋《がんめいころう》と受け流せればよかったが、唯一の後輩に当たる年若の娘まで「坊っちゃんさん」と撞着《どうちゃく》してはばからないのだから敵《かな》わなかった。

「喧嘩は止してください。生まれた国は違っても、おなじ人間じゃないですか」

その新入りの娘が、もう一人の婦人とともに、朝鮮人を庇《かば》い立てする楯になっていた。

「お願いですから、乱暴は止してください。朝鮮人にだって怖い人もいれば優しい人もいて、悪い人もいれば良い人もいます。日本人とおんなじです！」

故事来歴を一人びとり言挙《ことあ》げしていては忙《せわ》しないが、この娘は**薫**《かおる》*9と云って、桃色の櫛《くし》を挿して黒髪をまとめ、芸者の着物姿ではなく青い花模様の洋装《アッパッパ》を纏《まと》っている。卵形の小さな顔に黒眼が潤んで輝きたち、誇張して描いた娘の絵姿のような娘だった。

坊っちゃんのあとに翁の一党に加わった十九の娘だ。修善寺《しゅぜんじ》、湯ケ島《ゆがしま》、天城峠《あまぎとうげ》を越えて下田《しもだ》の界隈を廻っていた旅芸人の一家の末の娘で、坊っちゃんとおなじく**血の恩寵**をもって常人の理《ことわり》を逸脱していた。

「坊っちゃんさん、顔から凄い血が出てる！」薫が坊っちゃんの身を案じる。「一人きりで無理をなさっちゃいけないって翁も云ってるのに」

「よう踊子、大変な災難だったな」坊っちゃんは屁《へ》の河童《かっぱ》を装って先輩風を吹かす。

「ええ、凄い地震でしたね、もう吃驚《びっくり》しちゃった」

「東京の名所を巡りたがってたのに、それどころじゃなくなっちまったな」

「その名所巡りをしていたら、地面がいきなり揺れたんですよう」

「このぐらいの頭数なら、無理のうちには勘定されないんだがな。おれを誰だと思うんだ、喧嘩の本場で修行を積んだ兄さんだぞ」

「乱暴につられて乱暴してちゃあ、切りがないじゃないですか！」

物怖《ものお》じしないで瞳を揺らすと、爪先で背いっぱいに伸び上がって、自警団の男たちに向けて両手を頬の横で合わせる。ね、ね、お願いですからもう止してくださいねと言葉を尽くして、開けっぴろげに相手の胸襟《きょうきん》に飛びこんでいくのだ。

「これでお仕舞、お仕舞。皆さんもお家に帰ってくださいね」

あまりにも屈託がなさすぎる。血の気の多い修羅場に似つかわしくない説得だったが、これがなかなかどうして効き目があった。常にそうなのだ。薫と向き合った者は老若男女によらず、心に清水を感じる。頭の濁りが拭き清められたように澄み渡って、誰であれこころもち口元が緩《ゆる》んでしまう。

翁たちの寵愛を集める一党の真心。芳紀《ほうき》の娘に特有のおきゃんな物腰も好ましい。怪しい翁の気魄に圧され、処罰のビラに脅かされ、詰めの一手で薫に毒気を抜かれた男たちは、一人また一人と得物を下ろしていく。そいつらが何かやらかしたら貴様らが責任を取れよ、と捨て台詞を吐きながら路上を歩き去っていった。

「あなたもいらっしゃいな、坊っちゃん」もう一人の女の声が響いた。「痛いでしょう、傷を癒やしてさしあげます」

「このぐらいなんでもない」坊っちゃんはあくまで屁の河童を装った。

「強がっちゃいけません、おいでなさいな」

「それじゃあ、そいつらのあとでいいから」

「そうね、待っていらして」と云うと朝鮮人たちを抱きすくめ、練り絹のように色白な掌《たなごころ》を一人一人の創傷や打撲傷にかざしていく。「動いてはいけません、そのまま凝《じ》っとしていらして。ほら……痛くない、痛くない……」

掌《て》をかざされた朝鮮人たちは、かざされたところから傷が癒えていくのを驚きと若干の恐怖をもって見守っていた。同時にその女《ひと》の柔らかく馥郁《ふくいく》とした声音に、肉《しし》つきの豊かな肢体に、たおやかで﨟長《ろうた》けた美貌に、ことごとく生気を抜かれて酩酊《めいてい》したような面持ちになっている。

被災地ではさすがの**聖**《ひじり》＊10もイブニングドレス姿とはいかないようだった。紫一色のシャツと長いスカート、紗《しゃ》の前垂れのついたトルコ帽という服装に自重している。この御婦人の故事来歴になるとさらに一筋縄ではいかない。かつては若狭《わかさ》国の漁村の娘だったが、翁からの**血の恩寵**《かつごう》に与《あずか》って以来、痛みや病を治療する神通力を得るにいたった。薬師様の生まれ変わりと信心渇仰を集めた彼女は出家して比丘尼《びくに》となり、人魚の肉を食したとも噂されたが、八百年におよぶ歳月を生きたのちに、反動のように尼《あま》の禁欲をうっちゃって、打って変わって欲望に忠実に生きるようになった。飛騨《ひだ》の山中で旅の薬売りや僧侶を誑《たら》しこんでいたが、翁の再訪を受けたことで正気に戻った。高野聖《こうやひじり》と呼ばれる遊行の僧を食い物にしてきたために、聖、といつからか当世風の名前で呼ばれるようになったと云う。

魔女《ウィッチ》、と云う言葉がこれほどしっくり来る御婦人も珍しい。一体どれだけ眉に唾を塗りたくったら足りるんだ。あまりに面妖な来歴、八百年もの長命、驚くべき治癒の霊力——ここまで来るといよいよおなじ列島の話とは思えない。奥深い峠道で旅の僧を生贄《いけにえ》にしていたなんて、坊っちゃんに云わせるならそれこそ狐狸狢《こりむじな》や山姥《やまんば》の類《たぐ》い、伝承や怪異譚に出てくる妖怪の他の何者でもなかった。

朝鮮人たちを解放すると、四人は荒れ果てた街路を歩きだした。電燈も瓦斯燈《ガスとう》も点《つ》かない東京の夜は昏《くら》かった。側溝には犬や猫の亡き骸が詰まっていて、路地の裏手をうごめく孤児たちが焼けたトタンに餅を載せて下から焙《あぶ》っている。路上にはいきなり畳や箪笥や椅子が現われて、壁がない他人の居間に迷いこんだような心地になる。何らかの事情で避難所に入れない者たちが、破《や》れた蚊帳《かや》を吊って路上暮らしを始めている。翁は杖の先端で道々の瓦礫を除《よ》けながら、九月朔日の罹災について詳《つまび》らかに語った。

「私は浅草の凌雲閣《りょううんかく》に上っていた。雲を凌ぐと謳《うた》われる高殿《たかどの》を見ておきたくてね。最上階で見料一銭を払って望遠鏡を覗いていたところで、階下から激しい震動が上がってきた」

楼閣がゆたりゆたりと撓《しな》っていた。巨《おお》きな木槌をふるってこの塔で達磨《だるま》落としを試みているようだった。これは安政の大地震並みか、と翁は己が経験則から察する。膝骨の裏が震えて、頭から爪先まで激震に呑みこまれたそのとき、轟音が耳を聾《ろう》した。展望台から見晴らす風景が、揺れながら天に向かって上昇を始めた。すぐに何が起きているかは解からない。天と地とが離れていることを止めたような——急変しているのは外の景観の方ではなかった。建物の方だ。巨人が膝から頽《くずお》れるようにして、帝都の誇った大廈《たいか》高楼《こうろう》があえなく崩れ落ちている——

飛散する煉瓦《れんが》。濛々《もうもう》と上がる土煙。すぐそばの花屋敷の檻が破れたのか、数えきれない鳥類が羽根を散らして翔《と》びまわっていた。最上階の展望室には十数人の登閣者があったが、八階で建物が折れるように倒壊したために一人残らず地上に振り落とされた。助かったのは福助足袋《ふくすけたび》の看板にひっかかった翁一人だった。

「……それは、本所の被服廠《ひふくしょう》並みの大惨事じゃあないか」坊っちゃんは立ち眩《くら》みをおぼえた。「助かる方がおかしい。つくづく不死身の爺だな……」

「地上に降りると、私は別行動をしていたお嬢さん方を探した。浅草の一帯はことごとく焼失していた。隅田川のこちら側も向こう側も、地平がきれいに見渡せるほどの焼け野原となり、焦げた建物の残骸が煙を上げていた」

「私は、聖さんとおりました」薫が言葉を継いだ。「カフェーで珈琲《コーヒー》をいただいて、それから浅草歌劇《オペラ》の開演時刻まで谷中《やなか》見物をしていたんです」

「女二人で積もる話もございましたから」聖はたおやかに微笑む。

「このところ聖さんは」と翁が云った。「ことあるごとに薫と密談をする。私は除《の》け者でしてな」

「男女の睦《むつ》みや房事《ぼうじ》には、早いうちから精通しておいたほうがよござんす。ねえ、薫さん」

「はい、勉強させてもらってます」

「薫さんと私は、倒壊の巻き添えなどにはならず、猛火に命を脅かされることもございませんでした。けれど泊まっていた旅館は燃えてしまったので、置いてきた衣類はすべて灰です」

「お寺も社《やしろ》も火事になっちゃって、だけどあの有名な天王寺《てんのうじ》の五重塔は無事でした」

「最後まで見つからなかったのは六条院《ろくじょういん》だ……」翁がつづけて云った。「大変な目に遭って放心していたが、どうにか持ち直して、今は我々が逢うべき男の消息を追っている」

「マロ公も来ているのか……」

「かつての人々は、地震を神の啓示、大鯰《おおなまず》の潑溂《はつらつ》と見たものだが……」

翁は余燼《よじん》の冷めない街並みを、瓦礫と灰燼《かいじん》にまみれた都を静かに見渡した。

「貴賤《きせん》無差別、貧富平等にもたらされる自然の大威力が、しかしこれほど何もかも破壊し滅却し尽くすとは、天道是か非か……この変災によって家族や財産を失った衆生の怒りや憎しみがなぜかくも朝鮮人に向かうのか。その背景には労働運動や民権運動、女性運動などの活性化、植民地の独立運動、それらから生じる反乱や暴動にかねてから警戒を強める支配権力の思惑があるだろう。袖手傍観《しゆうしゆぼうかん》もまた加虐なり。国政は衆生を映す鏡だが、逆もまた真なり」

「最前も云っていた話だな。あんたは初めて逢ったころから、お上が嫌いだったもんなあ」

「帝国主義の野心を強めるこの国は、内憂外患によって五里霧中にある。そうしたなかで降ってわいた天変地異だ。この混乱を奇貨《きか》として、朝鮮人のみならず労働組合や無政府主義者にも手を伸ばそうとするだろう」

「どさくさにまぎれて、政府に楯突く国賊を根こそぎにしようと云うのか、いくらなんでもそんな思慮分別のない真似はしないだろう」

「昨夜、亀戸《かめいど》で労働組合の活動家たちが斬首刺殺された。公表はされていないが、亀戸署ではなく軍の処断によって実行されたと云う。運動家たちは赤裸《あかはだか》に剝かれて、一般の火葬場に投じられたそうだ」

「……嘘だろう、軍部がそんな破落戸《ごろつき》の真似をするものか」

「陸軍参謀の動きが殊に胡乱《うろん》だ、と大杉《おおすぎ》は云っておる」

「大杉栄《さかえ》か」

「我々を東京に呼んだのは大杉でな。ここ十年ばかり疎遠になっていたが、有事の暁《あかつき》には招聘《しょうへい》に応じる盟約を交わしている。天下国家を揺るがす情報を攫んだのであろう。朔日に上京して話を聞くはずが、罹災によって遅れてしまった。我々はただちに大杉と逢って、その口より伝えられる事柄を吟味しなくてはならん」

「そう云うことなら、急いで探しに行くといい。おれのことはお構いなく」

坊っちゃんがそう云うと、翁だけではなく薫と聖も、何も言わずに彼の顔を熟視した。

「何だい、顔の中をお祭りが通りゃしまいし。そんなに凝《じ》っと見るんじゃない」

「手を貸してもらいたい、一緒に参られよ」

「あんたが誰とつるんでどう動こうが勝手だが、無条件でおれを勘定に入れるのはどういうわけだ。従前《まえ》から云っているように、おれはアナキストの跳梁《ちょうりょう》に与するつもりはないんだよ。こう見えても忙しいんだ」

「だけど坊っちゃんさん、自警団は放っぽっちゃったじゃないですか」

「そうね、市電も停まっているし。妻も子もないし」

薫も聖も、同行を得られて当然、という態度でいるのが坊っちゃんの癪に障った。

「それはそうだが、色々の用事があるんだよ。数日ばかりぶらつこうと云うなら付き合わんでもないが、翁、あんたの大好物の隠密行動に加わるのは御免だ」

「それが震災後のこの国の、危急存亡にかかる問題であってもかね」

「だからそうやって、無暗《むやみ》に風呂敷を広げるのはよせ」

あんたの悪い癖だぜ、と坊っちゃんは突っぱねた。安否を確認できたのは良かったし、もうしばらく懐かしい顔を眺めていてやってもよいが——

翁。

翁の一党の頭目。神出鬼没の怪人。

翁の一党が動くか動かないかは、翁が決断している。

恐ろしく理智に富んでいるかと思えば、斑惚《まだらぼ》けした遁世者にしか思えないときもあり、翁自身が真意や実体を気取られないようにすすんで融通無碍《ゆうずうむげ》に振舞っているふしもあった。

故事来歴を云うなら、この翁の出自にいたっては眉唾を通り越して神話や伝承の域に達している。斑惚けがもたらした妄想の産物を聞かされていると疑ったことも屢々《しばしば》だ。翁の本名は讃岐造《さぬきのみやつこ》と云い、生を享《う》けたのはなんと平安時代。妻とともに山里に暮らし、竹を刈って竹製品を作ることで生計を立てていたので**竹取の翁**[*11]と呼ばれた。高齢ながら子に恵まれていなかったが、ある頃から竹藪で拾った女児を育てた。この子が類いまれな美しい娘に成長し、幾人もの公達《きんだち》や御門《みかど》にまで求婚されるほどになったが、あにはからんやこの娘は地上の人間ではなく、月世界の住人だった。ある年の十五夜に迎えがやってきて、仏教の来迎図《らいごうず》もかくやの月の使者たちの目映《まばゆ》い瑞光《ずいこう》のようなものを総身に浴びたことによって、翁自身が生老病死を超越した天人のごとき生命を得るにいたったと云うのだ。

翁曰く「不死かどうかは死んでみていないのでわからぬが、不老であることは間違いない」。秘めたる霊威に与った翁は、それから諸国を行脚《あんぎゃ》して、四季の豊かな自然に接し、大陸や島嶼《とうしょ》にも渡ってそれぞれの歴史や文化や風俗を学び、あまねく見聞を広めながら人の世の混沌、無垢と悪意、光と陰、森羅万象の摂理をその身に吸収して、悠久の歳月をかけてこの国の行方を見つめつづけた。やがて時代の表と裏に通じた博覧強記の怪人となって、国や主君に仕えず権威や富に執着せず、己の信念によってのみ禁忌や境界を越えて暗躍するようになる。政界や財界、華族、市《し》井《せい》の者から山の民まで広範に亘《わた》る人脈を築いてきたが、明治大正の世になってその思想は、ある種の社会主義者や無政府主義者と共鳴するに至っていた。

だけどこの翁だけはなあ。聞くたびに細部が食い違っているし、まったく異なる筋書きをつらつらと語ったりもするし、お頭《つむ》の記憶を司《つかさど》る領野が幻の過去を捏造《ねつぞう》して、夢と現《うつつ》の境界をあやふやにしていると云うこともあるぞ、と坊っちゃんは思っていた。

とはいえ彼自身、瀕死の重傷を負った事故で翁に輸血を受けたことで露命をつなぎ、これが**血の恩寵**となって長寿・不老をもたらされていたので、翁が千歳《ちとせ》を生きる超越者であると云う話は信じざるを得なかった。すなわち血と血が混淆《こんこう》し合い、ある種の条件に適うことで、翁の浴びた瑞光は血を媒介して他者にも注がれる。その者の天命を引き延ばす仕儀になるので、翁もよんどころない事情があるか、よほど見込んだ者でもないかぎり血を授けることはなかったが、ひとたび恩寵を分けた者とは一蓮托生《いちれんたくしょう》の契《ちぎ》りを結び、ときに思想信条を重ね、ときに反目して離合集散を繰り返しながら、この国の節目や分水嶺《ぶんすいれい》において名もなき一党の足跡を歴史の裏に残してきた。古参に聖たちがいて、坊っちゃんや薫が謂《い》わば同族の裔《すえ》に当たっていた。

「我らが動くときが来た」と翁は云う。己《おの》が血を分けた者たちへ雄弁をふるう。「革命思想も現体制の動静も、畢竟《ひっきょう》すれば世の泡《あぶく》。浮かんでは爆《は》ぜるもの。それでもこれほどの天災地変の直後には、過去と現在のはざまに線を引くような、世の潮目が変わるような事態が出来《しゅったい》する。ときには悪しき力が台頭して冥府魔道《めいふまどう》が口を開く。民衆の営みを、この国の財産を死滅させるものに抗うために、我らはそのためにこの世に在るのだ」

翁は、焼けた瓦礫を割った。大きな鴉が嘴《くちばし》を空に向けて、啼《な》き声を上げた。坊っちゃんは、腐った杏《あんず》のような臭いを嗅いでいた。路傍には片付けられていない死骸が残っている。焼死、圧死、餓死、あらゆる死の様態が、夜の市街に陳列されている。

天災はまだ終わっていない、と翁は人知れず呟いた。

三

あの日あの刻、**六条院**[*12]は吉原《よしわら》の廓《くるわ》にいたと云う。

翁たちとはあとから落ち合う予定で、数日ほど前から東京入りしていた。貸屋敷の二階で目を覚まして、遅い朝食を摂っていたところで罹災《りさい》した。遊女に借りた襦袢《じゅばん》を素肌に羽織って、六条院は急がずに避難した。前夜の歓楽に疲れきって寝ていた芸妓や遊女たちも地震で起きてきて、余震で揺れつづける通りには、色鮮やかな帯や足袋、着物や襦袢が千紫万紅に溢れ返っていた。

「すべての穢《けが》れや借財がこれによって清算されて、籠《かご》の鳥たちが軛《くびき》を逃れて飛んで行くとよいと麻呂《まろ》は願ったが……この時分にはまだ、手薬煉《てぐすね》を引いて待ちかまえている災禍《さいか》に想像が及んでいなかった」

鷲《おおとり》神社からも衣紋《えもん》坂からも火の手が上がっていた。このぶんではあの風雅な見返り柳も燃え落ちているだろうと六条院は頭をふった。しかしながら人々が惑うなかでも、万人に等しく降る天災ならではの趣き深い光景も見られた。罹災者に救いの手をのべていた僧侶の下駄の鼻緒が切れてしまったが、ある女が軒先に出てきて、**鼻緒をすげる端切れを渡していた**[*13]。二人は旧知であるようで、こうした土地柄、想いを添わせられなかった過去の縁《えにし》があるのかもしれない。他にも長《なが》襦袢《じゅばん》と小紋縮緬《ちりめん》の袷《あわせ》、紅絹裏《もみうら》の袂《たもと》を揺らし、お高祖頭巾《こそずきん》を冠《かぶ》った避難者がいたが、**あれは男の女装であったろう**[*14]。遊女の乳房を揉みしだいて「**豊年だ、豊年だ**[*15]」と喚《おめ》きながら逃げる者もあって、いとをかしきことよと六条院は感じ入った。

この遊廓でめぼしい避難先といったら、弁天池がある吉原公園ぐらいしかない。芸妓や遊女に交ざって六条院も向かった。家財や荷物を運びこんでいる者が多くあった。三味線を抱えてきた芸妓、畳を持ちこんで座っている遊女の一群もあったが、廓内の家や座敷を焼きはらってなお猛威を増す大火は、盛大な火の粉をふりまいて園内の荷物にも延焼した。着ている襦袢や着物、鬢油《びんゆ》の塗られた頭髪にも燃え移って、女たちは逃げ惑った。しかし火の手は狭まり窄《すぼ》まるばかり。ああ、熱い、熱い！　灼熱の責めに耐えきれずに女たちは柵を越えて弁天池に飛びこみ始める。六条院もつられて飛びこんだ。池の底は泥が深かった。女たちは号哭《ごうこく》しながら池の水で熱傷を癒やそうとしたが、池に入ってくる者が増すにつれて、すでに入ってい
た者は池の中心部に押しこまれた。

たちまち水面は、芸妓や遊女たちの体で隙間なく埋めつくされた。

池の中心部は、深かった。底まで十二尺はありそうだ。足がつく者などいない。

それでも池に飛びこむ者は後を絶たない。女たちは他人の体の上に身を投げる。顔を出しては沈められ、真上から重石《おもし》を乗せられて、杭にとりすがった女に別の女がしがみつき、その女の肩には他の女がへばりつき、溺死した者の背中を蹴って浮上し、岸辺に戻ろうとしては猛火に押し返される。他人の頭や肩や背中を飛び石のように踏み渡り、水面にわずかな隙間を見出してそこに潜りこまんとする女もあった。池の水温はすでに五右衛門風呂《ごえもんぶろ》もさながらで、火焔《かえん》はたえまなく池の表面を薙《な》いでいた。

「ああ、なんという、なんという……」

煙によって目に炎症を起こした六条院も、折り重なる肢体、乳房、太腿《ふともも》に混ざりこんでいた。数百という芸妓や遊女とともに、池の只中で揉みくちゃになっていた。

寝巻や襦袢が、振袖の裾が乱れに乱れて、複数の帯に絡みつかれる。女たちは苦痛から逃れるために修羅のようにもがき、哭《な》き、争いあう。六条院は、光る君と呼ばれたその人は、遠い日に愛した女たちの姿形を重ねる。**藤壺**《ふじつぼ》、**葵の上**《あおい》、**紫の上**《むらさき》、**空蟬**《うつせみ》、**夕顔**《ゆうがお》、**末摘花**《すえつむはな》、**朧月夜**《おぼろづきよ》、**花散里**《はなちるさと》、**明**《あか》

石《し》の御方——寝巻や襦袢の色が艶やかであればあるほど陰惨の度を増した。溺れる苦しみに耐えきれずに他の者にしがみつき、這い上がらんとして、されど燃え盛る水面に上がれば焔《ほのお》で焼け死ぬ。畢竟《ひっきょう》するにそこは愛欲の地獄であった。

「だとすれば麻呂は、いつまでもそこに没していようと思った。灼熱の温度となった池の水、膚《はだえ》の焼ける臭い、無数の鼻や口から吹きだす泡、美しく荒々しく命を焼き尽くす紅蓮《ぐれん》の炎、愛に生きる男女を煮る釜のなかで、浮かびつ沈みつ、溺れかけた女に接吻《くちづけ》で酸素を送った。それでも麻呂が救えた女はいなかったのだろう、一人も、ただの一人も……」

赤い布が泥水にまみれ、からみつきあって岸辺にまとわりついていた。夥《おびただ》しい熱傷や火傷を負いながら、それでも死ぬに死にきれずに救難されるまで、六条院はその公園を、弁天池を出ようとしなかった。ずっとそこに浸かっていた。

被災者たちのために、朔日《ついたち》より宮城《きゅうじょう》もその門戸を開いていた。馬場《ばば》先門《さきもん》から二重橋《にじゅうばし》前の外苑まで天幕やトタン葺《ぶ》きの小屋がひしめいている。上野の西郷像とおなじく楠木正成《くすのきまさしげ》公の銅像も尋ね人の貼紙だらけとなっている。無政府主義者でありながら大杉栄は、ちゃっかり宮城外苑の避難所に身を潜めていた。一足先に六条院が見つけだし、翁や坊っちゃんたちを呼ぶ恰好となったが、六条院がみずから語り起こした被災体験に、大杉は甚《いた》く感銘を受けたようだった。

かれこれ二度三度と聞いていると云うが、飽《あ》かずに目を潤ませ、陶然と溜め息まで漏らしている。坊っちゃんは思った。稀代の漁色家《ぎょしょくか》の言葉に酔えるのだから、この大杉もやはりよほどの変人には違いない。

「あなたは大変な思いをなさったな……実になんと云うか、愛欲の世界は底が深い」

何だその評。坊っちゃんは鼻を鳴らしたが、大杉は六条院に握手まで求めている。

「貴公はたしか、自由恋愛を標榜《ひょうぼう》しておられたな」と六条院が云った。

「ええ、婚姻制度は社会や経済上の束縛にすぎません」

「素晴らしい。平安の世から麻呂が実践してきたことだ」

「そうでしたね、これからは法令の結びつきに拠《よ》らない時代となるでしょう。千年もそれを先取りしていたあなたには、自由恋愛の啓蒙《けいもう》運動にも是非参加してもらいたい」

「啓蒙運動と云うと、幟《のぼり》をもって往来を練り歩くのかな」

「ええ、定例の集会なども開いています」

「ご婦人は参加するかね」

ウマが合うらしい。

たしかに似通ったところはある。坊っちゃんに云わせるなら、どちらもインテリゲンチャだがハイカラ好きのペテン師だ。**色物のシャツを着かねない手合い**[*16]だ。

この六条院と云う男は平安時代の公卿《くぎょう》で、幼少のみぎりより輝くばかりの美貌に恵まれ、数えきれない女たちとの恋愛遍歴で浮き名を流してきた。出家して嵯峨《さが》に隠棲していたころ、翁とわくらばに出逢って**血の恩寵**に与《あずか》ったのだと云う。

坊っちゃんなど及びもつかないほどに教養は高いが、翁に次いで長い歳月《としつき》を生きているわりに透徹《とうてつ》としたところがない。簡潔に云うなら女たらしの俗物だ。禁忌《きんき》をものともしない倫理無視の放蕩者《ほうとうもの》だ。たとえば坊っちゃんは美人の形容なんて出来るたまではないが、六条院はそれこそ呼吸をするように美辞麗句を並べられる。「黄昏時《たそがれ》にぼんやりと見た美しい花」「夜の風にも散らせない山桜の面影」「夕霧の晴れ間も見ぬうちに心に降る雨」「深い夜にさみしげに浮かぶ朧月」「この世で経験したことのない心地を誘う有明の月」と花鳥風月を引き合いに巧言令色を振舞っては、行き逢うほぼすべての女に、聖や薫にまで粉をかけていた。

　大杉栄とは、電車焼き討ち事件が起きた十数年前に逢ったきりだったが、この男は以降も数えきれない事件で世間を騒がせてきた。赤旗事件で投獄され、大逆事件で調べを受けて、今では押しも押されもせぬアナキストの代表格。国家からは危険人物の筆頭と目されていた。なかんずく醜聞《ゴシップ》には事欠かない好色家で、愛人との逢瀬のさなかに別の愛人に刺されて重傷を負ったこともあった。妻があっても二股三股は当たり前、というあたりからも意気投合した六条院に、大杉どのは男色や小人《しょうじん》はいかがかな？　麻呂はかつて船旅を共にした**世之介と云う男**[*17]の影響で嗜《たしな》むようになって……と持ちかけられて興味津々に頷いている。やめとけやめとけ。

「好きもの同士の談合はそのぐらいにして」坊っちゃんは痺《しび》れを切らして云った。「さっさと本題に入ってくれ。翁を呼びつけるほどの重大事があるんだろ」

「ああ、あなたは値上げ騒動のときの……」大杉はそこでようやく坊っちゃんとの接点に気がついたようだった。「燃える電車の脱線を止めたのはあなたでしたな。今は翁の配下に？」

「おれは誰の配下でもない。焦れったくて仕方がない。何処《どこ》からどんな情報を偸《ぬす》んでこさせたいんだ。要人の警護か、それとも政府を転覆させたいのか」

「声が大きい。そう云うことを軽率に口にしないでくれ。私には憲兵が張りついている。避難者にまぎれて聞き耳を立てているかも分からない。そうした可能性も踏まえて、同好の士が喋舌《しゃべ》っていると思わせておくのが得策なんだ」

大杉栄はそう云って、外苑の避難者たちを見渡した。震災発生から六日目、頼るあてのない数千数万もの被災者が残っている。親とはぐれた子供、安否の知れない兄弟姉妹、生き別れた夫婦を尋ねる声や貼紙は、六日目にして減るどころか増殖している。

広場では青空床屋が開店して、さんぱつ二十銭、ひげそり十銭、と値段表が出されている。茣《ご》蓙《ざ》を敷いて野菜や鶏卵《けいらん》や大和煮の缶詰が売られ、夜の闇にそなえて油燈《ランプ》や蠟燭《ろうそく》を売る露店も繁盛していた。所持金の乏しい者は、身の回りの品物と引き換えに食料を得ていて、貨幣制度がまだなかった時代の物々交換が息を吹き返していた。

こうした場こそが密議にうってつけなのだと大杉は云った。子供の声や夫婦の罵《のの》りあい、突貫工事の騒音にまぎれていたほうが都合が良いのだと。翁がおもに言葉を交わし、坊っちゃんはあとにつづいて外苑広場を歩いた。薫と聖は目についた露店を冷やかしたり、泣いている赤子をあやしたりしながら即《つ》かず離れず尾《つ》いてきていた。

「確かに憲兵隊は、不眠不休で治安の維持に当たっている」と大杉が云った。「その点では評価に値するが、陸軍参謀の一部の動きがきわめて剣呑です。亀戸署の事件も、朝鮮人が槍玉に挙げられている件も、私にはこのあとに起きる真の人災の前兆のように思えてならない」

「その人災ってのはなんだ」

坊っちゃんは口を挟んだが、大杉には無視された。

「私はかねてから、複数の協力者とともに参謀本部の動向を探ってきた。官邸番の記者や陸軍省の周辺にも内通者がいます。政党政治に代わって軍が力をつけてきている。戒厳令下で警察より上位の行政機関となった憲兵司令部も、参謀本部の意のままに動くと云われています」

「参謀本部が人災なのか。随分な言い草じゃないか」

すかさず半畳《はんじょう》を入れたが、無視。おれ帰ろうかな、と坊っちゃんは不貞腐《ふてくさ》れた。

「このまま大勢を掌握すべく、色々と仕掛けてくるでしょう。マルクス主義者やアナルコ・サンディカリスムの抹殺を企てるのは無論のこと……」

「アナゴ、サンディ？　なんだそれ」

坊っちゃんは訊いたが、無視。大杉はかすかに舌打ちまでした。翁がようやく振り返って「アナルコ・サンディカリスム、労働組合運動を重視する無政府主義のことだ」と教えた。だったら普通にそう云え、無政府主義かアナキストと云え、坊っちゃんは歯軋《はぎし》りして憤慨する。鼻持ちならないインテリの好色男め、穴好きストめ！

「さかのぼること二年前、欧州に出張していた陸軍士官学校の同期生によって、南独のバーデン＝バーデンで会合が持たれた。ここで陸軍の中央幕僚を中心とした軍部の立て直しや軍制改革、急進的な戦略革新などが話し合われたと云われています」

「ふむ、軍の内部にも派閥は乱立していると聞くな」

「このバーデン＝バーデンを境に、参謀本部の下部機関がある計画を主導しようとしている。噂の断片が漏れ聞こえてくるだけで、ずっとその全貌はおろか計画の一部も知ることはできなかったが、先月になってようやく、有力な情報筋から計画の呼称を聞かされた。関係者はこれを**不死鳥計画**と呼んでいるようです。翁、この符牒《ふちょう》に聞きおぼえは？」

「いや、初耳だ。我々を呼んだ理由はそれかね」

「そうです。ここからがもっとも肝要なところなのですが、この**不死鳥計画**にともなって参謀附の密使が、今年の春先から富士の裾野に足繁く通っているようで……本栖《もとす》湖の古城に出入りしていると云うのです」

「待ちたまえ、富士の本栖湖と云ったか。それは確かなのか」

「ええ。私はいつだったか、他でもないあなたに聞かされた話を思い出した。教えてくださいましたね、本栖湖の霧の奥処《おくが》にそびえる**纐纈《こうけつ》城**＊18のことを……」

コウケツ、嬢《じょう》？　知らない単語がまたぞろ出てきたが、今度は翁も意味を説かなかった。「麻呂は、悪夢の続きを見ておるのか」「嘘でしょう、これだけの震災のあとで次は纐纈城ですって」古参組の貴族や魔女は憶《おぼ》えがあるようで、忌み名にでも接したように過剰な拒否反応を示した。何よりもいつなんどきでも動揺や狼狽《ろうばい》を見せることがない翁の、鬼気迫った神妙な横顔を目の当たりにするのは初めてだった。

「陸軍参謀と纐纈城が、どうして繋《つな》がるのだ……」翁の声はこころなしか擦《かす》れていた。

「参謀本部ぐるみなのか、下部機関の独断専行なのかは今のところ不明です」

「だからこそ我々を呼んだのだな」

「あなたに聞かされた逸話が、私の胸騒ぎを煽《あお》るのです。尋常ならざる策謀が進んでいるのではないかと……軍部がさらに力を強めているこの時勢に、水面下で進めていた計画を一気に前へ動かすと云うことは充分にあり得ます。翁、あなた方には参謀本部の狙いと動向を、纐纈城との間で何が起きているのかを探ってもらいたい」

参謀本部の密使たちは間を置かず頻繁に出かけている。すぐにでも本栖湖へ発《た》てば、そこに現われる密使を捕捉できるでしょうと大杉は云う。おい待て、震災の余燼も冷めやらないこんな時期に風呂敷を背負ってえっちらおっちら遠出のお使いをしろと云うのか。坊っちゃんは問い質《ただ》したかったが、「断わる訳には参りますまい。纐纈城と対峙できる者が、他にいるとは思えない」と翁はあっさり依頼を受諾してしまった。

「ありがたい。私も同行したいのは山々だが、憲兵の監視があってはそれも許されない。だがあなた方なら、この震災ののちに変わりゆく世界を見極めて、望ましくない権謀術策とあらば水際で食い止めてくれると信じられる」

「大杉、君も油断してはならん。軽挙妄動はしばらく慎まれるがよかろう」

「私なら検束には慣れている、心配は無用です」

「現在の軍部は、何をしでかすかわからぬから」

「道中の無事を祈ります」

大杉栄からの情報に基づいて、参謀本部および纐纈城の謀《はか》りごとと動静、そして最終目的がいかなるものかを隠密裡に探るべし――それが翁の一党に託された特別の任務だった。

大杉と別れてからも、聖や六条院の動揺は甚《はなは》だしく、わけも分からず不安そうな薫のみならず坊っちゃんにまで胸騒ぎが伝播《でんぱ》していた。剣呑な予感がうなじを舐めている。何やら途方もない厄介事に首を突っこみかけているのではないかと――

富士の裾野、本栖湖の中心部には知られざる水城《みずき》があって、城の異名は一部の者にとって魔界と同義になっている。たえず煙霧に覆われ、湖畔から城の外観を見晴らすことはできないが、そこには富士に由来する人外の者、世俗を逐《お》われた梟猛《きょうもう》な殺人鬼、怪しき異教の講集団などが出入りしている。城の主にいたってはかつて地方都市に現われて、史上に類なき屍者《ししゃ》に算なし、と謂《い》われる空前の惨禍を引き起こしたと云う。それが纐纈城――

「あすこはよろしくない、纐纈城、あすこだけは……」

浅からぬ因縁があるのか、悪夢と眩暈《めまい》に結びついた記憶を忌むがゆえか。

深淵を覗きこんだような面差しで、翁はいつまでも不穏な言葉を繰り返していた。

四

飢えと渇き、流言蜚語《りゅうげんひご》、自警団のとめどない蛮行。未曾有《みぞう》の災害にさいなまれた東京にいても生きた心地はしなかったが、走る列車の上にしがみついた坊っちゃんは、東京を離れる列車に乗ってまで客死《きゃくし》の危機にさらされていた。

「だからおれは行きたくないと云ったんだ！」

大混雑した車内から押しだされ、走る列車から振り落とされそうになった。かろうじて兵児帯《へこおび》で窓枠に腰を括《くく》りつけたが、それでも鮨詰《すしづ》めの乗客に押されるので懸垂で体を引き上げ、客車の屋根によじ登った。駒下駄を脱ぎ、突きだした螺子《ねじ》の頭を足指ではさみつけ、顔の皮をぶるぶると液状に顫《ふる》わせる強風に逆らって列車にへばりついていた。突きだした木枝に背中を切り刻まれ、手足の指には血が滲《にじ》んで、煙突から噴きだす煙を浴びすぎて頭がくらんで気絶しそうになった。

何くそ、転落なんぞしてたまるか！　烈風とともに破《や》れ凧《だこ》のように飛んでいきかける意識を、坊っちゃんは薄皮一枚でつなぎ止めた。

どうしてこんなことになったのかと云えば、六条院の所為《せい》だ。あの公卿《くぎよう》が乗りこんだ列車で起きる騒動に知らんぷりを徹《とお》し、喧嘩の仲裁をして戻った坊っちゃんの座席を奪ったからだ。さらには翁の所為だ。あの老翁が巧まざる弁舌でまるめこみ、大杉栄に託された任務に坊っちゃんを巻きこんだからだ。もっと云えば鉄道省の所為でもあった。食糧難や避難所の氾濫《はんらん》を持てあました政府が、いっそ地方に市民を放りだしてしまおうと列車代を無賃にしたからだった。

おかげで故郷や身寄りのある者はこぞって駅に殺到し、客車はいずれも押しくら饅頭《まんじゆう》となった。避難民がひしめき合い、暑熱《しよねつ》と人いきれのなかで身動きもままならない。押した押さない、足を踏んだ踏まないで罵《のの》り合いになるほどに殺気立って、連結器の上やわずかな列車の突起にしがみつく者たちは他人《ひと》を押しやり、蹴り落とし、引きずり下ろしてでも自分の空間を保つことに血眼になっていた。

「こんな列車の旅はいやだ、運行の本数も増やさず無賃なんぞにするからだ」

あれよあれよと坊っちゃんは、車内の中ほどから窓際、窓際から窓の外、窓の外から屋根の上へと押しだされていた。煙の吸いすぎで眩暈《めまい》がする。金盥《かなだらい》一杯の熱水を前方から浴びつづけているように、湿気をたっぷり含んだ風が皮膚に焼きつき、嗅覚が失せて、顔の皮が骨に張りついた。髪の毛も飛白《かすり》の袷《あわせ》もすっかり煤《すす》だらけになってしまった。

「帰郷先があるならお上《のぼ》りさんか、そうに決まっている。だから田舎者は救いがない。都会に憧れてきたんだろうに、震災が起こるなりどいつもこいつも逃げだして、首都が復旧したらまたのこのこと帰京するに違いあるまい」

こんなことなら東京を離れるんじゃなかった。市電の運休で仕事がなくても避難所でのっそつしているんだった。おれは間諜でもなければアナキストでもない、俸給で食っている鉄道技手だ。大杉が特別の手当を約束したわけでもなし、翁への義理立てにも限度がある。天下国家の一大事になるかも知れぬと口車に乗せられて、仕方なしに列車に乗るだけ乗ってみたところ、富士にも着かないうちから命を散らしかけている。ここで意識を失くせば転落死だ。気を張るためにも翁や六条院に、自分以外のあらゆる乗客たちに漫罵《まんば》を向けずにいられなかった。

屋根にへばりついた坊っちゃんもさることながら、車中の翁たちも安穏としてはいられなかった。客車からたびたび「ここに朝鮮人がいるぞ！」と声が起こり、震災から一週間が過ぎたのにまだやっているのか、と閉口しながら袖手傍観《しゅうしゅぼうかん》もしていられない。

疑惑をふっかけられた乗客が、殺気を隠さない群衆に責めたてられ、押しくら饅頭はいよいよ命がけになる。途中の停車駅では各地の自警団による列車検《あらた》めが行われ、錆刀《さびがたな》や熊手や六尺棒をたずさえた男たちが乗りこんでくるさまが屋根の上の坊っちゃんにも見てとれた。薫は真心をこめた説得に大忙し、標的になった者の負傷を癒やすので聖もぐったり。追いだせ追いだせ！　大合唱とともにプラットホームに群がる自警団の元へ放りだされた者がいて、血祭に上げられそうになったので、坊っちゃんは見かねて屋根から飛び降り、足搦《あしがら》をかけるなどして大立ち廻りをしなくてはならなかった。

おかげで列車は発《た》ってしまったが、ホームで伸びている坊っちゃんを「おぬし、どこに乗っておった」「顔じゅう真っ黒けですよ」と翁や薫たちが覗きこんでくる。降車駅を聞きそびれていたが、もとよりここで降りる算段だったらしい。

「狼藉《ろうぜき》はどこもかしこも同じか。朝鮮人かどうかも知れないうちからさんざん威《おど》しつけて、多勢で責めたてて清々《せいせい》としてやがる。狭い田舎で退屈だから暇潰《ひまつぶ》しにやるんだろう。どいつもこいつも話せない奸物《かんぶつ》だ。漬物石でもくくりつけて海に沈めてやるのが日本のためだ」

「朝鮮人暴動のデマ、集団暴行の気運までが列車に乗って、千葉や埼玉、群馬などにも拡大しているようだ。報道や官製のビラによる制止は、流言の拡がりの後塵《こうじん》を拝している。ちょうど今時分は、関東近郊こそが無法の盛りかもしれんな」

「そんな剣呑な時分にどこに寄ろうと云うんだ。富士とは方角が違うじゃないか」

「向かうのがあの纐纈《こうけつ》城ともなれば、こちらも万端の備えをせねばなるまい」

富士方面へ直行する東海道線には乗れなかった。根府川《ねぶかわ》駅に入りかけていた列車が震災に見舞われ、地滑りの土石流に呑まれて駅舎もろとも海に転落する大惨事があったのだ。あちこちで線路も寸断されて、品川から御殿場《ごてんば》までの区間は全線不通、復旧の目途がついていなかった。

翁はたった一日で手配をして、一行は高崎線に乗っていた。途中下車して熊谷《くまがや》近在の豪農を訪ねると、欧米より輸入されたトラックを借り受けた。T型フォードのトラックシャーシ。自家用車はまだ普及していなかったが、震災によって崩壊した電車網の代替の輸送手段として、首都復興の鍵を握る存在になるだろうと翁は云った。

避難民を満載にした列車で移動しなくてすむのはありがたい。六条院は一寸《ちよつと》転がしただけで、車の運転をすぐに自家薬籠中のものとしてしまった。

「上野駅にこいつで乗りつけてくれたらな」坊っちゃんは愚痴《ぐち》をこぼした。「おれは煤だらけで列車検めとやりあわなくてもよかった」

「無鉄砲なだけの雑兵《ぞうひよう》と、細腕の女人が二人ではさすがに心許ない」六条院が馬の手綱を操るように、覚えたての車の操縦を堪能しながら云う。

「雑兵たぁなんだ、おれは援軍を乞われたから来たんだ」

「手札が足らぬ、と云うことだ」

「他にもいるのか、あんたらの一党に与《くみ》するのが？」

これまでの十数年で坊っちゃんは、おなじように口車に乗せられて、成り行きからやむなく翁の一党の任務に何度か付き合ってきた。だがその陣容はいつでも翁と六条院、聖、数年前に薫が加わっただけで、他の同胞や友軍については存在も知らされていなかった。翁や六条院は「素直に招聘《しょうへい》に応じればよいが……」と憂慮を窺《うかが》わせている。初顔合わせとなる輩《ともがら》は、おれを雑兵扱いしない好人物だといいなと思った。今度こそきっちり本名を教えて、坊っちゃん呼ばわりされないようにしなくてはなるまい。

出会いがしらが肝腎《かんじん》だ、と坊っちゃんは鼻息を吹かした。

相撲の立ち合いでも、のっけから強くぶつかっていくぶちかましは有効だ。

がつん、と行くぞ、がつんと。

黙ってついてくれば分かるといった様子なので、委細は訊かずに車に揺られるにまかせた。一行を乗せたトラックは津久井《つくい》郡と愛甲《あいこう》郡と足柄上《あしがらかみ》郡にまたがる丹沢《たんざわ》山の峠道を上がり、これ以上はタイヤで走れないというところまで来て停車して、そこからは徒歩で深山へ分け入った。

尾根からの吹きおろしをものともせず、翁はあたかも行者のように急斜面を上っていく。風景の色の分布は濃い緑に覆いつくされ、人跡のない獣道はたえず枝分かれしながらその野性を増していく。日頃の運動不足に祟られた坊っちゃんを後目《しりめ》に、旅の一座で峠越えが茶飯事だった薫も、山奥で旅僧を誑《たら》しこんでいた聖も、細身でなよなよした六条院までもがめざましい健脚を発揮して、うかうかしているとたちまち最後尾になってしまう。何だこんな獣道、と無暗《むやみ》に足を急かして、ぐいぐい進んで先頭の翁を抜かしたところで「こちらにはおらんな」と背後から声がして、振り返れば一行が来た途《みち》を引き返している。勢いこんで牛蒡《ごぼう》抜きしたあげくにまた最後尾になるのだからたまらなかった。

緑の色の天蓋《てんがい》に翳《かげ》が差し、葉と葉の透き間にやがて黄昏《たそがれ》の色が滲みだす。濃い霧が垂れこめはじめたところで、「今夜は露営となりそうだ」と翁が呟いた。

「おいおい、見当もなしに捜しまわっているのか」

「私はかならず逢えるとは云っておらんよ」

「こんな山奥に棲《す》まうとはどんな手合いなんだ。本当に当てはないのか」

「強いて云うならば、詩かな」

「詩？　詩がどうした」

「我らが朋輩の在るところには、エスペラント語で云う詩情《ポエジーオ》が満ちている。空間に漂う詩の気配を手繰っていけば、おのずと邂逅《かいこう》も遠くない」

痴《たぶ》れたことをまた吐《ぬ》かしているな、と坊っちゃんは思った。惚《ほう》けた老人の徘徊《はいかい》に引きずられて山中行軍を強いられてはかなわないが、どうやら捜しているのは人里を離れて山中に暮らす芸術家の類《たぐ》いらしかった。それこそ吟遊詩人のように、従軍記者のように同行させる腹づもりなのか。これはぶちかましの必要もないかしらと坊っちゃんはほくそ笑んだ。文弱な詩人風情と数えきれない修羅場をくぐってきた自分とでは立ち合いになるまい。力負けするようなことはないから、ちゃんと本名で呼ぶようにうながすだけで事足りそうだ。

渓流の水を汲んできて、山菜や根菜類を調達した。市街地でしか暮らしたことのない坊っちゃんに「駄目です、それは毒茸！」「坊っちゃんさん、そんなことでは山じゃ生きていけませんよ」と後輩の薫が指南を入れてくる。露営の場をさだめると、聖が捕まえた山棟蛇《やまかがし》の皮を剝《む》いて、焚《た》き火で焙《あぶ》ってちゃんと蛋白質《たんぱくしつ》も摂った。

頭上を仰ぐと、樹冠《じゅかん》のはざまに覗く夜空が見事だった。

満天に展《ひろ》がる星々と月が、壮観だった。

揺れる大気の向こうで明滅する星がどこか懐かしかった。ここ数日間のめまぐるしい風景の移ろいに、坊っちゃんは思いを馳せた。

罹災《りさい》した首都の惨状。貴賤貧富《きせんひんぷ》を問わずにすべてが土崩瓦解《どほうがかい》する世の無常。彼岸に踏み入ったような深山幽谷にあって、遥かな天幕に魂だけが引き上げられていくような心地にとらわれる。翁たちと出逢って**血の恩寵**にあやかり、時間の涯《はて》から遠ざかり、有為転変の世を漂うようにして、自分たちは何処《いずこ》へと流れていくのか——

あくる日も朝から晩まで歩きまわって、二晩つづけての露営となった。三日目にもなるとさすがに辛抱《しんぼう》が利かなくなってくる。このままではこっちが里に下りられずに野生化する破目になる。詩を手繰れ、と云う翁の言葉はつまり五感にたのめと云うことだろう。くんくんと嗅覚を利かせている薫と共に、坊っちゃんも五感を使って気配を探っていたところで、

「無体な。口からでまかせを真に受けるとは哀れを誘う」

いとをかし、と六条院に一蹴された。匂うほどの詩はこの世にそうあるものではない。もしもそれほどの詩作を為せる偉大な芸術家であったなら、我らの尋ね人はこんな辺鄙《へんぴ》な山の中で孤独と厭世に耽《ふけ》ってはいないと。

「あの老翁の云うことは、大半がいんちきだから注意しなさい」と優しく薫に忠告する六条院。

「詩を追えなどと云いながら、自身はちゃっかり獣道の足跡、木の幹に残った形跡、獣糞などを目途にしている。ある種の動物は遠く離れていても、山に人間が入ってくるのを察すると云う。そろそろ向こうから接触してくる頃合いであろう」

ある種の動物、獣糞？　六条院が口にした言葉の意味は、その日の夜に分かった。果てしない山歩きに草臥《くたび》れきって、坊っちゃんが音《ね》を上げかけた矢先だった。

露営の仕度をしていた薫が、ふぎゃっ、と悲鳴を上げた。慌てて馳《か》けつけた坊っちゃんも自分の目を疑った。草叢《くさむら》から躍りだした一頭の虎が、ひと吼《ほ》えして牙を剝き、腰を抜かした薫に食らいつくかに見えたが、ぐいっと薫に鼻面を近づけたところで身を翻《ひるがえ》し、出てきた草叢に戻っていってしまった。今のは本物の虎か、この国の山に野生の虎？　サーカスの一座から逃げだした猛獣か何かと疑ったが、

「あぶないところだった」

草叢から人の言葉が聞こえて、坊っちゃんはいよいよ眩暈をおぼえた。

たしかに喋《しゃべ》った。人語を使う虎――

他に人の気配はない。しかしいくらなんでもありえない。

翁と出逢ったのちの年月に照らしても、群を抜いてありえない変事だ。常識の此岸から遠く離れた山中にあっても、起こってよい出来事とそうでない出来事には画然と線を引いておきたいものだと坊っちゃんは念じずにいられなかった。

「**李徴**《りちょう》、*19 たしかに危ないところであった。その娘はわが一党の者だ」

遅れて現われた翁が草叢に近づくと、中国語らしき言語で久闊《きゅうかつ》を叙《じょ》した。

聖や六条院も馳けつけた。この翁、諸国漫遊の経験からエスペラント語のみならず数ケ国語を操るのだと云う。翁はなだめるような声で草叢に語りかけて、何と云ったかをかいつまんで日本語で聞かせてくれた。そうやって人見知りをすることはない。隠れていても徒《いたずら》に若い朋輩を怖れさせるだけ、思いきって姿を現わすがよい。望むならば旧知の者のみで対面するのでもかまわないと投げかけた。すると草叢から虎の声が返ってくる。翁がやはりかいつまんで翻訳した。虎はこう云ったそうだ——何も未知の者たちにかぎらない。旧友の目にもあさましい異類の身をさらすのは躊躇《ためら》われることだ。旧縁があろうとも己《おれ》の姿は貴君貴女に嫌悪の情をもたらすこと請け合いなのだから。とは云い条、再会を果たせたのはこの上なく嬉しい。恥じ入る気持ちもそっちのけで欣喜雀躍《きんきじゃくやく》したくなる。できることならこの醜悪な姿形を目にすることなく、わずかな間だけでも己《おれ》と対話してはくれないだろうか。

「変わらんな李徴。こんなやりとり、昔《まえ》にもあったぞ」

体長七尺はありそうな怖ろしい猛虎のくせに、随分と染みったれた泣き言を吐くものだと坊っちゃんは思った。崑崙《こんろん》の妖虎もかくやの外形《なり》をして仔猫のような魂の持ち主なのか。

そんなことなら初めから、うがあッ、などと威勢よく吼えぬがよい。猫科の爪と肉球でそこらの蛇や蟇蛙《ひきがえる》を追いかけていればよい。こころなしか落胆もしてしまう。たとえ脳天から齧《かじ》りつかれようとも、があッ、と雄々しく開かれた猛獣の顎《あぎと》からめそめそと弱気の言葉を聞きたくはないものだ。だってそんなのは自然の摂理に反することじゃあないか。

六条院や聖が語ったところによると、この李徴と云う男、かつては唐の朝廷の役人だったが、賤《せん》吏《り》に甘んずることを潔《いさぎよ》しとせず、詩でひと花咲かせようとするもぱっとせず、ついに妻子を捨てて山野に馳けこみ、発狂したように奔《はし》っているうちに四本脚で疾駆していて、いつしか総身に黄金の毛が生じ、渓《たに》の水面には虎の異貌が映っていたと云う。虎であってもその内側には人だったころの李徴がいて、野性のたぎるままに野兎などを裂き食らったあとで我に返り、虎のしでかした凄惨に自ら嘆き苦しむような手合いであると云う。

あるとき隴西《ろうせい》地方を旅していた翁に襲いかかったが、あにはからんやそこで**血の恩寵**に与《あずか》って、おなじく超常の存在と云える翁から「我らは共に在ろう」と口説かれて、随行するかたちで日本に渡ってきた。しかしそこは繊細な魂の持ち主、異郷でもしょっちゅう自らの運命を嘆いて山野に馳けこみ、その牙と爪でなした残虐に慄《おのの》いては山野に馳けこみ、ほとぼりが冷めたころに翁が迎えに行くということを繰り返してきたと云う。

あさましい異類の身、と自ら評した虎の姿を隠したままで李徴は、草叢の向こうで即席の詩を吟《ぎん》じた。

異郷千載歳月渺　達観非易虎益悩
殊類此身疑無尽　正気犹存祈翁到
旧知重逢両情歓　新朋相迎吟月梢
此夕渓山対明月　不成長嘯但成嗥[*20]

懐《ふところ》から手帖を出した六条院が、李徴の漢詩をすらすらと書き留めた。うだつの上がらない詩家がどうして虎になんてなるのかと坊っちゃんは訝《いぶか》っていたが、それでもその訳詩には感じ入るものがあった。他人との交わりを害《さまた》げる自尊心。こじれた自意識。空谷《くうこく》に吼える虚しさは理解できるふしもあった。

それにしても翁を知る前から虎だった、と云うのには驚かされる。つまりはその血がもたらした虎への変異ではないと云うことだ。自分たちが与り知らない未踏の地には、人智の及ばない神秘の現象が、まだまだ沢山《たくさん》の恩寵が秘されていると云うことなのか――

声はしてもなかなか姿を見せないので、かえって本当に虎だったか確かめたくなってくる。翁たちが詩の感想を伝えている隙に、坊っちゃんは抜き足さし足で右手に回って、背高い草の中をそっと覗きこんだ。

そこからであれば、草叢に口吻《こうふん》を寄せている虎を横向きに拝めるはずだった。ところが音もなく近寄ったはずが、虎の野性は敏かった。ちょうど顔を突っこんだところで、軀《からだ》の向きを変えた虎とお見合いする恰好になった。

「あ、何というかこれは」

次の瞬間、黄金と黒の縞《しま》が伸び上がった。奥の奥まで口腔を覗けるほどに、再び開かれた顎《あぎと》と牙が降ってくる。銀色の髯《ひげ》をいきり立たせ、二つの眸《め》に怒りの炎《ほむら》を燃やし、前肢で坊っちゃんの肩を突き倒すと、薙《な》ぐようにして喉頸《のどくび》を狙ってきた。

「食うな、止せ」

すんでのところで手を振りあげ、上顎《うわあご》と下顎《したあご》のつっかい棒にしたが、咬みあわせる顎の強度は猛獣の面目躍如だった。押さえていられず、突き刺さった牙が皮膚を裂き、肉をこそぎ、顔じゅうが血と獣の涎《よだれ》まみれになって、つづけざまに側頭部に咬みつかれた。

たしかに虎だ、これは正真正銘の虎だ、おれの猪口才《ちょこざい》が虎を怒らせた。坊っちゃんは横に転がって顎の攻撃を逃れる。翁や六条院が何かを叫んでいるが、打って変わって猛り狂った暴虎を止めることはできない。坊っちゃんは襟首に咬みつかれ、咥《くわ》えあげられて、虎はそのまま山中を疾風《はやて》のように奔り始めた。

大地を蹴って、蹴って、勢いを落とさずに山頂の巌《いわお》に上がり、山も木も月も夜露もけたたましい咆哮《ほうこう》でひれ伏させる。暴走列車のように襲ってきた獣性に呑みほされるままに、坊っちゃんをその牙の餌食《えじき》に、月下の贄《にえ》にするつもりのようだった。

「おれがまったく悪かった。謝るから食うのは止さないか」岩場に下ろされた坊っちゃんは云った。「所詮、おれには詩の心は解からない。元数学教師でいまは市電の技手だから」

理数系だから何だと云うのか、我ながら情けない弁解だと思った。それにしてもつくづく災難つづきだ。自警団に私刑に処されかけ、走る列車の屋根から落ちかけ、あげくに人食い虎の歯糞になるとはふるっている。翁とその一党についてきたのが運の尽きだったか。

「食うなら食うで断っておくが、屹度《きっと》おれは美味《うま》くないぞ。脂肪なんてこの体につけた例《ためし》はないんだからな」

真正面に虎の貌があった。があぁッ、と咆哮が耳を劈《つんざ》いた。

染みったれているとか、肉球で蛙を追っていろとか云って悪かった。

お前は虎だ。まごうかたなき大型の肉食獣だ。

獰猛《どうもう》な顎《あぎと》で、あらためて首根っこを咥えあげられる。ああ、これまでか――

「おい、やるならひと思いにやってくれ、一撃で息の根を止めてくれ。生きながら食われるのなんて御免だからな。ひと思いにやってくれ」

巌の下に翁たちが駆けてきたのがわかった。六条院が李徴の国の言葉で詩を吟じた。最前に書き写した詩ではない。返歌のようなものか、麻呂公には漢学の素養もあるらしい。「そんなちんちくりんを食ったら覿面《てきめん》に腹を壊すだろう」とでも詠《うた》っているんだろうか。虎が六条院の詩の出来《でき》を吟味している隙を縫って、おぼつかない足場を伝って聖が登ってきた。四方《よも》に満ちる獣の気配がこころなしか和らいで、ぶるるっと虎の毛並が顫えるのがわかった。

「お止しなさいまし、怖がることはありません。お止しなさいまし……」

密やかなその声音は、猛獣使いがふるう鞭《むち》とは違う。狩猟の矢や穂先をそっと引き抜こうとする獣医の指先のような感触があった。

「彼もまたおなじ、私たちとおなじ……あなたを呼び戻すためにやって来た、あなたの同胞の一人……首都で起きた天変地異はあなたも感じ取っているでしょう、私たちはあなたの力を必要としているんです」

顎の強度がにわかに高まって、しかるのちに弱まった。妖婦恐るべし。虎の頸部に手をからませた聖は、たがいの鼻と鼻とを擦《こす》りあわせるほどに密着して、甘やかな吐息を毛並に溶けこませるように猛虎をなだめすかした。憤怒をたぎらせた眸《ひとみ》が瞬き、獣と人の端境《はざかい》でもがくように頭を振ると、虎はうがあと吼えて、すすんで跳ねあがって裏手の叢林《そうりん》に落ちていった。

ややあって林から這いだしたのは、顔面を蒼白にした田舎教師か文学士のような風情の、肋骨が浮くほどに痩せた全裸の男だった。李徴が人に戻ったのか――

坊っちゃんは岩場に尻餅《しりもち》をついて、それから仰臥《ぎょうが》して月を見上げた。咬みつかれた体のそこかしこが痛んでいたが、それでも生きている。**血の恩寵**を享《う》けてからこちら、命拾いはこれで何度目になるだろうか。

「ああ、怖ろしかった」と近寄ってきた薫が云った。「李徴さんと云う方、虎になったり人になったりできるんですかね」

「そうらしいな、薫、おれの身は案じないのか」

「あ、忘れてました。坊っちゃんさん、大丈夫ですか」

「ところで、お前はどう思う」

「何がですか」

「この一党のことだよ。いよいよ怪物だらけのサーカス団じゃあないか。不死身の翁に貴族、妖怪婦人、あげくに人食い虎と来た。お前は踊子だからサーカスでもやっていけるかもしれないが、なんだって只の鉄道技手のおれが交ざっているんだ」

五

車中に戻ってからも、出来《しゅったい》した事態が信じられなかった。

虎から人へ、人から虎へ、体軀《たいく》の寸法すらも変じさせて人獣を往き来するそのとき、李徴の身には何が起きているのか。細胞の単位で生き物としての状態を変えるのだから、寿命の軛《くびき》を離れた翁や六条院にも増して、人外の神秘ここに極まれりと云うしかなかった。

「たとえば極度の緊張や、激甚《げきじん》な外圧、臆病な自尊心を傷つけられても李徴は虎に変ずる。本人の抑制はほとんど用をなさないので、随伴する者が配慮をしてやらねばならない、ゆめゆめ留意されよ」

「どうやったら人間に戻るんだ、年増の色気に効き目があるのか」

「それがそうとも限らないようでな。かれこれ千年来の付き合いの私にも、周期や法則はいまだに把握しきれておらん」

「おい、そんな無責任が通るものか！」

李徴はフォードの後部座席でしきりに黒髪を撫でつけている。翁が持参していたロイド眼鏡をかけて、太畝《ふとうね》の背広を着こんで、薫とお喋《しゃべ》りをする聖を熱心に窃視《せっし》している。文士風味のこの中国人、もしかしたら聖にひとかたならぬ思慕を寄せているのやもと坊っちゃんは勘繰った。あんたの手には負えないんじゃないのかね、李徴さん、相手は数えきれない男の精を吸いつくしてきた妖婦だぞ？

「さて、もうひとつ立ち寄るべきところがある」

すぐには気がつかなかったが、青梅《おうめ》街道に戻ってきた車は富士の裾野には直行せず、山間の道を北上しているようだった。鄙《ひな》びた峠道は二つの渓流に挟まれて、西多摩郡の方面へと延びている。

坊っちゃんにもそろそろ勝手が分かってきた。翁はこうした有事の招集にそなえて、**血の恩寵**で結ばれた同胞の大まかな居場所を常に可能なかぎり把握しているらしい。おかげで捜しているもう一人の行方も、幾つかの山荘や道場で聞きこみをするだけで探り当てることができた。

聞こえてくるのは杣《そま》の歌声だった。街道のそばで木を伐採する山林業者が、聞き慣れない歌を口ずさんでいる。

〽**山が焼けるぞ　立たぬか雉《きじ》よ**
これが立たりょか　子を置いて

多摩川の流域を捜していて、暫くしてある場面に遭遇した。細石《さざれいし》の敷かれた川原で、数人の男たちが向き合っている。

「翁、どのお方がそうなんですか」と薫が訊いた。

「あいつらまさか、自警団じゃないだろうな」坊っちゃんは胸騒ぎをおぼえる。

先ずもって錯誤したのは、川原に集まった男たちが日本刀を手にしていたからだった。

剣術道場の者たちが屋外で稽古をしているのかと思ったが、どうも違う。男たちはいずれも白刃《はくじん》を鞘《さや》から抜いている。この時世に真剣の果たし合いか？

抜き差しならない気配だった。参集した者はいずれも怒張して、一人の托鉢《たくはつ》の僧に詰め寄っている。

薫がすぐそばで野次馬をしていた杣を連れてきた。一部始終を見知っていると云う杣男に事情を訊ねたところでは、

「あの僧が今朝方、道場の門下生を辻斬りにしたんだよ。右の手首を斬り落としちまってさ。それで同じ道場の奴らが問い質《ただ》してるのさ」

道場の男たちに囲まれているのは、天蓋《てんがい》をかぶった虚無僧《こむそう》だった。鼠《ねずみ》色の無紋の小袖に男帯を前に結び、袈裟《けさ》を掛け、脚絆《きゃはん》に甲掛《こうがけ》、数枚の草履《ぞうり》を重ねている。喜捨《きしゃ》を乞いながら行脚《あんぎゃ》修行する僧とおぼしかったが、腰には尺八を入れる袋ではなく、海老鞘《えびざや》の大小を佩《は》いている。

「慶長《けいちょう》の御世より、罪を犯した武士が普化宗《ふけしゅう》の僧となって刑を免れることがあった。ときには遊蕩無頼《ゆうとうぶらい》の徒があぁして虚無僧姿になって街道に横行したものでな」

翁は見物を決めこむつもりのようだ。托鉢の僧がどうして手首を斬り落としたりするのか、何某《なにがし》かの事情があるのではないか、虚無僧を囲んだ男たちもそのあたりを詮議している。ところが現場を見ていた杣は、本当に何の脈絡もない突然の凶行だったと云った。虚無僧その人も天蓋を外しもせずに、

「手の内、無用」

と云ったきり、泰然自若として動じる様子もない。

師範代を名乗った大男を筆頭に、道場の者たちも退《ひ》くつもりはないようだった。

「変わらぬな」と六条院が云った。「あれは己が生に意義や真理、本質の価値を望まぬ」

「残忍で、身勝手な男でな」と翁がつづけた。「散歩がてら辻斬りにおよび、斬り捨て御免は日常茶飯事。彼奴《きゃつ》と関わる者は男も女も非業の運命をたどる。その大小はひとたび鞘走《さやばし》れば、破邪《はじゃ》の剣ではなく残虐無比の凶器と化す」

虚無僧は本身《ほんみ》を抜いたまま、動かない。

相手が痺《しび》れを切らして、斬りかかって来るのを待っている。

ゆらりと刀の峰を泳がせ、切っ先をもたげると右手側に寄せつけた。

立ち合いの川原に、颯《さっ》と一陣の風が吹きこんだ。

「動くぞ」

道場の男たちが機先を制した。

間合いを一息に詰めて、虚無僧に斬りかかる。

虚無僧も動いた。その太刀筋《たちすじ》は見えなかった。

天蓋も外さずに、道場の男たちの狭間を抜けていく。奔放自在《ほんぽうじざい》に刀を躍らせ、片時もよどまずに血煙を咲かせる。男たちの絶叫や悲鳴がつらなるなかに、あるべき音が一度も鳴らない。剣戟《けんげき》につきものの刀と刀を斬りむすぶ音がない。体と体がぶつかる音も、袖と袖が擦れあう音も聞こえない。虚無僧は一切の音を発さない。気魄《きはく》を漲《みなぎ》らせたかけ声も、持ってまわった大仰な素振《そぶ》りもなく、怖ろしいまでの静寂《しじま》を保ちながら道場の者を戦闘不能に陥《おちい》らせていった。

優れた剣術家や武道家の立ち廻りを見ていると、踊るような流麗さに惚れぼれすることがある。演舞のように体の一端一端を解放し、しかもそれを美しく均衡させるからだ。ところがこの虚無僧にはそうした例が当たらない。上体と下体が、手と脚が、肩から腰の連動があまりに厳然と太刀さばきのもとに統一されていて、見ていて心躍るところがない。凄味はあってもこれでは殺伐としすぎていると坊っちゃんは思った。大見得を切るようなチャンバラの醍醐味《だいごみ》に乏しいと云おうか、あざやかさや美しさに感じ入らせる余地がまるでないのだ。そこには原始の躍動のようなものが、人を殺《あや》めるための最古の体術のようなものが顕《た》ち現われていた。

塵《ちり》が舞い、川面にさざ波が揺れ、居合わせた者の袖がなびく。

吹きつける風は、虚無僧の前で、崩れた。

ただの一度も刃の音が鳴らなかった。一刀のもとに斬り捨てられた道場の男たちは、深傷《ふかで》を負って川原に臥せっていた。

「そこまで!」

虚無僧が一人一人にとどめを刺そうとしたところで、翁が割って入った。

坊っちゃんは眩暈《めまい》をおぼえた。そもそもこの立ち合いは、無法におよんだ虚無僧に非があるはずで、そうなるとこの結末は頗《すこぶ》る陰惨で後味の悪いものではないのか。

「相変わらずの剛腕のようだが」翁が虚無僧に寄っていった。「当今にいたっても理非曲直を問わ

ず辻斬りを趣味としているのなら、悔悟や成長と云ったものがそなたに芽生えることは金輪奈落《こんりんならく》
ありえぬのかもしれんな」

はいはい、ごめんあそばせ、と聖が掌《て》かざしで道場の男たちの創傷を治癒し始める。虚無僧が
そこで天蓋を外した。

「竹取の翁か、もう二度と行き逢うことはないと思っていたが」

細面の男は四十の手前で歳を止めている。剃髪《ていはつ》はしておらず、黒い針金のような蓬髪《ほうはつ》を結わき、
頬や下顎の線は鍛冶屋《かじや》が鍛えたように鋭かった。鏨《たがね》で削《はつ》ったような眼窩《がんか》のまわりに斑《まだら》な瘢痕《はんこん》があ
り、薄く開いた瞳《め》は黒眼が白濁していた。

この男、盲人か。

最前の立ち合いのあとに知ると、さすがに驚きは大きかった。

虚無僧は見えないはずの眼差しを、翁とその一党に配らせた。

「女が二人。虎と貴族と……もう一人は何だ、木偶《でく》か」

該当するのは自分だけだ。おっと、舐められている。

「藪《やぶ》から棒《ぼう》に、人をつらまえて木偶とは失敬千万な男だ」

「随分と大所帯だ、件《くだん》の震災でそろって転住か。その木偶は引っ越しの小間使いか」

今度は引っ越し屋呼ばわり。この一党の連中はどうも自分を見くびってかかるから閉口する。生
来の癇癪玉《かんしゃくだま》が静かにしてくれずに坊っちゃんは困ってしまった。

「解《げ》せんな。虎の餌を連れ歩いているのか、それとも年増女の垢《あか》すりか」

「云うにことかいて三助《さんすけ》呼ばわりとは何だ！　貴様なんて聞いたところでは、時代錯誤も甚《はなは》だしい人斬りじゃないか、明治の廃刀令を知らんのか」

「二人とも黙らっしゃい。**机龍之助**《つくえりゅうのすけ》、*21 そなたを招聘しなくてはならぬほどの有事だ。我らが臨むのは富士の本栖湖だ」

「ほう、あの水城《みずき》か」

あんまり腹が立ったので、盲目だろうが何だろうがかまわず川原の石でもぶっつけてやりたいと坊っちゃんは思った。虎と共謀できないかな。こんな薄気味の悪い残忍な男を連れていくのはよさないかと翁に訴えようとしたが、机龍之助はさっさと刀を鞘に納めて「では参ろうか」とあっさり同行を承諾し、川原から上がっていこうとする。

李徵のように翁への恩義や一党への連帯感を抱いているというわけでもなさそうだ。机龍之助曰く「翁、そなたがもたらす厄介事は歓迎だ。あの城に向かうとあらば尚更だ。この刀もたまには血を吸わせてやらんと鈍《なまく》らになる」

ざらついた修羅の情熱が面差しに宿っている。またとない刀の手入れの機会を逃すつもりはないと云っている。素浪人であふれていた江戸の世ならいざ知らず、この時代に刀本位で行動を選択する、完全に人斬りの発想をする男だった。そもそも云っていることがおかしい。たったいま剣術道場の男たちをたっぷり刀の錆《さび》にしたばかりではないか。

軍属でもない者が佩刀《はいとう》していれば違法行為でしかない。それこそ懐《ふところ》に匕首《あいくち》をしのばせた俠客《きょうかく》と変わらない。太古の昔から生きている翁や六条院もその装《よそお》いなどは当世風に合わせているのに、この机龍之助は刀を佩《は》いているという一点において、前時代からそのまま抜け出してきたような倒錯や異物感をまとってはばかる様子もなかった。

視線が合うはずもないのに、顔を突きあわせたその瞬間に、問答無用でどすんと胴を両断するような鬼気を放ってくる。抜き身の刀のような男だった。

机龍之助。

斬りたいから人を斬る。脊髄反射《せきずいはんしゃ》のように人を斬る。

連続殺人者がそなえるような、近代以前の原始の殺気をまとった男。

眼《まなこ》の底を沸騰《ふっとう》させている。唇《くち》を舌で湿しながら、指先でたえず刀の鍔《つば》や鯉口《こいぐち》をなぞっている。

そんな男に手綱をつけて、味方に引きこんでおくことができるのか。少なくともその腕前だけは見込み違いではなさそうだが——坊っちゃんはあらためてもう一度だけ、翁たちに再考をうながしたくなった。

六

解からない。それにしても解からない。

翁がどうして自分をこの一党に数えているのか、坊っちゃんにはその真意が汲んでとれない。

李徴と机龍之助を加えたところで、T型フォードのトラックシャーシはちょうど満員になった。

ここにあるのは全員が**血の恩寵**に与《あずか》った者たちだ。坊っちゃんと薫を除いた古参組は、それぞれに面識や因縁を持っているらしい。好むと好まざるとにかかわらず、それぞれに動機を異にしながら、動くべきと翁が判断した有事において招集され、国や政府によらず独立した諜報機関のように任務に当たってきた。総勢七名を乗せたフォード車は、青梅街道から甲府を通過して、いよいよ富士の本栖湖にたどり着いていた。

頭上を仰げば、蒼天が目に眩しかった。湖水にふれるかふれないかで滑空し、急角度で上昇した一羽の鳥が湖景の奥へ飛翔していく。峰から列なる山々の裾野が寄り合わさって、行く手に当たる真ん中に霊峰富士がそびえたつさまは雄大な景観だった。翁はあらかじめ手を回し、湖畔に面した空き家を拠点として借り受けていた。さらに東京にいる大杉栄に電信を打ち、周辺の身延《みのぶ》町《ちょう》や上九一《かみくい》色村《しきむら》でも情報収集を重ねて、広い湖畔のどのあたりに陸軍参謀本部の密使が現われるのかを割りだしていった。

「あちらでも何か動きがあったのかも知れぬ」

大杉からの返答がないと云う。亀戸事件を嚆矢《こうし》として、労働運動家や無政府主義者たちが胡乱《うろん》な動きを見せる警察や軍部によって次々と検束されている戒厳令下だ。返信を寄越さない大杉の消息を翁は案じていたが、こちらにいて出来ることは限られている。幾人かいるという東京の協力者や連絡係に事情を探るように電信を打ったうえで、こちらは大杉の情報にしたがって軍の密使の到着を待つことになった。

「それにしても、たしかにとんでもない霧だな……」

湖の東に位置する高台で、坊っちゃんは双眼鏡を覗きこんだ。

偵察や見張りに当たったのは、坊っちゃんと薫、聖、李徴。司令塔のように本拠に詰める翁はよいとして、他の二人の男が出張ってこないのは業腹《ごうはら》だった。色事のからみがなければ六条院は汗をかこうとしないし、机龍之助はそもそも任務に関心を示さず、木陰に座って凝《じ》っと瞑想《めいそう》か何かをしている。雑用は小間使いにやらせておけとでも思っているのかと坊っちゃんは苛立った。翁もそのつもりでおれを随行させたんじゃないだろうな。

朝な夕な湖の表面はあざやかな色の変化を見せた。湖の中心からもうもうと立ち上がる濃霧は対岸の風景を遮《さえぎ》り、銀の裳《も》裾《すそ》を湖全体に蓋《かぶ》せるように引き延ばされ、たえまなく形を変えながらその全体の量は一向に減じない。しかしどんなに霧が濃いと云っても、その内側に古城があると云うのは眉唾なんじゃないのか。湖のどの方角から双眼鏡を覗いても、城塁の影すらも拝むことができなかった。

それでも来た。軍の密使たちは現われた。湖畔に張りこんで四日目、何事かの予兆のような不吉な色の雲が浮かんだ逢魔《おうま》が時《とき》に、湖西の見張りについていた薫が、野鳥の鳴き声を模して合図を送ってきた。

大型のオートバイが二台、湖畔でエンジンを止めていた。陸軍で運用されるハーレー・ダビッドソンだ。一台には側車《サイドカー》が取りつけられている。現われた三人のうち二人は軍服で、もう一人の整った目鼻の男はキャラコのシャツにニッカズボンと登山客のような恰好《なり》をしていた。三人はヘルメット帽やゴーグルを外すと、参謀本部編纂《へんさん》の五万分の一の地図を開いて位置を確認し、取り決められた時刻でもあるのか、湖畔で暫しの待機に入った。

「大杉からの情報は得ている」双眼鏡から目を離して翁が云った。「軍服の二名は、眼鏡をかけているのが木村兵太郎《きむらへいたろう》、参謀本部附。能面じみたのが赤松貞雄《あかまつさだお》、陸軍歩兵少尉」

「私服の兄ちゃんは、あれは日本人か」坊っちゃんは云った。

「なかなか良い男じゃございませんか」聖がその美形を褒《ほ》めそやす。

「あれは**グスタフ・ヴィーゲルト**[*22]と呼ばれている男だ。ドイツに駐在してバーデン＝バーデンにも顔を出していた木村が連れてきた男で、正式に参謀附ではないが通訳や小使をしておるようだ。日本人の血が流れている。父親が本邦からの駐在員だったらしいが詳細は不明だ」

「あいつら何かを待っているな。舟もないが、湖の中の城とやらにどうやって渡るんだ」

誰《た》そ彼時《かれ》の空の濃さは怖いほどで、ほとんど血のように赤みがかっている。白昼の陽の光に裏《うら》漉《ご》しされたかのような湖は玲瓏《れいろう》と澄み渡り、空との境界を引かずに、北斎《ほくさい》の浮世絵にあるような真っ赤な富士を山際の線まで映しこんでいた。湖の霧はますます尋常の濃度ではなくなって、残照の強い光線をところどころで透かして水の上で軌跡を描くさまは、あたかも黄泉《よみ》の風景もさながらに見る者の膚《はだえ》を粟立たせた。

「……おい、何か来るぞ」

薄暗くなったころ、分厚い幕を分けるようにして、一隻の帆かけ舟が現われた。坊っちゃんは目を擦った。古色蒼然とした舟には、真紅の色の帆が張られている。筋骨隆々たる船頭が締めた褌《ふんどし》までおなじ色だった。

「あれは、渡し舟か」

迎えにやって来たと云うことか。すると本当に霧の奥に城が？　密使の三人は湖岸にオートバイを停めたまま、船頭と言葉も交わさずに舟に乗りこんだ。船首を転回させた舟は、自ら際立たせた水脈を自ら割っていく。静寂に満ちた霧の彼方へと舟も人も消えていく。

「霧深き日の逢魔が時に、湖畔に立て。さすれば迎えの舟が現われると云うことか」

「時刻表通りの定期便でもなさそうだもんな」

「どうするんですか、翁？」

高台を降りた一行は、密使たちが消えていった湖畔に足を運んだ。

託された任務は、参謀本部の密使が湖の古城に通いつめていかなる謀《はか》り事をしているか、軍の計画にどんな形で纐纈《こうけつ》城が加担しているかを探りだし、今後の動向にそなえて対策を練ることだった。参謀本部と纐纈城がなぜつながるのか、と翁は云った。その城の名は魔界と同義とも云った。霧の向こうの異世界でどんな謀略が進行しているのか、此岸からはどんなに頭をひねってもまるで想像ができなかった。

「ここで待てば、いずれ戻るだろう」坊っちゃんは云った。「頭数はこっちが多いんだ、締めあげて何をしていたか聞きだせば任務完了だ」

「たやすくは行くまい。貸し船屋に話はつけてある。舟を借りてわれらも」

「え、いきなり本丸に乗りこむのか？」

残照をくすぶらせる湖面を掻いていた水鳥が、舳先《へさき》が近づくにしたがって一羽また一羽と翔《と》び去っていく。

これだけ手勢があるのだから、一人ぐらいは岸辺で待機していたほうがいい。坊っちゃんは留守番に手を挙げようとしたが、他の者たちは一人残らず、薫すらも舟に乗りこんだ。自分ばかりが臆病風を吹かせていると思われては名折れだ。結局、言いだしそびれて霧の湖へと漕ぎだす舟に雁首を揃える恰好となった。すぐに夜の帳《とばり》が下りてきて、裾野にそびえていた霊峰も闇の天幕へと溶けこんだ。松明《たいまつ》でも点けないかぎりはほとんど何も見えなくなった。

しかし火を灯《とも》せば、城の望楼から舟を目視されてしまいかねない。微風のそよぎを頼りに暗中の航路をたどるしかなかった。宵闇を満たす霧は、分厚い壁のようにも見えていたが、近づくにつれて目と鼻の先で解《ほど》けるように薄れ、粒という粒が左右に流れて去って、後方でまた一党の舟を鎖《とざ》し入れるように壁へと戻っていく。

たしかにこれは魔界じみている、坊っちゃんは怖気をふるった。そこはあの世とこの世の端境《はざかい》の、広漠とした霧の曠野《こうや》だった。外からどんなに目を凝らしても何も見えなかったわけだ。朦朧《もうろう》たるこの霧の分厚さが堅牢無比な城塞となっているわけか。

濃い水蒸気のおかげで衣類は驟雨《しゅうう》に降られたように濡れる。同舟している者たちの相貌さえも、紗幕の向こうに透かし見ているようだ。他に視認できるものがない濃霧の中で呼吸をしていると、体の内側まで霧に蚕食《さんしょく》されるような感覚になぶられて息苦しくなってくる。他の者たちはよくも平気でいられるものだ、神経が図太いのかな。そもそも広い湖のどこに目当ての城があるとも知れず舟を漕ぎつづけるのは遭難とも大差がない。たまらない窒息感は意識すればするほどに強くなり、ややもすれば錯乱しそうで、坊っちゃんは一人でも湖岸に戻る手段を探したくなっていた。

「濃くなってきたな、霧が」と翁が云った。

「近いのか」と六条院が応じる。

「おそらく。いよいよ纐纈城に見《まみ》える時が来たようだ」

翁の一党のだれも、実際にその城に入ったことはないと云う。これまでになく濃い霧が湖面から雲霞《うんか》のごとく立ち上がって、空に向けて高く高く景観を遮蔽《しゃへい》するかに見えた次の瞬間、眼前の霧の中に灰色の大きな影が浮かび上がった。

たしかに、城だった。

天守閣を擁する本邦の城か、それとも洋風の城か、全貌を見渡すことは叶わない。

それでも目前には、積み固められた城石があった。城壁のふもとにたどり着いたようだ。

一行を乗せた舟は、城壁に添いながら進んだ。すると大きな楕円の形をした水門に行き当たった。開門されている。ここを通り抜けて参謀本部の密使たちも城内に入っていったのか。門番は立っていない。舟が水門をくぐっても警笛のひとつも鳴らなかった。入城したい者はすればよい、拒みはしない、とでも云うような守備の手薄さがかえって無気味だった。水門の内側には幅のある水路がつづいていて、進むにしたがって行手に火の明かりが見えてきた。水路の行き止まりにはおそらく密使たちを乗せてきた渡し舟が横づけに繋《つな》がれていて、降りてすぐの通路の奥には左右に篝火《かがりび》を据えた急勾配の階段が延びていた。階段の下部には青緑色の苔《こけ》が生《む》していて、明かりが届いていない階段の上部はその果てを窺《うかが》わせなかった。

坊っちゃんたちは、舟から通路へと上がった。

岩窟のような城の階段を、一歩また一歩と上がっていく。

七つの足音が、階段の壁や天井に染み入るように反響する。

ここが翁すらも恐れる纐纈城——血とか命とかそういう大事なものを失くさずに生きて帰れるのか、坊っちゃんは小日向の養源寺の墓石を瞼の裏に浮かべて、武者震《むしやぶるえ》で大きく全身をわななかせた。


先に入った密使たちはすぐに発見できなかった。

すでにして城の奥処へと足を踏み入れているのか。

翁が指揮を執って、二手に分かれて城内を探ることになった。

坊っちゃんは翁と聖、李徴と共に階段から枝分かれした側廊を進んだ。李徴とおなじ組に入ったのは幸《さいわい》だった。今はまだ文士風情だが、危機となれば獣化して暴れてくれるに違いない。

「富士の周辺、甲府や駿河ではある頃に、民衆が消息不明になる事件が頻発した。神隠しや天狗のかどわかしと云われたものだが、消えた老若男女はいずれもこの水城に連れこまれて、ここで製される**纐纈布**[*23]の材料となっておったのだ」

そこに到ってようやく翁が城の故事来歴を語りだしたのは、あらかじめ教えれば同行を拒まれかねないからか。つくづく知恵の回る老翁だ、その知恵はときどき悪知恵だ。

「無数の人、人、人が捕えられ、天井から吊るされて生き血を絞られ、布が染め上げられる。この紅巾《こうきん》こそが纐纈布、城の名は纐纈城――かような残虐をなにゆえに？　燃えたつように美しい蠱惑《こわく》の色艶と伝えられるが、そもそも人血で染めた布に需要はあるのか。常人の理解がおよばぬところ、それこそ魔界と呼ばれる所以《ゆえん》であった」

翁の声がひそやかに鬼気を帯びる。篝火がその横顔に翳《かげ》りを落とす。城内を探るにつれてその言葉が譫妄《せんもう》の産物ではないことが、眼前に現われる城の内装や設備によって裏づけられる。

廊下の左右に並んだ格子牢はもぬけの殻だったが、階下に降《くだ》ると、血絞りの機械らしきものが並ぶ作業場があった。天井から下がった鈎《かぎ》つきの鎖や鉄輪《かなわ》は誰も捕えていない。幾つもの滑車、調《しらべ》革《がわ》、人体を縛る装具が施された轆轤《ろくろ》車にも乗っていない。その先には、機織《はたお》りの作業場があり、絞り染めの作業場があったが、染める前の白布や染色ずみの布の巻物が積まれているわけでもない、獄吏や職人とも出くわさない。城内はどこまで行っても無人だったが、それでもかつてここは入牢者であふれ、吊り具や轆轤はそこに血を滴《したた》らせていたのだろう。すでに形骸となった纐纈城の内部には、捕えられた往時の人々の悲鳴や断末魔がこだまとなり、壁の染みとなり、犠牲者たちの動線を残影のように焼きつけて、酸鼻を極める風景が透かし絵めいて空間に刻印されているかのようだった。

すると李徴が中国語で何かを言った。この大陸人、渡来してから長いので日本語は解するが、濃《こま》やかな会話や込み入った議論をしやすいのは故郷の言葉であるようで、翁と語らうときは大概が中国語だった。「地獄絵図だ」と日本語でも呟くのが聞こえた。想像力豊かな詩人には気配や形骸だけでも堪えがたいのか、汗ばんだ頬や眉間を顫《ふる》わせ、嘔吐《えず》きながら歯茎を剝《む》いて、荒い息遣い

で肩をそびやかしている。おっと虎になるのか、と坊っちゃんは後退《あとじさ》りかけたが、すぐに聖がその腕を抱きすくめて、

「だけど現在《いま》は商売を畳んだ、そうでございましょう？　ここにはもう苦しむ者はありません。地獄の風景も遠い昔のこと、だから平気、平気……」

李徴はゆっくりと息を吸いこみ、吐いて、吸って、吐いて、それから朴訥《ぼくとつ》とした日本語で聖に言葉を返した。

「ここの奴らはどこへ行ったのか。いずれにしても陸軍の使者が来るところじゃない」

「そこが引っかかりますね。ここでかつて行われていた蛮行と関係があるのかしら」

「機械はどれも使われてない。だけどほら、どれも完全に朽ちたわけでもない。あれもこれも手入れがされて、油が差されて、いざとなったらすぐに稼働ができそうだ」

「流石《さすが》ですわ、目のつけどころがよろしいこと」

聖がますます腕を密着させる。柔らかい声のなかに張りがあり、気安いようでいてどこか奥ゆかしい、どんなことでも畢竟《ひっきょう》すれば驚くに足らないと云った気品と落ち着きをそなえた聖の言行は、李徴を鎮めるのにやはり効用を示すようだった。

「たとえばアナキストを捕えて拷問するのに、ここの道具一式を使おうとしているとか」

「怖いこと。時勢が時勢だけにないとは云えませんね」

「己《おれ》には、負の遺産を軍が再利用したがっているように思えてならない」

「私たちも捕えられたら、ここで責め苦にさらされてしまうのかしら」

「そんなことはさせない。もしもそんなことになったら、己《おれ》が……」

「……李徴、あなたが？」

「己《おれ》が、あなたを守ります。虎の牙を借りずともこの身を賭して」

「あら、虎の牙も、あなたの一部じゃございませんか」

「だけど己《おれ》は、己《おれ》は、この姿のままで……」

「私はそのままのあなたも、虎になったあなたも等しく頼りにしてますのよ」

「ありがとう。己《おれ》もです。あなたはその……大事な同胞の一人だから」

敵地でいちゃつくのはよせ。放っておいたらいつまでも睦み合っていそうだった。詩人の純情を弄《もてあそ》んでいるようでいて、聖のほうも媚びや誑《たぶら》かしの表情《かお》を引っこませ、「貴女を守る」と云う言葉に嬉しそうにしている。照れてさえいる。そこまで解かりやすい思慕を向けられた過去がないからか、ぞんがい奥手な面もあるのか。それにしたって今やることか。

「あの三人の密使はどこへ行ったんだ」坊っちゃんは云った。「あっちは城から接遇を受けて、案内の者もついているだろう。こんな下働きの場には来ないんじゃないか。賓客として大広間とか応接間とかにいるんじゃないのか」

「いかにも。では目につく階段を上がるとしよう」翁も白髯《はくぜん》を撫《な》ぜながら頷いた。「たとえ血染めの布の製造が止まっていようとも、纐纈城には十中八九、あの男がいるはず」

「どういう手合いなんだ、こんなところを根城にするのは」

「あれが在るかぎり、この城は形骸や廃屋にあらず」

「もし、机さん。足を滑らせないでくださいね」

「娘、介添えは無用だ」

「差し出がましかったらごめんなさい。実はその、秘密の相談があって。云ってもいいですか」

「云え」

「あの、六条院さんなんですけど、あたしとあの方にはちょっとした因縁があって。二人きりになると色々とささやいてくるんです。詩とかを詠んで、薫と云うがどんな薫《かほ》りか、とか云って匂いを嗅いだりするんです。だからその、要するに二人きりにしないでほしいんですよ」

「うむ、承知仕《つかまつ》った」

薫の頼みを聞き入れた机龍之助だったが、白濁した眼で何を思うかは知れない。視力を除くすべての感覚を細い糸のように張りめぐらせ、城の内部をその心中で咀嚼《そしやく》しているかのようで、陰《いん》翳《えい》の濃い顔はそもそも斬る相手を探すほかの関心を宿らせていなかった。

「薫どの、こちらへ」

薫はびくと震えた。六条院が呼んでいる。机龍之助を伴って出向くと、六条院は水路にも通じた空間で、驚くほど尺のある水車を察《み》ていた。

「ご覧なさい。こうした水車が方形の城の各方角に五つほど据えられている」

「廻っていますね、何の動力なんでしょうか」

「これで湖水をさらい上げて、強く落としこむことで尋常ならざる霧を産出している。ほら、手を貸そう。近くからよくご覧なさい」

「あ、ここでいいです。それであんなに凄い霧が」

「血なまぐさい城の一部でなければ、美しいとは思わないかね。ここで生じる霧はやがて滴となり湖に落ち、湖水をまた水車がさらって霧を出す。これは一種の永久機関なのだよ」

「そうなんですね、そう聞くとなんだか壮観にも見えてきます」

「永久《とこしえ》に変わらぬものなどこの世にはない。だがこの霧に閉ざされた男女はさにあらず、遥かなる幽玄の只中にあるうちは、俗世を離れて永遠の絆を保ち得る。さあもっと近くに」

「あのすみません、ちょっと今のところ、仰《おっしゃ》る意味がわかりません」

「そうした瞬間《たまゆら》に、公卿と旅芸者、と云った身分の差は問題にならない」

「はあそれは、前にもおなじようなことを云われましたけども」

「おいで、薫。生来の膚《はだえ》のえもいわれぬ薫《かほ》りを嗅がせておくれ」

「あのすみません、机さん、机さん!」

抱き寄せられたところで名前を呼んだが、振り返ってみると机龍之助の姿は見当たらなかった。巨大な水車にまったく興をそそられなかったのか、切なる薫の願いをあえなく無視して単独行動におよんでいた。

ああ、頼む相手を間違えた。そもそも翁に二組に分けられたときにちゃんと主張しなくちゃいけなかった。六条院さんとはごめんなさいって。ささやかれる言葉と共に細くて長い指先が、鎖骨の合わせ目に添えられる。噎《む》せ返るような甘い吐息が薫の耳元や結い髪に吹きだまる。

霧深い湖の古城でのふれあいは、たしかに恋人たちにとってロマンチックなものかもしれない、薫だってそう思う、女となると見境ない漁色家が相手でなければ——あれよあれよという間に洋服の釦《ボタン》が外されかける。首筋を這《は》う蛞蝓《なめくじ》のような感触は、嘘、舐められた？

湖の城で薫に降りかかったのは、貞操の危機！

たどり着いた大広間には、城の従者とおぼしき数多《あまた》の男女が詰めかけている。湖面へと突き出すかたちで露台が設《しつら》えられ、真紅の壁掛けが吹きこむ風に揺れている。数人の従者をかしずかせて、魁偉《かいい》な風貌の男が湖面の方を向いていた。

あれが、この奇《あや》しき城の当主か——

ここで城主の謁見《えっけん》を賜《たまわ》る者は、御影《みかげ》石で造られた鳥居形の門を通過しなくてはならない。門をくぐってからも、敷かれた臙脂《えんじ》色の絨毯《じゅうたん》の上を歩かなくてはならない。絨毯の左右には侍従が列をなし、球形の小さな火屋《ほや》が灯を点していて、翅虫《はむし》がときどきそこへ飛びこんで黒い灰になって燃え落ちる。敷物の上を進んでいくと広間の中ほどに膝頭の高さの横棒があり、そこで跪《ひざまず》けと云うことらしい。参謀本部の密使たちは、棒の手前で揃って膝をついて頭《こうべ》を垂れていた。随分と時代がかった決め事だが、坊っちゃん、翁、聖、李徴の四人にかぎっては規則に従っていない。跪いてもいなければ正面の門すらくぐっていない。吹き抜けとなった大広間の二階の高さにある側廊に身をひそめ、高みから謁見の様子を盗み見ていた。

城の従者たちの種類もまちまちで、扇形の葉で風を送っている侍女がいれば、宦官《かんがん》じみた側近もいて、しかしその大半は、百人はくだらない槍や山刀で武装した兵卒たちだ。おかげで大広間には物々しい気配が満ちているが、無気味なほどの静寂に包まれてもいる。誰もが咳《しわぶき》ひとつ上げず城主の言葉を待っているのが解かった。

おもむろに向き直った城主を目にして、翁がいつになく神妙な声で囁いた。

「あれが**纐纈城の城主**[*24]だ。うむ、変わらぬな」

身の丈七尺はありそうな巨体に、纐纈布で作られたとおぼしき釣鐘形のマントを羽織り、前身ごろは房がついた鎖で留めている。鉛の仮面で素顔を隠しているので表情の一切は見てとれないが、全身からただごとではない霊気を放っている。

あの巨体、あの風体はどうだ。城主の姿を目の当たりにして坊っちゃんは眩惑の心地にとらわれる。濃霧の奥深くに分け入って、赤マントの城主を見てしまったことで、ついには現実への復路を絶たれてしまったような予感があった。翁たちが恐懼《きょうく》を抱くのも解かる。あの城主なら血風呂にも入りそうだ。罪なき者の頭蓋《ずがい》であつらえた杯《さかずき》で生き血を葡萄酒《ぶどうしゅ》のように啜りそうだ。翁や李徴だって大概のものだが、これほどあからさまな異界の住人を拝むことになるとはよもや想像もしていなかった。

おれ、帰れるよな?

嘆きと瓦礫《がれき》に満ちた、震災直後の東京すらもどこか懐かしく感じた。

膝をついた密使たちに、城主は仮面の奥から低い声を響かせた。

「宜《よ》い。宜い。首都を灰燼《かいじん》に帰せしめるほどの天災の直後にも、これまでの謀議を忘れることなくしかと参じるとは、実に宜い」

「無論です、城主さま」密使のうちの木村が首《こうべ》をもたげた。「むしろこちらは千載一遇の好機ともとらえています」

「不断の構えは、余《よ》の気に入った」

「我々の連帯も、この節目にさらに深まるかと」

「大陸規模の構想は、この島国では生まれ得ぬと思っていたが――世の移ろいとは異なもの。余も時代精神を涵養《かんよう》せねばなるまい」

城主の謁見はしばらく前からつづいていたようで、ある程度の話までは落着しているようだった。密使たちは木村や赤松がおもねるような口調で接し、グスタフは茶筒のような円筒形の容器を後生大事そうに抱いていた。もっと早く城主の間にたどり着いていれば、どのような謀議がなされていたかを傍聴できたかもしれないが、仕舞われかけた会合の落ち穂拾いのような対話からは、要《かなめ》となる事実を推して知ることもできなかった。

「お前たちは幾度、この水城に足を運んだことであろう」城主がつづけて云った。「参謀附の慧眼《けいがん》と忠節にはつくづく感服した。参謀本部が主導するこの**不死鳥計画**には、余もまた宿命の予感を禁じ得ない。たとえ隠棲《いんせい》の身にあろうとも、魂だけは前線に進み出さなくてはならぬと得心させられた。再三の働き、真《まこと》に御苦労であった」

「あとは私どもの方で動きますので、城主さまにおかれましては、居城でごゆるりとなさっていただければと……」

城主の言葉はどこか寂しげで、なおかつ甚《はなは》だ不自然でもあった。仮面越しに喋舌《しゃべ》っているからそう感じるのか、能の中将《ちゅうじょう》を模した面は鉛の色に黄味を帯び、顰《ひそ》めた眉も一重の目も、半開きの口もどこか重々しい。仮面の裏からは件《くだん》の言葉が漏れていた。**不死鳥計画**——大杉栄も口にした謎の符牒。参謀本部と纐纈城との間で進行する密事の総称であることは疑う余地がない。一体どのような計画なのか、翁にも皆目見当がつかないようで、眉根にひと条《すじ》の皺を寄せたままで城主を食い入るように見据えている。

「あの城主で間違いはない」と翁は云った。「家督を継いだ者ではない、まごうことなきあの城主だ。そうなると……」

「纐纈城の城主と云うのは、落語家の名跡みたいなものなのか」

「あの城主は、私も相見《あいまみ》えたことがある城主だ」

「相見えた、それはどこで?」

「この城で」

「あんた、この城には初めて来ると云ってなかったか」

「そんなことは云っておらん。いや云ったかな」

「云ったぞ、惚《とぼ》けるな」

「さにあらず。城の内部は知らぬとも、私は以前にもここに立っていた……」

こんなときにまたぞろ始まった。自己撞着や矛盾が羽を生やしてぴよぴよとお頭《つむ》のまわりを廻っている。老人性の斑惚《まだらぼ》けにかかずらっていては話がまるで見えてこない。翁の口ぶりからすると城主が自らの知る城主であることを確認したかったようでもあったが、もしも同一人物だとするならこれより先の策はあるのか、坊っちゃんはやおら不安を煽《あお》られる。

「古い縁があるなら何だと云うんだ、あの仮面の城主はよほどの悪党なのか」

「あの城主はよろしくない……机、机よ、これへ参れ」

「あの人斬りなら、もう一方の組じゃないか。あんたが割り振ったんだぞ」

「むむ、ならば李徴よ、すぐさま野性の力を解放せよ」

「ここであの姿をさらせと」頭ごなしに命じられて李徴は面差しを強《こわ》ばらせた。「そんなことを云うなんて、翁、あなたらしくもない」

豪胆と云うべきか、それとも何事かのはずみで理性のたがが飛んでしまったのか、嵐雲に向かい立つように白髪や鬚《ひげ》を逆立たせた翁は、自らすすんで李徴に獣化をうながしていた。

「そのためにそなたたちを招集したのだ。もしもあれがあの城主なら、ここでその爪牙《そうが》によって問題全体を解決しなくてはならぬ。あの城主が咳《しわぶき》をこぼす前に、その仮面を外す前に、迷いなき一撃で仕留めるべし。ただ一度の機会を逸すれば二度目はない。我らがここでなすべき秘密工作の選択肢はただひとつ、城主の暗殺だ」

「正気か。そんな性急な」

「暗殺」

坊っちゃんのみならず、李徴もたじろいでいる。そのような剣呑な言葉をこの翁が用いるとは意外だった。かつて別の任務に加わったときに、坊っちゃんは翁の口から教理問答のように三つの心得を聞かされたことがあった。一、政府や官憲とは取引すべからず。二、我らが一党の者以外を信用すべからず。そして三つ、他に選択肢があるのなら決して殺すべからず。なかんずく三つ目を強調していたので、それは翁の一党の党是《とうぜ》のようなものと認識していた。しかるに纐纈城への潜入に当たってはどうか。事の始めから翁は、わざわざ遠回りをして李徴と机龍之助を迎えたうえで臨んでいる。畢竟するにそれは、爪牙や刀をもって一党の懐《ふところ》に暗殺兇手の手札をしのばせるためだった。

「李徴、ここはそなたに頼みたい」

「翁を疑《うたぐ》ってはなりません、李徴どの、あの城主の恐ろしさはあなたも知っているはず」

聖にまで急きたてられて、古参組がその場で揉めはじめる。おれはその恐ろしさとやらの委細を聞いてないぞ、翁のことだから話したつもりでいるのかと坊っちゃんは憤慨した。李徴はあきらかに戸惑っている。虎になれ、と云われることは滅多になかったようで、なれと云われるとどうにも、と首や手足をもぞもぞさせている。再び広間に目をやった坊っちゃんは「ちょっと待て」と一同を制した。謁見をすませた赤マントの城主が何やら密使に言い寄っている。

「睡《ねむ》いか、グスタフと云ったな、睡いであろう」

辞去しかけた密使たちを、そんな風に呼び止めている。

「わが霧は、睡魔を誘うであろう。グスタフ、睡くはないのか」

「いいえ、目は冴えています」

黙して語らなかったグスタフがおずおずと答える。

「そのように顔を反《そむ》けずともよい。お前は美しい相貌をしている。その顔をよく見せてくれ。お前はこの謁見の間を訪れるたびに伏し目がちに余の仮面を見るが、この面を外して見せたことはなかった。睡いなら今宵は城に泊まっていかぬか。寝屋《ねや》で素顔を向け合いながら、暁天《ぎょうてん》を迎えるまでたがいの生を語りあわぬか」

おやおや、城主のお戯《たわむ》れか、これは断わったらまずいのか。グスタフを始めとして密使たちは動揺する。グスタフに代わって木村や赤松が云った。「城主さまは数百年の歳月を生きていると聞いております」「このように尻の青い若造ではつまらぬかと」「仮面を外していただくなど、このグスタフにはもったいのうございます」

グスタフ、貞操の危機！　涙ぐましく同胞たちが救済しようとしているが、制止もそっちのけでグスタフに近寄った赤マントは、地の底から轟くような呵々大笑《かかたいしょう》を響かせた。

「ふふふ、ふははははっ……肝心の品物さえ受け取ってしまえば用はないと云うことかね。余の素顔を見た目は焼けただれ、その魂は病葉《わくらば》のように腐り落ちるであろう。だがもしもお前がそうなっても、余はその死骸を下階に運びこませ、血染めの上衣《うわぎ》をあつらえさせよう。そもそも一人で足りる密使が三人もいるのは、参謀本部の心づけではないのか？　ならば余はグスタフを選ぼう。和と洋が混淆《こんこう》したお前の血は、どのような肌触りを余にもたらすのだろうか」

あきらかにグスタフを人身供犠《じんしんくぎ》に差しださせようとしている。あわよくば纐纈布に変えたがっている。これはおぞましい。魔王に食指を伸ばされたグスタフが蜘蛛《くも》の網《い》にかかった昆虫のように見えた。ここで城主の暗殺を遂げればグスタフにも感謝されるかもしれないが、李徴だのみの一本槍がわざわいして、ある瞬間に趨勢《すうせい》が一変した。側廊に上がってきた侍従たちに見とがめられて、その一人が手前にいた聖を羽交《はが》い絞《じ》めにしていた。

李徴がとっさに組みかかる。その人を離せ、と李徴のままで応戦する。

おのずと側廊の騒ぎは、謁見の間にも伝わった。

密使たちが、城主が、それぞれの顔をこちらに向けた。

「何者だ」

城主が奇《あや》しき仮面をもたげて、胴間声を響かせた。

次の瞬間、翁が動いた。

手摺を越えて跳躍すると、懐に隠していた短刀を抜いた。

うわ、翁が自ら行った。坊っちゃんは面食らわされた。

李徴はこちらの連中に意識を奪われている。それでもこの機を逃すまいと、老骨にはありえない敏捷さと気魄《きはく》で城主に逼《せま》った。一度の機会を逸すれば二度目はない、迷いなき一撃で仕留めるべし——自らの言を自ら実行すべく、従者たちが護衛の壁を鎖すその隙間を縫い、わずかな一瞬で間合を詰めて、得物をその喉首で撫で切る——

赤マントの城主は、傍らにいた侍女の一人をすかさず楯にした。

両肩を攫《つか》んで前に突き飛ばし、翁の急襲を退《しりぞ》ける。

「おのれ、姑息な」

翁はおのずから、その太刀筋を外した。

ひと太刀目が空振りして、ふた太刀目はない。

体勢を崩したところへ、すぐさま武装した兵が襲ってくる。

者ども出会え、と城主が叫ぶまでもない。広間にいるだけで百人に垂《なんな》んとする手勢が、主を襲った侵入者を捕らえにかかった。

だがそこは翁も単独行ではない。随分と無謀な真似をする一党の頭目を、黄金と黒の縞をまとう猛獣と化した李徴が放置してはおかない。側廊でたちまち虎に変じると、坊っちゃんと聖を背に乗せて、追って広間へと跳び降りる。虎だ、虎！　動揺をあらわにする従者たちを蹴散らして、翁の襟首を横ぐわえにして馳《か》けだした。

「待つがよい。来たばかりであろうに、ゆっくりしていかぬか！」

配下の者を急きたてるよりも、城主自らが赤マントを翻《ひるがえ》して猛然と追ってきた。予期せぬ客人に勇み上がり、巨体を繰って、荒い息と哄笑《こうしょう》を吐きつらねながら大軍勢の先頭となって追ってくる。すでに最大の好機は失われた、暗殺は仕損じた――翁はいかにも口惜《くちお》しげに城主を振り返りながら「仕方あるまい、一旦退避するしかない」と云うが早いか、あらかじめ合図に定《き》めていたよく響く指笛を高鳴らせた。

我が一党の者よ、直ちに退却せよ――

寂然と更けていた城の内部に、無数の跫音《あしおと》、騒擾《そうじょう》の叫び、大群をなした追っ手の鬨《とき》の声が充満していた。纐纈城と云う眠れる生き物が目を覚ましたように、血絞り機械や轆轤、機織り機までもが細胞や臓器のように一斉に動きだしていた。「おい待て、一人落としたぞ！」けたたましく四本足を繰る李徴の背中から振り落とされて、坊っちゃんは裾をからげて自分の足で走らなくてはならなかった。捕まったらあの作業場行きか、血を絞られて紅巾に変えられると思えば逃げ足の燃料には事欠かなかった。碇泊した舟までの分岐をあやまたずに通路を駆け、階段を下りていくとそこで別の通路から薫も走ってきた。

「坊っちゃんさん、退却って、何があったんですか！」

そっちはどうした？　撚《よ》れた上衣の胸元を押さえながら走ってきた。指笛が聞こえたから駆けてきたのか、もともと何かから逃げていたのか、つづけて現われた六条院とも合流して、すると階段の下から得物を手にした従者たちが来た。行く手を塞がれるかたちになったが、それでも突き進むよりほかにない。ぞんぶんに暴れろ、虎！　最後まで背負《おぶ》っていた聖を身振るいして下ろすと、先頭に飛びだした李徴は、があぁッと顎《あぎと》を剝きはなって通路狭しと突進する。前肢を床に突き立てて跳躍すると、壁を蹴って従者の頭に一撃を浴びせた。多くの従者が虎の暴威にたまらず逃散《ちょうさん》する。重量級の柔術家のような従者が退くことなく向かってきたが、数秒足らずで鋭い牙を肩口に突き立てられ、そのまま上下左右に振り回されて、死なないように腕や足をまるめて亀になるのが精一杯だった。

後方を顧みたが、赤マントの城主の姿は見えなくなっていた。そのまま地下水路に通じる最後の階段を駆け下りていった。

そこで下方の踊り場に、二つの影が見えた。

机龍之助が、何者かと一騎打ちになっている。

「なんと、音が、音があるではないか――」

翁が真っ先に驚きの声を上げた。通路には剣戟《けんげき》の音が響いている。刃と刃が重なり合う音がこだましている。

すなわちそれは、数日前の果たし合いとは違って、立ちはだかった相手が机龍之助と伍していることを表わしていた。

坊っちゃんも目を瞠《みは》った。ここに到って何者だ、神出鬼没に現われたのは――

陰々滅々とした笑みを相貌に貼りつかせ、机龍之助を向こうにまわして鼻唄まじりだ。海老茶の宗匠《そうしょう》頭巾に臼の革足袋、福草履を履き、関節がない爬虫類もさながらに先の読めない太刀筋で机龍之助を飛び退《すさ》らせ、さらに追撃を浴びせる。

「姦夫《かんぷ》！」

と、叫びながら真剣を振り下ろす。たがいの刃が交差したが、瘦身でも力負けしていない。突き飛ばした机龍之助に切っ先を向けると、さてどこを斬ろうか、どこを突こうかと果たし合いをこころゆくまで堪能している。

「姦夫！」

つづけざまの一閃が、机龍之助の髪の毛をぱらぱらと散らせた。

ひと太刀ひと太刀に重量があって、それでいて天衣無縫の放埓さをまとっている。

伍するどころか、机龍之助のほうが防戦に回っている。剣客としての龍之助の熟練をよく知る翁や六条院にはそれが信じがたいようだった。

「噂を聞いたことがある」と翁が云った。「あの刺客、霊峰に棲まう**三合目陶器師**《さんごうめすえものし》*25に違いない。悪逆非道の追い剝《は》ぎにして古今無双の手練《てだ》れ。纐纈城とも縁があったとは聞かぬが、城主の軍門に下ったか、気まぐれに用心棒でも引き請けたか」

陶器師の刃は完璧な弧を描いて、机龍之助の急所を狙っている。

斜めにゆらりと上体を泳がせると、

「姦夫！」

躍り上がって片手の袈裟掛け。逃げも逸《そ》らしもせずに机龍之助は突いて出る。

紙一重の体のさばきで陶器師が躱《かわ》した。空いた肩を刺し貫《ぬ》くにはいたらない。

切り結べば切り結ぶほどに、陶器師の太刀筋は速度を増していく。攻勢にも守勢にも打って出られる間合いを制して、細かい陽動も挟んでいく。上段から下段へとつづけざまに繰りだすが、机龍之助は返す刀でそれを払う。刃と刃のかちあった体勢から、陶器師は切っ先を相手の刃の下に滑らせ、横一文字に胴を薙《な》ぎにかかった。

と、見せかけて瞬時に刀を翻す。

発条《ばね》のように伸び上がった左上段が、わずか一分《いちぶ》の差で机龍之助の首筋を外した。

わずかひと振りに高度な陽動を二重三重にかませて、決して太刀筋を悟らせない。坊っちゃんにもその凄味が分かる、何と云う緩急自在の手練れだろうか。

蒼白いその顔は嗤笑《ししょう》でゆがんでいた。机龍之助を自らとおなじ剣に淫する者と見抜いたからか、ひと太刀ごとに交わされる剣客同士の刃の音は、他の何者も寄せつけないほど雄弁だった。良かったじゃないか、人斬り龍之助、ぞんぶんに音を鳴らして盛り上がれる相手が見つかって。どうぞ仲睦まじく斬り合ってください、と悠長にかまえてもいられない。階段を下りなくては城を脱出する舟に乗れない。虎もぶつけて二対一ならどうかと画策したが、李徴はと云うと後方で従者たちの進行を食い止めている。

机龍之助が飛び退って、階段を駆け上がってくる。陶器師も追ってくる。急勾配の段を上がるごとにひと斬りひと斬りを重ねて、剣戟の尾を二すじの彗星《すいせい》のように曳《ひ》きながら、城の上空まで昇りつめていきそうだった。

「ふははっ、姦夫！」

正面の突き、と見せかけて逆手の左上段に切り替えて、陶器師の刃が机龍之助の左頬に血の線を入れた。机龍之助の振り下ろしを真下からの斬り上げで撥《は》ねのけて、大きく空いた上体に袈裟掛け。体重の乗った斜めの斬撃が、机龍之助の肩口から逆の下腹にかけて斜めに斬り裂いた。

「天罰、覿面《てきめん》！」

陶器師が勝ち鬨《どき》を上げた。ああ、勝負あったか――

机龍之助もおなじ刹那《せつな》に、陶器師の腕を斬りはらっていたが、浅い。あきらかにこちらが深傷《ふかで》を負わされていた。

陶器師は自らの創傷を見下ろして、少なくない出血に小首を傾げた。視線を転じたところで、奥の通路から駆けてくる猛虎を目にして「姦夫？」と素頓狂《すっとんきょう》な声を上げた。突進の勢いに圧《お》されて退がり、血糊《ちのり》で足を滑らせる。目の前の通路が開けた――倒れこんだ机龍之助を横ぐわえに拾い上げた虎の尾を追うかたちで一党も階段を馳け下りた。真っ先に虎が飛び乗った重みで舟は喫水を高くして、湖の水が盛大な飛沫《しぶき》を散らした。

這《ほ》う這《ほ》うの体《てい》で漕ぎだす。この霧を生じさせている水車の幾つかに六条院が木材を噛ませてきたそうで、侵入したときよりも真っ直ぐに湖岸を目指すことができた。仮面の城主も従者たちも、最後の番人となった陶器師も、城の外までは一党を追ってこなかった。

しかしながら一党は満身創痍《まんしんそうい》だった。瀕死の手傷を負った机龍之助、李徴の体にも手斧や折れた刀が刺さっていて、それらは聖の治癒の力をしても即座に癒やせるほど浅傷ではなかった。こんな城見物は二度と御免被《こうむ》ると坊っちゃんは頭をふった。冥府魔道《めいふまどう》がそのまま目鼻をつけたような城主、轆轤や吊り具の地獄絵図、殺戮《さつりく》に酔い痴《し》れる狂気の手練れ——日清日露の記録映画でもこれほど節操のかけらもない情景は拝めまい。おれはもっと質素で慎ましやかな生活を送りたい。茶柱が立てば喜び、金鍔《きんつば》や紅梅《こうばい》焼きに舌鼓を打ち、美味《うま》い天麩羅蕎麦《てんぷらそば》を三杯も四杯もおかわりして腹をくちくする、そういう日常のよしなし事を抱きしめていたいのだ。血絞り機械とか辻斬りとかはお呼びじゃないのだ。

「最後の王手を指しそこねたが」翁は自らの不首尾を詫びながらも、敗戦の将のようにうなだれはしなかった。「収穫がなかったわけではない。軍の使者は、城主から茶筒のような容器を受けとっていた。あるいはその中身が、**不死鳥計画**なる謀略を推し進めるものかもしれぬ。そしてもうひとつ、あの城主は私が数百年前に見《まみ》えたのとおなじ城主であることもはっきりした。我らとおなじ**血の恩寵**をその身に享《う》けていると断じて差しつかえはあるまい」

元の湖岸に戻ると、停まっていたオートバイや側車《サイドカー》が消えていた。密使たちも騒動に乗じるかたちで別の経路から城を出たらしい。機密とおぼしき城主からの贈り物をその手に収めて――湖畔や街道に残った轍《わだち》は、首都ではなくさらに西の方角へと延びていた。

七

あの子たち、いけないわ。
誰《た》そ彼時《かれ》に隠れんぼなんてしていたら、神隠しに遭ってしまう――

燃えるような深緋《ふかひ》の色に貫《つらぬ》かれた路傍《ろぼう》で、薫がそんなことを口走ったのは、この世とあの世の端境《はざかい》めいた古城より戻ったばかりだからか。

すでにして宵闇《よいやみ》の気配は濃くなり、それでも雑木林の切れ目で遊ぶ子供たちは帰らない。鬼となった子が地蔵の横で目を隠し、他の子がわれがちに四散していく。見かねた薫が馳《か》けていって、鬼の前にしゃがみこんだ。そろそろお開きにしてね、遅いから帰りなさいねと諭《さと》している。紅《あか》らんだ頬《ほお》をそっと掌《て》の窪《くぼ》で包みこんでいる。

いぃ、いぃ、えくわっと蟇《ひき》の子のように鳴くのが聞こえた。着物の裾《すそ》をほつれさせ、右下がりに兵児帯《へこおび》を垂らしたその子は、怪談の挿絵にでもなりそうな風情《ふぜい》だった。隠れんぼなんて放っておけ、**八幡《やわた》の藪《やぶし》知らず**[*26]じゃあるまいし。平時ならそんなふうに呼び戻すところだが、あの湖の城の記憶も生々しいこんな日暮れには、坊っちゃんですらほうぼうに注連縄《しめなわ》を巻いて、魔除けの鰯《いわし》を置いてまわりたいようでもあった。

えくわっ、えくわっ、着物の子がしきりに鳴いている。

何だいあれは、薄気味の悪い小僧だな。

坊っちゃんの首の根に、ぷつぷつと鳥膚《とりはだ》が立っていた。

他人の子の心配をしているときでもない。おれたちも旅の途中で置いていかれて、路頭に迷いつつあるのだから。だから薫、そんな子にかまっていないで戻ってこいと坊っちゃんは叫びたくなった。そもそもこんな時分に遊んでいる子供たちがこっちの世界の住人だって保証はないんだから。

「坊っちゃんさん、どうしたんですか」漸《ようよ》う子供を帰らせて薫が戻ってくる。「肩なんてすくめちゃって、怖いものでも見たみたいに」

「隠れんぼで神隠しなんて、迷信深いことを云うんだな」

「私は、神隠しにはうるさいんです」

それはどう云う意味だ、と訊いた坊っちゃんに答えを返さず薫は歩きだした。

眉と瞼《まぶた》のあいだを昏れた空にひろびろと伸ばし、夜のとば口の静寂を吸いこむように薫は自らの呼吸を調《ととの》えた。

「こういう時間には、私も半分だけ去《い》ってしまったような心持ちになります」

横顔にあやふやな翳《かげ》りが差しては消えた。おきゃんな踊子も、ここしばらくは情緒に揺らぎが目立つようだ。身も心もふやけっぱなしの坊っちゃんも似たようなものだった。

たてつづいた有為転変の出来事に、魂のほうが追いついていかない。あっけなく首都を打ち壊した震災にも輪をかけて、纐纈《こうけつ》城で目にしたすべてが惨烈《さんれつ》極まりなかった。恐ろしい仮面の王と鬼神のごとき剣客、悠久を生きる怪人や魔女、半人半虎もひっくるめて、あれはまごうかたなき魔界の宴だった。思い起こすだけで眩暈《めまい》がしてくるじゃあないか。

そんなところに放りこまれた市井《しせい》の男女、それがおれと踊子。現実への帰途を見失ったままのような心持ちは、隣にいる薫としか分かち合えないはずだった。

そういえば、薫が一党に加わった発端を聞いていなかった。

旅芸人の一家の娘で、天城峠のあたりで翁や六条院と出逢ったというが、うら若い乙女がなんだってまた、アナキストの一味なんぞに？

旅一座と云う出自からして身請けの臭いがしなくもないので、これまでに詮索《せんさく》はしてこなかった。あらためて尋ねてみるかと歩きながら言葉を探したが、いざとなると口下手になる自分を忘れていた。適切な問い方を探しあぐねているうちに、旅籠《はたご》の門口《かどぐち》に着いてしまった。

外出から戻った二人は、添いっきりで机龍之助を看ている聖に迎えられた。霊験《れいげん》あらたかな掌《て》かざしにも草臥《くたび》れきったようで、産褥《さんじょく》から這い出してきたように顔を浮腫《むく》ませ、ぬばたまの結髪《ゆいがみ》を汗に乱して、後《おく》れ毛をその富士額《ふじびたい》に貼りつかせていた。

「もうすこし時間が要りますね」聖は煙管《きせる》の雁首《がんくび》に莨《たばこ》の葉を詰めると、倦《う》んだ眼差しでしどけなく足を崩して紫煙を吐き出した。「胴体が二つになってもおかしくない刀傷だったのだから。効を奏するかは龍之助さん次第でもあるのだけど……」

纐纈城への潜入において、最たる深傷《ふかで》を負ったのが机龍之助だった。湖岸にたどり着いたのちに卒倒し、聖の治癒の能力をもってしても一進一退がつづいている。

たとえ**血の恩寵**に与《あずか》った者でも、深甚《しんじん》な傷を負えば危篤《きとく》におちいるのだ。不老であっても不死ではないと翁も云っていた憶《おぼ》えがあるが、ちゃんと聞いていなかった。ぼさっとしていた。こうして死線を彷徨《さまよ》っている机龍之助を目の当たりにして、坊っちゃんは自分たちの境涯《きょうがい》への理解を深めていた。

「さて、ご老公や麻呂《まろ》はどのあたりにまで行っているかね」

翁たちは、すでに出立していた。

参謀本部の密使を追いかけて、近畿方面へ向かっていた。

手負いの机龍之助、女二人と坊っちゃんを浜松《はままつ》の宿に残したのは翁の采配だった。

城主の暗殺を仕損じたのは痛恨だったと翁は云った。再び攻め入る隙は万に一つも生まれまい。だとすれば**不死鳥計画**のほうを、城主に何かを持たされた密使たちを追って謀略の正体を突き止めるしかない。事の推移はこれよりめまぐるしいものになるとも予言した。机龍之助は傷の治療に専念させなくてはならないし、東京の動きも気にかかる。ゆえに大所帯で連れ立つのではなく数手に分かれて、起きる事態に臨機応変な対処をするのがよろしかろうと云い残した。

さしあたって坊っちゃんは、東京方面から下りてくる使者と落ち合うように指示されていた。隠密や間者《かんじゃ》の類《たぐ》いか、単なる連絡係か、よくは知らないがその使者に会って情報をもらうようにと申しつけられた。そんな役はおれじゃなくてもいいだろう、と坊っちゃんは云わなかった。無鉄砲だの勇み肌だのとあげつらわれてもそれは人間《じんかん》での話だ、怪物の群れと伍《ご》するほどの胆力はない。前線を外されることにも特段の文句はつけなかった。

「神隠しね……たしかに色んな理由《わけ》があるでしょう。たとえば富士の周辺で行方知れずになった人々は、あの城で纐纈布のために血を絞られていた」

旅籠に戻ってからも薫は、聖にさっきの話を蒸し返していた。年歯《ねんし》を重ねているぶん聖は見聞も豊かで、薫さんナイス判断、私は日暮れの隠れんぼをしていて**九ツ谺《ここのつこだま》という異界**[*27]に迷いこんでしまった男子《おのこ》を知っていますから、と知見を語りはじめていた。

「たとえば山と里のあわい、峠や坂道、橋のたもとや村境、それから日没や日の出といった昼夜の移行帯も含めて、何事かの境目に踏み入ってしまったときに起きるもの。神隠しに遭いやすいのは、世間からずれた子、知恵の回らない子。大人でも魂が抜けたような惑《まど》いどきには持っていかれやすいものです」

「大人も、惑いどきに……」

薫はふんふんと聖の話に聞き入っている。

「村落によっては、**鉦《かね》や太鼓《たいこ》を鳴らして〝返せ、返せ〟と幾日も騒いだり、無事に発見されたけど何も憶えていなかったり**[*28]。岩手の寒戸《さむと》という集落では、草履を脱ぎ置いて行方知らずになった女が三十年余りのちに**しわくちゃの老婆**[*29]になって帰ってきた。その一方では、古くからの悪弊や因習によるものもあります。**山岡と云う人買い***30とも行き合ったことがありますし、間引き、口減らしの隠れ蓑になった事実もございましょう」

「他には？　聖さん、他にはどんな理由《わけ》があるんでしょうか」

「随分とこだわるな」坊っちゃんは口を挟んだ。「怖がり屋ほど怪談好きだからな、薫、お前もがきんちょだな」

「違いますよ、坊っちゃん。薫さんにはこだわるだけの所以《ゆえん》がございます……」

と云いながら、詳《つまび》らかな事情にはふれない。そのうち二人で話しこみはじめて、聞き耳を立てていても話が判然としない。坊っちゃんはじれったくてかなわなかったが、女同士の語らいに半《はん》畳《じょう》を入れるほど不得手なことはない。そのうち一日じゅう歩きまわった疲れが全身をめぐって眠気が差してきて、寝る前に風呂に入りたいもんだな、浴衣に着替えて湯壺に下りよう、そうしよう、と思いながらもこっくりこっくり舟を漕いでいたところで、聖の立ち上がる気配があった。半睡で瞼をもたげると「では私は、龍之助さんの治療に戻ります」と聖が云った。薫との問答は終わってしまっていた。

「あなたが会うべき使者というのも、その手の事象とは決して無縁ではないのよ」

「それだけどな、一体どういう了見なんだ。行き逢う場所も時刻も決まってないなんて」

「翁の云ったとおりになさい。景色の抜けがよい街道まで出ていって、立ち止まることなく歩きつづけてごらんなさい。そうすれば使者は現われる。届けるべき言伝《ことづて》を、真に必要とする者のもとへ運んでくる伝令人――」

「せめて姓名ぐらいはあるだろう」

「あえて呼ぶとしたら、その名前は――」


遠方から馬の蹄《ひづめ》の音が聞こえてくる。

東海道の人の往来に交じって、蘭《らん》の花を積んだ荷馬車が近づいてくる。

栗毛の馬はたてがみと尻尾を揺らしながら、手綱を握った老人を気遣うように、ゆっくりと街道を通過していった。荷馬車とすれちがったところで、薫がくんくんと鼻翼をうごめかせて「好い匂いですね」とささやかに云った。膝を折って、蹄の跡の窪みに落ちた一輪の蘭を拾いあげた。

正午すぎの街道には日向《ひなた》くさい風が吹いていた。坊っちゃんは歩きながらお茶を挽《ひ》いているような心持ちにとらわれていた。旅装の者から自動車の乗り手、鈴《りん》を鳴らす行脚《あんぎゃ》の僧、老いも若きも女も子供もよくよく注視したが、それらしき者ほど素通りしてしまうし、誰一人として話しかけてもこない。

「おれはてっきり翁の一党の者かと思っていたが、そういうわけでもないんだな。いかなる組織や結社にも属さない伝令の者なんているのか。だいたい能率が悪すぎやしないか。何時何分にこの場所でと決めてかからなくちゃ、伝令だってしそびれるかもしれないだろ」

太陽が傾くにつれて閉口《へこ》たれてくる。このままでは二日もつづけて無駄足になりそうで、おのずと足取りも重くなる。坊っちゃんは歩きながらぼやきつづけた。今日も今日とて空振りなら、このまま徒歩で東海道を上りつめて一足先に帰京しちゃおうかな。

「事と次第によっては、その使者と交代しようと思っていたのに」そこでうっかり薫にも聞こえる声量で本音を漏らしてしまった。

「え、帰っちゃうんですか。任務はまだ果たせていないのに。**不死鳥計画**がどんな目論見《もくろみ》かもわかってないのに」

「危急の一大事だというからここまでついてきたけどな。一息ついたこの機会に、おれたちはよくよく考えてみないとならないぞ」

「何をですか」

「たしかに震災の前から、陸軍の台頭がいやに不穏ではあった。それはおれも感じていた。日清日露のあとで列強と伍するために、政党政治に代わって軍部が壮図《そうと》を描いているのかもしれん。戒厳令下で警察の上位についた憲兵司令部が、活動家を次々と処刑していると云うのには仰天したが、考えてもみればどんな政府や軍部でも、運動家や無政府主義者は取り締まるものだろう。おれはそういうことを、もう何日も寝ないで千思万考しているんだが……」

「嘘だあ、昨夜も坊っちゃんさんの部屋から鼾《いびき》が聞こえたもん」

「最後まで先輩の話を聞かないか。暴走の気味はあると云っても、参謀や憲兵隊だってこの有事に混乱しているとも考えられるし、**不死鳥計画**がどんな謀《はか》り事であれ、震災でずたぼろになった国や首都をもっと悲惨な状態に追いやることはしないだろう」

「それは、そうかもしれないけど……」

「うむ、お嬢ちゃんに政治の談義は難しすぎるか。だけどそれでいいいんだよ」

「それぐらいできます。政治のお話ぐらい、いつでもどうぞ！」

「天気の良い日に散歩して、風や鳥の囀《さえず》りを聞いて、路傍に落ちた一輪の花を拾う。庶民の生活とはそう云うものだ。政治や軍部やいにしえの城や、陰でうごめく計略の正体を嗅ぎまわるってのは違わないか。お前だけに云うわけじゃない、おれはおれにも云っているんだ」

「分かった。おれは元教師で鉄道技手だとか云ってたし。自分には荷が重いって云いたいんでしょう、そうでしょう」

「生意気をぬかすな、おれが徒《いたずら》に尻込みなんぞする兄さんに見えるか。おれは人間にはそれぞれの領分があると云っているんだ。こちとら数百年を生きる妖物じゃあない。猛獣の牙も人斬りの刀もない。おれには被災地を走りまわって困窮者を助けて、不逞《ふてい》の輩《やから》には生卵をぶっつける、そういう仕事こそが似合っているんだ」

「鉄道員や踊子が首を突っこむことじゃないって、そう云いたいんですね」

「ものすごく端折《はしよ》ったな。まあそんなところだ」

「だけど急に帰るだなんて、そんな無責任を云ったらいやです」

「わからん娘っ子だな。事と次第によっては、と云っているだろう」

「あんたたち、竹取の翁のところの人？」

うわ、吃驚《びっくり》した。

すれちがいざまの通行人が、出し抜けに声をかけてきた。

濃灰色の鳥打帽から赤毛がはみだしている、身長《なり》の小さな洋装の男だった。垢染《あかじ》みたシャツに吊りズボン、脚絆《きゃはん》が留まる革の洋靴を履いている。あまりに出会い頭だったので、坊っちゃんは驚きすぎて相手を突き飛ばしかけた。この男がお待ちかねの伝令人か――

こちらは東海道を上がっていたのだから、この男は東京の方面より来たはずだが、近づいてくる姿を目視はできなかった。気がついたら視界に入っていた。四方には葉が舞っている。塵が舞っている。風がいつのまにか強くなっている。街道の右側に展《ひろ》がる芒《すすき》の原が、風の波紋で大きく波打つ絨毯《じゅうたん》のように見えた。芒の穂がぱっと茎を離れて、あたり一面に穂綿が舞った。そのひと綿ひと綿がこのために陽光を溜めこんでいたとばかりに金色に輝きたつ。坊っちゃんの飛白《かすり》の袷《あわせ》にも、薫の結髪にも、鼻先にも睫毛《まつげ》にも、金の穂綿がいっぱいに載ってきた。

「あなたが使者さん?」強風に吹かれる髪を薫は手で押さえる。「私たちに言伝があるって」

「あるよ。あんたたちにはそれが必要なようだから」

「爽快だな、風に乗ってぴゅんと現われるのは恰好良いな」

そのわりに待たせるもんだ、と皮肉を込めたつもりだったが伝わらなかった。赤毛の男は恰好良いという言葉が嬉しかったのか、三日月を二つ並べたような糸目になって笑った。

「えっと、**又三郎**《またさぶろう》*31さんと呼ぶんでいいですか」教えられた通り名を薫が口にした。

「うん、いいよ」

翁や聖に聞かされた話をまとめても、坊っちゃんの常識では推しはかれない存在だった。

街道、峠道、四辻、人や獣の往還道、風がよどまずに吹き流れるところに現われる神出鬼没の伝令人。特定の人や集団から遣わされているわけではなく、運んでくるのも国が傾くほどの重大な機密から、欣喜雀躍《きんきじゃくやく》するほどの吉報、その逆の凶報、家族の訃報、取るに足らない風の便りまで種々《くさぐさ》にあって、自分にどんな言伝が届けられるかは遭遇してみないことにはわからない。何だそりゃ福袋じゃあるまいし。

つまるところ風の精霊みたいなものかと訊いても、そうとは云いきれないと返された。出逢う者によって異なる風貌に見えるだけでなく、その正体を知ること自体が可能ではありえない。それどころかこの男は古今東西に一人ではなくて、東北に子供の姿で現われたり、赤道直下の群島や上海、東京や九州にも出没したり、そうした不特定多数の名づけえない存在を「又三郎」と称するのだそうで、つまりここで云う「又三郎」とは固有名詞ではなく普通名詞としての「又三郎」と云うことらしいのだ。

「あんたさ、風に乗って移動できる凄い能力があるんならさ」と坊っちゃんは云った。「そんな又三郎なんて浮草《うきくさ》稼業はやめて翁の一派に入ったらどうだ」

「え、入れてくれるかな」又三郎はまんざらでもなさそうだった。「入れてくれるなら入れてもらおうかな、あの翁とはけっこう気が合うんだなあ」

「おお、入れ入れ、おれが推薦委任状を一筆書いてやるから」

「えへへ、仲間になれなんて云われたのは久しぶり。ずっと昔にこの街道で、**駿河からの二人連れ**[*32]にお伊勢参りに誘われて以来だなあ」

「そうかそうか、じゃあおれと交代な」

「坊っちゃんさん、今はその話はやめてください」

薫にぴしゃりと云われて、まとまりかけた取引を破談にされた。

風鈴のように頭《かぶり》を揺らして又三郎は笑った。その後背《こうはい》から吹いてくる風は、幾筋もの流れをつくって集まりあい、道の面《おもて》を低く這って、道の彼方へと吹き流れていく。

「それで又三郎さん、言伝というのは」

「こっちは足を棒にしたんだ。つまらん便りは願い下げだぞ」

「東京のほうで何か、動きがありましたか」

「それじゃお伝えします。二人への言伝は……」

と云うと又三郎は、紙縒《こより》のように細めた目を瞬かせて、舌の先でぶつぶつと念仏か経文のようなものを唱えはじめた。早口すぎて聞き取れなかったが、結びつきのない片言隻語《へんげんせきご》を舌に載せて矢継ぎ早に転がしているらしかった。瞼を半分だけかぶせた眼球の黒目がめまぐるしく動いている。又三郎のまわりに小さな風の渦巻、濃密な風の瀞《とろ》が見えたような気がして、坊っちゃんは目を擦った。万巻の蔵書を有する図書館の司書が、物凄い速度で分類の札を捲《めく》っているかのようだった。

「あった、これだね」又三郎の黒目が正位置に戻った。「――天地《あめつち》と光陰のまにまに人が消えていくこと。ずっとあなたが必要としているのは、神隠しについての手掛かり」

「わあ！　どうして分かったんですか」

「そっちなのか、陸軍やあの城の情報じゃないのか」

「隠されているのは動物の臭いがする場所。天花粉《てんかふん》がふわふわ、鎖がじゃらじゃら。道々の輩《ともがら》。勧《かん》進《じん》、箕作《みつくり》、鉦叩《かねたた》き、旅芸人、痴《し》れ者、無宿者……この何年かの不明者は河原の石。蠟燭《ろうそく》と流言の夜からは星の数。二銭銅貨。風は知らないと云っている。山も知らないと云っている。境界に分かたれない三角の要塞……」

これが言伝？　切れぎれの情報の断片をばらまかれているようで、抽象の度がすぎて半ば謎かけじみていたが、頭の中で言葉をつなぎ合わせながら聞いているうちに、不思議とぼんやりした全体像が見えてくる。つまり又三郎はこう云っているのか、自然《じねん》に生じる神隠しではない、特殊な神隠しが起きていると──

「かどわかしと云うことですか」薫が食いさがった。「たてつづけに起きているのは人さらいだと？　旅芸人も入っていましたよね。それは大人か子供かも、性別も問いませんか。誰かに連れ去られたと云うことですか」

「移動する監獄。紳士の曲芸師に気をつけて」

そこまで云ったところで、又三郎がまとっていた濃厚な風の気配が収束していく。引き潮のようにそれらが遠ざかると、騒いでいた砂や塵や木々の葉も静まりかえり、矢のように一羽の燕《つばくろ》が空に上昇していく。言伝はそこまでのようで、満ち足りたような息を漏らした又三郎は、「それじゃっ」と現われた時とおなじように忽然《こつぜん》と立ち去っていった。

あとには、地蔵のように立ちつくす二人が残された。

薫の頬が波打った。歯をきつく嚙みつけているようだ。言伝にふれたことで坊っちゃんにも察しがついた。薫の脆《もろ》くて解《ほっ》れやすい継ぎ目にふれてしまいそうで、ぶしつけに詮索できずに聞きそびれてきた事情をおのずと窺《うかが》い知ることができた。

「旅芸人、道々の輩……」坊っちゃんは云った。「神隠しにうるさいのはそう云うわけか、お前の家族の誰かがいなくなったんだな」

「兄です。栄吉《えいきち》と云います」

睫毛が伏せられ、瞼の合わせ目が微かに震えた。行き場もなく身をすくませた薫は、気丈に微笑もうとしたが、心に清水を湧かせる笑顔にはならなかった。

「私はそもそも兄を探すために、翁の一党に寄せてもらっているんです」

八

三人の密使を追って東海道を下る翁は、後方より吹きつける風がさんざめくのを薄く膚《はだえ》に感じて、T型フォードの座席からたどっている鈴鹿《すずか》峠を振り返った。

「……騒いでおるな」

峠道にうごめく気配がある。すでに晩暮《ばんぼ》も過ぎて、それでも先途《さき》を急ぐ旅人の後背や死角をこそこそと徘徊《はいかい》する影が、善良な杣《そま》や山人であろうはずがない。近江と伊勢の境に位置する鈴鹿山と云えば、昔から往来する旅人や物資を狙う盗賊が跋扈《ばっこ》する地として知られてきた。大正の世に下っても鵜《う》の目鷹《たか》の目で獲物を狙う夜盗は尽きないと云うことか、それとも――

「峠越えには、今も昔も偸盗《ちゅうとう》がつきものだ」運転席の六条院も鼻にかかった声で嘆息した。すでに気配の変化を察している。「戯《ざ》れ事に付き合うのは手間。破《や》れ衣《ぎぬ》の野獣どもの狼藉三昧《ろうぜきざんまい》にかかずらっていては、どうあっても装束が汚れてかなわぬ」

「停めずともよい」

天地をさかしまに漂う雲のように、視界不良の霧が垂れこめている。車の振動に揺られながら翁は、霧に盲《めし》いた木々の枝葉、傾いた桜の木、野茨、芽生えていない茱萸《ぐみ》の木、烏瓜《からすうり》の蔓、森を栖《すみか》とする鳥や狐や兎、鼠《ねずみ》や猿や蟻《あり》、葉の裏の芋虫、それらの玉の緒《お》が絡みあう気配の渦に心身を溶かし、ひとつひとつの呼吸の量《かさ》を数えていった。

通りすぎた大木の、枝と枝のあいだに編まれた蜘蛛《くも》の網《い》に、夜露の滴が小さな硝子《ガラス》玉をつないだように連なっている。ひと粒ひと粒が密やかな呼吸《いき》を継いでいたが、T型フォードの起こす風と排煙に煽《あお》られてぱっと弾け、空中に散った滴という滴が霧の海に呑みこまれた。

翁の網膜の裏がそのはずみで瞬き、瞼を閉じずとも遠い歳月の記憶が、自らの眼で見つめてきた世の移ろいが、実像や実景をともなって眼前に顕《た》ち現われる。鈴鹿に棲んでいた大嶽丸《おおたけまる》や立烏帽子《たてえぼし》、水銀の産地であった伊勢国からの水銀商人がまとめて襲撃を受けた窃盗事件――千歳《ちとせ》を生きているとそれらの古い記憶が折にふれて遠景より近づいてきて、昨日の出来事とも区別がつかなくなる。こうした魂のよろめき、時の流れゆきの倒錯感は、翁のみならず長命者に等しく共感を得られるものであるはずだったが、このところどうにも弱ってしまうのは、それら追憶の情景にただの一度も見たおぼえのない風景や現象が混ざりこんでくることだった。

これが起こると、混乱して立ち往生してしまう。坊っちゃんなどは斑惚《まだらぼ》けなどとあげつらうが、翁には長命者のある種の副次作用のように思える。実際の体験や見聞をともなわないのに自己の記憶であるように感じるこの感覚を、欧州では既視感《デジャヴュー》と呼んで心理研究も進められていると云う。無意識の働きや予知夢のように感じられることもしばしばだった。

「翁、どうした」六条院の呼ばわる声がする。「またひがら眼《め》になっておったぞ。そうやって放っておくとすぐに、大自然と交感するのはやめよ」

「はて、自動車の普及はまだ遠いはずだが」翁はそこで視たものを言葉にした。「車の往還は整備され、光の速度で走る車が周回していたような――」

「そなたが夢現《ゆめうつつ》に見たものなど、どうでもよい」

すげなく一蹴される。随伴者の共感や関心を引くことはかなわなかった。

「それより、この現実に焦点を合わせよ。幾らか数が多いようではないか」

「夜盗が来るなら、対処しなくては」李徴が唇《くち》を開いた。

後部席でずれた眼鏡を直しながら、己《おれ》は出張らないぞ、気安くぽんぽんと虎に変じるのはごめんだと顔を伏せている。

「しかし車で往き来するようになれば」翁はまだ夢に片足を残した感覚だった。「ゆっくり景観を眺めながら峠を越えることもなくなるのう。鈴鹿なら春がよい、このあたりの桜は見物だ」

「ああ、日本の桜はとても美しい」李徴がしみじみと讃意を示した。

「山桜は、根元に埋まった屍《しかばね》の養分を吸う」六条院が云った。

「やめてくれ、悪趣味な」興趣を削《そ》がれて李徴は眉をひそめる。

「鈴鹿の桜と云えば、この界隈はあの男の縄張りではないか」と六条院が云う。

「ああ、おったな。**悪名高き山賊**[*33]が一人」

「臈《ろう》たけた女を娶《めと》ったと。あの男はどうなった」

「しばらく昔《まえ》にふつりと消息が途絶えたそうだ」

「その女房、絶世の蛾眉《がび》にして生首と遊ぶと云う。一度は逢いたかった」

「あれもかなり悪どくやっていたが、いつのまにか消えたなあ」

「ここいらを仕切っていた山賊が消えて、有象無象の盗人が棲みついたと云うことか」李徴だけが噂話に乗りきれていなかった。

「盗人？　ああ、我らを追ってきているものなら、偸盗ではない」

翁の言葉につられた李徴が、後方へよくよく目を凝らせば、道の上辺をそろそろと這うものは四肢ある人の形をしていない。霧よりも実体が幽《かす》かでうすらぼけた、しかしぞろぞろと数に限りのない、獣や鳥の成形《なり》ですらない醜悪な化物たちだった。翼の千切れた鳥や膿《う》みふくれた両生類、崩れた羊歯《しだ》類の塊《かたま》り、蟹の肢を生やした人の首、餓鬼、悪霊、這い這いする無色《むしき》の赤子、蛇《くちなわ》の端切れ、蛆《うじ》のたかる轢《れき》死体、尻尾を生やした異類異形——森羅万象の闇に巣食うものが貪婪《どんらん》な眸《め》を剝《む》いて、排気の煙を曳《ひ》きつらねる一行の車に群れをなして尾《つ》いてきていた。

「あるいは天変地異の影響もあろうか、纐纈《こうけつ》城の城主のような大物が動きだしたゆえか、そこかしこで化外《けがい》の者たちも騒ぎだしている」

「うう、すこぶる気持ち悪い」李徴は努めて後方を顧《かえり》みまいとしている。「あんなぐちゃぐちゃの切れ端でも、寄ってたかって襲ってこられたら」

「あれらは尾いてくるだけであろう、放っておけばよい。李徴、六条院、おなじ化生《けしょう》の身であるお前たちから滲《し》みだす霊気に吸い寄せられて、洋燈《ランプ》に群がる蛾や虻《あぶ》のように寄ってきている。近づきすぎればその焔《ほむら》に焼かれるとも知らず」

「ああ、あんなぐちゃぐちゃと一緒くたにされようとは……」李徴がその身を嘆いて失意の詩を吟じそうになった。

「つまらぬ物怪《もののけ》や低級霊でもあれほどに活発なら」と六条院が云った。「もっと厄介なものへの警戒も怠れないと云うことか」

「停めよ」

翁がふいに口走った。急になぜ？　雑魚《ざこ》を相乗りさせたくなったのか、六条院が訝《いぶか》りながら車を停めた。夜霧がこもった山林の一帯に、濃い気配がひときわ蝟集《いしゅう》している。車を降りた翁たちは、追いすがる醜い化物を無視して藪の中に分け入った。枝ぶりのよい桜の大木のふもとに黒ずんだ物体が見えた。雲霞《うんか》のような虫の柱が立っている。腐食性の獣たちが、埋葬虫《しでむし》や百足《むかで》や甲虫類が、開店したばかりの森の食堂の味見に集まっていた。転がっていたのは人の屍骸《しがい》だった。

「こちらは本物の夜盗のようだな」

黒い垢まみれの顔も、獣皮のちゃんちゃんこをまとった胴部も食い荒らされている。額と頬の二ケ所に、獣の牙には開けられない穴が開いている。血の凝《こご》った銃痕《あな》。すぐそばには峠道から藪の奥まで侵入して再び戻ったとわかるオートバイと側車《サイドカー》の轍《わだち》ができていた。これは確実な足跡。陸軍が運用するハーレー・ダビッドソンは広く巷間《こうかん》に流通しているものではなかった。

「密使たちを襲って、返り撃ちにあったな」検屍官のように翁が云った。「食い痕から察するに、事切れて半日と云ったところか。概算すると九里から十里ほどの距たり《へだ》があるようだ。連中は銃の武装も怠りないな」

「どこまで行くつもりか、洛中の方角へ向かっているが」と六条院が云った。

「グスタフと話した宿の女将が〝長旅になる〟という言葉を聞いています」と李徴が云った。

木村、赤松、グスタフ・ヴィーゲルトの三名は、列車に乗らずに陸路の西進をつづけていた。街道につらなる旅籠《はたご》や食堂、行商人による証言を接《つ》ぎながらここまで追ってきたが、密使たちも旅の速度を上げている。投宿することなく夜通しを移動に充てる日もあった。近畿の主な都市《まち》にその目途はあるのか、あるいはさらに先なのか――

「騒いでおる、騒いでおる」

翁はひたと眼差しを前途に据えた。過去よりも未来、来た道よりも往く道のほうが、うごめく闇の魔性が色濃く顕ち現われているように思われた。

九

坊っちゃんの逗留する浜松でも、騒ぎが出来《しゅったい》していた。

宿に戻るやいなや、聖が玄関まで出てきて云った。

「龍之助さんが、消えてしまいました」

手負いの剣客が消えた？　聖いわく、部屋に侵入者を許した痕跡は見つからなかった。争った形跡も、蹴り倒された襖《ふすま》も、掛け布団の乱れすらない。

机龍之助はいまだに立って歩けるほどの恢復《かいふく》はしていないはずだった。失せているのは寝間着ぐらいで履き物すらも残されている。寝室の隅には脇差と刀が立てかけられていた。だからこそ合点がいかないのだと聖は云った。もしも自分の足で出ていったのだとしても、よもやあの御仁が得物を置き残していくなんて――


机龍之助は、街道の外れをふらりふらりと流離《さすら》っていた。

どちらから来たのか、解からない。

どちらへと向かっているのか、解からない。

方角も時間も知れず、寝床から這い出した姿のままで、癒着しかけた創傷《きず》が開くこともかまわずに二本の足を繰るばかりだった。危ねえな、と叫んでいった通行人はこちらにぶつかりそうになったのか。もとより盲《めし》いた剣士に、往来や道の区画は意味をなさない。彷徨《さまよ》っているのはどこまで行っても行き詰まらない、四方《よも》に涯《かぎり》ない自らの闇の領土だった。

某《それがし》は、敗れた。

流浪の真相は、ただその一言に悉《つく》す。

湖城で立ち合った刺客に、名も知らぬ手練《てだ》れに、某《それがし》は敗れた。袈裟掛けに両断された。ならばなにゆえに、この身を現世に残しとどめているのか。葛藤と自己欺瞞《ぎまん》にくりかえし打擲《ちょうちゃく》されて、斬られたと云う現実を我と我が身に染みこませるだけの寝床は無益の極み、敗者は敗者らしくと己を放逐《ほうちく》して、市中引き回しの刑に晒《さら》しているのかもしれなかった。

翁の血で終わらぬ生の虜囚《りょしゅう》となってからは、ただ人斬りだけに精を出した。背骨の命令だけに伺候《しこう》してきた。そんな某《それがし》が斬られた。長い生のなかでもここまで深い手傷を負わされ、これほどの惨敗を喫した過去はなかった。

某《それがし》には解かる。某《それがし》にしか解からない。

あの場に余人がなくば、最後のひと太刀で斬首されていた。

踊子などは、宿の枕頭で「どんまい！」「惜しかったですよ、次は勝てます」と耳元にしきりに声を吹きこんできたが、あれはそのような紙一重の惜敗ではなかった。

あれこそは剣を究《きわ》めし者。刃と刃を斬り結ぶその刹那《せつな》にしか了察できぬものがある。傍目《はため》には実力伯仲に見えても、立ち合った双方には解かっていた。あのときどんな太刀《たち》筋《すじ》を繰りだそうとも、幾度、仕切り直そうとも結果は変わらなかった。

某《それがし》は、敗れた。

机龍之助はあてどもなく彷徨いつづけた。絶望とも屈辱とも名づけられない、二度と消えない敗北の烙印を手ずから自身に焼きつけるようにして。机龍之助には耐えがたかった。百代《ひゃくだい》の歳月にわたって人を斬りつづけ、刃筋を研ぎつづけ、あらゆる流派と立ち合い、これを獲《え》て、結果として人の世に比類なきまでになった。その風霜《ふうそう》が、自尊自大の魂が、己に放逐の刑を強いている。

不世出《ふせいしゅつ》の傑物にまで上りつめたからこそ机龍之助には瞭然と判るのだ。これ以上の熟達はありえないことが、剣の頂《いただき》から断崖の下へ転落させられたことが。

おのずと腑《ふ》は抜けて、身も心も混沌《こんとん》に落ちて、刀すらも旅舎に置いてきた。痴《たぶ》れた放浪者のように無辺の闇の曠野《こうや》を、背骨の命ずるままに流離しつづけている。

もはやこの現世に剣士として存在する意味はなし。

しからばこの歩みは、死出の旅であろうか。

あの床にあってはいずれ癒やされる。

ゆえに刀も佩《は》かず。

行く先も告げず。

たやすく逝くことはできない。荷馬車に轢《ひ》かれても虫の息で這いつづけるだろう。たまさか線路の上に達して、列車がこの身を百万の欠片《かけら》に変えるなら逝けるだろうか。巌頭《がんとう》の吟を認《したた》めて華《け》厳滝《ごんのたき》に飛びこむか。この足が波打ち際に達しても踵《きびす》は返すまい。海がなければ湖でもよい。本栖湖を再び渉《わた》っておなじ刺客と相まみえるのはどうか。刀も脇差もない。あっても剣では勝てない。しからば騙《だま》し討ちをしてでも仕留めるか。それもよい。最上の剣客の座は奪取できずとも、敗北の憂さは晴れよう。背骨が命ずるのならそうしよう。

あにはからんや、涯《はて》のない彷徨《ほうこう》のなかでいつしか剣客の矜持《きょうじ》は消え失せている。武器が要るな、と思う。鉄砲が好《よ》かろう、と思う。はてさていかように銃火器を手に入れたものかと放浪の目的が変わっている。どこを歩いているとも知れなかったが、陽の温度から有明か薄暮であろうと察しをつける。聴覚をもって銃声に、嗅覚をもって火薬臭にたどり着くまではこの漂泊を止めはすまい。そのように臍《ほぞ》を固めて、痴れるままにひたひたと歩きつづけていたところで背後より声が聞こえた。

「お助けできることはありませんか」

砥石《といし》で磨いたようなつるりとした声だった。

机龍之助は振り返ったが、振り返ったところで相手の姿は見えない。

「急にお声がけしてすみません。そんなお姿でずっと歩いていらっしゃるから。帰り道でもわからなくなったのではないかと」

つまらぬ善意のお仕着せか。物乞いに喜捨《きしゃ》を恵むような気まぐれか。男がまぶした香料が鼻先に漂ってきたが、男自身が発している下心の臭いのほうが嗅覚に強く訴えた。斬り捨てようとしたが、手を伸ばした腰の帯は空っぽだった。

「私なら助けられると思いますよ」男の柔らかな声が云った。「もしかしたら何か、お探しのものがあるんじゃないですか」

十

旅芸人の足も弾むような、美しく晴れ渡った小春日和だった。

薫の兄の栄吉は、前ぶれもなく忽然と姿を消した。

　声変わりもしていない妹にまで芸事を強《し》いなくてはならない、そんな家内の事情に心を痛める優しい兄だった。あるとき薫が落とした桃色の櫛《くし》を拾いに、栄吉が一人で引き返したのだと云う。先を歩いていてもなかなか追いついてこないので、薫たちも戻った。天城峠のトンネルの中にぽつんと櫛だけが落ちていて、栄吉の姿はどこにも見当たらなかった。鍋や茶碗や衣裳が入った柳《やなぎ》行李《ごうり》を背負ったままで栄吉はどこかへいなくなってしまった。

「**――物乞い旅芸人村に入るべからず。**」と蔑《さげす》まれることもある身の上がいやになって、新派役者をしていた東京に舞い戻ったのではないか。ふと魔が差して失踪するのはよくあることだと調べに当たった巡査に云われたが、薫はそんな言葉は信じなかった。あの兄にかぎって妻や妹を置き去りにするわけがない。栄吉が行方知れずになったことで旅一座は散りぢりになり、薫は甲府の実家に戻ることもできたが、このまま伊豆地方を去ってしまえば兄は見つからないような気がしてならず、兄嫁と二人だけで旅路に身を置くことを選んだ。あるとき湯ケ野《ゆがの》の茶屋で兄の目撃情報を得て、一人で山中の奥深くまで分け入った。流産と早産を経験して、わが子を生まれて一週間で亡くしている兄嫁はそのうえ夫まで失って絶望し、捨て鉢になって健常な精神を蝕《むしば》まれていた。何としても兄を見つけだしたかったが、兄によく似ていたと云う薬売りは他人の空似だった。行商を追って普段は通らない険阻《けんそ》な旧道に踏み入った薫は、足場を踏みあやまって渓谷に滑落してしまう。脚の骨を折って、生死の境をさまよっていた薫を救難したのが六条院だった。

　旅のさなかに行き逢い、勝手に兄嫁を後家と勘違いして、姉妹をまとめて口説き落とそうとしていた。坊っちゃんと同様に、薫もその命が風前の灯火となったところで**血の恩寵**により九死に一生を得て、六条院はのちに薫を翁に引き合わせた。

若い娘でなくては務まらない斥候役を引き受けたのをきっかけに、薫も招集がかかれば任務に加わるようになった。ときに花売りの娘を装《よそお》って敵状を視察し、聖と組んで舞踏会に潜りこんで上流階級の情報を集めた。一党とともに東奔西走《とうほんせいそう》、南船北馬《なんせんほくば》しながら、薫はずっと人間消失の謎を追っていた。狭い世界を自ら飛びだして、兄の消息を探りつづけていた。


この九月で、兄が行方知れずになってから一年半が過ぎると云う。

ゆきずりの通行人にお辞儀をした薫が、卵形の顔を紅潮《こうちょう》させて戻ってくる。

「やっぱり、豊川《とよかわ》のほうに来てるみたいです！」

翁たちを追って東海道を下りながら、薫の兄と、机龍之助の消息も合わせて探りまわった。坊っちゃんは東京に帰る案も捨てていなかったが、一年半越しに有力な手がかりをつかんで張りきる踊子に手を引かれて拒みきれなかった。

にわか探偵の相棒となって、もたらされた言伝《ことづて》をつぶさに推理した。震災の前後でとみに頻発していると云う、旅の芸人や無宿者たちの失踪事件——それらは神隠しではなく人災なのだと又三郎は告げていた。

隠されているのは、動物の臭いがする場所。

境界に分かたれない三角形の要塞。

移動する監獄と云ったら——

「さあさあ、皆さまのご愛顧を頂いた**グランド・サーカス**[*34]が当地に戻ってまいりました。お目にかけるのは本邦初披露の奇術に軽業、獣と人とが阿吽《あうん》の呼吸を見せる曲馬、命知らずの二十メートル綱渡り、ナイフ投げで可憐な娘の命も危うしだ！　見ていってよ、誰がご覧になってもあっと魂消《たまげ》ること請け合いだよ！」

禿《は》げ頭の口上役が昔の見世物小屋のような呼びこみをやっている。歓楽街の外れの広場にできたテントの村落は、豊川稲荷や御油《ごゆ》の松並木から流れてきた旅客や地元民でにぎわい、風光絶佳な景勝地もさながらの大混雑となっていた。

最大のテントは天辺《てっぺん》が三角になっていて、吊るされたぼんぼりが赤色や黄色の瞬きで夜の底を明らめている。客寄せのために、テントの内側から行進して出てくる者たちがいた。

逆立ちしたままで歩いてくる軽業師、お手玉のようにナイフを繰り回す大道芸人、いろは歌をさかさまに諳《そら》んじる侏儒《しゅじゅ》、見たことのない鳴り物を奏じる楽団も現われて、集まっている人々にひょいと触っては、離れ、悪戯《いたずら》めかしておどけながら、この奥ではもっとすごいものが拝めるよと見物券を手売りしている。木戸銭を払った見物客が吸いこまれていく二間口の奥は、夜を飲んだかのように真っ暗だったが、よくよく目を凝らせば、そこにいっそう華やかな万燈を窺《うかが》うことができた。

「それにしてもなんだって、旅芸人がおなじ旅芸人をかどわかすんだ」坊っちゃんは云った。「奴隷労働でこき使おうってのか」

サーカスに売り飛ばすよ、と云ったら悪童は耳に胼胝《たこ》の脅し文句だが、移動サーカスがどんなに設備や回遊性の面で人さらいにうってつけでも、薫の兄のような大人を連れ去ったりするだろうか。よしんば連れてきても思いどおりに働かせるには手間も食費もかかる。不利益の方が多いんじゃないのか。底抜けの明るさと表裏一体の昏《くら》いいかがわしさが、サーカス特有の奇態な奥深さが、坊っちゃんに二の足を踏ませていた。本栖湖の城よりも質《たち》の悪い魔物の巣窟はそうそうあるものでもないだろうが——

「だってこれまでの手がかりの全部が、サーカスを指し示してるんだから」

薫は木戸銭を支払うと「早く、早く」と急かしてくる。聖もゆったりと煙管《きせる》の紫煙を吹かしながら入口に向かう足を止めなかった。

「しばし娯楽を楽しみましょう。さあいらっしゃい、坊っちゃん」

「分かったよ。曲芸見物の頃合いを見て、舞台裏を探るんだな」

大天幕のなかに満ちるのは、開演を待ちわびる客の熱気。七色の光の繚乱と、よそで嗅ぐことができない固有の匂い。漂ってくる獣の汗と演者が塗る天花粉《てんかふん》と、丸太掛けの木の薫りが混淆《こんこう》したそれはサーカス小屋の異香と呼ぶしかないものだ。時代に逆行するような退廃の気味があり、異国情緒を味わえるがその一方で郷愁も誘われる。外観から想像するよりも高さや奥行きがあって、できるだけ柱梁《ちゆうりよう》を減らして桟敷《さじき》が敷かれ、舞台は上と下の二段構えとなっていて、左右に組まれた小ぶりな櫓《やぐら》では楽士たちが「美しき天然」を演奏していた。

「おれなんぞはこの唱歌を聴くと、浅草の見世物小屋を思い出す」桟敷の後列にあぐらをかきながら坊っちゃんは云った。「祭りになるとよしずを張った小屋が並んで、楽隊《ジンタ》が客寄せをしていてな。そこで怪力男だの玉乗り少女だの、双《ふた》つ頭のベンガル虎だのを仰天しながら見物したもんだった」

「嘘だあ、怪力や玉乗りならまだしも」隣に座った薫が云う。「双頭の虎と云うのは、話を盛ってないですか」

「信じないのか。清というばあさんと一緒に見たんだぞ」

「それって見世物小屋にはよくあるいんちきですよ」

「だからこの目で見たと云うのに」

「騙《だま》されたのね。大方、掛小屋のなかは薄暗かったのではなくって」

聖までぷかりと紫煙を燻《くゆ》らせて、坊っちゃんの思い出に横槍を入れてくる。

「動物園から借りてきた虎に、張り子の頭部を足していたのではなくって？　坊っちゃん、あなたは真っ直ぐな気性すぎるのだから、客の目を欺《あざむ》いてなんぼの見世物小屋ではせいぜい眉に唾を塗って、何もかもを疑ってかかるぐらいでいなさいな」

待ち合いにちょっと思い出を話しただけなのに、なぜか桟敷に座る心構えを説かれている。これだから女二人の雑《ま》ぜかえしはたまらないと坊っちゃんは憤慨した。万事がこんな調子で、多数決でこっちが世間知らずの青瓢簞《あおびょうたん》にされてしまう。誰をつらまえて騙されやすいなどと云うのか、大衆芸能の本場で目が肥えているのがこのおれだ。こんな山出しのサーカスに眩《くら》まされるような首をくくって死んじまわあ。奇術でも手妻《てづま》でもどこからでもかかってきやがれと息巻いていたらところで、口上役の男がちょんちょんと拍子木を打って、楽士の演奏がにぎやかになった。かくして開演とあいなって、舞台袖から現われる演者たちが手を替え品を替えて千変万化の出し物を披露し始めた。

我慢をしていても「うおっ」とか「おわっ」とか嘆息が漏れてしまう。張りめぐらされた針金の上を歩くのは軽業の典型だが、そういうときの演者は裸足か足袋を履くのが相場であるところにきて、このサーカス団では高下駄を履き、皿や独楽《こま》を回しながらお茶の子さいさいで渡ってのけるのだから恐れ入った。振袖姿で出てきた太夫が瞬きひとつのうちに洋装のタイツ姿に早替わりして、テンポが速くなる伴奏に合わせ、逆立ちしたかっこうで柳樽《やなぎだる》を蹴り回してみせる。肩の上に梯子《はしご》を立てながら三味線を弾き、その梯子を上った別の演者が最上部で見得を切った次の瞬間、真っ逆さまに落下してあっと息を呑ませたが、宙返りつきで着地して万雷の喝采を浴びた。つづく奇術では口から火を吹いたり、刀を呑みこんだりは序の口で、指を鳴らすだけで藁靴《わらぐつ》を大きな鯉に変えたり、帽子の中から蛇を出したり、馬の肛門《けつめど》から入っていた奇術師が梁の上に現われるに至っては、何をどうやったらああなるんだ、タネや仕掛けはどこにある、と薫や聖にしつこく訊いてしまうほどに眩惑された。さらに曲馬乗りでは、舞台を駈ける荒駒の背で逆立ちし、背から背へと跳び移り、騎手の上に立てた棒の上でもう一人が逆立ちするなどの離れ業をやってのけて、厳しい訓練を結実させた芸に感服させられた。心・技・体をあざやかに調和させた妙技に肚《はら》から快哉《かいさい》を叫んでいた。こいつらは最高だ、グランド・サーカス団に栄光あれ！　坊っちゃんは骨抜きに魅了されつくしていた。

「……さて、そろそろ頃合いですよ」

そのあたりで聖が耳打ちしてきた。もっと観ていたかった坊っちゃんはさりげなく無視を決めこんだが、あまりにもしつこいので不承不承、三人で桟敷を離れて人目につかないように舞台裏へ足を踏み入れた。

舞台に出たり入ったりする演者とすれちがわないように、物陰から物陰へと伝い、大道具のはざまを四つん這いで移動する。楽屋や炊事場は人でごった返していて、出番を終えたばかりの火吹き男が嗽《うがい》をしていたり、これから客前に立つ曲芸師が大男の背負った甕《かめ》に身をしのばせたりしている。桟敷から聞こえてくる客の歓声を後目《しりめ》に、坊っちゃんたちは天幕の奥へ奥へと進んでいった。

隠れて偵察しながらも、幼き日の情景がまたぞろ思い返された。演じ物を紹介した絵看板、哀調のジンタ、掛小屋では外側に柵が組まれていて、幾つかの仕切りがあり、そこから数頭の馬が鼻面を飼葉桶に挿し入れていた。ときどきその馬に白粉《おしろい》を塗った少女がまたがっていることがあって、通りすがる者に憂いを帯びた目差《まなざ》しを向けてきた。あれも客寄せの一環だったのか、見慣れない少女の化粧や流し目にはまんまと想像力を煽《あお》られた。子供心にその娘の境遇に思いをめぐらせ、怖いもの見たさで木戸銭をねだることになった。清はそんな心情を察してか、「坊っちゃんも遅くまで遊び歩いていると、人さらいに捕まって見世物小屋に売られてしまいますよ」と教訓めかして云って、少女を救出する夢想も叶えられずに家路をたどる坊っちゃんとそっと手をつないでくれたものだった。

サーカスを隠れ蓑にした人さらいが実際に横行していたのかは知る由もないが、舞台で芸を披露する少年少女が、不幸な星のめぐりに囚《とら》われたように物哀しい面差しを見せていたのは事実だった。

「獣の臭いが、濃くなってきましたね」と薫が小鼻をうごめかせる。

天幕には思いのほか奥行きがあって、団員たちの寝屋《ねや》、夫婦部屋などが列《つら》なる通路を抜けると、闇の領土がいっそう深くなった。楽屋の灯りも届かず、百匁蠟燭《ひゃくめろうそく》がその火を揺らしながら幽《かそけ》き視界を照らしている。調教師が使うような鞭や飼葉が置かれた空間があり、奥まったその先には動物の檻や水槽が並んでいた。開演中で出払っていなければ、ここは馬のいななきや水棲哺乳類の鳴き声が満ちていたのかもしれない。厩舎《きゅうしゃ》の臭いと洗っていない水槽の臭いが鼻の孔をなぶり、目がしぱしぱするほどで、こんなところに誰もいないさと坊っちゃんが踵《きびす》を返しかけたところで、薫が何かを見つけた。

「あそこに、誰かいます」

馬一頭が入るほどの大きさの、一番奥に押しこまれた檻に、確かに坐した人影があるではないか。敷きつめられた藁草に身を埋めるように収容されている。しかも一人ではなく二人。警戒しながら檻に寄っていった坊っちゃんたちは、目の当たりにした光景に絶句させられた。

張り番や飼育係ではないことは一目で分かった。団員が油を売っているのでもない。鉄格子の中から垢だらけの半裸の男たちが見返してきた。筋や骨のひだまで鳥の嘴《くちばし》にこそがせたように痩せていて、洗濯と縁がなさそうな衣服も伸びた髪もダニの巣窟になっているとおぼしかった。注ぎ口の黒ずんだ薬罐《やかん》が転がっていて、生薬なのか薄荷《はっか》や肉桂《ニッキ》の入った小鉢も置かれていたが、見るからに満足な食事も与えられていない。しかし逃げたがるような気概も感じさせず、闖入者《ちんにゅうしゃ》が現われてもこれという反応も見せずに、調子外れにくさめなどを噴いている。

「お前たち、どうしてここにいる、どこから連れてこられたんだ」

声をかけたが返事はなかった。あたかも太古からそこでそうしていたように檻の中に馴染んでいる。世俗のよしなし事とは隔絶されたような虚ろな眼が、しかし生きた人間のものだと云うことは、燭台ごともたげた蠟燭の炎にわずかな反射を示したことからも知れた。

「尋常の様子ではありません、何かの薬物でも投与されているのかしら」

「もしかして、あなたたちは……」

虻《あぶ》の羽音のようにかすかな言葉を洩らしたのを、薫は聞き逃さなかった。

知っている単語をひとつふたつ檻の中に投げると、男たちの半眼が解かれ、二枚の貝殻を擦りあわせるような嗄《か》れた声音が返ってきた。

「朝鮮人か」

坊っちゃんはうめくように云った。路傍の宿無しや旅芸人とおなじく朝鮮人たちも、消息を絶ったところで世間が騒がない恰好《かっこう》の獲物としてかどわかされたらしい。災事に乗じて不逞《ふてい》を働いているとして、黒も白も決さないうちから縛りあげられて鳶口《とびぐち》で脅され、電柱に磔《はりつけ》にされて放置され、荒川の土手には筵《むしろ》巻きの変わり果てた姿で転がされていた。坊っちゃんは目の当たりにした惨事を瞼の裏によみがえらせる。現にそこにいる二人の膚《はだえ》にも打擲《ちょうちゃく》された痕跡が酸漿《ほおずき》色の筋となって残っていた。

震災の発生から半月が経つが、根も葉もない流言や集団ヒステリが残した傷痕は、こうして折にふれて眼前に現われるのかもしれないと坊っちゃんは思った。かく云う自分にしてからが彼らの身の潔白を一貫して信じていたわけではなかった。この朝鮮人たちはたとえガギグゲゴを発音できても、どのように抗弁したとしても結局は差別の火であぶられることに絶望して、異郷の檻の中で重く口を閉ざしているようにも思われた。

破錠《はじょう》を試みようとしたところで、檻の奥でうごめく気配があった。鉄格子のなかに燭台を入れるようにかざすと、橙色の視野が広がった。もう一人いる。背骨の列をこちらに向けて横臥《おうが》する者が在った。着ている浴衣がはだけて、傷だらけの膚と晒木綿《さらしもめん》の褌《ふんどし》が覗いていた。

「その浴衣、龍之助さんじゃないですか」

薫の声で首を傾けたのは盲目の剣客だった。迷惑千万な人斬りめ、手前勝手に消えたかと思ったらこんなところにいやがった。

「踊子か、聖どのに小百姓も、こんなところで何をしている」

卵の白身のような眼で気配の数を数えている。浜松の宿から刀も佩《は》かず、行くあても云い残さずに消えた机龍之助が、傷の恢復《かいふく》に努めるべき寝床を聖のもとから檻の中の藁床へと移していた。しかも云うにことかいて小百姓とは、この男とは言語を違《たが》える朝鮮人よりも絆を結びがたいと坊っちゃんは歯嚙みした。

「あなたまでどうして、誰に連れてこられたんですか」

つぶさに尋ねても、覇気のない声音を返すだけだ。

「さて、あの者はなんと云ったか……」

「解かっていますか、あなたは檻に入れられているんですよ」

「檻、そうか、檻か。わが彷徨《ほうこう》の行き着いた先は牢獄であったか」

「腑抜けるのも大概にしたらどうだ」坊っちゃんはもどかしくなって難詰した。「たかだか立ち合いに敗れたぐらいでうじうじと閉口《へこ》たれるとは、古今無双の剣客が聞いて笑わせる。今のお前ときたら、生気のかけらも残ってない襤褸《ぼろ》雑巾《ぞうきん》じゃないか」

机龍之助は答えなかった。坊っちゃんをいなした聖が、鉄格子の透き間に唇を寄せつけた。

「あなたはそのようにして、自らの隅々にまで敗北を刻みつけているのでございましょう。極度の自責は傷の治りも妨げます。私の目には、あなたの毛穴のひとつひとつから命の芥子粒《けしつぶ》が漏れだしているのが見えます」

あなたが私たちの知るとおりの剣客で、あの三合目《さんごうめ》陶器師《すえものし》なる手練《てだ》れに雪辱を期すつもりがおありなら、雌伏の季節に獣の檻で不養生をしていてはなりません。繭《まゆ》をつくるように清廉な力を溜めこんで、傷を癒やし、しかるのちにまた刀を取って鍛錬を積みなおさなくてはなりません。聖の言葉を聞くにつれて机龍之助は、体中に残っていた殺気をくすぶらせて、熾火《おきび》のような眼の光を瞬かせたかに見えたが、

「今となってはこの手に刀など、薪《まき》ざっぽと変わらぬ」すぐに自嘲するように体を藁草に沈めた。

「あの男が、某《それがし》の探していたものを用立てると云ったのだ。導かれるままに身をゆだねて、気がつ

いたらここに……」

「龍之助さん、それは何者ですか」と薫が言葉を継いだ。「ここ数年来の神隠し事件を解き明かせるかもしれないんです。他にもかどわかされた人はいませんでしたか」

「うむ、某《それがし》ってかどわかされたのか」

「そうですよ、某《それがし》！　私の兄もそこに含まれるかもしれなくて」

「しゃんとしろ、某《それがし》！　手がかりになることをさっさと云え」

坊っちゃんと薫が畳みかけると、机龍之助は大儀《たいぎ》そうに首《こうべ》をめぐらせて、

「あの者の名はたしか、遠藤《えんどう》何某とか……」

「私でしたら、**遠藤平吉**《へいきち》*35と申します」

後方から声が聞こえた。振り返ると三間ほど離れたところに洋装の紳士が立っている。黒く光沢のある燕尾服にマントを羽織り、同色のシルクハットをかぶっている。衣裳こそ違うが、さっきまで舞台の上で軽業や曲馬乗りを披露していたサーカス団員の一人だった。なかんずく見事な離れ業で客を沸かせていた、若くして花形と云えそうな曲芸師だった。

やあ、あんたの芸は素晴らしかったぞ、おれはすっかりファンになっちゃったと坊っちゃんは褒めそやしかけたが、女たちが警戒しているのに気がついて讃辞は見合わせた。遠藤平吉と名乗った曲芸師も、土足で踏みこんだ部外者に退出を願うような素振りではない。するとこの男がそうなのか。さらってきた者を檻に入れた張本人が現われたのか。その手に提げた鍵束には、檻の入口に掛かった錠前の鍵も混ざっているようだった。

「紳士淑女のご一行様、机さんのご朋輩ですか」

「あなたがさらったんですか、この人たちを」

薫の声も上擦っている。硬く面差しを強《こわ》ばらせながら眼前の男から視線を離さない。

「探偵ですか、それとも警察の潜入捜査かな」遠藤平吉は答えずに誰何《すいか》してくる。その目が燭光を反射して揺らめく。「ここまで追っ手が入りこんだ前例はありません。あなた方はどういうお仲間なんですか」

「こっちが訊いているんです。これはサーカスぐるみの人さらいなんですか」

「ハハッ、昔からサーカスは誘拐の元締めですからね」

「はぐらかさないで、連れ去った人たちをどうするつもりですか」

「正体も知れない方々に、教える義理はありません」

「正体が知れないのはそっちでしょ、ただの曲芸師じゃないんでしょう！」

「種を割るつもりはないと云ったら、力ずくで締め上げますか。私は血や暴力が嫌いでね、そこに美学がないかぎり」

胸のポケットから出してさっと貼りつけたような微笑を湛《たた》えて、ふてぶてしいまでに動揺を感じさせない。何を訊いても話をすりかえ、はぐらかし、疑惑に対して肯《がえ》んずることも否《いな》むこともないのだから、親譲りのせっかちを自覚する坊っちゃんにはじれったくてたまらない。

「美学ときたか。こいつは気障《きざ》に番付でもあれば大関は張れそうな輩《やから》が現われたな。大向こうを唸《うな》らせる見事な芸があるのに、なんだって人さらいなんぞに身をやつすんだ、裏の人身売買はそんなに儲かるのか」

「その人さらいと云うのはやめてもらえませんか」

「美学に反するか、だったらなんと呼べばいいんだ」

「私は、盗んでいるんです」

「盗む、人間を？」

「この私に盗めないものはない。お尋ねしますが、怪盗紳士なるものが欧州で活躍しているのをご存じですか？　血を流さず、誰も傷つけず、おのれの盗みの技と奇術と曲芸をもってお宝を頂戴する。これこそまさに私の美学に適った至高の芸術家と云ってよい。巡業のサーカス団で一生を終える気はありませんから、私もそれほど遠くない未来に、本邦の怪盗紳士として檜《ひのき》舞台を踏むつもりです」

「怪盗紳士？　何を寝惚けたことを云っているんだ」

随分とふざけた戯言《ざれごと》を並べはじめた。怪盗紳士と云うのは弁天小僧《べんてんこぞう》や石川五右衛門《いしかわごえもん》のできそこないか。新派役者や性格俳優ならいざ知らず、そんなものになるのが夢でございと吹聴する手合いが常識人であるはずもなかった。

「今はそのための腕試し、地均《じなら》しを重ねているところで」

「だったら金塊や美術品を盗むがいい。人を盗むのはつまり人さらいじゃないか」

「森羅万象のあらゆるものを盗みだす。そんな謳《うた》い文句で売っていこうと思うんです。お望みとあらば富士の山だって盗んでみせます」

「で、人を盗んでそのあとは」聖が言葉をつらねた。「こうしていつまでも檻に入れていても仕様がないでしょう。このサーカスで働かせているわけでもないようだけど」

「さあ、どうでしょう。そこからは企業秘密です」

「あなたは、あなたと云う人は」たまりかねたと見えて薫が声を荒らげた。「腕試しだとか怪盗紳士だとかそんな理由で、子から親を、家族から夫や兄を引き離すんですか」

「さっきから怖い顔をしているあなたは、私憤がおありと云うことかな」

「私の兄も消息不明です。下田や修善寺をめぐっていた旅の一座で、名を栄吉と云います」

「さて、憶《おぼ》えはあったかな」

遠藤平吉は不遜に目を閉じた。聖に目配せされて、坊っちゃんは気取られないように少しずつ間合いを詰めていった。しばらく黙考していた遠藤平吉は、はたと目を開くと、唇の前で両手の指を合わせて尖塔の形を作った。

「ああ、随分前のことですね。柳行李を背負っていて、妻や妹があると云っていた」

認めた。白を切るのにも飽いたのか、犯行を自供したも同然の物言いだった。薫は濡れた心臓を握られたように顔を紅潮させ、積もりに積もった感情の堰《せき》を切らせた。

「返して、兄を返してください」

「私のところにはもういない」

「売りさばいたんですか」

遠藤平吉はこれ見よがしに人差し指を立ててみせた。ですからそれは企業秘密です――

坊っちゃんはそこで一息に躍《おど》りかかった。実力行使でもなんでもして、本人の口からあらいざらい白状させるのが手っ取り早かったが、攫《つか》みかけたところで遠藤平吉は背後に跳んで、「捕まえてごらんなさい」と手元の鍵束をかざしながら、後ろ向きに見えない階段を上がるようにして空中に浮遊したものだからいよいよ驚いた。

「坊っちゃん、これは奇術幻術！　眩まされてはなりません」

聖の言葉でそうだったと目を瞬《しばた》かせる。奇術や曲芸はこの男の十八番《おはこ》、しかもここはサーカスの天幕の内側だ。あらかじめどんな仕掛けがされていても不思議はない。マントを翻《ひるがえ》しながら遠藤平吉は高らかな笑い声を響かせ、天幕上部の梁にまで上がると身を低くして馳《か》けだした。このまま逃走を許しては名折れだ、どうするか見ろ、と坊っちゃんも横梁に沿って走りだした。鬼ごっこにでも興じているつもりか、高所に上がって降りてこないのは姑息だ、降りてきやがれとそこらにある一斗《いっと》罐《かん》や竹箒《たけぼうき》をひっつかんでは投擲《とうてき》したがてんで当たらない。もどかしくてかなわないので見つけた梯子を三段飛ばしで駆け上がり、おなじ高みにまで躍り上がったところでどうしたことか、確かに視界にとらえていた遠藤の姿が見えなくなった。笑い声どころか足音も聞こえなくなる。燭光やぼんぼりは梁より下にあるから、暗くてどこに何があるか判然としない。蜘蛛《くも》の巣が顔にまとわりつき、足元を抜ける鼠《ねずみ》に驚かされ、そうかと思うと斜め前方にマントを翻す人影が走っていく。「坊っちゃんさん、そこを左、左へ行きました！」と眼下からの薫の指図にも導かれて、奔逸《ほんいつ》する遠藤の後ろ姿を遮二無二《しゃにむに》追いかけた。

天幕の骨組には、四寸五分ほどの丸太が使われている。細くても目通り三寸、杉か檜か落葉松《からまつ》の皮を剝《む》いた木材だ。縦材と横材をたすき結びや巻き結びで組み上げ、筋交《すじか》いを入れて、仮足場を渡したところに屋根が架けてあった。がむしゃらに追ってきた坊っちゃんは、天幕中央の舞台の上部にまで出てきた。空中芸がしやすいように空間を高く確保してあるので、梁の高さはかなりのものになる。五間ばかり下ではサーカスの出し物が佳境を迎えていた。馬もアザラシも人間も総出の大盤振舞い、噎《む》せ返るような熱気と光の眩しさで足元がふらついた。ここまで来ると下からの指図は望めない、目視だけで追うしかない。あの男はどこへ行った？　現われては消えて、あきらかに追っ手を弄《もてあそ》んでいる。サーカスの灯でその姿は影絵めいて、二重三重の輪郭を帯びて遠近感を狂わせる。複数の影を随《したが》えているようにすら見えた。知らず知らずにかなりの高所まで来ていたが、奈落の底を這いずっているような嫌な心持ちがしていた。

　とは云え逃がしてなるものか。あれは奸物《かんぶつ》を通り越して凶賊だ。朝鮮人はもちろん机龍之助もまあ救出しなくてはならないし、薫の兄を始めとして多くの人間をさらってきたならとんでもない大悪党だ。坊っちゃんは自らに発破をかけながら物音を聞き分け、残像を追い、声の響きに導かれて、東から西へと架かる梁を渡ったところでとうとう屋根幕の外に出てきた。天幕の頂には物見台のような、望楼のような細長い櫓《やぐら》が組まれていて、遠藤平吉をそこへ追い詰めたのか、それとも誘いこまれたのかは判別がつかなかった。

「怪盗紳士なんぞと吐《ぬ》かすだけのことはある、馬鹿は高いところに上りたがるからな」

「無鉄砲な人ですね、ここまで追ってくるとは」

「何だこんな高さぐらい」

弧を描いた月の輝きも、星々の火もすぐ真上にあるかのようだった。五畳弱の広さの櫓の上で、風にあおられながら遠藤と向き合った。十歩も行きつくせば取り押さえられるが、大立ち回りをすれば足を踏み外しかねない。下手な真似をしないで懐柔を試みるのが賢明だった。

「しかし、本当に単独犯なのか。これまで一度も露見もしないで幾人もさらってきたのか。おれにはもうひとつ信じられない。実際には手引きする仲間がいて、売りさばく役目の者がいて、お前はそういう一味の末端なんだろう、違うか」

「見くびってもらっては困るな、すべて私が一人でやってきたことです」

「どうかなあ、もしもそうならそれこそ離れ業だ」

「そのとおり。離れ業こそが私の本領」

「さしもの曲芸師といっても無理筋だろう」

遠藤が苛立っているのがわかった。もっと煽ってやれ。人さらいを芸術表現などと云う輩だ、官憲の網にかからずにやってきた犯罪の自慢を聞かせたいはずだと坊っちゃんは踏んでいた。こちょこちょと自尊心を擽《くすぐ》って、負けん気も突っついてやったらいい。取り押さえる間隙を窺いながら坊っちゃんは捲《ま》くしたてた。

「血が嫌いだと云ったな。誰も傷物にしないで身柄だけをさらっていたなら恐れ入るが、そんなことをたった一人で完遂できる犯罪の天才がこの世にいるとは到底思えない。間違いなく仲間がいたはずだ」

「群れるのは、私の主義ではないのでね」

「首謀者をかばっているんだろ、下端《したっぱ》はつらいね」

「下端ではない、私こそが指揮官だ」

「だけどなあ、一介のサーカス団員の計略《はかりごと》じゃあるまい」

「これは私の仕事、私の達成だ！　身柄の引き取り先との間に周旋屋はいても獲物との間には何者もいない。盗み自体はこの手で果たしてきたこと。私がこだわっているのは行為の遂行であって、後々の処遇にさしたる執着はない。**不死鳥計画**すらも私の関心の埒外《らちがい》にあるのだ」

「……今、何と云った」

たしかに遠藤平吉が口走った。**不死鳥計画**――

云ったよな、そう云ったぞ。大杉栄が嗅ぎつけ、纐纈《こうけつ》城の城主が軍の密使たちと交わした符牒《ふちょう》。ではこの神隠し事件も、翁や大杉が暴かんとしている目論見と無縁ではないと云うことか。この世の犯罪や謀事がたがいに影響し合うことはあるだろうが、これは風が吹けば桶屋が儲かる式の話ではなさそうだった。

あ、口が滑っちゃった、とばかりに口元に手をやっているが、おちょぼ唇《ぐち》をしてみせてもこの曲芸師は捨て置けない。生け捕りにして、どんな謀り事の先棒を担いでいるのかを尋問しなくてはならない。

と、そこで怪盗紳士が動いた。肘《ひじ》で捲くるようにマントをはためかせると、天花粉の粉をこちらの顔に浴びせた。畜生、目潰《めつぶ》しとは卑怯だ。視界を潰された次の瞬間、黒いマントが目と鼻の先で翻るのがわかった。突き落とすつもりか――

そうはさせるかと坊っちゃん、寄ってきた遠藤の服を直感で摑むと、足搦《あしがら》を見舞ってやろうと手首を取って引きつけた。腕ごとすっぽ抜けた。本物の奴の腕ではない、義手だ。細かいところで洒落臭《しゃらくさ》い。燕尾服の袖に木製の義手を仕込んでいたらしい。

「いい加減、神妙にしろ！」

櫓の上でもつれ合い、取っ組み合って押相撲していたところで、坊っちゃんの踏んだ櫓の丸太がぐらりと崩れた。体の平衡を保ちきれず、片方の脚が宙に投げだされる。箱結びの縄に切れ目を入れて、おれがここを踏むのを待っていたのか――

高さは十間ばかり。丸太の端っこに頓《とん》と尻が落ちる。下半身がずるりと辷《すべ》ったが、突き飛ばそうとしてきた遠藤の裾を攫んで、力ずくで引き下ろした。

地面は、眼下の遥か彼方にあった。

お手玉の玉になったように心臓が跳ねた。

血と息と鼓動が躍り、手も足も内臓も騒いでいる。

攫みあった恰好で、もろとも屋根幕の急斜面を辷り落ちる。

逆さまの滝のように夜の風景が流れて落ちて、墜落の感覚が背を衝き上がった。

落下の速度は止まらない。翻筋斗《もんどり》打ちながら木製の庇《ひさし》を突き破り、地面に叩きつけられた。

「ぐう」

遠藤がうめいた。ぐうと云ったのか、ぐうと云うのはおれだ。引っつき合って落下したあげく下側で着地したのは坊っちゃんだった。それでも息の根は止まっちゃいない。後頭部からだくだくと出血していたが、恩寵が効能をもたらすだけの量は残っているようだった。

ちょうど閉幕して見物客が外に出てきていたが、どう云うわけか、空から降ってきた二人の男に野次馬が群がるでもない。別のところでも騒ぎが起こっているようで、遠方から馬のいななきも聞こえてきた。

「降参だ、もう参った」

遠藤がしおらしくなっていた。さんざん奸計をめぐらせておいて、「あっしは遠藤平吉じゃねえ」とたわけた云い逃れをやりだした。坊っちゃんはふらつきながら起き上がり、下手人を縛る手頃な縄を探していたところで、聖がこちらに茫然の態《てい》で歩いてくる。どうだ捕まえたぞと大捕物の勝利を誇ろうとしたが、

「逃げられました。檻が、檻ごと、逃げていってしまった」

あたかも蜃気楼《しんきろう》に化かされたような様相だった。つぶさに聞いてみれば、朝鮮人と机龍之助が入れられていた檻が、坊っちゃんが捕物に汗をかいているあいだに輓馬《ばんば》二頭に牽《ひ》かれて、天幕の奥の搬出口から駈け出していったと云う。薫が追っていったが、馬と人の脚では勝負になるはずもなかった。

「あなたがその男を追っていったとき、龍之助さんがこう口走ったんです。——はて、**ここにいた朝鮮人は一人だったはずだが**。確かにそう仰ったのに、私と薫さんも檻の前を離れてしまった。龍之助さんは盲人ですから遠藤平吉の顔を見たわけではない。それに気がついて、すぐに戻ったのだけど間に合わなかった」

「解からん、どう云うことなんだ」

「あなたが捕まえた遠藤は、偽者。別の曲芸師のようです」

「そんな馬鹿な話があるものか。だってこいつは、かどかわしの動機や計略をぺちゃくちゃ喋舌《しゃべ》っていたんだぞ」

「あっしは平吉の兄貴に、こう云われたらこう返せ、と仕込まれたことを喋舌っていただけなんです」

捕まえた遠藤平吉もどきが云った。つまり檻を発見してからの一部始終が、本物の遠藤平吉の仕掛けた奇術ショーだったと云うことになる。舞台裏に忍びこんで秘密を探っている者がいる――すぐにそれを察知した遠藤平吉は、非常時にそなえて準備していた仕掛けを発動させた。自身は早替わりで朝鮮人に扮し、檻の中に入って、影武者を陽動に走らせている間に檻から出ると、輓馬の綱をつなぎ、鞍《くら》にまたがって檻ごと逃げおおせた。机龍之助が盲人であったことは都合が良かったし、そうでなくても変装と声色の名人であると云う遠藤平吉は、探りを入れる者がそろそろ現われると見越したうえで、あらかじめ影武者のほうに声や人相を合わせていたと云うのだから坊っちゃんは面食らってしまった。

「だから**不死鳥計画**の件《くだり》も、平吉の兄貴がよく云っていたことを真似してみただけで、詳しいことはなんにも知らねえんです」

サーカス育ちの愉快犯の面目躍如と云うべきか。これだけ身を粉にしたのに、遠藤平吉の身柄はもとより机龍之助を奪い返すことも、薫の兄の行方を知ることもかなわず、潜入のめぼしい成果は得られずじまいだった。あとに残されたのは、雑用に使われていただけで事の真相についてては無知な影武者と、実際には聞いてはいないはずなのに鼓膜にこだまする本物の怪盗紳士の高笑いだった。ハハハハハハハハハ、惜しかったね。いずれまた会おうじゃないか——

ああ、なんてざまだ。腹が立ってしょうがない。

机龍之助も机龍之助だ、腑抜けすぎて、出すべき情報を出さないからこうなる。

ただでさえ徒労の苦味を味わっているのに、この夜はこれで終わりではなかった。逃げられちゃいました、と涙目で戻ってきた薫は、かたわらに一人の男を同伴させていた。肌身に覚えのあるような一陣の風が吹きつけてくる。

「大変だったね、一杯食わされちゃったね」

「お前か、又三郎」

このあたりをまだうろついていたのか。浜松の街道筋で出くわした神出鬼没の不思議な男、風の便りの伝達者——神隠しについてグランド・サーカス団を訪《おとな》うことになったのも、この又三郎による情報の供与がきっかけだった。

「引き返してきたところでばったり会ったんです。私たちと話しにきたって」

「あんたが現われるってことは、何かまた言伝があるのか」

「あるよ。あんたたちにはそれが必要なようだから」

「朗報なんだろうな。悲報はないぞ、今は悲報は勘弁だぞ」

言伝がどんなものかは聞いてみないと分からない。梁を渡って櫓から落ちて、そのすべてが骨折り損に終わったあとで、泣きっ面に蜂の報せ《しら》は願い下げだった。兄の行方の続報なら薫は喜ぶだろう、翁たちの動向を伝える急報ではないかと聖は推察している。又三郎はめまぐるしく眼球を動かして、例によってきれぎれの隻語《せきご》を口の中に躍らせた。朗報よ来い、朗報！　坊っちゃんはお御籤《みくじ》の筒をじゃらじゃら混ぜているような心持ちになる。ほどなくして「あった、これだね」と又三郎が口にした言伝は、控え目にとらえても吉兆とはいえない急報だった。

「――アナキスト、粛清《しゅくせい》さるる」と又三郎は云った。「引き離される夫婦と子供。鳥の目が瞰《み》るのは円形の霊廟《れいびょう》。地の虫が聞くのは、ぼちゃん、ぼちゃん、ぼちゃんと三つの水音。官房主事もお大臣も麴町の司令官も知らんぷり。日蔭茶屋。果物屋の店先から九泉《きゅうせん》の下へと――」

前回にもまして胡乱《うろん》な言葉ばかりが吐きだされた。又三郎の言伝を聞くうえでの秘訣はわきまえている。無造作に放りだされる断片を撚《よ》りあわせるように、嵌《は》め絵のようにまとめていくとやがて全体像が見えてくる。ただならない事の次第があるようなので、坊っちゃんたちは神経を過敏に凝らさなくてはならなかった。

「――もしかして、大杉さんが」

真っ先に口を開いたのは、聖だった。

「大杉栄が、軍の弾圧の犠牲となったのでは」

「検束されたって云うのか、麴町というと憲兵隊か」

坊っちゃんは固唾《かたず》を呑んだ。薫も言葉を失って、掌《て》で震える唇をおさえている。

「震災のどさくさに乗じて摘発される危険があると翁も案じていましたし……いえ、検束や摘発の騒ぎではないのかも。はっきり粛清と仰いましたね。大杉さんは軍や政府が云う国賊の筆頭に挙がる人でしたから」

「まさか……亀戸の事件のように、処刑されたのか」

「あれは組合の活動家でしたね、軍の連隊による凶行だった」

「大杉が……確かなのか、又三郎、流言《デマ》じゃないのか」

「あの、円形の霊廟と云うのは……」

おそるおそる薫が訊いた。聖がすぐさま推論を展開させた。

「もしかして井戸ではありませんか。大杉さんは憲兵隊に連行されて、何らかの手段で処刑され、その亡骸《なきがら》を井戸に放擲《ほうてき》された」

「おいそうなのか、又三郎」

「三つの水音、とも云ってましたけど」

「殺されたのは大杉さんだけじゃない。アナキストの朋輩か、あるいは家族かも」

「もしかして再婚した女房か、刃傷沙汰で世間を騒がせた……子供とも云ったぞ」

「家族で出かけていたところで一斉に連行して、口封じに三人とも」

「女子供まで？　いくらなんでもそこまですまい。どうなんだ又三郎」

最初に行き逢ったときには、言伝を伝えるだけ伝えてその要旨に批評を加えなかった又三郎だったが、坊っちゃんにしつこく肩を揺さぶられたからか、報せが報せだからか、「惨《むご》いよね」と追って自身の見解らしきものを口端に上げた。

「連れは、妻と甥。甥っ子は六つ」

嘘だ。嘘と云え。報せの確度や正誤を疑わずに受け容れられる話ではない。軍部が、憲兵隊がそのような悪逆無道を働くものか。大杉には、日蔭茶屋での事件ののちに契りを結んだ婦人解放運動家の妻がいた。百歩も千歩も譲って、運動家の夫妻が粛清の嵐に巻きこまれたのだとしても、六歳の子がどうして国の転覆を図れるものか。六歳児が加わる運動とは、運動会だけじゃあないのか。

「そんな野蛮を、人非人《にんぴにん》の所業を、世間が許すわけがない」

坊っちゃんは云ったが、起こったばかりの事件で世間にまだ知られていないらしい。警視庁や政府廻の記者たちは関知しているが、戒厳令下にあって報道は規制され、新聞の差し押さえなども起きている。しかしながら巷間に膾炙《かいしゃ》していない報せでも又三郎は届ける。必要な報せを必要な相手に、吉報、凶報、飛報、既報、雑報、快報、時報のいずれが届けられるかは分からなくても、誤報や虚報をもたらした例《ためし》は一度もないのだそうだ。

「大杉が、妻や親戚の子もろとも……一体全体、何が起きているんだ」

坊っちゃんは貧血を起こしたようによろめいた。今にもへたりこみそうな薫を笑えなかった。

アナキストが死んだ――

大杉はいけ好かないインテリゲンチャだったが、坊っちゃんとの縁は古かった。翁と初めて行き逢ったときに随伴していたのが大杉だった。国に仇《あだ》なす擾乱者《じょうらんしゃ》と非難され、醜聞にまみれ、毀《き》誉褒貶《よほうへん》にさらされて、それでも自分たちの世界に接《つ》ぎを当てながら悪戦苦闘していた。真の自由というものを愚直に追い求めて、天下国家の行く末を真摯に案じる憂国の徒であることはわかっていた。

軍部の動きが胡乱。戒厳令下にあって憲兵司令部も参謀の意のままに動いている。

震災のあとにはいずれ、真の人災が起こるだろう――

大杉栄はそのような談合を翁と交わしていた。少なくとも軍部や憲兵隊が歯止めを失っているのは確実と云うしかなさそうだ。おれのこのよろめきはそういう由か、と坊っちゃんは臍《ほぞ》を噬《か》んだ。この国の官憲や軍部がまったき無謬《むびゅう》の存在だと信じるほど初心《うぶ》ではないが、どれだけ悪評が聞こえてきても見切りはつけられなかった。最後の最後、大事なところで道を過《あやま》つことはあるまいと、国民の命を重んずる大前提は棄てないと思っていた。だけどそんな心密かな信託は、悪戯小僧にひと蹴りで壊される砂山程度のものだった。口封じだろうとどんな背景があろうと、時と場合によっては無政府主義者のみならず無辜《むこ》の児童も亡き者にする。少なくともそういう選択肢がある国に生きている――坊っちゃんは拠って立つ足元が土崩瓦解するような、痛みを伴うよろめきに慣れることができなかった。

「憲兵隊のなかで何が起きているんですか。大杉さんの死は、もしかして私たちの特別の任務とも無関係じゃないのでは？」

薫の口をついた問いに、その場で答えられる者はいなかった。

元の世界に戻ることのできる、引き返し可能な分界線を越えてしまった困惑があった。

頭上の夜はどこか温もりを欠いていて、星明かりも白々としていた。そこには擾《みだ》れも響《どよめ》きもなかったが、奥行きのない風景は書割のように味も素っ気もないものにしか映らなかった。それもそのはずだ、と坊っちゃんは頭《かぶり》をふった。

アナキストが死んだのだから——

十一

甘粕《あまかす》憲兵分隊長、留置中の大杉榮を刺殺す
（軍法會議に廻された內容）
突然、關東戒嚴司令官以下憲兵司令官、憲兵隊長の大更迭を見るに至つた憲兵分隊長甘粕大尉の不法行爲內容について本社の探査するところによれば右は十六日、無政府主義者大杉榮を逮捕したるに拘はらず赤坂憲兵隊留置所に於て同大尉が獨斷にて刺殺したるためであると——

暖簾《のれん》を下げていないにもかかわらずその料亭は、尋常の気配を欠いていた。厨房にもカウンターの内側にも人の気配がない。一部を除いてすべての客は帰っている。皿鉢や酒壜《さかびん》がいくつか割れて、毀《こぼ》たれた破片が店舗の床を汚している。

趨勢《すうせい》のすでに決した修羅場で、カウンターの一席に腰を下ろした翁は、太刀魚《たちうお》の刺身をいただきながら数紙の新聞を読んでいた。福岡にたどりつく前に、大阪人から手に入れた大杉栄殺害事件の初報。検閲をかいくぐった九州の新聞社もこの日になって号外を発行していた。

「……ふむ、麹町の憲兵分隊長と云うとあまり目立たぬ人物だったと記憶しているが、独断による犯行と云うことがあるだろうか。憲兵司令官や陸軍幹部が命じたのではないかね。組織の関与を隠し、実行者である分隊長が責を被ろうとしていると読むのが妥当であろう」

隣席に坐した軍服の男に語りかけながら、銀白色の刺身をひと切れつまみ、山葵《わさび》を溶いた溜まり醤油《じょうゆ》につけてから頬張る。白髯《はくぜん》に落ちた醤油の滴を拭わずにつづける。

「大杉はあれでいて、死なせてはならない男だった。世の帰趨はこれで一変するであろう。君たちが暗躍する諜報の世界にも、深甚《しんじん》な影響がおよぶのは避けられまい」

大杉栄の訃報に接したことで、翁も行動を急いでいた。風雲急を告げる事態がどのように推移するか分からない。速やかに陸軍参謀の九州入りの真意を突き止めたうえで、任務を継続すべきか、一党を散会させるかを見定めなくてはならない。そこで隠密行動の構えを解き、追っていた密使たちに直に接触を図っていた。

「お前たちは、大杉の息がかかった刺客か……」

参謀本部附の木村兵太郎が嗄《か》れた声で云った。唇元《くちもと》も頬も痙攣《けいれん》している。

翁は冷えた日本酒を呷《あお》った。掌《て》のなかで猪口《ちょこ》を揺らしながら、

「大杉は指令者とも云えるし、情報提供者とも云えるだろう。私自身はあれが駆けだしのアナキストだった頃から、陰に日に支援をしてきたのだよ」

「大逆事件でもその他の擾乱《じょうらん》事件でも、お前たちの影はまったく捕捉できていない。一体何者なんだ、怪奇面妖で……あまりに底が見えん」

「底などないよ、私たちは空《くう》だから」翁は嘲弄《ちょうろう》するように答えた。「さて、ひとまず麴町の殺しと命令系統について詮議はしない。君たちがどのような密命を帯びて纐纈《こうけつ》城に出入りして、いかなる目的で何をどこに届けたかを聞かせてもらおう」

「云えん。重要機密だ」

「そうかね、ではあちらで串刺しになっている赤松少尉なら教えてくれるかな」

さきがけること半日前に福岡入りしていた密使は、纐纈城で託されたものをどこかに届け終え、料亭で祝杯を挙げていた。翁たちは客にまぎれこんで話しかけたが、怪しんだグスタフ・ヴィーゲルトが二十六年式拳銃を抜いたことで、たちまち談合は決裂していた。

駆け引きをしながら、いかんなあ、と翁はひそかに内省する。千載の歳月を生きてきて信条とするのは、おいそれと凄味を出さぬこと、星霜《せいそう》に養われた霊気を消して、そこいらの隠居のように振舞うことなのに。こうした局面では戒《いまし》めを破り、うっかり相手に鳥膚《とりはだ》を立たせてしまう。それともこの老いぼれも動揺しているのか、盟友を失ったことで韜晦《とうかい》を貫《つらぬ》けないほどに危機感を煽《あお》られているのか。古代より死ねずにいる身としては、動揺の味もまた美味ではあるが。

「ひとおもいに殺せ、咬み殺せ、化け物があっ！」

視線を転じれば、座敷の奥には虎がいる。松ぼっくりのように頭を噛み砕いてしまわぬように李徴には伝えてあったが、側頭部を咬みつかれて虎の口にすっぽり嵌《は》まった赤松貞雄は、赤いペンキで洗顔したかのように出血している。瘧《おこり》にかかったように全身を顫《ふる》わせながらも気勢を上げつづけていた。

密使たちは制式拳銃を携行し、柔術や護身術も身につけていたが、李徴が緊張のあまりに虎に変じた時点で明暗は決していた。木村も赤松もむしろ恐怖に呑みほされず、軍人の矜持《きょうじ》を守って口を割らないのだから見上げたものと云える。ちょうどそこで店の暖簾をくぐり、グスタフを追っていった六条院が戻ってきた。グスタフ・ヴィーゲルトだけが唯一、全身で窓を突き破って屋外に逃走を図っていた。

「何と云う韋駄天《いだてん》。駿馬《しゅんめ》に乗らぬかぎり追いつけるものではない」

原則、貴族は走らない。額に汗の粒も浮かべていないので深追いはしなかったのだろう。まあよい。端《はな》から六条院に死に物狂いの追走など期待していない。

「誰も語らぬなら、まあよい。われらも無為無策と云うわけではない」

机上で新聞を畳んだ翁は、醬油のついた指先を舌で嘗《な》め取った。

「九州帝国大学」

翁のその一言で、木村や赤松の顔には微細な変化が生じた。

「私は見てのとおり馬齢だけは重ねているのでね。九州の地にも右翼や亜細亜主義者などに昵懇《じっこん》の者たちがいる。政財界にも影響を及ぼす政治結社、俠客《きょうかく》、この新聞の前身となった社の創始者もよく知っている。京阪神を過ぎたあたりで、君たちの陸路の終点はこの九州ではないかと推察された。そこで電信を打ち、君たちが当地に入った時点で監視をしてもらった」

知っていたのか、だったらこの急襲の意味はなんだと木村たちの目顔が語っていた。

「実はここに来る前に、九帝大に寄って門衛や下足番にも確認した。これまでにも裏口より入って、幾度となく医学部精神病科に通いつめていたようだが、そこで行われている何らかの実験治験に関与していると見て間違いはないかね」

できるだけ委細を聞いておきたかったが、語らぬのならまあよい。ここからの動きを邪魔立てされたくないし、逃げたグスタフが参謀本部に連絡を入れれば、追って増援の使者が遣わされることもあるだろう。急がなくてはならない。

こちらの動向を伝えられては困るので、君たちは消えることになるよ、と翁は告げた。懇意の政治結社にしばらくの間は幽閉してもらうとしよう。そのぐらいの骨は折ってくれるはずだ。当面は不便を強いるが辛抱してもらいたいと通告した。

「あの城と、纐纈城と関わってしまった時点で是非はない。思想の別もない。君たちは魔物や蛇《くちなわ》であふれる禁断の匣《はこ》を開けようとしている。我らは焦眉の急として手段を選ばず、**不死鳥計画**とは何かを突き止めなくてはならない」

軍人たちに語りかけながら、翁は自らの言葉が喚《よ》んだ戦慄に射すくめられる。

纐纈城、仮面の城主、不死鳥計画——

それらの符牒は、この現実において人の世を腐蝕させる。

あらゆる人間性を抹殺する、闇黒《あんこく》。そんな確信が翁を衝き動かしていた。

抑えようにもあふれだす根源の恐怖、瞼の裏の悪夢。それらに引導を渡すために一行は料亭をあとにする。夜の喧騒へと滑りだす。

九州帝国大の医学部本館は石造りの壮麗な建物だが、おなじ敷地に建つ精神病科の病棟はペンキ塗りの二階建の洋館だった。裏手には松を主体とした自然林が展《ひろ》がっていて、当地の野鳥たちの聖域にもなっている。夜も深《ふ》けて瓦斯燈《ガスとう》は消えていたが、月明かりが視界を助けていた。翁たちは喬木《きょうぼく》と灌木《かんぼく》のはざまを抜けて、裏手から建物に潜入する。宿直の医員や小使と出くわさないように気配を殺して、屋内の闇へと身を溶かした。

館内には人造石の廊下が延びている。おなじ色や形状の扉が左右に向きあって並んでいる。廊下の突き当たりには、鉄格子と鉄網《かなあみ》で蔽《おお》われた人の背丈ほどの柱時計が掛けられていて、唐草模様の施された長針が時を刻み、大きな真鍮《しんちゅう》の振り子球を動かしている。

……**ブウウ――ンンン――ンンンン**………、ちょうどそこで柱時計が夜の零時を報《しら》せた。蜂の群れが唸《うな》るような音の余韻が消えて薄れていって、あたりはまた水を打ったように静まり返った。すでに料亭で虎のしでかした行為に打ちひしがれ、今にも山野に駆けこんでしまいそうな李徴はひどく気味悪がっていたが、彼のために調達したメリヤスのシャツの肩を撫でてなだめすかし、中央を貫く長い廊下を抜けて、扉の横に掲げられた病棟第七号室、給湯室、図書室といった標札を頼りに探索をつづけた。

「この建物のどこかに、纐纈城からの届け物が保管されていると？」

「後生大事にあの者たちが運んできた、筒形の容器であるな」

「あれは密書か、それとも何らかの試料か」
「運送屋に依頼を出さず、軍の密使が運ぶわけは？」
「ここはどうであろう、教授の部屋のようだが」

六条院がそう云うなり、躊躇《ためら》いなく扉の把手《とって》を回した。鍵はかかっていない。窓の多い部屋で、雲間から現われた月の光が差しつけている。薄い埃《ほこり》をかぶった硝子《ガラス》張りの陳列棚には、症名や患者名などの但書きが貼付《ちょうふ》された標本や図書文献が数えきれないほど収蔵されていた。大小の脳のホルマリン漬けは、肥大や萎縮や出血などの症状ごとに分類されていた。

他にも幻想や妄想にもとづいた絵画。左右で瞳の色が違う猫の頭の剝製《はくせい》。切断された五指と藁《わら》切《きり》庖丁。磨《と》ぐとその家の者が発狂するとされる妖刀。**元基督《キリスト》教徒が駆け落ちした女を殺害するまでの回想録**[*36]。**客の咽《のど》を掻き切った床屋の剃刀**[*37]。**麻酔なしで外科手術を受けた夫人が自らを切り裂いたというメス**[*38]。**田舎に越したインテリ青年の描いた薔薇《ばら》の挿画**[*39]。**鉄道病なる神経疾患にかかった男の手記**[*40]。血で描かれた掛軸。火星征伐の建白書。**Kという親友の後追い自殺をした男の頭蓋《ずがい》骨《こつ》**[*41]。**無人島に漂着した兄妹が瓶詰《びんづ》めで流した書簡**[*42]。**自分はこの世を救済する弥勒菩薩《みろくぼさつ》だと気づいた作家志望者の自伝**[*43]。**座敷牢に軟禁された青山半蔵《あおやまはんぞう》と云う男がしたためた古歌**[*44]。**五、六寸はあろうかという長い鼻のホルマリン標本**[*45]。**レエン・コオトと歯車**[*46]。陳列棚に入りきらないものとしては、平安時代の絵師の手による**娘が火焙《ひあぶ》りになるのを見ながら描いた屛風絵**[*47]。**三十二人の村人たちを猟銃と日本刀で殺した名家の当主が死亡時にまとっていた落武者の甲冑《かっちゅう》**[*48]などの凄まじい代物も見ることができた。

「ここには魔が、横溢《おういつ》しているな」

精神に疾患を来《きた》した人々にまつわる物品のようだが、さすがにこれだけ押し合いへし合いすると魔界のごとき異観を呈してくる。六条院などは、欧州の諸侯や貴族のあいだで私設されたという博物陳列室《ヴンダー・カンマー》を想起させると評していた。

「随分と美《うるわ》しい趣味だが、これらを蒐《あつ》めたのはそこの鯰《なまず》男であろうか」

左手の壁面には、黒い木枠の肖像写真が掛けられていた。髯《ひげ》を垂らした禿頭の六十男が、紋服姿で温厚な笑みを湛《たた》えている。この人物が教授室の主であるようだった。

「纐纈城から運ばれたものも、この棚に列せられて終わりではないのか」

「それはない。参謀附が運ぶだけの事情があるはず」

「己《おれ》は、外で待ちます……」

「もう出るのか、李徴、せっかくだからもっと閲覧していこうではないか」

「ここにいると、己《おれ》は、息が苦しくて……」

「そっちには、畸形動物の剝製《はくせい》もあるようだ」

頻《しき》りにハンカチで顔を拭いていた李徴が、一足先に退室しようと扉に向かったが、すぐに踵《きびす》を返して戻ってきた。声音を落として翁に耳打ちする。

「……誰か、来たようです」

扉を開ける音がしたので、地獄の屛風絵の裏に身を隠した。燭台を片手に入ってきたのは、肖像写真の人物ではなかった。胡麻塩頭を短く刈りこみ、落ち窪んだ眼窩《がんか》に鼻眼鏡をひっかけたされこうべのような白衣姿の小男だった。教授室の主ではないようだが、部屋をぐるりと見廻すと、羅紗《らしゃ》張りの椅子に載っていた風呂敷包を手に取って、何かをぶつぶつ云いながらすぐに退室した。部屋に残していた忘れ物を取りにきたという様子だった。

深更まで残っていたこの男、病棟を出て帰宅するものと思われたが、廊下を進んでいく背中は玄関に向かわず、二階につらなる階段を上っていく。翁たちは足音をしのばせ、気取られないように距離を置いて後を追った。建物の二階にも人の気配はないが、白衣の男は気にも留めない様子で口笛を吹きながら、勝手知りたる足音を床に響かせ、二階廊下のどんつきにある部屋に入っていった。標札には解剖実験室とあったが、手を伸ばした扉の把手は回らない。内鍵をかけられてしまったようだ。

ここで扉を蹴破るのは得策ではあるまいと翁は判断した。どこかに非常口はないか、別の進入経路はないかと探した。建物の外壁に沿った階段下の物置から、屋上と二階のあいだの天井裏に潜りこむことができる構造になっていた。これまでにも同様の欲望に応えてきた秘密の空間であったようで、先端の鋭いもので抉《えぐ》ったような痕跡があり、板を外すと、解剖室をかなり広範囲にわたって覗き見られるようになっていた。

「これが女人の閨《ねや》ならば、覗き見もまた一興なのだが」

解剖室の灯りは一部しか点《とも》されていない。換気の悪い部屋に並んだ解剖台は、血や脂が染みこんで陰気な重油の色に変化している。部屋全体が水洗いにそなえてタイル張りで、卓の上には曇り硝子の壜や小皿、メスやヘラや鋏《はさみ》、大小の鑿《のみ》や糸鋸《いとのこ》、止血や縫合用の鉗子《かんし》がひしめいている。解剖室の隅を見ると、胡麻塩頭の男が風呂敷包を解いてもそもそと弁当を食べていた。解剖や実験らしきものは行われていない。骸骨が白衣を着こんだような男には、これから始まる何かを待っているような気配があった。

深更の作業に当たるのは、この男一人ではないようだ。学生なのか若い医員なのか、後から入ってきた白衣の男二人が「そろそろ参ります、博士」と声をかけた。惣菜が口に残っていた博士はもふもふとくぐもった返事をして、助手たちは麻布を張った担架を運びだしていった。

博士と呼ばれた男は、風呂敷に弁当をしまうと流し台で顔を洗い、それから白衣の上に貫頭型の防護衣のようなものをまとった。二重に手袋をして、顔の全面を蔽《おお》う防塵マスクを装着した。随分とものものしい作業姿だった。厳重なまでの気密に徹し、口や鼻や毛穴を露出から守っている。助手たちは担架を往復させ、被験者とおぼしき三人ほどを連れこんで解剖台に寝かせた。覆布を外すと三人とも男性で、三人とも硬く目を閉じている。薬品で眠らされているだけなのか、すでに事切れているのかは天井裏から見るかぎりでは判然としなかった。

「裏手の搬入口から運びこんだと見えるが、あの者たちは一体どこから……」

「翁、これから何が始まりますか」

李徴が押し殺した声を震わせる。翁は眼下から視線を外さずに、

「さて、滅多に拝めないものが拝めそうではあるが」

仰臥《ぎょうが》させた体と向き合うと、博士は手にした資料と突き合わせながら、被験者たちの瞼を押し上げたり、脈拍を測ったり、聴診器を胸に当てたりしはじめた。心臓の音まで聴くとなれば、防

腐処理を施して人体標本を作るような種類の作業ではないと推察される。すなわちこれは人目をはばかった深夜の臨床生体実験ではないのか。

閑寂《かんじゃく》とした静けさのなかで、博士と助手たちが粛々と立ち回った。お揃いの防護衣とマスクをまとった助手が、滑車つきの卓子を押してくる。そこに載っているものは、おおまさに！　纐纈城で密使たちが受け取った円筒形の容器ではないか。城主の間で瞥見《べっけん》したときにはどこにでもある大き目の茶筒に見えたが、真上から目を凝らせば、およそ尋常の代物ではないとわかった。

鋳鉄《ちゅうてつ》製とおぼしき容器で、革紐、鉤《かぎ》、帯、留め金がそれぞれ複雑に絡まり合い、手順を知らない者はおいそれと密閉を解くことができない仕様になっている。容器のかたわらの盆にはガーゼや脱脂綿、大小の匙《さじ》や金属筒が添えられている。手袋を塡《は》めた手でしばらく容器を撫でまわしていた博士は、しかしもったいぶってすぐに開けず、仰臥した三人の男たちに向き直ると、助手たちに指示して頭髪を鋏で切らせ、剃刀で剃らせ、つるりと露わになった頭部にチョークで破線を引いてメスで血の線を引き、しかるのちに手鋸を持ちだした。

「あ、あれは、頭の蓋《ふた》を」

「開頭するようだな」

李徴の声が乱れていた。眼鏡を吐く息で曇らせ、頰の産毛は黄金の体毛に変じつつあった。

「翁、どうするのです、放っておいてよいのか」

「待たれよ、今しばし推移を見守らねば……」

「あの者たちが生きているなら、あの者たちはどうなります」

「生きたままで連れこんだなら、すぐに死なせることもあるまい」六条院が李徴の荒い息を煙たがった。「そなたはつくづく隠密に向かぬ。眼前の小事に流されて大局を見誤る。ここは事の始終を押さえたほうが好いに決まっておろう」

「己《おれ》は、もう見ていられない」

「解からぬか、ここで踏みこんだら後が面倒なのだ。黙秘や言い逃れ、無様な鬼ごっこに付き合わされる。今はまだ畜生ではなかろう、人なら理性を保つがよい」

「何だと」

「二人とも黙らっしゃい。李徴、おぬしは落ち着きなさい」

李徴と六条院とが睨《にら》みあい、甲論乙駁《こうろんおつばく》の問答をやりはじめたところで、眼下の解剖室から激しい音が聞こえた。施錠された扉が外側から叩き鳴らされて、何事かと助手が開けると、一人の男が息を切らしながら飛びこんできた。

「大変です、大変なことになった！」

現われたのはグスタフ・ヴィーゲルトだった。取り逃がしたこの男、料亭での急襲を受けてこの九帝大にも警戒を呼びかけに来たものと察せられた。お生憎《あいにく》さまだ、頭の上にすでに侵入ずみだよと翁は驚かせてやりたくなったが、聞いているとどうも大事と云うのは、別の何事かを指しているようだった。

「参謀本部に通信をしたところ、予測しない事態が出来《しゅったい》したので応急の構えを取るようにと――」

「何かね、応急の構えと云うのは。こちらは中断するのかね」

「そうは云われていませんが……」

「では、つづけてもよろしいか」

「我々も謎の集団に襲撃を受けました」そこで漸《ようや》くグスタフは料亭の件を挙げた。「それがとても恐ろしい、恐ろしい連中で……信じてもらえないかもしれないが、木村さんや赤松さんはどうなったのか。あっちでもこっちでも訳の分からないことだらけで」

「混乱してますな、とにかく仕事のあとでお話は伺《うかが》うのでね……」

解剖室の主は、作業を妨害されたことでしたたか気分を害したようだった。軍の使者を遇するのもほどほどに被験者の一人に向き直ると、手早く頭部を切り開いて頭皮を捲り返し、手袋の上にぺっぺっと唾を吐くと、露出した頭蓋を鋸の刃で挽きはじめた。眉の上のちょうど鉢巻きを巻く位置を断ち開かんとしている。そのさまを見るにつれて天井裏の悶着《もんちゃく》もぶり返した。上でも下でも気忙《きぜわ》しいことだった。

「己《おれ》たちは長く生きすぎた」李徴が低く吼《ほ》えた。

「鎮めよ、監視すべきはここから」六条院がたしなめる。

「慣わしとなった弊がある。良くない。悪い」

「獣臭い、鼻息が」

「神であるかの視座で、高みの見物は良くない」

「成程、そうかもしれぬが」翁も御そうとしたが、李徴の義憤は高まるばかりだ。「ここで踏みこむのは尚早、諜報戦とはそのようなもの」

「冒瀆《ぼうとく》している、人の命を。下の者たちと変わらない。傍観するのが人ならば、この身は異類に落ちるも過ぎたるはなし！」

窃視者《せっししゃ》に甘んじることを潔しとせず、天井板を引き剝がした李徴はそこへ身を投じ、解剖台のひとつに着地したときにはもう虎だった。勇み肌の坊っちゃんでもあるまいに、憤悶《ふんもん》と嫌厭《けんえん》の情によって奮起するあたりは似た者同士か――

頭上から降ってきた虎が、解剖台に前肢をまたがせて二声三声、咆哮《ほうこう》したのだからたまらない。居合わせた者たちは驚倒し、ただ恐れ、ひれ伏し、部屋の隅に逃散するばかり。李徴にとっては悪夢であったろう。同日に二度も、獣化を強いられる旅に随伴したのを悔やんでいるかもしれない。だがその伝でいけばグスタフもおなじ。同日に二度も、猛虎の急襲を受けたのだから父の故郷に渡ってきたことを呪っているに違いない。こうなっては仕方があるまい。やれやれと頭をふりながら、翁と六条院もそこへ舞い降りた。

正木敬之《まさきけいし》*49はこの九州帝国大学医学部精神病科の主任教授でこそないが、翁たちが足を踏み入れた教授室や研究室のすべてに自由に出入りし、複数の新学理や治療実験を任されている同大にこの人ありと云う医学博士だった。関東は房総半島に生まれ、福岡医科大学を卒業後、欧州をめぐって各国で学位を取得。八年前に帰国してしばらくは漂浪生活を送り、全国の精神病院を訪ねてまわったのちに「精神科学応用の犯罪」なる論文を著わし、世界に類のない精神疾患の治療場を創設するために理論の立証を重ねているという碩学《せきがく》の徒であった。

「あなたのような精神医学者が、どうして秘密裡に運びこんだ人間の頭を開くのだね」

持ってこさせた論文にざっと目を通しながら翁は訊いた。鬼面人を驚かすような文言や論理展開も目立つが、通底しているのは自然科学、宗教、芸術や法律、洋の東西を問わない思想を咀嚼《そしやく》しきった博覧強記にして透明な知性であるように思われた。無政府主義者にも通じるところのある過剰な諧謔《かいぎやく》、皮肉の辛辣さをして、軍部が水面下で進めている密謀への関与を決断せしめたのだろうか。

「千客万来の夜ですな」正木博士は云った。「開頭目前で放りだした彼らには悪いが、ご老公、あなたがたの出自がどうにも気になって意識を集中させることができない。右翼やアナキストの刺客にも見えないが、一体どこから出てきなすった」

「君たちが纐纈城と関わることがなければ、永久に逢うこともなかった」

「成程、あちらの領域に属する方々と云うことですか。我々はまさしく虎の尾を踏んだわけですな、ダッハハハッ。どうしますか、吾輩《わがはい》は話してもかまわないんだが」

正木博士はグスタフに目を遣った。虎の爪牙《そうが》に威《おど》されながらもグスタフは頭をふった。

「なりません、軍法で罰せられます」

「と、云っているが」

「たったいまこの夜は、軍法の埒外《らちがい》にある」

「と、云っているが」

「なりません、博士、何も話さないで」

「困りましたね。こんなとき軍人だったら、青酸カリを服《や》って自害するところでしょうが」

三竦《さんすく》みのなかで正木博士だけが、わざとらしく右顧左眄《うこさべん》しながら食えない態度を貫いている。軍部に忠誠を立てるつもりもないようで、**不死鳥計画**についても、開陳しても守秘してもどちらでもかまわない、だけど話すとなると面倒臭いので、できれば日を改めてもらって臨床実験に戻りたいと云わんばかりだった。

「だけどグスタフ君、この人たちに黙秘を貫くことは恐らくできまいよ。頭をなぜ開くのかとのお尋ねだが、脳髄はものを考えるところにあらず、と云うのが吾輩の主義でしてな。頭蓋を開けて脳を弄《いじ》るとなると忌避反応を起こす手合いもあるが、吾輩は脳を人体における最上位の領域ととらえていないので、最も開き慣れているところを開いただけ」

「こういうことかね。纐纈城から届いたその筒の中身を……」

「ええ、彼らの体に使用する、と」

「するとその中身は……そんなことを何のために」

「そこは、彼らの帝国主義にお尋ね願いたい」

ううむ、と六条院が唸るのが聞こえた。翁と同様にこの朋輩にも朧気《おぼろげ》ながら事の全体像が見えてきたのだろう。あるいはそれは、命を落とした大杉栄が何より危懼《きく》していたことだったかもしれない。

軍の参謀が暗躍するとき、そこには軍事と云う名の政治が底流する。正木博士はグスタフの制止を受け流しながら、天下国家についても語りだした。この国は大きな変動の時期を迎えていますな。大韓帝国を併合し、特需景気に潤ってデモクラシーが花開くなかで、格差は拡大して多くの貧民窟も誕生しています。労働運動、民権運動、婦人解放運動と、支配権力に対する抵抗運動がそこかしこで活性化し、それに対する保守勢力も急伸して、首相暗殺や恐慌不安によって社会体制は大きく揺らいでいる。国外においても英米との対立、尻切れとんぼに終わったシベリア出兵などの手痛い失政がつづいて、内憂外患が吹き荒れるなかで発生したのが、九月朔日《ついたち》の大震災だった——

この国はもはや、元の状態には戻れない。世界は変容する。

視界不全の霧のなかで、軍はおのずから戦略革新に手を伸ばす。

「つまりそなたたちは、兵器を得ようと云うのか」

六条院が口を開いた。詮ずるところここは、工廠《こうしょう》か。

「恐ろしいことを。天変地妖を、軍事に利用するとは」

「あらためて訊くが」翁が継いで云った。「纐纈城の主がいかような存在であるかを君たちは悉知《しっち》しているのだな。数百年も前に起こした甲府の惨禍《さんか》のことを」

「ええ、さもなくば参謀本部はこれほどの厳戒態勢を敷きません。吾輩もこんなに着ぶくれて機密物を扱いはしません。ただし数百年をまたいだ現代の科学的知見が、あの惨《むご》たらしい故事にも相応《ふさわ》しい解釈変更を要請していますが……」

正木博士がそこで円筒の容器に目を向けた。六条院が、李徴が、針金で脊髄《せきずい》を動かされたように身構えた。我らは古くから**血の恩寵**にある者同士、三百余年前の奇禍について了解している。この者たちも調べは尽くしているようだ。ゆえにこの筒の中身は切り札になると見抜いているのか。こちらを牽制するためか、正木博士がその手を容器に伸ばしたところで、

「そのことです、私がお伝えにあがったのは！」

総身の毛を逆立てるようにグスタフが叫んだ。翁たちにも正木博士にも、何かを訴えたがっている。真の危急がどこにあるのかを知らしめようと――

「ずっと軍の制御下にありましたが、ここにきて状況は一変しました」

「君が云っていた、至急の報せのことかね」

「軍の監視がついてましたが、突破されました。本栖湖の城をあとにした城主が、首都の方面へ向かったとの報せです」

十二

纐纈《こうけつ》城の水門が、重たい鳴動《めいどう》とともに開かれる。

逢魔《おうま》が時《とき》を過ぎたころ、真紅の帆を張った船団が、本栖湖を滑るように走り出す。

墨色の空、湖面に散らばる星の火。天地《あめつち》の境界を失くした宵の湖景にあって、水面を蓋《おお》っていた煙霧が船の起こす波に煽《あお》られて中空に舞い上がった。背後の城からは太鼓の音が響き、法螺貝《ほらがい》の吹鳴《すいめい》がつづいて、城の主《あるじ》の出奔《しゅつぽん》をものものしく祝っていた。

「動いている、時代は動いている」

夜の闇色にも塗りつぶされない、燃えたつ焔《ほむら》のように赤い帆は、城主の巨体がまとった釣鐘形のマントとおなじ纐纈布。お供の従者も船頭たちもおなじく纐纈布の褞袍《どてら》を着ている。真紅の軍団のなかには剣の手練《てだ》れ、三合目《さんごうめ》陶器師《すえものし》の姿もあった。

「故郷に戻るか、それも宜《よ》い。だが余は被災した帝都をこの目で見たい。紅蓮《ぐれん》の焔が大地を這いつくし、空にも沖《ちゅう》してまさに死屍累々《ししるいるい》、露天で焼かれた引き取り手のない遺骨が二十尺の高さに達しているという。烏有《うゆう》に帰した人界の、瓦礫《がれき》のはざまに新たな世の胎動《たいどう》を見出せば、この身の行く末にも天の裁量が下るだろう」

船夫《かこ》や侍従に語りかけるでもなく、城主は仮面の裏で声をくぐもらせる。

鉛《なまり》の仮面は、能《のう》の中将《ちゅうじょう》を模したもの。

顔の代わりになる仮面は、顰《しかみ》、大癋見《おおべしみ》、泥黒髭《でいくろひげ》、豆電球を仕込んで目が光る般若《はんにゃ》、怨霊系から鬼神系までひと通り贔屓《ひいき》の職人に作らせ、その日の気分によって付け替えていた。数百年ぶりに城を出るとあって面選びには悩まされたが、怨霊系はこれ見よがしだし、鬼面人を驚かすものはわざとらしいというか、気合い入ってんなあ、と行き逢う者たちにかえって軽んじられそうなので、結局、普段着のように装いなれた中将を選んだのだ。

「だって余《よ》、伝説に棲むのは飽いたのだ」

最後に城を出たのは、三百年以上も前のこと——それからというもの根っからの俗人嫌いと厭世主義をこじらせて湖の城に閉じ籠り、魔界の領袖《りょうしゅう》として、人々に恐れられる陰惨怪奇の伝承の主《ぬし》として生きてきた。

だが三百年は長かった。故郷を懐かしみ、人に焦がれ、維新や戦争の報《しら》せにも千々《ちぢ》に心を乱した。身のまわりに愛すべき何物もない。無聊《ぶりょう》を慰める客人も訪ねてはこない。不老にあずかって孤独と寂寥《せきりょう》を嘗《な》めつくし、畏怖と忌避をほしいままにするあまりに意識の外に逐《お》われる苦痛を味わった。進退を見極めんとしていた矢先、陸軍参謀本部が接触を図ってきて、ほどなくして数百年に一度の災禍《さいか》が関東を襲った。これらは召喚に違いあるまい。垂れこめる擾乱《じょうらん》の嵐は、然《しか》るべき真の中心を欲しているのだ。

あるいはこの日のために、余は長すぎる雌伏の歳月を託《かこ》ってきたのではないか。だから向かうのだ。郷里ではなく一路、首都へ——

湖の北岸から上がり、城主たちは街道を東へ向かって歩みはじめる。

急がずともよい。一歩一歩を愛でるように城主は歩いた。

「無論、いずこへ向かおうとも余が歓迎されることはない」

うべなるかな、と侍従たちが肯《がえ》んずるなかで、城主はよどみない独白を夜の風に溶かす。

「三百年前には甲府の惨劇とまで称された。郷里《さと》の者たちに余は蛇蝎《だかつ》視された。故郷に錦《にしき》を飾ろうとは思っていなかったが、ちょっとした里帰りが空前の惨事扱いだ。たしかにあますところなき阿鼻叫喚《あびきょうかん》、屍山血河《しざんけつが》の光景をもたらしたのは事実であったが」

うべなるかな、うべなるかなと合いの手がつらなる。

陶器師などは聞くとも聞かず、佩《は》いた刀の切羽《せっぱ》を撫ぜている。

「悪の巨魁《きょかい》、と厭悪《えんお》された余は覚《さと》った。悪行によって悪果を得る。善悪とはかたちなのだ、完全無比な悪のかたちに悪は宿る。悪意の有無はそこでは問われない」

青木ヶ原樹海の狭間に延びる街道を徒歩で抜ける。錆《さ》びた黒鉄《くろがね》のように樹の海は茫洋と展《ひろ》がっていて、突きだした木立の枝が、城主の仮面の上にも幾許《いくばく》かの陰影を落とす。囁くように声音を落とし、そしてまた叫ぶように城主は云う。

「余は眠っていた。三百年の永きを微睡《まどろ》んでいた。しかし**不死鳥計画**が余を覚醒させた。そこにきてかの天変地異が真の役目を思い出させた。余はふたたび悪となり、悪果を生きとし生けるものにもたらす。お前たちはそれを了解できるか？　何者かが悪を為すと云うことはない、悪を為した者がおのずから悪となる。それがこの余という存在である――継がれる言葉の気魄《きはく》に、問答を返せる従者はいない。

「了解した」

答えたのは三合目陶器師、ただ一人であった。

濁《にご》った城主の眼《まなこ》が、仮面の奥で嗤《わら》った。

彷徨《さまよ》うような漫《そぞ》ろ歩きにもかかわらず、城主の歩みは速かった。征矢《そや》のようにいきなり走ることもあった。三百年前とも同様にこれより向かう先途《さき》の地が、そこから聞こえる声音がひときわ高く城主を疾呼《しっこ》するからであった。

街道をただひたすら、提灯も蠟燭《ろうそく》も点《とも》さずに歩きつづけた城主の視界で、地平線がひと筋の光の帯となって浮かび上がり、蚕《かいこ》の糸で地表を捲《め》くるように、暗い緞帳《どんちょう》を引き上げるようにして夜が明けていった。たどってきた道を振り返れば、霊峰がほのかな暁《あかつき》の光を浴びて菫《すみれ》色に輝いている。山裾に展《ひろ》がる樹海の木々は、帚木《ははきぎ》のようにその枝を空に延ばし、一陣の風に吹かれて左右に打ち震えた。

富士の山系はまだ目覚めきっていない。おぼろな星の残光が見える払暁《ふつぎょう》の時間、次第に山襞《やまひだ》を現わす景観の前方から走ってくる車群があった。車輪で土煙を巻きあげ、騒音で雀や山鳩を追いはらいながら、数台の軍用車が城主たちの前途で停まった。

検問を設けるように車群は横に列《つら》なって進路をふさいだ。現われた帝国陸軍の兵卒たちは、開いた車戸を楯にして城主たちと向き合った。

「退いてください、ここから先へはお通しできません」

城主の手勢五十人余、対する歩兵連隊は三百人超。武装した二つの軍勢が富士吉田へ抜ける鳴《なる》沢村《さわむら》の街道であいまみえた。城主は長きにわたって監視されていた。明治に静岡大隊区が設けられる以前から、王政復古の大号令がかかるよりも前から。甲斐《かい》守護の武田《たけだ》家より郡内領の国衆《くにしゅう》へ、御一新ののちには旭日旗を翻《ひるがえ》す連隊本部が最重要機密として纐纈城の監視を受け継いだ。近年では城の内部にも諜者がまぎれこみ、城主がひとたび外界に発《た》てばすぐさま本部に伝達される体制を確立していた。参謀本部の密使を城へ通しながら、猛獣を囲うような統制も同時に敷いていたが、城主も監視については先刻承知だった。

「止めるのか、余の歩みを」

行く手を阻《はば》まれても城主は立ち止まらず、連隊の車群へと接近していく。

「退いてください、都市部への進入を黙過することはできません」

「三百年前の惨劇が、再現されるから？」

「それ以上、こちらに来ないで。退いてください」

「参謀本部肝煎《きもい》りの、**不死鳥計画**の試運転もできるではないか」

「各位の任務、計画の詳細についてこちらでは関知していません。とにかく退いていただかなくては、大隊に軍事出動もかかりかねません」

「それは面白い。日清日露でその名を轟《とどろ》かせた陸軍歩兵連隊がいかほどのものか、とくと体験させてもらおう」

連隊の兵は自動小銃を構える。真紅の軍団もただちに臨戦態勢を敷いた。

三合目陶器師の刀が鞘走《さやばし》る。従者たちも銃や刀の得物を構える。

ただ一人、城主だけがいかなる得物も持たない。

背後から颶風《ぐふう》が吹きつけて、纐纈布のマントを翻して征矢となる。

銃火のなかで歩兵に組みつき、仮面を外してその恐るべき素顔を見せつける。奈落のような口を開いて、肺腑《はいふ》から汲みあげた呼気を吐きつけた。

すると見よ！　その兵士を見よ！　剝きだしの電線にふれたように痙攣《けいれん》し、血を吐いて、発疹《ほっしん》と浮腫《ふしゅ》の生じた膚《はだえ》が暗闇に汚染されたように変色し、爛《ただ》れて崩れ落ち、悶絶躄地《もんぜつびゃくじ》して哭《な》きわめきながら全身を強張《こわば》らせて卒倒するまでに長い時間は要さなかった。纐纈布がふたたび焔のように燃え上がる。仮面の主の異貌《いぼう》を、眼前で起こった悪夢のような顚末《てんまつ》を目の当たりにした兵士たちは恐慌を来たす。隊列を崩して後退《さが》っていくが、躍りあがる城主に組みつかれて痙攣と出血、しかるのちに卒倒の末路をたどる。ああ、なんたることか。急いで進路を鎖《とざ》さなくてはならない、戒厳令を出し直してでも惨劇の二の舞いは阻まねばならない。この悪果は、魔王の行軍だけは招き入れてはならないのに――

城主のまとう瘴気《しょうき》があらかた蔓延《まんえん》すれば、あとは当人が躍動する必要もなかった。兵士から兵士へ、たちどころに症状は感染していく。急場の防衛線は、もろくも崩れ去っていく。

「では、参ろう。首都が余を待っている」

倒れた兵士をまたぎ、濃紅《こきくれない》の後光をまとって城主は歩みを進める。あとに残されたのは、恐怖に見開かれた双眸《そうぼう》。血で充たされた白眼、落剝《らくはく》した皮膚や組織片。黒炭の色に爛れた断末魔の相貌――

朝の光を浴びて、無数の血溜まりが燃えるように瞬いた。

十三

黒と白の翅《はね》模様の蛾《が》が飛んでいる。どこから迷いこんだのか、解剖室の白熱灯に近づきすぎて焼かれ、ひと塊《くれ》の灰となって天井から降ってくる。

銀盆に載ったメスや鋏《はさみ》、曇り硝子《ガラス》の実験器具、小型の鋸と金属製の槌《つち》、それから円筒形の容器――正木博士はそれらを見るともなしに見まわして、短く刈りこんだ頭髪を撫ぜながら、自らの軍事協力について語った。

「あの城主の存在そのものが災害であることは云うにおよばない。纐纈《こうけつ》城より運ばれてきたこの筒には、細菌の芽胞《がほう》が入っておるのです」

「慎んでください、博士、軍事機密です！」

グスタフ・ヴィーゲルトが急いで制したが、虎の爪で猫じゃらしのように弄《もてあそ》ばれていては身動きもかなわない。

「慎むも何もありゃしない、城主がお外に出ちゃったならもはや機密にならんでしょう」正木博士は嘲笑《わら》って「芽胞をもとに、いよいよ臨床実験も本番と云うところだったのに」

「纐纈城の主の、体の断片なのだな」

「ご老公、あれがどのようなものか、真に理解しておいでかな」

「三百年前のことならよく知っているが、現代の科学に基づいた研究者の知見も聞かせてもらいたい。あれは一体何なのか？」

「よろしい。アリストテレスがサテュリアと呼び、七十人訳聖書にツァラアトと記された重患と考えられてきたが、**あれはそのようなものではないのです**」

正木博士は、持ち前の衒学《げんがく》趣味をふんだんに利かせて語りだした。

「三百年前と云うと医療への謬見《びゅうけん》にあふれた時代でしたから。惨劇を目にした者、書き残した者がその恐怖を伝えようとおどろおどろしく誇張したのもあるでしょう。現代の目で正しく解析するのなら、あれは戦争や飢饉《ききん》に並んで人類の命を奪ってきた**天然痘***[50]、**結核***[51]、**梅毒***[52]、ペスト、コレラ、**スペイン風邪***[53]に類するもの、致死率の高い急性感染症の系譜につらなるものです。まさしく人類の歴史とは、疫病の歴史と言い換えても差し支えありますまい」

「たしかにそうであったな。**麻呂《まろ》も体を壊しやすくて***[54]、腸炎や下痢にいと苦しんで……」

「黙らっしゃい、これは大事な話ですぞ」

追憶の脇道に逸《そ》れようとする六条院をたしなめて、翁は正木博士に話の続きをうながした。

「あれは常在菌で千種を数えると云う炭疽《たんそ》菌の一種と考えられます。病原菌とは元来、深き自然の奥処《おくか》で人知れず繁殖していたものが人獣によって運ばれてくる。未開の地に欲深き人類が分け入れば分け入るほど、新たな病原菌も世に解き放たれる。謂《い》わば自然の復讐。免疫保持者である城主がまき散らすのは、おそらく富士の樹海に由来する炭疽菌。何らかの理由で原生林の生態系に異変が生じ、かくも恐ろしい細菌が誕生したものと推察される」

「富士の樹海における異変――ふむ、実に興味深い」

「吾輩《わがはい》はスペイン風邪のひそみにならって、富士炭疽と称している。命名者として出願もするつもりでしてな、ダッハッハッハ。飛沫や空気の還流によって運ばれる富士炭疽の芽胞は、傷口や呼吸器などから体内に侵入すると、頸部のリンパ腺炎、高熱、吐血、膿《うみ》や血の混じった下痢などを生じ、肌には糜爛《びらん》が現われて末梢神経は麻痺、四肢の硬直などの劇症が生じます。致死率にして九〇パーセントを超える、ペスト菌にも匹敵する極めて獰猛《どうもう》な病原菌と云えます」

「あの城主が、細菌を媒介しているわけだな」

「元来の常在細菌にはなかった人から人への感染も起こす、突然変異型の炭疽菌芽胞と云えましょう」

うがう、と虎になったままの李徴がひと吼《ほ》えした。正木博士とその助手たちに睨《にら》みを利かせながらも、話を聞いているだけで具合が悪くなっているようだった。

「それほど恐ろしい病原菌を」翁はさらに追及をつづけた。「おぬしたちは、軍事に利用しようというのかね」

「太古の昔より、震災、戦争、疫病はときに重なりあって人類の営みを大きく変転させ、時代の節目を作ってきた。吾輩の研究に話を戻すと、数年前から精神病の解放治療と云うものを準備しておりましてな。わが畢生《ひっせい》の理論をあるいは応用できるのではと、参謀本部が音頭を取った**不死鳥計画**に参画したわけです」

皇軍の立て直しや満蒙《まんもう》問題の早期解決に向けて、帝国陸軍は領土的野心を高めている。さしあたって来たるべき満州の領土争い、大陸における長期戦に向けて、最も先進的かつ強力無比な兵器を運用可能なものにする——それこそが正木博士に課せられた使命だった。一九一七年の大戦においては独・仏・英・米の各軍が糜爛剤を実戦で使用し、催涙剤、窒息剤、血液剤といった化学由来の兵器が次々と戦場に投入されている。そこで**不死鳥計画**では、**無戸籍の漂浪民、勧進、箕《み》作《つくり》、遍路者や朝鮮人などを各地から徴発し、これを夢中遊行の状態にして敵陣に送りこみ、体内**

に埋めこんだ炭疽菌芽胞のカプセルを時限式に破裂させ、富士出血熱とも称すべき劇症を猖獗《しょうけつ》せしめることで戦略的掌握を目指す。送りこまれた新たなる兵器は、顕微鏡でしか見えない微小な弾丸となって、制圧されることなく不死鳥のように翔《と》びつづける――

「細菌学は専門ではない。夢中遊行のほうが当方の領分なんだが」正木博士は骸骨《がいこつ》が笑うように笑った。「ええい乗りかかった船だとばかりに刻苦勉励してまいった。時限式に破裂するカプセルと簡単に云ったが、麾下《きか》の兵たちを罹患させるタイミングが難しい。つまりだね、潜伏期間が短く致死率の高い病原体は、拡散する間もなく宿主もろとも滅んでしまう！　さらに云うなら勝利のあとで戦場に残存する病原体を除染できなければ、せっかく占領した土地が使い物にならん！　他にも難題は山積みだが、多難であればあるほど吾輩は夢中になる性《さが》でしてな。諸問題を克服するには暫《しば》しの時間を要するだろうが、ともかくこれまで下準備を重ねてきて、今月よりいよいよ臨床試験の本番に入るはずだった。しかし宿主の親玉が打って出たとなると、よその国の開発者にも存在が知られてしまうかもしらん。ここからは開発競争になるのかしらん。吾輩、一等賞でゴールテープを切れるかな。おやなんです、その目は？」

さもありなんと云うべきか。狂える学理追究者の面目躍如だった。

わざわざ富士から九州まで、参謀の密使たちが重要機密を運んでくるわけだ。

虎も貴族も、グスタフすらも、怪気炎を吐く博士に恐れと忌避の目を注いでいた。

「恐ろしい、恐ろしいこと……」

李徴が虎のままで人語を発した。

「お前には、お前には、人道や倫理を重んずる心はないのか」

「だはあ、虎に人でなしと云われるとは！　吾輩、畜生道に堕ちますか」

「満州で、蒙古で、恐ろしい細菌をばら撒《ま》こうと云うのか」

「おや、もしや大陸の出身ですか。中国の虎かな」

銀の髯《ひげ》が放射状にそそり立ち、黄金と黒の疾風が、解剖台を突き倒すいきおいで正木博士に降りかかった。握り飯よろしく胡麻塩《ごましお》の頭を丸齧《まるかじ》りにしかけたところで、顎《あぎと》を止めた李徴、洞《うろ》のような口から蛮声を響かせる。

「感染症と云ったら、敵も味方もなく伝染するのではないか」

「おっおっ、ひいい……素敵な歯並びですな、虫歯の一本もなさそうで。しかしその問いは愚問というより他にない。この世で感染症ほど万人に平等なものはありません。敵も味方も老いも若きも、日本人も漢人も朝鮮人も、男も女もお釜もお鍋も区別はしない」

「あの城主が、帝都に向かったとなると……」

「そうです、これは大変なことである。避難所に集まる者たちに富士出血熱が蔓延《まんえん》すれば目も当てられないし、道中でもばたばたと罹患者が出るでしょう。関東一円が極小の死神のごとき流行《はやり》病《やまい》の氾濫《はんらん》に呑みほされる」

「被害はすでに出ているようです」グスタフ・ヴィーゲルトが震える声で云った。「制止に向かった連隊が、その場で疫病にかかって全滅したそうで……」

「歯が立つまい、一個中隊でも動員しなくては」翁はそこでしばし思案した。「……しかし、その判断ができるか？　ただ一人に中隊を壊滅させられてしまえば、帝国陸軍への信託と評価は地に墜ちる。かてて加えてあの城主は、参謀本部が未来をたのんだ新兵器の宿主。細菌だけを採取してしまえば射殺も辞さずとはなるまい」

「武力阻止には、とても踏みきれぬだろう」

六条院も賛意を示した。翁は顔をしかめて云う。

「まごついているうちに首都圏への進入を許しかねん」

「翁よ、いつの世も変わらぬな。この国の軍部や幕僚が犯しそうな不手際だ」

「我らの分散も痛いところだ。残してきたのは、坊っちゃんと薫。机龍之助は手負い。聖どのの掌《て》かざしが奇蹟の業《わざ》でも、悪疫に侵された者を治癒するのはあまりに際疾《きわど》い」

「あの女御《にょご》のこと、感染者を見つけて癒やそうとして、己がその富士出血熱とやらにかかってしまいかねんな」

「翁！」と李徴が、顎から正木を解放し、前軀《ぜんく》をひるがえして双眸《そうぼう》を翁に向けた。

虎の背毛《せなげ》が、眉や髯が、微弱な電流を流されたように顫《ふる》えている。

翁と李徴、二者のあいだに束の間の雄弁な沈黙が下りた。

「……発つと云うのか」と翁が問うた。

「うがっ、行かねば」と李徴が答える。

「たしかにあの魔物を止めるには……」

「己《おれ》が、行かねば」

「しかし、いかに虎の脚でも」

「己《おれ》が」

「……解かった。李徴、おぬしを戻す。虎は千里往《い》って千里還《かえ》る、他のいかなる移動手段よりも速かろう。これより関東へと駈け上がり、しかるのちに我ら一党の者と合流せよ」

翁の呼号によって、李徴はひと跳びに解剖室の扉を蹴り破った。

三度の咆哮《ほうこう》が棟を震わせ、硬い空気の向こうへ遠ざかった。


翁はたくし寄せた白髯《はくぜん》を撫ぜながら、つれづれに思いを揺蕩《たゆた》わせた。

被験者の開かれた頭部は元通りに縫合させた。運ばれてきた者たちは瞼《まぶた》を開かないが、薬剤で眠らせているだけで死んではいないと云う。正木博士は「下準備を重ねてきた」と云ったが、これまでに幾人《いくたり》ほどを生体実験の贄《にえ》としてきたのか。

「**天城峠、二十七歳・旅芸人**。これはもしかして……」

正木博士は、これまで解剖台で数値を測られ、臨床記録をつけられた被験者の台帳を残していた。総勢で百人は下らない。一人ひとりの項目を検《あらた》めていて、憶《おぼ》えがある条件の被験者を見つけた。天城峠と云うのは拉致《らち》におよんだ土地だろう。二十七歳・旅芸人、これは薫の兄ではないのか。

すると六条院が、横から台帳をひったくって「うむ、相違あるまい」と言葉を継いだ。帳面をくまなく精査して、薫の兄を見つけだしたのは麻呂、とでも云わんかの澄まし顔だった。あわよくば兄を救助した手柄を持ち帰り、薫に取り入ろうと云うのだろう。さもしきことである。

「この者たちは何処《いずこ》へ」六条院は盛んに博士を追及した。「実験用の鼠《ねずみ》とした者たちを、そなたはさんざ弄《いじ》ったあげく使い棄てたのか、この台帳は鬼籍《きせき》なのか」

正木は炯眼《けいがん》を瞬かせると、追悼の意を表するように云った。

「ええ、多くの者は尊い犠牲となった。だが幸いにして生き長らえ、予後を観察するために保養施設に入っている者もあります」

「その者たちは解放せねばなるまい、案内されよ」

虎の爪牙《そうが》があるうちは出番もなかったが、当地の結社に調達させた二十六年式拳銃がようやく役に立った。グスタフに車を運転させ、正木にも銃口を突きつけて、車路で十分もかからないと云う施設へ向かった。

曇天に太陽は見えなかったが、新たな一日はすでに始まっている。たどりついた奈多《なた》の海岸には、護岸の上から釣り糸を垂らす者たちが散見された。六条院の下心はさておいても、被験者となった者たちを解放し、拉致および臨床実験が二度とできないように現地の結社や官憲に申し渡せば、任務は終了と云ってもよいだろう。ただちに李徴を追って首都へ戻らなくてはならないが――翁は乗ってきた車を降りて、高台の保養施設に到《いた》る坂道を上がりながらも止めどない思索に意識を奪われた。

纐纈城を発った城主の暴走は止めねばなるまい。

あれはこの世の魔性。俗界に出てきてはならぬもの。

城への潜入は、九仞《きゅうじん》の功を一簣《いっき》に虧《か》いた。あそこに熊撃ちの猟銃を持ちこんでも暗殺を遂げなくてはならなかった。あらためて不首尾を悔い、瞑想の目差《まなざ》しを漂わせる翁の眼底に、はたと雄大な霊峰の眺望がよみがえった。天地《あめつち》と光陰、遠い過去の影と現在の光とが錯綜して、自らがどこにいるのか分からないような感覚にとらわれる。ああ、またこの酩酊感かと翁は思う。千年の航路に今さら船酔いを催すような感覚、あるいはこれも既視感か。**あれは千二百年も前——霊峰を自らの足で登りながら、私は今日この日の、この高台の階段をも上がっていたような気がしてならない。**運命を予感していたと云うことか？　否、時の運行が一方向だけに流れるのをやめて、数珠つなぎに環を結び、そこに捩《ねじ》れが生じているような——

あまねく土地と時間の距《へだ》たりを越えて、翁はたしかにそのとき、今にも昔にも存在している。

何か——

頭の片隅に、何かが引っかかっている。

天変地異。帝都を破壊しつくした烈震。

朝鮮人への暴虐、流言蜚語《りゅうげんひご》、国粋主義の跋扈《ばっこ》。

神隠し。

アナキストの死。

九州の狂える研究者。人間兵器。

富士出血熱。恐るべき疫病の蔓延の兆し。

およそ一つの時代に順に出来《しゅつたい》する負の事象が、わずか半月でまとめて生じたかのようだ。目まぐるしさにかまけて省察できなかったが、二つや三つまでは因果の鎖で繋《つな》ぎあわせられるようでいて、しかし一切がばらばらの断片のようにも思えてならない。あるいはここになんらかの事象、見落としている大きな欠片《かけら》を接《つ》ぎ足したときにこそ、本当に見るべき一幅の絵が見えてくるのではないか――

これらの出来事は、真の中心を欠いている。

そんな試問にたどりついて、翁は自らに問う、お前は一体何を見落としているのだ？

現状のままでは複雑怪奇な曼荼羅《まんだら》画の、部位から部位へと焦点を移しているだけ。すべてを俯《ふ》瞰《かん》する視座を得るには、何が必要なのだ。張りめぐらされた因果の網の中心に鎮座するのはおそらく陸軍参謀でも、纐纈城の魔王でもない。そこに在るのは何者か――

「翁、何を考えている」

正木とグスタフを銃口で歩かせながら、六条院が振り返って、後方《しりえ》の翁に問いかけた。

「……うむ、これからのことを、な」

「繋がれた者を解放したら、都に戻るのか」

「そうなるだろう」

「慌ただしいことよ。筑前の国をはるばる訪《おとな》いながら、**大宰府**[*55]も見ることなしに東下《あずまくだ》りとは」

「仕方があるまい。景勝をめぐっている暇はない」

「虎の脚ならいざしらず、これより陸路で戻っていかほどの時間を要するのか。到着する頃にはすべてが落着しているやもしれぬ。そう云うことなら麻呂は、こちらで**愛した女の娘**[*56]の面影でも探していたい」

「つまり帰るのが億劫なのだな。おぬしだけは、首都が一大事だと云うのに……」

「ところで、先の問いだが」

「思案の筋か？　だからこれからのことを……」

「そうではない。問いを変えよう。そなたは何を隠している？」

麻呂とそなたは実に千年来の間柄、その麻呂にも打ち明けていないことがあるのか――六条院の面差しがそう云っていた。

返す言葉に窮した翁が、接ぎ穂を探そうとしたとき、前方を歩かされていた正木とグスタフが保養所の錆《さ》びた扉を開けた。鄙《ひな》びた海辺の施設は、塗料の剝げた外観にも増して内部がうらぶれて閑寂としていた。立ち働く医師や看病人の姿も見られず、通り過ぎるすべての部屋に清掃すら行き届いていない。垂木《たるき》やベニヤ板で目隠しされた窓の桟《さん》には埃《ほこり》が積もり、目に止まる場所によっては廃墟もかくやに雑然としている。こんな不衛生なところでまともな保養ができようはずもない。案に違《たが》わず施設奥の壁を抜かれた広間では、男ばかりの被験者が居並ぶ担架に寝かされていた。これでは警察署や野戦病院の遺体安置所もさながらではないか。

「この者たちは、生きているのか……」

翁が問いかけた矢先だった。

「生きていますよ、ただし……」

正木博士がそう云うとやにわに動いた。

壁面に設置された操作盤に取りつき、何らかの装置を起動させた。

熱帯の鳥が啼《な》くような騒々しい警鐘が響きわたり、すると担架に寝かされていた四、五十人の被験者が見えない天蚕糸《てぐす》で襟や手足を吊り上げられるように身を起こした。

「彼らの生は、吾輩の掌《たなごころ》にある」

眠りこんでいるところを不意に起こされて困惑するように、鈍く頭《かぶり》をふって、睫毛《まつげ》に溜まった目脂《めやに》の膜越しにこちらを見据える。頭をゆっくりと傾《かし》がせ、心許なくふらつきながら立ち上がった。この者たち、目は見えているのか？　たがいにぶつかり合い、足取りをふらつかせ、担架に蹴つまずきながらも、被験者たちは一驚を喫している翁や六条院のもとへ傀儡《かいらい》のように歩み寄ってくる。

「先刻申し上げたとおり、吾輩の本分は、夢中遊行のほうでしてな」

これは幻術《まやかし》か、催眠術か、薬物や阿片でも投与しているのか、数十人をまとめて操舵するような仕儀がどうして実現可能なのか。正木敬之と云う博士、あるいは冥府魔道《めいふまどう》にかぎりなく接近した生体力学を自家薬籠中のものとしているのか――

六条院は迷うことなく二十六年式拳銃を発砲したが、翁はその手を咄嗟《とっさ》に引き落とした。「なぜ止める」「止さぬか！　この者たちは只の罪なき根なし草、薫の兄もいるかもしれぬのだぞ」と諭《さと》されて撃つに撃てなくなる。これが夢中遊行――すなわち入眠状態にありながら体を操縦されていると云うことか。被験者たちは宙を掻くように両手を突きだして突進してくる。身をそらして避けたが、別の手に腕や肩を攫《つか》まれる。膂力《りょりょく》は並ではなかった。動きを封じられたところへ五人、六人とさらに群がってきて、男たちの体重に圧《お》されて翁は床面を舐めさせられた。

「そのようなわけで、これにて失敬」

正木の飄々《ひょうひょう》たる声が聞こえたが、餓《う》えた肉食魚の海に客人を突き落として満足気に立ち去る姿は見えなかった。揉みあうなかで触れた被験者の膚《はだ》は鞣《なめ》し革のように硬く、歯の透き間からは蒸気を吹くような音がする。怖れを知らず、自己の感覚もなく、角砂糖に群がる蟻のように集合的な意識にもとづいて動いているようでもあった。

被験者の向こうに見える六条院は、捕まることなく巧みに躱《かわ》していたが、果たしていつまで保《も》つものか。優雅な身のこなしを欠き、うめき、叫び、体と体をぶつけ、団子状態で押しあい圧《へ》しあいする乱戦は、六条院の最も忌み嫌うものだった。翁よ、この事態にどう始末をつけるのだ、と六条院の目顔が問いかけてくる。夢中遊行にある亡者のごとき者たちは、我らが命を尊ぶべき真っ当な生者とは云えぬのではないかと——

正木とグスタフはすでに姿をくらませたようだった。

やれやれ参った。翁はすううと息を吸いこんだ。

これには参った。首都への復路につく前に、あと少し骨を折らねばならないようだ。

断わっておくが、真っ当な生者ではないのは我らも同様だ。

十四

天に躍り、地を蹴って、李徴は駈ける。

時事のあらまし風雲急を告げて、李徴は駈ける。駈ける。

関門《かんもん》海峡を泳いで渡ると、総身のひと震わせで毛皮を濡らす海水を切って、東西に長い山陰地方に再び四肢を躍動させる。

時まさに白昼、陽光には九夏《きゆうか》の匂いが濃く、樹間を渡る風は温かく、東都に迫っている危機を露《つゆ》ほども髣髴《ほうふつ》させなかった。

縦貫する山岳地帯を奔《はし》るのが本来であったが、上ったり下ったりを繰りかえす峻険《しゆんけん》な獣の径路《みち》だけを選んでいてはそれだけで時間を浪費する。前と後ろの脚で李徴は、人の手により均《なら》された麓《ふもと》の道を臆さずに疾駆する。

村落や市街にさしかかれば、自ずから異類の身を衆目にさらすことになる。慌てふためく雀や山鳩、家禽《かきん》が鳴きながら逃散し、「虎」と見たままに云う童《わらべ》の声がして、腰砕けた農婦が悲鳴を上げ、京阪の動物園から脱走した猛獣と仇《あだ》なす叫喚《きようかん》がほとばしっても、黄金の疾風となってそれらを後景に置き去りにする。衆生《しゆじよう》よ、忘れてくれ。己《おれ》と行き逢ったことは忘れてくれ。あなた方の生活圏にはとどまらない。ごしごしと目を擦れば、ほら消えている。拘泥《こうでい》を許さない白昼夢と己を同化させて李徴は駈ける。左右の手で、脚で、力強く地面を攫《つか》んでは蹴る。雑木林を突き進んで、跳躍し、猛るままに丘陵を跳び越えていった。

他人の目にあさましい獣《けだもの》の身をさらせば、畏怖嫌厭《けんえん》の情を引き起こすのは免れない。そのように気を病んで、異郷の地でもひたすら山間に棲息してきたが、遥々《はるばる》訪ねた九州で知った事実に蒙《もう》を啓《ひら》かされた。富士出血熱、夢中遊行、強毒を抱かせた兵卒を戦地へと送りこむ**不死鳥計画**――

あまりにも禍々《まがまが》しいそれらは、李徴もすすんで身をやつしてきた闇《くら》がりから眩《よろ》めき這いだした瘴《しょう》気《き》の結晶に他ならなかった。

ああ、そのとおりだ。自らを化外《けがい》の者と蔑《なみ》して、世を離れ、人と遠ざかり、現身《うつそみ》を霞《かすみ》の奥に隠してきた。だがそれでどうなった？　煩悶から解き放たれた達観に至ることもなく内なる自尊心を飼いふとらせただけ。あるいは己《おれ》も纐纈《こうけつ》城の城主とおなじだ。城主の孕《はら》んだ感染症と、己《おれ》の爪《そう》牙《が》の何が違うのか？

李徴は駈ける。駈ける。駈ける。

駈けながら、我が身の躍動に確たる意味を感じる。

駈けながら、関東に残された同輩を想う。**血の恩寵**によって邂逅《かいこう》して、一蓮托生に動いてきた時間は長くはない。それでも認めざるを得ない。生きてきた時代も土地も、その性質《さが》も、背負った運命も異にしながら、ただいまこの瞬間の驀走《ばくそう》はことごとく己《おのれ》と朋輩のためだ。そこに夾雑物《きょうざつぶつ》は何物も混じらない、その事実が総身に力を迸《ほとばし》らせた。

李徴は駈ける。駈ける。駈ける。

河川に臨んで、駈けるその身を水面に映しても、己《おの》が鏡像にまるで恐懼《きょうく》は覚えない。

本能の拒絶でうがぁと咆えずにいられたのは、初めての経験かもしれなかった。

その代わりに他者の顔がよぎった。正木のあの峭刻《しょうこく》の容貌。眼光を炯々《けいけい》とさせた髑髏《されこうべ》の狂笑とさたら。己《おれ》にとってはあの者のほうが、纐纈城の主よりもよほど恐ろしい。あれは科学の発展、新時代の展望、そして戦略的優位の獲得こそを至上のものとする社会の歪《ゆが》んだ異貌であった。野心を遂げるためなら封印された過去の事件も、民族主義も、人外のものも、恐るべき病毒すらも恣《ほしいまま》に利用せんとするすべての近代人の相貌であった。

李徴は駈ける。駈けながら首《こうべ》を振る。こんなときに正木の顔に眼裏《まなうら》を乗っ取られたくはない。だから想い起こす。名も知らぬ無鉄砲な男、可憐な踊子、薄気味悪い剣客、そして聖――同輩たちの面影から、そこから得られる力を糧秣《りょうまつ》としたかった。なかんずく聖――あの妖冶《ようや》な蛾眉《がび》、艶容《えんよう》いわんかたなき佳人《かじん》。聖はこの身の異形を、傷つきやすく灼熱に焼かれる魂をそのままに受け容れてくれた雅量《がりょう》の人だった。

たしかに私たちの手は汚れすぎているかもしれない、あの人はいつだったか己《おれ》に云ってくれた。

あなたの牙や爪ばかりではありません。

私の過去も、旅の僧をたぶらかして滋養とした記憶も、あまりに血塗られている。

魔性の身の懊悩《おうのう》、その身上は誰かと分かち合えるものではなく、私たちはいつも孤独で悲しい。たがいの悲しみはどうしたって癒やせるものではございません。

けれど、たがいの孤独を包みこむ世界を、丹精を込めて作っていくことはできましょう。

だからこそ私たちは、共に存るべきなのです。

あの人が手向けた言葉で、己《おれ》がどれほど救われたか。自らを嘲《あざけ》り、蔑み、真の猛獣と云える臆病で尊大なこの心を、咆哮《ほうこう》する魂を癒やされた。隠さずに云おう、異類の身にありながら己《おれ》はあなたと巫山《ふざん》の夢を結びたいと願った。朝雲暮雨《ちょううんぼう》の契りを交わし、涯《はて》なき長命のやがて朽ちる日まで、共に生きることを胸裏に期した。それこそが己《おれ》にとっては真の恩寵だった。

これまでに首尾よく想いを伝えられた例《ためし》はないが——首都はあまりにも遠く、募《つの》るばかりの思慕が、高すぎる障壁を越えさせる助走となるかもしれない。峠の頂《いただき》まで駈けてきて、遠方にまで抜けた眺望に向きあい、山や木や雲や露のおりなす雄大な景観に胸を衝かれた李徴は、己が己である証に、秘めたる懐《おもい》を即興の詩に変えた。

天際遠離無以聚　暮朝思君伴孤燭
雪月風花亦淡漠　願騁万里与君逢
旧日雄図当盡展　更得相倚寄異身
両心相映逐悪党　縦横無敵破牙城[*57]

遥かに望んだ景観の片隅には、琵琶《びわ》湖が見えていた。

一心不乱に駈け上がってきたが、それでも東都までは見晴らしようもない。纐纈城の城主に見込まれた関東は、たった今、どのような惨状を呈しているのか。命の尊厳が軽んぜられれば、あとにつづくのは擾乱《じょうらん》ばかりだ。再び駈けだした李徴は、駈けながら念じる。佳人よ、あなたがもしも危機に瀕しているなら、この身を賭して楯になろう。疲れているなら木陰となり、どこかへ往くのならこの背に乗せよう。事が終着すればそのまま奈辺へと、雄大な自然の展《ひろ》がる別天地へと旅立ってもかまわない。そこでは己《おれ》の大切な人たちが揃って暮らし、新たな命を息吹かせているだろう。

駈けねばならぬのは、あとどれほどか。千里が幾乗に垂《なん》んとしようとも、それでも己《おれ》は往く。その道途で風に乗せる詩を、佳人よ、あなたが気に入ってくれたら嬉しい。

広大な湖の気配を感じながら、草津《くさつ》、近江《おうみ》と駈けていたところで、後方《しりえ》から猟銃の音が響きわたるのが聞こえた。追っ手か――猛獣出現の報《しら》せを聞いたか。腕に覚えのある土地の猟師、拿捕《だほ》の網をたずさえた警官隊も出張ってきた。眼前に起こった奇異を、一時の目の迷いと片づけてくれる者ばかりではない。一頭の虎が哮《たけ》り狂い、野放しになったままで暴走しているとしか衆生は考えない。だがここは行かせてくれないか。得々と説いている寸暇はないが、己《おれ》には駈ける理由がある。虎にも事情があろうと見送ってくれるのなら、恩倖《おんこう》これに過ぎたるはない。

藪の奥から再び街道へと躍り出した李徴は、二声三声、咆哮して止まる意思のないことを満天下に知らしめた。

大地を蹴って、ひとまたぎに都への急坂を跳躍する。

十五

九月朔日《ついたち》の初震から、半月しか経っていないのに。

我らが首都は、随分な凶運に見込まれてしまったものだ。

強震の再来、あるいは津波などの二次被害の危機を察したら、宮城がずどんずどんと午砲《どん》を撃つと云う噂が流れたことがあった。あれが出鱈目《でたらめ》じゃないのなら、今こそ撃つべきではないかと坊っちゃんは思った。富士山爆発の流言も飛びかったが、まさかこんなかたちで彼《か》の地から、大噴火の土石流にも匹敵するかもしれない災禍《さいか》が運ばれてくるとは――

「赤マントめ、何だってこんな時分に都見物だなんて。誰かあいつに教えてやれ、浅草十二階も上野の大仏も、罹災《りさい》して影も形もありませんよと云ってやれ」

おれは帰京《かえ》りたい。

東京の暮らしに復帰《かえ》りたい。

身の丈に合った日常に戻りたい、と切に願ってきた坊っちゃんだが、ここに至ってささやかな宿願にもいよいよ暗雲が垂れこめていた。

大杉栄暗殺の委細を知ろうと地方紙の新聞社に立ち寄ったところで、東海道を下りてきたという幾人かの記者や行商人の口から関東方面に出来《しゅったい》している事態を聞きつけた。あいかわらず地方への電信や電話網は震災の影響によって復旧していなかったので、翁たちの判断を待たずに急いで上りの列車に飛び乗って、横浜の駅で降りた。そこから海側の経路を歩いて上がっていくなかで、甚《はなは》だしい被害を目の当たりにさせられた。犬猫や鳥や野鼠《のねずみ》のみならず、数えきれない人であったものの屍《かばね》が転がっている。東京とおなじく烈震と火災によって絶大な被害を受けた横浜だったが、転がっているのは半月前の亡骸《なきがら》ではないと判った。黒ずんだ皮膚が爛《ただ》れ、栄螺《さざえ》の殻のようにでこぼこの腫瘍《しゅよう》や肉瘤《にくりゅう》を生じさせ、目や鼻や四肢を溶解させるほどの惨状で事切れている。これほど惨《むご》たらしい人の死に様を、坊っちゃんはついぞ拝んだことがなかった。路上と云う路上に死神の足跡が残されているかのようで、この地獄の光景を生じせしめたのが、纐纈《こうけつ》城を出奔《しゅっぽん》して街道を上がっていると云う城主とその供奉《ぐぶ》の大名行列だと云うのだから、坊っちゃんはいよいよ言葉に窮してしまった。

「——つまりあの赤マントは、恐ろしい流行病《はやりやまい》の宿主で、そこにきて**血の恩寵**にも与《あずか》って不老と云うことなんだな」

「そのようです、さもなくば三百年の歳月を生き長らえはしません」

「一体どういう了見なんだ、そんな化け物を一党に加えようとしたのか」

「あらましは翁も語ろうとしません。だけど何よりも恐れ、忌むべき存在として最大限の警戒を払っていたのは事実です」

坊っちゃん、薫、聖の三人は、山手の端にある見晴らしに上がっていた。ここも朔日の震災で地盤が陥没し、見晴らしの縁に建っていたとおぼしき数戸の家屋が四十尺ほどの崖下に転落している。片付いていない瓦礫《がれき》の間《はざま》には、谷戸坂《やとざか》を下りて元町中華街の方面へ進んでいく纐纈城の軍勢を望むことができた。

漸《ようや》くその背中に追いついたところで、出来ることは何もない。魁偉《かいい》な風貌をそそり立たせ、瑞《ずい》兆《ちょう》でもふりまくように鳩胸になって城主は歩みを進めていく。海岸通りを写生していたとおぼしき**日本人と西洋人の二人連れ**[*58]が、船来の絵の具をマゼンタ、シアン、洋梨色と落としながら逃げ上がってきた。横浜港で**錆《さび》落としをする船具工**[*59]たちが黒錆の塊《かたま》りのように変わり果て、「**千代吉《ちよきち》爺**

さん*60、かかってこいとか云っちゃだめ！」と老人たちが声をかけあって避難している。**麦湯と書かれた看板**[*61]が地面に落ちて踏み荒らされ、**外国人墓地**[*62]の方からもあの真っ赤な行列は何なの？と慄《おのの》きながら野次馬《やじうま》が集まっていた。御殿場《ごてんば》、伊勢原《いせはら》、鎌倉、磯子《いそご》と通ってこの横浜へ達するまでに二度ほど軍の斥候《せっこう》や小隊との接触があったようだが、城主の進攻を止めることはできなかった。至近で接したことでたちまち病毒にやられ、その場で隊が壊滅するか、逃げ散って疫病の火の粉を拡散させたと云う。城主がまき散らす悪疫は、間違いなく人から人へ、獣から獣へ、獣から人へも伝染るのだ。しかもペストやコレラやスペイン風邪を遥かに凌《しの》ぐほどの感染力や致死性を有していると云うのだから、人口の密集する地域に入れば入るほど鼠算式に被害が拡大するのは目に見えていた。

三百年前の甲府の惨劇についても聞かされて、坊っちゃんは眩暈《めまい》を禁じえなかった。薫もすっかり恐れをなしておろおろするばかり。たったいま目の当たりにしているのが、首都全体を葬るための気の早すぎる野辺の送りに思えてならなかった。

「あんなものが、あんなものが東京に入ってきたら……」坊っちゃんの声は上擦《うわず》った。「いよいよ手がつけられない、どうにもならないじゃないか……」

「横浜だって、東京に勝るとも劣らない被害を受けたのに」薫もほとんど涙声だった。「震災の直後に疫病なんて、泣きっ面に蜂どころの騒ぎじゃないですよ」

あの震災に見舞われた直後でも正直、何とかなると思っていた。見慣れた風景がほとんど焼け野原に変わっても、倒壊した家屋の瓦礫をどかし、荒れ果てた地面を再び均《なら》す市民が健在であれば復旧は叶うと信じられた。だがそこに来てこれはない。疫病なんてありえない。避難所でもついぞ吐かなかった弱音がこぼれそうだった。地面に下ろすことのなかった膝が、降ってわいた腐食性の重力に抗いきれなくなっていた。

焼け残った橋の下で雨露を避ける者がある。莚《むしろ》を樹木に渡して野宿する者もある。避難所では便所が足りないので、誰も彼もが野天で用を足している。生死の境を彷徨《さまよ》うなかで羞恥心にかかずらってなどいられないから。塵芥《ちりあくた》もそこいらじゅうに放擲《ほうてき》されて、排水溝などは汚水であふれている。病原菌には天国のような衛生環境に違いなかった。

「腸チフスに赤痢、ジフテリアなんかがとっくに流行《はや》って、医者の手がいくらあっても足りないぐらいだ。そんなところに追い打ちをかけられたら……」

「城主がもたらす悪疫の古今無比の感染力にかんがみれば、首都そのものが爛熟《らんじゅく》しきった果実のように腐り落ちるでしょうね」

聖がおっかないことを云う。血の気の引きすぎた坊っちゃんは、ちょっと座りたくなった。見晴らしに腰を下ろしたくなった。

「だったら赤マントの進軍をどうにかしないと」

「だけどどうやって。城主のまわりは従者が囲んでいるし、軍の小隊でも無理だったのに」

「だったら一個師団で押し返せ、アームストロング砲でも持ってきて海の彼方に吹っ飛ばせ」

「陸軍が出動するとしても時間がかかりそう。そのうちに被害は拡大していきますよ」

「聖さん、城主自身は、従者たちはどうして倒れないんですか」

薫がそこで聖に問いかけた。

「疫病なら、万人に等しく襲いかかるはずなのに」

「私にも詳しいことは分からないのだけど、おそらく免疫を持っているのね。侍従たちにはそれを分け与えているのでしょう。あるいは**血の恩寵**とも通じる血を輸《はこ》ぶ手技で。城主の体内ではおそらく、当代の最先端の医術でも解明しきれない生体の奇蹟が起こっている。私にはその委細は釈《と》きようもない」

「おれたちも近づいたら、伝染《うつ》るのか」

坊っちゃんもそこで試問した。そうだ、そこは明白にしておきたい。**血の恩寵にある者は罹患《りかん》するのか**、もしも例外となるのなら打つ手は残っているかもしれない。

「分かりません」

聖の口から芳《かんば》しい答えを聞くことはできなかった。

「あらゆる命を鴻毛《こうもう》の軽きに比す脅威を前に、私たちはあまりにも無知。翁がいみじくも云ったとおり、私たちが不老であっても不死ではないなら、試すにはあまりにも危険すぎる。この無知こそが先ずもって対処しなくてはならぬこと……」

そこまで云ったところで聖が、視界前方にはっと視線を凝らした。坂道を降《くだ》っていく一行の前に、親とはぐれたとおぼしき一人の女児がふらふらと歩み出るのが見えた。城主は首をめぐらせ一瞥《いちべつ》しただけで通過したが、袖を擦り合わせた女児にたちまち劇症が現われる。うっかり胃の腑に焔《ほのお》を呑みこんでしまったように、激しく咳きこんで喀血《かっけつ》し、黒い腫瘍《しゅよう》が浮いた顔を掻き毟《むし》りながら泣きだして、わめきながら母を呼ばわる。すぐさま眼球にも症状がおよんだのか、視覚を失ったように手を突きだして、母さま、母さまと路頭をうろつき始める。こんな惨いことがあってはならなかった。それは女児の形をした生命の否定だった。数年前にこの世に産声を上げたときに、こんなふうに死なせはしないと世界は女児に約束しなかったのか。震災や疫病によって世界は初めて真の姿をさらすのだ。坊っちゃんは今さらながらにそれを理解して恐ろしくなり、おのれの身が細るような猛烈な悪寒にさらされた。

見る見るうちに疫病に蚕食《さんしよく》されていく娘を、手を拱《こまね》いて見ていられるはずもなかった。自らの治癒の力にたのんで聖は大急ぎで坂道を下りていく。「あなたたちは来てはいけません」と振り返って坊っちゃんと薫に叫んだ。

「だけど聖さん、私たちにも伝染るかもしれないなら……」

「だからこそ、ここで全滅するわけにはいかないのです」

「待って、待ってください」

追いすがる薫、坊っちゃんの頭蓋《ずがい》でも耳鳴が響いている。たとえあの娘を治癒できたところでここから罹患するすべての者に掌《て》かざしの霊験《れいげん》を授けてまわれるわけがない。本人にもそれは分かっているはずだったが、掣肘《せいちゆう》にもかまわず聖は足を止めない。為す術もなく無力感を味わう二人を鼓舞するように、喉も裂けよとばかりに声を絞った。

「あなたたちは迂回して、城主たちよりも先に東京に入りなさい。打つ手がまるでないわけではありません。私には一つだけ心当たりがあります、城主の暴威を水際で食い止めるために、しかるべき叡知《えいち》を頼るのです」

十六

地震雷火事親父と云う俗諺《ぞくげん》は、親父ごときが天災と肩を並べるほど怖いものだと威張っているようで好かないが、恐れるべきものの筆頭に先ず地震を挙げている点は信用に足る。他の市民とおなじように東京で被災した坊っちゃんは、市電の暴走よりも、日清日露並みの戦争がこの本土で出来《しゅったい》するよりもおっかない、およそ地上の恐怖のなかで勝るものがない大事変こそが地震であると確信するに至っていた。

地面は不動ではない。それはこの世に生きる者としての大事な信仰を、身も蓋《ふた》もなく破壊しつくす事実だった。自然由来の禍《わざわい》だけでもう腹一杯なのに、焦土と瓦礫《がれき》にまみれた首都がこの九月に体験する恐怖は底をついていなかった。これからは俗諺も、地震雷火事・疫病とつづけるのが普通になるんじゃあるまいかと思えた。

焼けだされた市民が詰めかける寺社境内、新宿御苑や宮城外苑、日比谷公園、赤坂離宮、これらの避難所に凶悪無比の疫病が這入《はい》りこむほど恐ろしいことはない。馳《か》けてゆく道々の焼け木や電柱には、何町何某《なにがし》さまの安否と所在を尋ねる紙が貼りだされ、そこかしこへ人々は往来を重ねている。万世橋《まんせいばし》の袂《たもと》ではすいとん屋や茹小豆《ゆであずき》屋、雑煮《ぞうに》屋が焼け残りの木材やトタンで店を出していて、数寄屋橋《すきやばし》でならした料亭が小さな橋畔《きょうはん》の小屋で商いを再開し、寿司屋もあちこちの避難所で海苔《のり》巻きを売り歩いていた。寺社の縁側やガード下、空地や堤下や線路の上に莚《むしろ》を敷き、戸板を渡して、露宿する人々がありついた食糧にむしゃぶりついている。生き残った者は理の当然として食わねばならず、食えば出さねばならない。上野公園の公衆便所などはたちまち使用不能となり、肥桶《こえおけ》も柄杓《ひしゃく》も天秤棒《てんびんぼう》も足らない。山の手のお屋敷街にすら目のしぱしぱする異臭が垂れこめていた。路上では身元不明の骸《むくろ》を焼く火が起きていたが、焼きされずに暑熱が腐爛《ふらん》の足を急がせている有り様だった。

「おれはそう云う光景を、自警団に入ってあちこちで嫌というほど見た。半月が経っても食事や排泄がしっちゃかめっちゃかなのは改善されてないんだぞ。無防備に食っては垂れ流して、今の東京じゃ衛生観念なんて逆さに振っても出てこない」

城主に先んじて東京に戻ってきた坊っちゃんは、変わらない被災後の光景を見るにつけ、これはもう駄目だ、いよいよ駄目だと塞《ふさ》ぎの虫を騒がせるにまかせた。自分たちに何かができる段階はとうに過ぎ去ってしまい、這い上がれない深淵にはまりこんだような心持ちで、馳《か》ける脚にも力が戻ってこなかった。

「坊っちゃんさん、愚図愚図《ぐずぐず》しないで、急がないと」

あげくに気鬱《きうつ》から来る鈍足を、薫にまであげつらわれる始末だ。

「纐纈《こうけつ》城の城主はまだ入ってきてないんだから、今のうちに何とかしないと」

「あの赤マントの目論見《もくろみ》は、一体どこにあるんだ……」

「三百年前の惨劇を聞いたかぎりでは……とにかく地獄絵図を描くこと?」

「まったく何だって、どうしてこんなときに……」

「大地震と、それから**不死鳥計画**にも関わってるんですかね。老若男女貴《き》賤《せん》貧《ひん》富《ぷ》を問わず万人を襲うのは震災も流行病《はやりやまい》もおなじですもんね」

「おれはもう、寺に二度と賽銭《さいせん》はやらんと決めた」

避難民があふれる浅草寺《せんそうじ》の境内に、探している人物は見つからなかった。迷信者の愚を笑うつもりはないが、本殿の前でひざまずき額《ぬか》づき、手を擦《す》りあわせて息災を祈る人々の姿は哀れを誘った。自然の脅威を思い知らされて神仏にすがりたくなるのはわからんじゃないが、賽銭や籤代《くじだい》で浅草観音を焼け太りさせてやる道理があるものか。風の吹きまわしだか何だかは知らないが、観音堂ばかりを焼け残らせるとは手前勝手な仏様だ。お膝元の弁天池で何人の女が焼け死んだと思うんだ。神や仏の効験にすがるときではないと分からないのは愚者の愚だ、賢者の賢はこんな危機に際してこそ、医学や科学の知見に頼ることではないのか。

城主の暴威を食い止める、たった一つの心当たり――

そんなものがあるのか、本当にあるのか。

横浜で別れた聖は、首都に至るまでの道のりで城主の進路にあえて歩みを揃え、疫病の罹患者《りかん》たちをあたうかぎりに治癒してみると云った。別れ際に「おそらく浅草や上野の避難所にその人はいるでしょう」と云ったので、先ずは浅草寺周辺を探したが外れだった。ならばもう一方へ、と云うので数町と離れていない上野公園へと廻ったが、坊っちゃんは飛脚のように早馳けできず、西郷隆盛像と再会するのに二時間も要してしまった。

「西郷どん、ちっとも薄着になっちゃいないな」

こちらもあいかわらずの過密状態、人の出入りも激しく、つぶされた公衆便所はつぶされたままだった。垂木《たるき》に打ちつけた木札に人の名を書いて尋ね歩く者もあり、大人がやむなしに子供の服を着て、子供が裸の上に大人の上っ張りをまとい、便槽がわりの水桶を洗っている者も引きも切らない。ごみは塵函《くずばこ》へとビラが貼られていたが、応急に設置されたガソリン罐《かん》や四斗樽《しとだる》はどこもかしこも満杯で糸屑一本もねじこめそうにない。これでは赤痢や腸チフスやジフテリアの細菌におとなしくしていて頂戴と云うほうが無理筋だった。

たどりついた上野公園で、人から人へと渡り歩き、噂から噂を手繰り寄せて、トタン板を葺《ふ》いた大きめの小屋に**よろず診療**と看板が下がっているのを見つけた。小屋の前にはぞろぞろと行列ができていたが、御免なさいね御免なさいね、と手刀を切りながら薫は人だかりを分けていく。後ろにつづいた坊っちゃんだけが、割りこみするんじゃねえ！　と怒鳴られて列から弾きだされてしまった。

「こっちです、坊っちゃんさん、こっちこっち」

薫に呼ばれて、裏手から小屋を覗きこんだ。

「おんぎゃあああ」

するとそこで、赤子の泣き声が聞こえてきたので驚いた。

「うむうむ、予後は良好だね。ところで名前は決めたのかね」

応じているのはよろず診療の医者の声だった。産まれて一週間足らずの赤子の月の検診をしているらしい。この大変な時期にちゃんと産み落とせたのは先生のおかげですから、先生が名付け親になってくれませんかと母親に乞われて、医者は忙《せわ》しない日々のなかでふと拾った笑いの種を慈しむように笑った。

「参ったな、おなじように何人かに頼まれたから、頭の中の名前の在庫が尽きてしまったよ」

「だけど先生は、恩人ですので……」

たとえ未曾有《みぞう》の惨害が起ころうとも、妊婦はそれに合わせて出産予定を引き延ばすことはできない。震災からの数日間でこの医師は、産婆がわりに数十人の出産を介添えしたらしい。検診に来ていたこの母親などは、初震で揺さぶられたことで産気づいてしまったくちのようで、その日の修羅場ぶりは察するに余りがあった。母体の恐怖心でお産が早まったのか、胎内の子が何だどうしたと野次馬《やじうま》根性で早めに出てきたか、震災のさなかに産まれてきた男子は土性骨《どしょうぼね》の座った大物になるか、貧乏揺すりをたやさない苦労人になりそうだった。

それにしてもこの先生、本当に何でも診《み》るらしい。大病人から腕を擦りむいた程度の者まで受診希望者が止め処もないので、薫がやおら「急患です！」と云いながら窓から入った。無礼を詫びてすぐさま、恐ろしい伝染病が首都に近づいていること、明日にもここにいる者たちが罹患しかねないことを直訴した。

「あなた方は、竹取の翁のお仲間ですか」

眉根を寄せた医者は、わしゃわしゃと赤茶けた髭《ひげ》をまさぐった。

「**赤ひげ先生**[*63]とお見受けいたします。てっきりもっとお年を召された方かと」

「皆がそう思われるようですが、私は五代目の赤ひげです」

飛白《かすり》の袷《あわせ》に割烹着《かっぽうぎ》をまとったこの先生、江戸中期に**小石川《こいしかわ》養生所で働いていた新出去定《にいできょじょう》**と云う医者の末裔《まつえい》で、初代にならって同地で個人診療所を開業していた。この有事にあって避難所に出張してよろず診療に当たっていると云う町医者だった。葉っぱしか食べない獣のように涼やかで濃い目をしていて、体つきはがっしりしている。顎を引いて病全般を見渡すような居住まいはいかにも自信にあふれているが、被災地の医療の現場に飛びこんでくるだけあって青雲の志を抱いていそうな若々しさもあった。

突拍子もない話に聞こえないように、薫はできるかぎり細部を厳密に伝えた。驚きの上にいくらか脆《もろ》そうな冷静さを貼りつけた赤ひげ先生は、重患者の処置に当たっているような瀬戸際の情熱をその瞳によぎらせて、

「何ともはや……」と云ってしばし絶句した。「ふむ、お聞きしたかぎりでは、呼吸器などから病原体が侵入することで劇症を生じる急性感染症のようです。悪性の出血熱と云うところか。たしかにそんなものが現状の、人が密集する避難所に入ってこようものなら……ここで流行《はや》っている猩紅熱《しょうこうねつ》やパラチフス、流行性髄膜炎《ずいまくえん》なども比較にならない惨事につながるでしょう」

「あなたに知恵を借りるようにと」薫は聖から聞かされたままを懸命に伝えた。「初代の頃より江戸一の名医であった赤ひげ先生の医学的な正しい知見にもとづいて、首都を防衛する水際作戦を練るようにと」

「宿主だと云うその城主は、私兵を連れてこちらに向かっているんでしたね。その私兵たちも免益を保有した罹患者と考えてよいでしょうね。分散していないのはまだ幸いだが、食い止めるには軍に出動を願うしかないのでは」

「おれもそう思う」と坊っちゃんは力のない声で云った。「だが実際に、軍の張った防衛線が破られている。斥候《せっこう》たちがその場で患者になって、血膿《ちうみ》を吐いて卒倒して、鱗《うろこ》のような発疹や浮腫《ふしゅ》に覆いつくされて、熾火《おきび》のように力つきていった」

あらためて口舌で再現するだけでも、吐きだす言葉が鉛の重さで沈みこんで足元の薄氷に亀裂を入れる。道々で目の当たりにした亡骸《なきがら》を眼裏《まなうら》に蘇《よみがえ》らせるたび、膝がわなわなと震えて、脚の骨が割り箸のように折れ飛びそうだった。

「……手の打ちようがあるかね」と坊っちゃんは云った。

「ここの衛生環境では、病の予防などは望むべくもない」赤ひげは頭をふった。

「これだけの避難民を、あらためてどこかに避難させると云うのも無理だしな」

「現実問題として、小隊以上の軍が出張ってくればそれはもはや交戦状態だ。戒厳令下でそんなことになっては世論も許さない。感染症の対策と云ったら、病を克服した免疫体から血清を得ることだが、あまりにも未知の病原菌すぎてその処方が解かる頃には、東京は壊滅と云うことになっているかもしれない」

赤ひげはそこまで云って黙りこんでしまった。何だ叡知《えいち》はどこへ行った、と赤ひげ先生を責めることはできないと坊っちゃんは思った。一般通念からすれば、軍の小隊でも手も足も出ない脅威を一介の町医者にどうにかしろと云うほうが酷だった。

「あなたは昔から、翁をよく知っているそうですね」と薫が云った。

「ええ、先代も先々代も。それこそ初代の頃から」

「すごく古い間柄と云うことになりますね」

「そうだ、翁はいずこへ？」

無理を押さなくてはならない理由が、翁の不在にあると赤ひげも察したようだ。

「この手の事案は、あの御仁の領分であるようにも思えますが……」

「おれもそう思う」と坊っちゃんは答えた。「ところが遠征しちゃっていて、今ごろどこまで行っているのやら。残ったのは鉄道技手と踊子だけだって云うんだから嫌にならあ」

「だけど新出家は」薫はひたむきに医者の目を覗きこんだ。「**血の恩寵**を授かっていないのに、いえ、授かっていないからこそ信頼に値すると翁は云っていたそうです。初代の赤ひげ先生は、ずっと翁の掛かりつけ医だったのでしょう？」

「ええ、そのように聞いています」

「あの不死身の爺さんに、掛かりつけがいると云うのが意外だけどな」

「坊っちゃんさん、雑《ま》ぜかえさないでください。先生もご存じのとおり、翁はその血によって不老の身ですけど、それでも創傷や銃傷を負えば血は流れます。ある任務で大怪我を負った翁は、這《ほ》う這《ほ》うの体《てい》で小石川養生所を訪れたそうですね」

「うちでもその日の出来事は、語り草になっています。常人なら到底助かるはずもない大流血沙汰で、翁が吐きだした血で初代の髭まで真っ赤に染まったそうです。しかし翁は驚くべき回復力で一命を取り留めて、初代はこの国で悠久の歳月を生きるあなた方の存在を知るに至った」

「おれとこの娘は、悠久と云うほどじゃあないけどな」

「赤ひげ先生の医術に、翁は絶大な信頼を寄せて、ことあるごとに怪我の処置などで養生所を訪ねるようになって、医者と患者の関係にとどまらず親交を深めた。にもかかわらず初代は、亡くなるまで**血の恩寵**を受けて共に在ろうと云う翁の勧めを断わりつづけたって」

「だからここにいるあんたは、五代目なんだな」

「我らが血の秘密を知れば、誰もが永劫《えいごう》に生きる身を夢見て恩寵に与《あずか》らんとするところを……代々の赤ひげ先生も皆が断わった、もちろんあなたも。あの人たちが医の道の何たるかを知っていると翁は云っていたそうです。生と死を見つめつづけ、衆生《しゅじょう》のかたわらで生きて死ぬ。一党の主治医なぞにするのは勿体ない、真の仁術に通じた町医者であったと」

「おれだって、暗躍する党でこき使われるのは勿体ない鉄道技手だけどな」

坊っちゃんさんは本当にうるさい、と薫から肘鉄《ひじてつ》を食らったが、この赤ひげ先生と自分はおなじ庶民派だと坊っちゃんは思った。草の根同士がたがいに手と手を結びあい、人間の鎖のように繋《つな》がることで、この世の大抵の艱難辛苦《かんなんしんく》はあっちへ行けと撥《は》ねのけることができるだろう。

だけどこの事態ばかりは——震災による人の心と営みの荒廃、都市機能の停止、そこへ覆いかぶさってくる惨害の追い討ちは、列車で稲穂に突っこむように草の根の連結も何もかも薙《な》ぎ倒してしまいかねない。たったいま必要とされているのは、互助を誓いあうことでも、神頼みや仏頼みでもない、医学の智慧《ちえ》だ。森羅万象に有効なよろず診療だ。もしも何らかの手を打たなければこの避難所も修羅場と化すだろう。伝染病にとっては楽園のような不浄の地で、死の病が猖獗《しょうけつ》を窮《きわ》めて、赤ひげが名を授けた稚児《ややこ》たちすらも元より命などなかったような血と肉の塊《かたま》りに変わり果てるだろう。

城主が率いる大名行列は、今ごろどのあたりまで来ているだろうか。多摩《たま》の渡しを渡ったところか、芝《しば》や麻布《あざぶ》のあたりまで来てやしないか。

たった一つの心当たり――あの妖冶《ようや》な姐《あねご》も、謂《い》わば医術に携わる者。ただ人格者と云うだけで町医者に力添えを頼めと云うはずがない。赤ひげは一党の存在を知り、こちら側の事情に通じている医者。ゆえに通念を打ち破るような秘策や蘊奥《うんのう》を授けてもらえると期待して、坊っちゃんと薫を送りだしたに違いなかった。

だが出ない。妙案を授けてはもらえない。引きも切らない患者を診ながらも医者は、わしゃわしゃと髭をまさぐって頭を捻《ひね》るばかり。夕方前にたどりついたのにいつしか日も暮れて、トタンで囲った窓の向こうには白い月が浮かんだ。

夜の帳《とばり》を重たがるように溜め息をついて、遠い眼差しを揺らした赤ひげは、そこで急に往診の予定でも思い出したかのようにすっくと立ち上がり、何かに憑《つ》かれたように患者の列をかき分けて小屋の外へ出てきた。

どうした五代目？　坊っちゃんと薫もあとにつづいた。赤ひげは視線を吸い寄せられるように、避難所の夜空を仰いでいた。

「今夜は、満月ですな……」

赤ひげが呟いて、坊っちゃんもつられて頭上を見つめる。どことなく妙な心持ちのする月だった。乳鉢もさながらに白く輝いているが、何となくいつもよりも大きくて腫《は》れぼったい。おなじように不思議がっている薫も「……何か、怖いような月ですね」と放心したように口走っていた。あるいは空前の惨事の前ぶれなのか、凶兆の類《たぐ》いか。油断のならないその月は、数百年も数千年もこの世の秘密を黙秘しているようでもあり、他所見《よそみ》をした途端にそれを囁《ささや》きはじめそうで目が離せない。餅《もち》を搗《つ》いている白兎《はくと》の模様は見てとれず、球体の下側が錆《さび》を浮かせたように赤みがかっている。決して裏側を見せないと云う月の、何がこれほどにも視線を奪うのかと思っていると赤ひげが口を開いた。

「ひとつ訊くが、あなた方は……」

と云って、坊っちゃんと薫に目差しを配った。

「あなた方も、その感染症にかかるのですか」

「確実なことは何も、分からないんです」

聖に告げられたままを薫が答えた。

「だから感染者に迂闊《うかつ》に近づくべきではないって。接触しているのは聖さんだけで、今頃はどうなっているのやら……」

「そうですか、ふむ……ひとつ思い出したことがあるのですが」

赤ひげはそう云うと、満月と対峙するように再び頭上を振り仰いだ。

「あそこに浮かぶのは、あらゆる神秘の黎明《れいめい》ですね。遥か昔、翁が溺愛していた娘と離別した経緯は聞きおよんでいますか」

「ええ、もちろん知っています」

「あれはどうにも眉唾で、爺の斑惚《まだらぼ》けを疑いたくなるけどな」

「坊っちゃんさん！　その夜のことがあったから、私たちにも**血の恩寵**がめぐってきたんじゃないですか」

「初代はかつて翁に頼まれて、ある人の往診をしたことがあったそうなんです。伝え聞かされたところでは、翁とは古くから関わりの深い身内の方で……初代を見込んでのたっての願いだったそうで……」

「誰のことを云っているんです、六条院さん？　それとも聖さんや李徴さん？」

「いいえ、もっともっと古い関係の方で……」

それぞれの故事来歴のなかでも最も古く、最も浮世離れして、老年性の妄想かあるいは壮大な法螺話《ほらばなし》ではないかと坊っちゃんは判断を留保していたが、赤ひげの言葉はそんな翁の過去へと一息に遡《さかのぼ》ろうとしていた。平安の世、竹藪で拾って翁が夫妻で育てた女児は、この地上の者ではなかった。迎えにやってきた阿弥陀二十五菩薩来迎図《あみだにじゆうごぼさつらいごうず》もかくやの月の使者たちがふりまく瑞光《ずいこう》を浴びたことで、翁自身も生老病死を超越した天人の生を得るに至ったというあの逸史——そこからある条件に適った者が、血を媒介して翁の浴びた瑞光をその身に引き継ぎ、六条院が、李徴が、聖が、机龍之助が、坊っちゃんや薫が、現代まで老いることなく生きつづけている。その意味では、たしかにあの月は新たな命の心臓であり、今日《こんにち》この瞬間に並びたつあらゆる神秘の起源と云ってよいのかもしれなかった。

「翁はあなた方の祖《おや》とも云えるが、遥か昔に天人の光を浴びたのは翁だけではない。祖となれる者は一人ではないわけです」

「初代の赤ひげ先生は、その人を診たんですか」

「ええ。翁とおなじく老いや死にとらわれない存在でしたが、しかしどのような名医をもってしても治すことのできない深甚《しんじん》な病に罹患していたそうで……」

想いをしばし月の世界に飛ばして、坊っちゃんは眩暈《めまい》をおぼえた。そこにあるのが当たり前のあばた面、味も素っ気もない風景の一部としかとらえていなかった衛星が、自分たちが生きるはずだったもう一つの世界のようにすら思えてくる。漉《す》いた和紙に滴を垂らすように、その気配が滲《にじ》んで膨《ふく》らんでいく感覚があった。いまだ片鱗しか見せていないその世界では、果たしてどのような坊っちゃんが、薫が、どのような物語を生きているのか——

「もう一人の祖と云うのは」

「即《つ》かず離れずを繰り返し、一度は離縁したこともあったそうで」

「離縁と云うと、それはもしかして……」

「あるいはその血に賭けてみる価値はあるかもしれない」赤ひげは何事かの確信を嚙みしめるように云った。「たったいま真に必要なものを、医の秘術を、翁のかつての奥方から、嫗《おうな》*64から抽《ひ》き出せるかもしれません」

十七

私は、どこにいる？

四方《よも》には、白磁《はくじ》の色の光が満ちている。

煙《けぶ》る羊歯《しだ》の憂鬱《ゆううつ》。巻き貝の静寂。太古よりつづく生者と死者との相克――

ああここは、蜃気楼《かいやぐら》の世界だ。頭上には大きな月が浮かんでいる。


恐ろしいほどの満月だった。

そよとも揺らがず静止しているようでも、搏動《はくどう》しているようでもある。

夜の天幕を穿《うが》ち、ただ一滴、あふれだした乳白の滴にも見えた。

今にもこぼれ落ちてきそうだが、しかしあれは、私たちの月ではないと翁は思った。

生まれてこのかた仰いできた月とは違う。私たちの夜に、私たちの生きる世界に昇ってきた月ではないと――


「お暇《いとま》を申し上げたい」

美しく成長した娘[*65]にそう云われたのは、ひと月ほど前のことだった。

私はおそらく、官位に目がくらみ、帝《みかど》との縁を取り持とうとしすぎた。

娘が袖にしてきた公達《きんだち》とも同様に、娘の真心をこの私も顧《かえり》みようとしなかった。

物憂《ものう》げに月を仰ぐようになった天《あま》つ乙女は、ある夜に涕涙《ているい》しながら「自分は月の世界に暮らす天人であり、つぎの十五夜に帰らなくてはならない」と告白した。

事実を知った帝が、勅使《ちょくし》として中将を指名して、六衛府《りくえふ》を合わせて二千人の軍勢を送りこんでくるほどの絶世の容儀だった。これほどの佳人は、女性の美に通じた帝ですら目にしたことがなかったのであろう。明眸《めいぼう》と云わず蛾眉《がび》と云わず、朱唇《しゅしん》と云わず皓歯《こうし》と云わず、あらゆる天賦《てんぷ》の美があふれだして照り映える面輪《おもわ》のまばゆさは、天の明星をそのうちに宿したかのごとし。妙齢となって蕾《つぼみ》であった部分も花開いて、面紗《めんしゃ》なくして凡夫は直視もできぬほど。輝くばかりの容色はまさに天子の花嫁と見込まれるにふさわしかった。

だがしかし、美《うるわ》しい見目に惑わされて中身を見ない男《おのこ》に愛想を尽かしたように、姫はこの世に暇乞《いとまご》いをした。帝が遣わした軍勢は、築地《ついじ》の上にも屋根にも陣を築いて、空いた隙もなく守らせたが、迎えた子《ね》の刻、夜の頂《いただき》から雲の敷物に乗った天上の人々が降りてくるにいたって、「あの人たちに矛《ほこ》を向けることはできません。征矢《そや》を射ることもできません。わたしをどこに閉じこめても、あの人たちが来たらすべての戸や格子は開いてしまうでしょう」と云った姫の言葉が正しかったことを悟らされていた。

ああ、地上の人間である私に、降臨した天の人について何を語れようか？　衛士《えじ》は誰もが惚《ほう》けて、どうにか心を奮《ふる》って弓矢を構えようとする者もすぐに手が萎《な》えてしまう。眩暈《めまい》すら起こらないほどの目映《まばゆ》い光は、現世《うつしよ》のあらゆる意思や感情をなきものにして、眠りながら目覚めているように意識の営みを静止させられる。薄ら笑いながら虚無に落ち、時間の手ざわりが夢や幻と同化する。うめき声も衣擦《きぬず》れの音もない、騒音のすべてを吸いこむ巻き貝が、螺旋《らせん》を描いて翁たちの心臓の鼓動すらも吸い上げてしまったかのようだ。

私は、そこにいる。

満月の夢のただなかに、過ぎ去ったはずの追憶の内側に――

誰もが口を噤《つぐ》み、手を止めて、ただその視線を吸い寄せられている。身じろぐ者が一人もいない。さながら時間が止まったかのようだったが、現に時の経過が止まり、意識をねこそぎ光に飛ばされているのなら、私がこのように思考できている所以《ゆえん》もない。塀の向こうの木末《こぬれ》は揺れている。緑葉が風に揺れている。時の流れが静止したわけではない。

身近にいた衛士を揺さぶったが、びくとも動かない。こちらを見ようともせず天人たちに見入ったままで、魂を抜かれたように呆然とへたりこんでいる。間近に見ると瞬《まばた》きすらしていないことがわかった。

「しっかりせぬか。姫が、姫が連れていかれてしまうではないか」

声を嗄《か》らして訴えても、誰も何も云わない。衛士たちの頭を摑んでこちらに向けようとしても、ぐにゃぐにゃの首は柔らかいのに硬直していて、無理を押せばへし折れてしまいそうな手応えを返すばかりだった。

ほどなくして、塗籠《ぬりごめ》の奥に隠していた姫が歩み出てくる。ああ、その裳裾《もすそ》に――翁の連れあいが取りすがっているではないか。私と妻だけが、天人のふりまく瑞光《ずいこう》で魂を抜かれたようになっていない。私たちだけが。手塩にかけた娘への思慕の差がそうさせるのか。

かすんで消えそうな心許ない声量ながら、妻はたしかに声を発している。「行かないで、娘よ、どうか行かないで」と姫に取りすがっている。

もっとも夫妻が光に惑わされていないことは天人たちも察していた。造麻呂《みやつこまろ》、出てまいれ――天人にそのように声をかけられると、翁も酔ったような心地になり、蹈鞴《たたら》を踏むように足が天人のほうに運ばれて、しかしよろめき、くずおれて、俯《うつぶ》せにうずくまってしまった。

それでも這《は》うようにして、妻とともに、雲の敷物に上がっていく姫に追いすがった。夫妻は天人たちのほぼ真下にまで近づいた。穢《けが》れとも憂《うれ》いとも、生老病死を含めた四苦八苦とも縁がなさそうな天人の尊《とうと》い薄開きの眼が、翁と媼《おうな》とを見下ろしていた。

「お父様、お母様、これまでのご愛情をわきまえずお別れすることは残念でなりません。どうか御心を乱されないように」

姫が見かねて云った。泣き伏していた翁と媼は首《こうべ》をもたげ、膝をついたまま両手をかざして、おそらくはこの穢土《えど》に生きる者のなかで最も長い時間、最も至近で、天人の瑞光をその総身に浴びたのだ。

姫は、笑おうとしていた。それまで見てきたなかでも最も美しく、最も哀しい笑顔を湛《たた》えようとしていた。ああ、私はそこにいる。現身《うつそみ》を変じさせられた月夜に、この世のあらゆる愛別離苦の始まりの地平に――できることならば、この時間にいつまでもとどまっていたかった。恋しい娘との最後の一幕に。天の羽衣をまとう間際の、儚《はかな》いまでの永訣《えいけつ》の時間に――

「お父様、どうか御心を乱されないように」

するとそこで、姫が今一度、最前とおなじ言葉を繰り返したではないか。

「聡明なお父様ですから、ご自身でもお気づきあそばしているのでしょう。にもかかわらずあえて意識の上澄みに上げまいとなすっている」

「……姫、そなたは何を云うか」

「この時間にとどまっていたいのですね。私を愛してくだすっていたから」

「当然ではないか、私だって、お前の母さんだって……」

「私が月に還る前の、お二方の人生が変わってしまう前の、最後のこの時間のなかに——だけどお気づきでしょう、お父様がいらっしゃるのは、この時代のこの時間ではございません」

天人たちの光が差しつける。雲の上には天蓋《てんがい》を張った高御座《たかみくら》が置かれて、左右に帳《とばり》が開かれている。美しい羽で飾られた翠帳《すいちょう》の奥へ姫が入ってしまえば、天人の迎えは再び夜空へ昇っていくのだろうか——天つ乙女の寂しく澄んだ声音が、痲《しび》れたような時間にこだまして染みわたる。愛しい姫が、私の記憶に息づく娘が、優しく教え諭《さと》している。仮初《かりそめ》の親であった私に今一度、自分の生きる時間を思い出させようとしている。

「お父様は、夢を見せられているのです」

「ああ、そのようだな……」

「このまま夢寐《むび》に耽《ふけ》っていれば、どうなってしまいますか？　どうかお目覚めください。お父様を待っている方々がいらっしゃるのですから」

「姫、しかし、私は、私は……」

「さあ、目を覚まして」

「しかし、どうやって」

「離れがたい夢から離れるには、うってつけの方法がございます」

姫の言葉で、萎えていた膝に力が戻ってきた。


麻呂《まろ》は、どこにいるのであろうか。

視野には霞《かすみ》が漂っている。その向こうにいくつかの人影があるようだ。日の出の朝霞《あさか》とも、日没の晩霞《ばんか》とも知れない。時の感覚が消失している。鼻孔を潮の匂いがくすぐる。それから甘い乳と、香木の混《ま》ざったような匂い。

霞の向こうの人影は揺れている。野天のどこかで宴《うたげ》が催されているようでもあったが、妙なものでどれほど耳を澄ましても、浮かれた笛や太鼓の音は聞こえてこない。にもかかわらず十人や二十人では利かない大勢の気配に満ち満ちている。

すると頭上から、黄金色の淡い光が差しつけて、陽炎《かげろう》の立つような世界を明らめていった。彼方に見えるのは海岸線、手前の汀《なぎさ》には卯《う》の花や牡丹《ぼたん》や芍薬《しゃくやく》が咲き乱れ、海からつながる小川には金剛瑠璃《こんごうるり》の橋が架かり、高欄に銀の歩みの板が渡されている。香りと人影に誘《いざな》われるままに橋を渡り、金銀の砂の敷かれた経路を歩んでいくと、天下一の名香と謳《うた》われる蘭奢待《らんじゃたい》もかくやの沈香《じんこう》の香りが爛漫《らんまん》と咲いた。たなびく霞と花鳥に彩られた平原に、一糸まとわぬ女たちが佇んでいる。目にも綾なる多彩の柔肌、飴色、蜂蜜色、雪のような美白、肥《ふと》り肉《じし》の女もいれば痩せた女もいる。

大小の乳房を惜しげもなくさらし、猫のように全身を伸ばしたり、逆三角形の翳《かげ》りを風にそよがせたりしながら、密にひしめきあって六条院の様子をうかがっているではないか。

もしかしてここは、**女護島**《にょごのしま》＊66ではないか。

あにはからんや、巷説《こうせつ》に語られるあの島なのか？

かつて畏友《いゆう》とともに、強精剤や催淫薬や張形を積んだ舟に乗って玻璃《はり》の海を探しまわった。奈《な》辺《へん》にあるという女性《にょしょう》だけが暮らす異境。女しか生まれず、男が生まれても育たず、ゆえにひとたび男が漂着すればたやすく帰ることはできないとされる桃源郷。六条院は確信する。麻呂がいるここがそうなのだと。

ああ、**世之介**《よのすけ》よ、**艶二郎**《えんじろう》＊67よ、麻呂はたどり着いたのだ。ついに女人の島に逢着した。ここには何人の女がいるのであろう。おそらく百人、いや二百人はくだるまい。我を忘れず、浮かれることなく、歌を詠みながら一人びとりと男女の機微を分かち合いたいものだと六条院は思ったが、女のうちの一人が花笑みを浮かべて「ようこそいらっしゃいました、お寒くないかしら。わたしたちが温めてさしあげましょうか……」と直截《ちょくせつ》に云ってきたので、六条院のほうが照れて狼狽《ろうばい》してしまう始末だった。

「ああ、海風がいささか身に染みるようだ」

通説を裏切らず、淫奔多情《いんぽんたじょう》な女たちであることよ。魂の杯《うつわ》からなみなみと溢れる欲望を、瞼《まぶた》より滴《したた》らさんばかりに滲《にじ》ませている。六条院は女たちのもとへ歩み寄り、柔々《やわやわ》とひしめく膚《はだえ》に指先を沈めていった。積年の閨情《けいじょう》がここに凝縮して波打ち、幻の島の女たちとあいまみえる。睫毛《まつげ》がふれあわんばかりに見つめ合い、舞踏を踊るように狂おしくたがいを求め、打楽器のように歯を鳴らしながら媚薬を塗ったような舌を吞みこみあう。分かちがたく絡みあい、かき抱きあい、伸びてくるいくつもの手によって上衣も下衣も破り裂かれながら、管絃《かんげん》さながらの喜悦の声に埋もれていく。竜笛《りゅうてき》のような喘《あえ》ぎ、笙《しょう》のごとき長い吐息、篳篥《ひちりき》のように高く高く絶頂する声、箏《そう》や琵《び》琶《わ》のような嬌声と囁《ささや》き。ああ、まだ足りぬ、もっと聴かせてくれ、もっと鳴らしてくれ。上に乗り、下に敷かれながら、天も地もない巨大な快楽の渦に吞みこまれていく。めくるめく女の海を泳ぎまわり、沈みこんでは浮上し、打ち寄せる乳房や臀《しり》をつかんでは舐め、慈しみ、顔を埋めてまさぐり、嚙み、つねり、雅《みやび》な合奏に自らも加わりながら、それでも果つることなく押し寄せる恍惚《こうこつ》に、麻呂はここで死ぬのだと歓喜の息を漏らした。しかしそれでよいではないか――

この島の女たちはこのようにして、正史の外で裔《すえ》を継いできた。そしてこれからも連綿と殖《ふ》えていく。そこには詩情の入りこむ余地もない奔放な命の横溢《おういつ》があった。

あでやかな大輪の花々が、島の風景一面に咲き乱れていた。

「つまるところ、開花とは植物の性の目覚めであることよ」

甘露のような唾《つばき》を飲みながら六条院は云う。受粉の媒介を求める花瓣《はなびら》は、その内側において蕊《しべ》というかたちの屹立《きつりつ》を露《あら》わにするのだ。

「死出に人は花畑を通ると云うが、かような美しい花園にたどり着けようとは、望外の喜び」

「どういたしまして」

「どういたしまして」

柔肌に溺れながら六条院は、女陰《ほと》という女陰が舌をもって喋《しゃべ》るのを聞いている。熟した貴婦人から手入らずの生娘まで、果てしなくその玉門に胤《たね》を放ちながら女の海を泳ぎに泳ぎ、いつのまにか汀の際に建つ屋形に流れついていた。七宝《しっぽう》の柱巻が立つ屋形の内部は吹き抜けになっていて、桁《けた》や梁《はり》には金銀がまぶされ、雲間縁《うんげんべり》や高麗縁《こうらいべり》の畳が敷かれた空間に、打ち揚げられた勇魚《いさな》のような巨女が横たわっていた。釈迦涅槃像《しゃかねはん》もさながらに横臥《おうが》する女は美醜老若のいっさいを超越していた。直立すれば身の丈八十尺はくだらない巨体が屋根を突き破るだろう。分厚い緞帳《どんちょう》のような瞼を半分下ろした漆黒の瞳は、あの世へとつづく洞窟の入口のようで、曼殊沙華《まんじゅしゃげ》めいた真紅の唇は婀娜《あだ》なる笑みを湛え、餅のような柔肌は滑《ぬめ》りを帯びて雪山のごとく光り輝いている。あまりの巨大さにその頭から足先までを一望に収めることができなかった。

「あなたは、女護島の主《あるじ》か……」

恐れとも喜びともつかない昂《たか》ぶりが、体の奥底から這い上がってきた。大地を響かせるように両肘を突いた巨女は、珍しい虫を捕まえたように六条院を掌《てのひら》で包みこみ、体の向きを変えると、天と地とを分離するように左右の膝を開いていった。始源の洞《ほら》がそこにはあった。六条院は抑えきれない感慨と郷愁に打ち震えながら、いとをかしきことよ、麻呂はここにこそ還りたかったのだと得心していた。

麻呂だけではあるまい。世之介も、艶二郎も、あるいはあの大杉栄も、すべての男はこの奥処《おくが》より世に出でて、死してふたたび奈辺の闇へ、天地の子宮《こつぼ》へ還っていくのだ。開かれた股の間にそっと降ろされた六条院は、かように女護島の深奥にまで達した男がこの世にあったか、否、おそらくは自分だけだと感じ入って、比《くら》ぶるもののない至福にその身をわななかせた。

それなら麻呂は、どこまでもこの径路《みち》を遡《さかのぼ》っていこうではないか。生きて人が逢着できない領域まで、豊饒《ほうじょう》極まりのない命の始源まで――

お入りなさい、と頭上から声が降ってくる。眼前の深い窟穴《ほらあな》からは、ぼってりと生温かい風が吹きつける。柔らかくそびえたつ幾重もの巨襞《きょひだ》を押し開き、この世のあらゆる醜さや僂さや救いがたさを抱えこんで、仄暗《ほのぐら》い血と肉の濫觴《らんしょう》へと径《みち》をたどらんとしたその矢先だった。分厚く潤んだ門の向こうから、ひょっこりと顔を出すものがあった。

「おぬしはしかしまあ、なんと云う夢を見ておるのだ」

竹取の翁だった。何だ、貴公は今から産まれるのかと六条院は顔をしかめる。

「六条院よ、これは夢だ。おぬしは女護島になんぞ来ておらん」

「そんなことは解かっている。他人の夢に無断で現われるな。麻呂の夢は男子禁制である」

「ただちに目覚めよ。こうしている間にも事態は逼迫《ひっぱく》している」

「断わる」

六条院はきっぱりと固辞した。たとえ夢だとしても、何もかもが六条院の意識に先んじてそこに在り、何もかもが六条院の五感の求めよりも遥かに緻密だった。ならば現実といかほどの違いがあろうか？

「ここはわが涅槃。麻呂はここで永遠《とわ》に戯《たわむ》れて生きる。もとより九百年の馬齢を重ねた身、現世《うつせみ》を漂うように生きるのも、夢寐に浮かぶ泡沫《うたかた》のごとく生きるのもおなじこと」

「駄々をこねるな、目覚めよ。尋常ならざる強力な術に落ちているようだが、固定された夢から覚めるための手段はおぬしにも解かるであろう」

「解からない、解かりたくもない」

「墜ちることだ、どことなり高所から。あるいは夢のなかの自己を殺せ」


再来したかつての月夜のなかで、翁はかつてしなかったことをした。

築地の上から、遠ざかる雲の敷物へと飛び乗り、羽衣をまとって地上の記憶を忘れ去った娘の目差しに打ちひしがれながら、致死の高さに達したところで地上へと我が身を投げた。

巨大な眩暈のなかで、地面に叩きつけられると云う恐怖がどこまでも引き延ばされ、宙で静止しているかのように意識が細って、解《ほつ》れてちぎれそうになって、ついには大地にぶつかって砕け散るその瀬戸際で、世界がすいっと現実の床を差しこんでくれた。

ここはいずこか——正木博士に連れてこられた奈多の保養施設だ。鄙《ひな》びた建物の廊下で倒れるように寝入っていた。

おなじように傍らで眠りこけていた六条院も、遅れて目を開いた。翁の姿を見てとめて、どうしたわけか恨みがましい視線を向けてきた。

「私たちはどこから眠りに落ちていたのか、現《うつつ》と夢との境界が曖昧になっておる。あの博士によって何がしかの催眠術に落ちていたのか。担架に寝かせられた被験者を目の当たりにし、博士が何やら操作盤を弄《いじ》って、奇々怪々な音を聞かせられたところまでは憶《おぼ》えているが……あの音が催眠の導入であったのか。しかし夢中遊行の専門家を自称する博士であっても、これほどまでに眠りや夢を自在に操れるものだろうか？」

「われらも炭疽《たんそ》菌を運ぶ傀儡《かいらい》となるところだったか」六条院がつまらなそうに云う。「あの博士はどこへ行った」

「夢中遊行に導入する手技も、完成されたものではないと云うことか、あるいは……他の者たちも機械の音が止まって動けなくなったようだな」

眠りながらに操られていた被験者たちも施設の床に転がっていた。翁はこの地で助力と差配を頼んできた結社に再び応援を乞い、さしあたって被験者たちを隔離しつづけること、それから逃げた正木博士の手配を依頼した。

纐纈《こうけつ》城の城主が出奔したことで、事態はめまぐるしく推移している。一連の事象は次なる段階に入ったと云ってよい。正木もそれは十二分に承知しているはずなので、逃げたその足で九州帝国大に取って返して臨床実験をつづけると云うことはあるまい。危険人物であることに変わりはないので、身柄が確保され次第、その処遇を慎重に見さだめ、事によっては向後も監視を敷かなくてはなるまい。

天城峠・二十七歳・旅芸人。台帳に記された管理番号の木札を提げている被験者も見つかった。薫の兄だ。東京に連れて戻りたいのはやまやまだが、もしも富士炭疽の芽胞《がほう》が植えられているなら隔離が必要になるし、治療の処方なくしては兄と妹の再会はお預けとせざるをえない。だがその無事の報《しら》せを土産《みやげ》にすることはできる。事態が晴れて終息すれば、薫とともに迎えに来ることもできるだろう。

ありがたいことに九州のアナキストたちは、正木の捜索と薫の兄たちの当面の保護を引き請けてくれたばかりでなく、T型フォードの燃料も最大量まで補給してくれた。六条院が再び運転席に座って一路、車を東京へと急がせた。

「すわ、東下《あずまくだ》りか」六条院は気怠《けだる》そうに云う。「ここから昼夜をおかず車を走らせたところで、早くとも丸二日はかかるだろう。首都で起きている事態に間に合うのか」

「際疾《きわど》いと云わざるをえまい」翁は進路を見つめながら云った。「一足先に戻らせた李徴が、どうにか追いついてくれるとよいが」

「それにしても次から次へと……わずか数日で本州を往復せねばならぬとは忙《せわ》しなきこと。何が起こっているのだ」

「……ところで六条院、おぬしはどんな夢を見ておった」

「この上もない夢だった。可惜夜《あたらよ》のごとき夢。誰かに邪魔をされたが」

「あらまし想像はできるな。しかしただ眠らせるばかりではなく、各々が見たい夢を見せて、そこに惑溺《わくでき》させていたとするなら、これは鬼才の科学者にも為《な》せる芸当ではあるまい。そもそも人の業《わざ》ではないのではないか」

「博士の所業ではないと云うのか、では何者が？」

「おぬしは、何がしかの大きな気配を感じぬか」

道すがらで翁は語った。史上空前の震災、差別と民族主義の台頭。富士炭疽菌の出現と、恐るべき人間兵器の開発計画。そして大杉栄の突然の死――これらの異常事態の連鎖は、蜘蛛の網のように経糸《たていと》と緯糸《よこいと》をつないでいるが、しかし全体を俯瞰《ふかん》してみれば何かが欠落している。われらは縦横に張り渡された事の全体像の、すべての中心で糸を引く存在を今もって認識できていないのではないか――

「九州帝国大学で正木と話し、そこへ城主出奔の報せが飛びこんできたときから、私はそのことを考えていた。あまりに事の平仄《ひょうそく》が揃いすぎていると……あれほど長きにわたって幽居していた城主が活動を再開して、震災に比するとも劣らない脅威が首都に逼《せま》っているこの有事に、私たちは遠い九州の地……これも解《げ》せない」

「つまり偶然の作用ではない、あらかじめ描かれていた絵図と見るのか」

「おぬしは私に訊いたな。何を隠しているのかと。あの城主について云うなら……たしかにおぬしにも打ち明けていないことがある」

「うべなるかな、あの城主は否《いや》でも我らとの縁《えにし》を想起させる。そなたがあれに**血の恩寵**を授けたのか。するとあの城主は、我らの血の鬼子《おにご》と云うことか」

「……私ではないのだ」

「今さら何を。この文脈で云ったらそなたではないか」

「……私ではない」

「言い逃れはぶざまである、話してしまえ」

「あれに血を与えたのは、わが妻だ」

最も関係の古い六条院にも明かしていない故事だった。夢寐にも現われた昔日《せきじつ》の十五夜、愛しい娘との別れの場面で、天の光を間近に浴び、秘めたる霊威にその身を変容させられ、天人もかくやの不老の命を享《う》けたのは、最後まで姫の裳裾にすがった翁の妻も同様だった。

「私たちはあの娘を高齢で授かった。ゆえに妻は、私にもまして娘を拠《よ》りどころとし、親でありながらも依存の度は量り知れなかった。しかしあのように突如、理非も問わずにただ一人の娘を奪われて、妻は絶望の苦しみに打擲《ちょうちゃく》され、この世の無常を嘆きに嘆いた。だが卒然たる別れも世の理《ことわり》のうち。余命幾許《いくばく》もなき元来の身であれば、これも宿命であったと呑みこむことができたかもしれぬ。ところがこの血によって死すら必定ではなくなった。離別の苦しみに涙しながら長久の歳月を生きねばならぬと知ったとき、わが妻の面差しに芽を吹いたのは、たしかに狂気の片鱗であった」

「我らの祖《おや》はそなた一人ではなかったのか。細君とはなぜ添わなかった」

「添わんとした。しかし空《むな》しい試みだった。ただ一人の子を喪《な》くした夫婦には珍しくもあるまい。たがいを見つめる目差し、語る言葉に、娘と過ごした日々の面影がよぎる。ならば無際限に引き延ばされた老後を独りで生きたいと、妻が願ったのもやむなきこと」

すでに百年余も長生きしていた。夫妻は二人揃って山に登った。この国で最も天に近づける高嶺に――すでに崩御していたあの帝も、この霊峰で姫が残した遺物を焼かせていた。翁と媼がその土を踏んだのは、貞観《じょうがん》の大噴火が起こった直後のことだった。

富士の北西山麓にて大規模な噴火があり、流れ出した厖大《ぼうだい》な火砕流が、山中を砕き、草木を焼き払い、周辺の人家もことごとく熱い濁流で呑みほして、北麓にあった剗《せ》の海にまで達し、火山《かざん》砕屑物《さいせつぶつ》がその大半を埋め立てた。地形変動のこの時から千年余の歳月をかけて、溶岩地帯にはツガやヒノキ、アカマツ、ミズナラなどの混合した原始林が形成されて、これが富士の樹海となった。辺りには風穴や氷穴などの洞が多く生まれ、夥《おびただ》しい量の溶岩で埋めつくされたあとに西湖《さいこ》と精進湖《しょうじこ》が残された。

「妻はその日、富士の頂へと到る道中で姿を消した」

話しているうちに、自らの所在が分からなくなる。翁はそのとき首都への道途を見つめながら、同時に富士の山道で消えた妻を無我夢中で探している。視座はその焦点を失い、ひがら眼《め》になる。

「私が案じていた以上に、その頃の妻は尋常の理性を失っていた。もともと火口への投身を試すつもりだったのか、樹の海すらない混沌《こんとん》の溜まりで自然《じねん》の裁きにその身を委ねたか、とにかくどんなに探しても妻は見つからなかった。これは私の類推だが、妻は精神の辺土を彷徨《さまよ》いながら、溶岩流の通りすぎた焦土に息吹く若葉や稚樹に、焼きつくされてなお飛散する果実の種に、伸びていく蔓《かずら》に、ひしめく苔《こけ》や下草に、一《いっ》でありながら千であって千でありながら一である森の因果の連鎖に、大いなる生態系の宇宙に——生き直さんとする自身を重ねていたのではないか。妻は私のもとから去ることを選び、その日から長きにわたって富士の裾野で生き、森の生育と共にこの世に在ることだけを自己の存在意義とした」

「それもこの徒《いたずら》な長命の、一つの処し方であろう。樹海の母となることを選んだのだな」

「私はのちにも幾度となく森に入ったが、ついぞ妻を見つけることはできなかった。振り返ってみればあれは、私が現われた気配を察して、見つからぬように逃げ隠れしていたのだろう」

「そう云えばそなた、富士の裾野にちょくちょく一人旅をしていたな。あ、樹海へ行こうなどと云って。あれは逃げた細君を探しに行っていたのか」

「たしかに妻は、樹海の母となった。ちっとも会ってくれないのはうら寂しくもあったが、森を見守ることで世界を見守るつもりならそれでよいと思っていた。しかし千年の月日が過ぎて、現在《いま》に見る樹海ができあがってからは様相が変わってきた」

車輪が石を踏んで通り、車が大きく縦に跳ねる。翁は座席の振動に身をゆだねながら目を開いた。それにしても随分と遠いところまで来てしまったものだ。首都から距《へだ》たった距離にしても、越えてきた時間にしても――

車窓の向こうには白昼の光があふれている。だがその光は、決して希望を仮託できる目映い輝きではない。あまりに多くのことが過ぎ去ったあとに残されたような、ため息のように弱々しい光だった。

「合戦から落ちのびた者や廃疾者、破落戸《ごろつき》や凶状《きょうじょう》持ち、世間から逐《お》われた者たちがこぞって樹海へと雪崩《なだ》れこむようになって、それらの者との交わりから妻は千々に心を乱された。この世の無常に再び直面させられたのであろう。私はあとから知ったことだが、樹海へ逃げてきた者のなかに武田家の家臣だったあの男も交ざっていた」

「あの男とは、纐纈城の城主だな」

「妻との間にどのような交わりがあったのかは判らない。だがその後の経緯からして――我が妻があの者に**血の恩寵**を与えて、本栖湖の城を築かせ、およそ人智を超えた怪物へと育てあげたのは間違いない」

「話がようやく戻ってきたな。つまりそなたは自らの妻こそが、一連の事変が織りなす網の目の中心、すべての黒幕の女郎蜘蛛《じょろうぐも》だと云うのだな」

「そこまでは云っとらん。人の妻をつかまえて女郎蜘蛛などとは失敬千万」

「違うのか、文脈から云ってそうではないか」

「黒幕とは云っとらん。私はその後、本人の口からも聞いている」

「何だ、逢えたのか。ずっと逃げられていた細君に」

「詳々《つばらつばら》には語らなかったが、妻の思惑からもかけ離れた、制御不能の怪物になってしまったと云うことのようだ。一度などは血染めの纐纈布に変えられかけたとも聞いた。云うなれば二度目の里子との関係も思うにまかせなかった妻は、森を出てかつての夫を頼り、私たちは束の間の日々をともにした。千年も別居していたゆえ、完全な元の鞘《さや》には戻れるはずもなかったが――近年ではたがいに束縛することもないので、正直、妻の足跡のすべては捕捉しきれていない。妻のある種の遁走《とんそう》は今日《こんにち》までつづいていると私は見ている」

「実にそなたたちは、最も数奇な運命をたどった夫婦に相違あるまい」

「城主に流れているのは、妻にもたらされた化外《けがい》の血。これは揺らがぬ事実だ。城主が宿主となっている富士炭疽菌は城主自身を滅ぼしはない。つまりあの男が免疫体となっているからだが、おそらくはその根源である我が妻も罹患《りかん》しないのではないか。だとすると妻の血からは血清を得ることができるのではないか」

「成程、しかし細君の血をすべての市民に授けることはできまい」

「血清と云うのは遠心分離した血の上澄みであるし、抗血清に使われる量や質ともなれば問題はあるまい。東京で起きている事態には我が妻の扶助が欠かせないと思うが、しかしそんな着想を得られそうなのは……」

「そこまで敏《さと》い人間が、誰かいるのか」

「私の主治医ならあるいは……聖が思い至ってくれると信じるほかにない」

このような事態になると判っていれば、事の経緯をあまさず一党の者たちに話しておいたのだが——六条院に夫妻のたどった有為転変の歳月を明かしはしても、千年余を約《つづ》めて語ってもなお前方に途はつづき、暗雲の垂れる首都は遥かに遠かった。

十八

赤ひげが四代目まで働いていた小石川養生所は、薬園とともに東京帝国大学に払い下げられていたが、坊っちゃんと薫が行き逢った五代目はおなじ小石川で細々と診療所を営み、当地に医術の灯を絶やしていなかった。

上野公園から小石川までは、駒下駄を鳴らして走れば三十分とかからない。東京帝大の赤門前を通りすぎたが、最高学府にも震災は甚《はなは》だしい爪痕を残していた。震災によって上がった火の手が延焼を重ねて、正門側の建物のほとんどは灰燼《かいじん》に帰していて、煉瓦《れんが》の壁のみが焼け残った無残な光景をさらしていた。

「おびただしい標本や蔵書、厖大な文献がほとんど焼失してしまったのだから、学府を超えてこの国の学問への損失は計り知れません。幸いにもうちの診療所は倒壊を免れました。収蔵されていた過去の資料も無事です」

坊っちゃんは赤門の前で、新聞社の号外ビラを拾った。

大杉栄殺害事件の続報が伝えられている。

大杉とその家族を絞め殺して古井戸に遺体を放りこんだ甘粕正彦《まさひこ》憲兵大尉と憲兵隊員四名は軍法会議に送致され、今日にも予審が開かれるという。

大杉のみならず内縁の妻、親戚の子もろとも殺害された事実は、戒厳令下の情報統制によって詳細を発表されておらず、新聞はいずれも肝心なところが伏せ字になっていて、あと二人は誰？とかえって世間を騒がせていた。流言蜚語《りゅうげんひご》がまたぞろ幅を利かせ、混乱に乗じるアナキストによくぞ誅戮《ちゅうりく》を加えてくれた、甘粕えらい、甘粕よくやった！　と称讃の声も上がっていて、首都の居心地悪さは日増しに高まっていると云えた。

憲兵側を支持する者たちは、国賊・大杉を処断した甘粕分隊長の減刑を求める署名運動を始めたらしい。いつまでも記事の統制はできないだろうから、遅かれ早かれ事実が白日の下にさらされることになるだろうが、そうなったら真っ二つで揺れている世論の天秤《てんびん》はどちらへ傾くのだろうか。

坊っちゃんの見解はこうだ。大杉ほか二名殺しで陸軍や憲兵隊はこのおれの信託を裏切った。幼い子まで殺《あや》めたのだから唾棄《だき》しても唾棄しきれない。唾の泉が涸《かれ》っちまう。治安を守る国の機関も決して無謬《むびゅう》にあらず、罹災《りさい》の混乱にうろたえるあまりに掛け値なしの人災を起こした連中に、首都に圧《の》しかかる有事を託すことはできない。だとすれば自分たちが働くしかなかったが……尻に火がついているはずなのに、背骨がふやけて手足に力が入らない有り様だった。

三百年前の惨劇をよりによって東京で再現しようとしている纐纈《こうけつ》城の城主はどこまで来ているのか、首都壊滅の跫音《あしおと》が確実に近づいてきているのに、どうしてこうもおれは腑《ふ》抜《ぬ》けているのか。坊っちゃんは自分でもどうにもならない締まりの悪さを持てあまし、白い目を向けてくる薫にもあまり威張れなくなっていた。

喫緊《きっきん》で急がなくてはならないのは、城主の首都侵入に抗える医の秘術をつかむことだ。媼《おうな》を探せ、と云いだしただけあって五代目赤ひげには当てがあるらしい。自らの診療所の奥に並んだ書架から、塵埃《じんあい》をかぶった台帳や冊子類を引っぱりだしてきた。

「初代はどこへ往診に向かったのか、たしか……」

指先でほろほろと崩れて塵に還りそうな古い冊子を、赤ひげは鬼気迫る集中力で繙《ひもと》いた。なんなら紙葉をひきむしって齧《かじ》りつきそうな勢いで、筆まめだった初代が残したという診察日誌を繙《はん》読《どく》する速度を上げた。ほどなくして「あった、ここだ！」と開いた頁を指しながら云った。

「禅寺です。所在地は……芝区の高輪《たかなわ》ですね」

「高輪って市内ですよね。坊っちゃんさん」

「ああ、そうね」

「翁が連れてきて、しばらくご厄介になっていたようです。調子が良いときは禅の公案修行にも臨み、しばらくして見性《けんしょう》を許されて、悟りを啓《ひら》いた証として慧竹《けいちく》禅士という道号を授かったと初代は書き残しています」

「すごいですね、悟っちゃったんですか。病んでいたようには聞こえませんけど」

「初代が云うには、澄んだ悟りの境地と、憂悶にのたうつ時期を往き来するのが媼の主症状だったようです。情緒の乱高下が激しかったと見える。現代の知見に照らすなら、摂食障害や睡眠障害を伴う内因性の鬱《うつ》症状に苦しんでいたようですね。禅寺へはそこを去ったあとにも、精神修養がてらしばしば足を運んでいたみたいです」

「そんなに遠くないなら、行ってみましょうか」と薫が云った。

「おおそうか、道中気をつけてな」と坊っちゃんは手を振った。

「もう！　坊っちゃんさんも行くんですよ」

「おれはここで待機する」

「だって近道とかあるでしょう、東京はあなたの街でしょう?」


往時の住職はもちろん存命ではなかったが、たどり着いた禅寺にも媼の記録は残っていた。

媼が道号を授かり、精神修養に通っていたのは二百年以上前だが、御一新のあとにもおなじ道号を名乗る女性が出現していた。この禅寺に本郷《ほんごう》の癲狂院《てんきょういん》から通っていたという稀な人物であったことから、先代の住職が寺の沿革誌に書き記していた。

「数百年来の婆さんの足跡を、悠長に調べている猶予はないんだぞ」

「とにかく行ってみるしかありません」

本郷にあった病院はその後、巣鴨《すがも》、荏原《えばら》郡へと移転していて、癲狂院の名も改められていた。なよ竹さん、の愛称で呼ばれていたと云うこの時期の媼については、年配の医師や事務員たちの記憶に残っていた。

「自分は不老だと云い張る患者でしたが、患者の立場から当時の病院改革のために声を上げてくれたんですよ。拘束具の廃止だとか、屋外での運動の自由化だとかね。それで職員からも患者からも、なよ竹さん、なよ竹さんって親しまれていました」

出たり入ったりしながら媼は、三十年近くも精神病院で起居していたと云う。最後に退院してから数ケ月後に、事務員の一人が書店でばったり媼と遭遇したのだそうだ。このときの媼はモダンな洋服を身にまとい、いかにも知性にあふれた才媛に変身していた。「そのときに云われたのは、女性だけで作る文芸誌の刊行を手伝っているから、是非とも読んでほしいって」

「おい何だ、城主がすぐそこまで来てるんだぞ、どこへ行ったら見つかるんだ」

「坊っちゃんさん、出版社に当たってみましょう」

歌人、小説家、思想家の女性が集まって刊行されていた婦人月刊誌は、七年ほど前に休刊となっていたが、飛びこんだ古書房で見つけた雑誌の奥付から向かうべき住所が知れた。創刊より同人の家から家を移るかたちで編集部を構えていて、訪ねていった本郷の林町《はやしちょう》在住の小説家が、当時の媼のことをよく憶《おぼ》えていた。

「それは青竹静枝《あおたけしずえ》さんのことですね。創刊から編集員たちの身辺の世話を引き受けて、誌面に文章を発表することはなかったけど、同人たちをいつも励まして、苦境を助けて、あの人の賛助なくしては語れない雑誌でした。静枝さんが口癖のようによく云っていたんです。あなた方は新しい女だ、女性が月になぞらえられる時代は十世紀も前に終わるべきだったって。その言葉からも大いに示唆を得て、発起人代表による創刊の辞《ことば》も生まれたんです」

「あっ、はい！」薫がだしぬけに挙手をした。「私、知っています。平塚《ひらつか》らいてうさんの高名な辞ですよね。**元始、女性は太陽であった——**」

雑誌の名は『青鞜《せいとう》』と云った。明治末期から婦人解放運動、婦人参政権の獲得など、女性の目覚めを主題に刊行されてきて、欧米で盛んになっていたフェミニズムを日本に浸透させる一翼を担ったが、貞操や堕胎、公娼や姦通などをあつかった小説や随筆も多く掲載されたことから論争や批判の的にもなり、新しい女はふしだらな女と云った揶揄《やゆ》も寄せられた。同人たちは集散をくりかえし、それぞれに家庭へ戻ったり、婦人運動団体の結成へと流れていったりしたが、青竹静枝こと媼だけは最後まで『青鞜』の刊行継続を訴えていたらしい。

「禅の道号を得て、閉鎖医療を改革して、婦人運動に加わって、年寄りとは思えない活躍ぶりじゃないか。あの旦那にしてこの女房ありってところか。あの翁がふりまわされていたのを想像すると可笑《おか》しいけどな」

「すごいですね、慧竹禅士、なよ竹さん、青竹静枝、名前も居場所もめまぐるしく変えて……だんだん社会運動に参与するようになっていますね」

「老いないから、外見《そとみ》が変わらないから、おなじ場所にとどまっていたら怪しまれる。それもあってあちこちを転々としていたんじゃないか」

「私、あの巻頭の辞にとても感動したんです。あの文章が誕生したその場に、媼さんも立ち会っていたなんて……不思議な縁を感じちゃいます」

あらためて『青鞜』の女作家に向き直った薫は、現在の媼の居場所に何か心当たりはないかを尋ねた。

「休刊が決まってからしばらくして、静枝さんはアナキズムの活動家と内縁関係になったらしいって噂が流れてね。同人の女たちにも感化されて、若いツバメでもつかまえたんじゃないかって。事実かどうかは分からないのだけど……」

「何だ、離縁したのか。翁とは訣別したのか」

「さっきから口にしている、翁と云うのは？」

「いえ、何でもないんです。それで所在地は」

「ごめんなさい、そこまでは分からない。休刊してから一度、連絡を取らなくてはならないことがあって所在を聞いてまわったのだけど、静枝さんがどこにいるか、今はどんな暮らしをしているのか、誰も知らなかったのよ」

結局、手ぶらで戻る破目になった。

新しい女の生き方を探しまわっているような、奔放《ほんぽう》な婆さんの足跡に鼻面を引っかきまわされた恰好だった。

媼からなら秘策を抽《ひ》き出せるかもしれない――翁が掛かりつけの医者だけに明かしていた事実があった。一党の者とおなじ長命にある纐纈城の城主に**血の恩寵**をもたらしたのは媼であり、であれば城主の悪疫に抗する力は、祖となった媼の血の神秘にこそ隠されているかもしれない。赤ひげが希望を持たせるものだから俥《くるま》にも乗らず東奔西走したのに、あげく居場所が分からないのでは骨折り損の草臥《くたび》れ儲けだった。

薫は大いに感じるところがあったようだが、坊っちゃんは徒労の苦味ばかりを味わっていた。濡れた外套《がいとう》を羽織っているように疲れきって赤ひげの診療所に戻ってきたが、そこで五代目が涼しい顔をして「どうやら居場所が分かりましたよ」と云うではないか。

「ついさっき、翁と電話で話すことができた。震災で壊滅していた電話網がようやく復旧に漕ぎつけたようですね。九州からこちらに戻ってきている最中で、道すがらの自動電話からここへ掛けてきたんです」

赤ひげの診療所には壁掛電話があった。翁と連絡がつくのなら走りまわらなくてもよかったじゃないかと坊っちゃんは憤った。即《つ》かず離れずであったとしても二人は連れ合い。媼の居所を語れる最良の証人は、翁をおいて他になかった。

「纐纈城の城主が首都に逼《せま》っていることは、翁もすでに知っていました。そしてやはり、媼の血から抗血清剤を作れるのではないかとも云っていた。上手くすれば病原菌を弱毒化あるいは無毒化する予防接種ワクチンの開発にもつながるのではないかと」

「おお、血清もワクチンもあれば心強いが、そんなものを一朝一夕で製造できるのか」

「たしかに時間はかかるが……翁いわく富士の樹海を由来とする変異型の炭疽《たんそ》菌だそうです。私は現在、感染症を専門とする東京帝大の医師たちと連絡を取り合っている。あそこは小石川養生所と薬園を吸収するかたちで現代最高の設備と臨床記録を蓄えている学科で、数年前のスペイン風邪対策でも陣頭指揮を執っていた。彼らを中心に帝都の医療の力を結集させて、一日でも早く抗血清剤を実用に漕ぎつけてみせます。そのためには媼の助力を欠くことはできない」

　坊っちゃんは聞き集めてきた情報を赤ひげに話した。媼は『青鞜』の休刊後にアナキストのところに転がりこんだらしいと伝えると「それはおそらく翁のことでしょう」と云うんだからいやんなる。面罵《めんば》されながらも馳《か》けずりまわったのに、媼の居場所は交換所を通じて旦那と話せばわかったことじゃあないか。

「昨今の媼は、伝手《つて》を頼って翁が手配した駒込《こまごめ》の借家で、静かな生活を営んでいるそうです。ご自身の活動で出ずっぱりの翁は、稀にしか立ち寄らないようですが」

「うぐぐ、駒込と云ったらすぐそこじゃないか！　どういう了見の夫婦なんだ」

「だって千年以上も生きている夫婦ですもの」薫がたしなめてくる。「きっとその夫婦関係は、私たちの常識がおよばないところにあるんですよ。従来の夫婦という枠に縛られる二人ではないんですよ」

「翁の言伝はあと二つ」赤ひげが話をつづけた。「一つは、翁の一党に与《くみ》するあなた方も、おそらく一般の者とおなじように富士炭疽菌に罹患《りかん》するとの由。纐纈城の城主は、媼による**血の恩寵**に与《あずか》っていると考えて間違いないが、あくまでも媼の血が抗体になり得る可能性を見込んでいるのであって、翁の血に与するあなた方はその庇護にあやかれない。ゆえに城主や感染者に接近するのは極力避けるようにと」

あるいは長命の弊害なのか、超然とするあまりに翁には大事なことほどもったいぶって、そのまま伝えそびれるようなきらいがあった。そういうところが堪《たま》ったものではない。伝達事項の優先順位がいちいちおかしい。一事が万事、そういう傍《はた》迷惑な向きこそが、事の初めから坊っちゃんを非日常の涯《はて》にまで引きずってきたのだ。近づくなと云われても、すでに聖は赤マントの間近で救助活動に当たっている。ヒトからヒトへと伝染《うつ》る感染症の宿主にかぎりなく接近している。霊《れい》験《げん》あらたかな治癒の力をそなえる姐御だってただですむはずがない。

「もう一つは薫さん、お兄さんが見つかったそうです」

「え、兄が――」

出し抜けにそう告げられて、薫は目を見開いた。見つかった――と云うだけでは朗報か凶報かも判らない。その先を聞くのが怖いとでも云うように、薫は二の句を継げず、鯉のように口を開《あ》け閉《た》てさせた。

赤ひげは電話による伝言を要約して伝えた。翁たちが軍の密使を追ってたどり着いた九州帝国大学の研究室では、富士炭疽菌芽胞《がほう》を軍事利用するべく生体実験が行われていた。無宿者や朝鮮人、旅芸人などがかどわかされていたなかに薫の兄も交ざっていたが、手放しで息災だったとは云いがたい。炭疽菌芽胞が体内に埋めこまれている恐れがあるので、九州でそのまま保護させるとの由——

「ひどい、ひどいわ。軍は、この国は、兄さんになんてひどいことを……」

朗報とはとても云えなかった。真っ青になった薫は、細い肩を小刻みに震わせて、あたかも自身がその芽胞とやらを埋めこまれたように喉や胸元を苦しげにまさぐった。立っていられなくなり、その場にちょこなんと座りこんだ。

たしかに言葉を失うほどの横暴だった。グランド・サーカス団で見た囚われの朝鮮人、忽然と姿を消した旅芸人の行き着く先が、恐ろしい臨床実験の研究室だったなんて——軍事戦略の優位のために陸軍参謀は、戦争の采配者たちはどこまでも尋常の理性を捨て去るつもりらしかった。

坊っちゃんだって座りたかった。薫はもう起き上がれないだろうと思った。おきゃんな妹にとって、純真無垢の踊子にとって、兄を戦争の道具にしようとする世界はあまりに残酷すぎる。あまりに無情すぎる。だから兄代わりに活を入れて、その腕を引き上げて立たせてやることもしなかった。

ところが薫は、ふううと深呼吸をすると、自力で立ち上がった。

濃い睫毛《まつげ》に涼やかな風をはらませ、震える頬に産毛が輝きたつ。紅を差したような唇をわななかせながら、黒々とした眼が真っ直ぐに坊っちゃんを射ていた。

「これでいいよいよ、待ったなしです」薫は宣誓でもするように云った。「私は兄のためにも、あの恐ろしい疫病に打ち克つ方法を探さないと。坊っちゃんさんが腑抜けて行かないと云うなら、私だけでも行って媼さんに全面協力をお願いしてきます。もう待ったなしですよ！」

十九

多摩川を渡り、蒲田《かまた》を通過して、纐纈《こうけつ》城の行軍はいよいよ品川を視野に入れていた。

被災で荒んだ首都に、追い討ちをかけるような悪疫、その姿《かたち》をともなった襲来——

城主の北上にはあきらかに侵掠《しんりゃく》の意思があった。蹂躙《じゅうりん》の謀《はか》りがあった。かたや歩兵連隊は崩れて首都に防衛力はあってなきがごとし。と云って病の蔓延《まんえん》が取り返しのつかない段階に入るのを袖手傍観《しゅうしゅぼうかん》しているわけにもいかない。

城主がまとう纐纈布のマントは紅蓮《ぐれん》の炎の色。付き随《したが》う二百から三百の従者も纐纈布の装いで揃え、机龍之助を負かした三合目《さんごうめ》陶器師《すえものし》も随身となって佩《は》いた刀を虎視《こし》眈々《たんたん》と抜きたがっている。燃えたつように赫々《あかあか》と染まった行軍は、この都の動脈から一足先に流れだした致死量の血の迸《ほとばし》りにも見えていた。

あれは野火だわ、と聖は思った。

あれは颶風《ぐふう》、あれは鉄砲水、あれは山津波。

あれはこの世の地変のすべてだわ。

悪果をもたらすためだけに、意思もなく動く意思。そのようなものにも見えた。

あれこそが、悪。

暴威の純度が高すぎて天災の域にまで達した、純正の悪。

あるいはその首都侵攻は、悪が悪として生き永らえるための自然選択であるのかもしれない。

城主たちは橋の上でも川端でも気が向くと足を止め、瓦礫《がれき》のはざまに腰を下ろし、ぐうぐうと仮眠までして、起き上がってはまた歩きだす。歩道にも車道にも拡がった一行とすれちがうだけで、たちどころに惨劇は出来《しゅったい》する。何の行列？　と野次馬根性で出てきた者は、震えながら血の吐物にまみれ、ボッボッボッボッと火を吹くように皮膚を爛《ただ》れさせ、肩や腕の輪郭すらいびつに崩して卒倒する。邪魔だから脇に寄れ！　と怒鳴りながら横を過ぎていった自動車は、間もなく運転手が罹患《りかん》したと見えて、ジグザグに走ったあげくに電柱に突っこんで大破する。放っておけば感染者はいずれも数分と保《も》たずに絶命するでしょう。

聖が、通り過ぎてしまえば。

感染した全員は救えない。それでも目についた者には治癒の掌《たなごころ》を向けていく。

実際、治癒に当たってみて了解した。掌《て》かざしはこの感染症にも効き目があった。

ただし全癒はかなわない。症状の進行を遅らせるだけだった。

対応しなくてはならないのは一人や二人ではない。それでも私の手は二本、城主たちが一里を往くだけで数十人が感染し、且《か》つその数十人が他の者に伝染《うつ》して、感染者の数は鼠算《ねずみざん》式に膨《ふく》れ上がっていく。これでは戦車や砲車の群れに、手貼りの膏薬《こうやく》で戦いを挑むようなものだった。

私にできるのは、感染の拡大を少しでも食い止めること。なかんずく弱い者から——女や子や老人から癒やし、劇症の現われた者を癒やし、一人ひとりに移動を慎んで蟄居《ちっきょ》するように伝えること。これでは慰めにもならない。

ああ、慚愧《ざんき》に堪えない！　聖はおのれの無力や徒労感にわななないて打ち震える。目路《めじ》に入るかぎりは治癒に当たるも、発生源を絶たなくては埒《らち》が明かない。先に東京に戻した坊っちゃんや薫からは音沙汰がないし——と、思案投げ首していたところでずるりと頬の皮が剝《む》けた。

油断してはならない。

ちゃんと自身の症状の進行も遅らせなくては。我が身を癒やすのも忘れてはならない。

可能性としては五分五分だったが、賽《さい》の目は悪い方に出た。**血の恩寵**に与《あずか》った者もこの感染症には罹患する。それがわかった。身をもって知った。

放っておけば皮膚がぼろぼろと崩れ落ち、血という血を噴出させて、全身の硬直は心臓の鼓動をも止めるでしょう。そうと分かってからは、病原菌をもらうそばから治癒の力で弱らせ、またもらっては弱らせ、分や秒刻みでの一進一退を重ねながら救助活動に当たっていた。だけどこんな危うい拮抗《きっこう》はいつまでも保てるものではない。

あんた、顔がえらいことに！　と誰かが云った。あらいやだ、私の顔はどうなっていますか？　鏡はひさしく見ていなかったが、異性の目を惹いてきた容姿が二目と見られないものになっているならぞっとしない。私ったらいま黄泉醜女《よもつしこめ》？　顔が百鬼夜行？　発疹腫瘍の土饅頭《どまんじゅう》になってまで生きるのは耐えがたかった。それでもこの場に残ってしまったからには役目を果たさなくてはならない。

「あの真っ赤な行列に近づいてはいけません。近づいた者に近づいてもいけません。それぞれの地域に戻って、皆にそのように伝えてくださいまし」

恐ろしいのは集団で恐慌に陥《おちい》ることで、その点では不幸中の幸いもあった。被災によって住民の結束は強くなり、青年団や軍人会で組まれた自警団も機能している。実際にその目で疫病の被害を目の当たりにした者ほど、分かった！　と聖の指示に従ってくれた。恐ろしき闖入者《ちんにゅうしゃ》あり、近づくのは自殺行為！　警戒を呼びかける急報があちこちの町内会を駆けめぐり、隣近所へ伝わって、事情を知らない者もわななかせて待避させ、行軍にあわせて町から町へと警戒は伝播《でんぱ》していった。おかげで地区によっては「むー、みんな疎開しちゃったのかな」と城主がうら寂しげに右顧左顧《うこさこ》するほどの過疎状態を作ることにも成功していた。しかしそれも続かない。昼日中とあって勤め人や、炊事に忙しい者もあり、地域のすべての者に警戒は行き渡らない。そこにきて天変地異の再来、第二波、と云った表現があの烈震を思い起こさせ、家屋の倒壊や炎上に巻きこまれると錯誤させて、少なくない者が往来に出てきてしまう。それぞれに最寄りの避難所を目指してしまう。

ああ、たとえ茅屋《ぼうおく》でも自宅に隠《こも》っているのが最善なのに。無警戒な移動こそが感染症の最大の佑《たす》けになってしまうのに。騒ぎが蔓延してしまった界隈では聖の叫びは届かない。

つぶさに指示は行き渡らず、病原菌にさきがけて恐怖が伝播して、聞こえてくるのは悲鳴と絶叫、発症者が斃《たお》れゆく地の響き。こうした絶望の鳴りが市街の喧騒を貫いて、聖の鼓膜を矢継ぎ早に叩くのだった。

ああ、そして不運にも、声のかけあいをすり抜けてしまった人力車の車夫が、よりにもよって城主の前に出ていってしまう。東京見物でしたら俥《くるま》はいかがで？　と商売熱心に奨めようとしたらしいが、近づいたところで飛び退《すさ》らんばかりに驚いた。城主の足元では鳩や野良猫が腐り落ち、通りすがる人々まで恐ろしい姿に急変していくではないか。仰天した車夫は倒《こ》けつ転《まろ》びつ方向転換する。あっしは死神を見ちまった、あれは地獄の王に違いねえ、と本能に従って駆《か》けだしたが、しかしそれはいけない。馳けるのは間違っている。早くも車夫の顔は崩れだし、あからさまな劇症の兆しが出現していたのだから。

　そのようにして感染者が、次なる感染者を射る火箭《ひや》となって、城主を起点としてかぎりなく全方位へ放たれていく。車夫もまた燃える鏃《やじり》の一つとなって、ああああああ、うあぁぁぁぁあああと号《さけ》びながら健脚をふるって、袖を擦《す》りあわせる者にとめどなく病の火を延焼させていく。

「馳けてはいけません、止まってくださいませ」

　聖はすかさず衣の裾を翻《ひるがえ》し、馳けずり廻る車夫がなおも牽《ひ》いている俥に飛び乗った。

「あなた様のお名前は？」

「録之助《ろくのすけ》、**高坂《こうさか》録之助**[*68]」

「では録之助どの、よく聞いてください。あなたを襲っているのは、恐ろしい伝染する病。あなたが馳ければ馳けるほど被害は飛び火します。だから止まって、凝《じ》っとしていて。私が痛みを消してさしあげますから」

　優れた車夫であったのだろう、発症してもその足を止めない。血を吐きながら疾駆する火だるまと化し、結果として惨禍を拡げてしまう。奔《はし》って、奔って、なんと惨《むご》い宿命！　気が動顛《どうてん》しているばかりではない、すでに聴覚まで冒されているのか、真後ろからの聖の声も届いている様子がない。悪疾にその身を灼《や》かれながら、病原菌に蝕《むしば》まれる二本の脚でなおも前へ後ろへと地を蹴って、歯止めを失くした韋駄天《いだてん》となって奔走する。どれだけ馳けてもどこへも行けず、明日にたどり着けないことも理解できぬままに――

最後には市電の停車場に頭から突っこみ、舵棒《かじぼう》も支木《しもく》もひしゃげて、録之助もその場で失神した。凄まじい叫喚とともに突っこんできた車夫のおぞましい姿に、停車場の客たちは相次いで悲鳴を上げ、怖気を震わせ、ちょうど到着した車輛へ殺到する。「皆さんそのまま！」と聖は叫んだ。「私もこの車夫も、天然痘やスペイン風邪を凌ぐほどの感染症に冒されています。あなた方にも伝《う》染《つ》したかもしれず、鮨詰めの電車に乗りこむのも、移動して各地に感染を拡げるのもなりません。乗ってはなりません」

数人は耳を貸したが、大概の者はかえって恐慌を来し、我がちに路面電車に乗りこんでいく。これでまた犠牲者の数が急増してしまう。手に負えない狂乱のなかで膝を突いた聖の目差しは、ずいずいと停車場へ近づいてくる真紅の列の先頭を望んでいた。

ずっと行軍の最後尾につくかたちで治癒に当たっていたが、暴走する車夫の説得を試みたところで一行を追い越し、前途に転《まろ》び出る恰好になっていた。ああ、私だけではこの事態を収束させられない。たかだか膏薬では砲車の群れに一矢《いっし》も報いることができない。駿馬《しゅんめ》にまたがることも駕籠《かご》に乗ることもなく、首都をいたぶるような牛歩で進んできた城主の血染めのマントが翻る。能の中将の面が、崩壊した俥のそばで倒れている聖と車夫に向けられた。天日を背負った巨人の翳《かげ》が、這うように聖のもとに近づいてくる。

「おや、俥の事故かな。安全運転を心がけてもらいたいものだ」

憎たらしいったらない。通りすがりの部外者のように城主は云ってのけた。従者の一人がそこへ寄って行ってご注進におよんだ。この者、昨日からちょろちょろと救護に立ち回っていた女でございます。本栖の城へと侵入した一党の者にも相違ございません。

「ほう、あの夜の一味の者か」

刻一刻と、己《おの》が末期《まつご》の近づく音が聞こえていた。正面切って素性が割れてしまえば、城主がこの命を捨て置いて通過していく道理はなかった。

「……退《ひ》かれるおつもりはないのですね」

「退く、なぜ余《よ》が。押し返すほどの力には一度も見《まみ》えていない」

「恐ろしい疫病を運んで、何になると云うのです」

「この首都に、余は、喚《よ》ばれてまいった」

「誰もあなたなんて喚んではいません」

「混沌が、擾乱《じょうらん》が、余を喚ばわったのだ」

「震災の被害に、お喚ばれしたと云うことですか」

「この都の地殻変動に際して、それらを総《す》べ、昂《こう》じさせ、一つながらにまとめる王の降臨こそが冀求《ききゅう》されている。余は空いた玉座に坐りにまいった」

「おかしなことだわ。民を滅ぼしてしまえば玉座の意味などなくなるのに」

「そうかな？　余はまず首都の城を遥拝《ようはい》しに参る」

餓《かつ》えた城主とは、対話もままならなかった。足止めにすらもならなかった。

癒しの掌《て》をもってしても、心臓を抉《えぐ》りだされ、首を刎《は》ねられては治療はかなわない。

城主の巨大な鰐が、聖の全身を覆いつくした。仮面を半ば押し上げると、糜爛《びらん》して亀裂に割かれた唇をすぼめる。この至近で沼沢《しょうたく》より湧く瘴気《しょうき》のような息を浴びてしまえば、我が身は刹那のうちに病毒に啖《く》らいつかれて、黒い塵の渦に還っていくことでしょう。

城主の口許から、颶風が起こった。

せめて最期は、数百年の生の追憶に浸りたい。

聖は静かに、瞼を下ろした。


視界に幕が下りる紙一重の瞬間だった。

真横から黄金の疾風が吹きつけた。

その疾風は、迅《はや》かった。そして靭《つよ》かった。

城主を体ごと弾き飛ばすと、そのまま圧《お》して、品川浦の船溜まりへ突き落とした。

激しい音声《おんじょう》、水飛沫《みずしぶき》、吹きつけた金色の風は重量をそなえ、実体を爪と牙とで剝きはなって、自らも船溜まりに飛びこんだ。猛虎が城主を水の底へ沈めにかかっていた。

「おお、李徴どの！　城主の体を咬《か》んではなりません！」

水中に消える間際にその声が届いたようで、虎はひと咆えしながら浮上して、土塁をまたぎ上がり、馳け参じた聖と向き合った。

「戻ってきてくれたんですね」

虎の鼻面に、銀色の鬚《ひげ》に、聖のかそけき指が触れた。

李徴はその指先を、手首を、撫ぜるように鼻をひと廻りさせる。

纐纈布が濡れて重石となっているのか、城主はすぐに水中から浮き上がってこない。しかし従者が向かってくる。三合目陶器師も号《おら》びながら抜刀する。聖の襟首を咥《くわ》えた虎は、おのれの背に放り投げて、軍勢に応戦せずに水辺を離れた。

焦げた大気を、焼けつく風を感じる。

濡れた背毛《せなげ》にしがみつきながら、聖は李徴の体の温度を感じる。

熱すぎる。これは血潮の滾《たぎ》りというより、病原菌による症状ではないのか。

あなたまで、もしかして――

瞬く間に五里ほどを馳けて、高台の神社に達したところで李徴は聖を下ろした。

「李徴、首都を襲っているのは、恐ろしい致死性の感染症で……」

そう云って身を離すと、すべて了解しているとばかりに虎は首肯《しゅこう》した。遠地からこの品川に至るまでに幾多の惨状を目にしてきたのでしょう。事によってはあなたも感染しているか、していなくても私から伝染る懼《おそ》れがあると聖は説いて聞かせた。

「私の力でも、平癒はままならないようです。ですから接触を避けなくては……」

震える声で訴える聖を、虎の眼《まなこ》が食い入るように凝視していた。澄んだ双眸《そうぼう》に映りこむ聖自身の顔は、額から頬に至るまで発疹と膿疱《のうほう》に埋めつくされ、鼻梁《びりょう》はぼってりと脹《は》れ、病葉《わくらば》と泥を捏《こ》ねあわせた醜い人形に成り果てていた。

「私もこんな有り様に……」

罹患してしまえば根治の見込みはない。今のところは症状の進行を遅くしているだけだ。

「あなたには、こんな顔を見られたくなかったけども……」

「がぁるる、あ、あなたは……」

するとそこで、虎の口から人語が漏れた。

李徴が虎の姿のままで言葉を発するのは珍しかった。

「あ、あなたは美しい。今が美しい。今こそが美しい」

三度も云った。美しいと云った。千里を馳けてきて昂《たかぶ》っているのかもしれない。

「ありがとう。だけど幻滅したでしょう。元通りに戻りそうにもないし……」

「今こそが美しい。病毒にまみれ、血の穢《けが》れに染まって、相貌と膚《はだえ》をぼろぼろと崩しながら、それでも幾人《いくたり》も癒やし、傷痍《しょうい》を治して、座することなく起《た》つ。その姿こそ麗容この上もなし」

雄弁に語りながら、李徴は間を埋めるように近づいてくる。その静かな、しかし猛々しく咆哮《ほうこう》するよりも熱に浮かされた調子に、聖はあえかな戸惑いをおぼえる。こんなに無惨に崩れた顔になって初めて、美しいと云ってくれるなんて、つくづく不器用な方だこと。虎のときも人のときも中身は変わらない。

「近寄ってはいけないと云っているのに、今はいけません」

「伝染すがよい、己《おれ》に伝染せ、己《おれ》にもその病を伝染せ」

李徴が熱い息を吐いた。聖は愁眉《しゅうび》を開かずに頭《かぶり》をふった。

「そのようなことを云ってはいけません。あなたは流行病というものが解かっていません。最も避けねばならないのが、情に流されて共倒れになることです。どちらか一方でも生き残ることができたら、それだけ救える命も増えるのだから……」

「解かっている。己《おれ》がもしも病毒に冒されても、あなたが治す」

「その私は、確実に感染しているんです。いつまで力を行使できるかは分からない」

「あなたが滅びるときは、己《おれ》も滅びる。それでよい。そのために異国《とつくに》を縦断してきた」

「ずっと一緒に行動できるわけでもないのだし」

「否、我らはともに在ろう」

別々に過ごした時間も、悪疫の害《さまた》げも超えて、李徴が目の前に近づいてくる。

黄金と黒の縞模様。琥珀色の眸《ひとみ》。雄々しい口吻《こうふん》。狭められた聖の視界は、境内の景色が入りこむ余地をなくす。美しくて大きな生き物が、たがいの息のかかる距離に来ていた。

聖の顔を、まず鼻が嗅いだ。

虎の息が、熱をはらんだ。

獣の呼気が、聖の胸を焦がした。

そして、接吻。

温かい虎の口吻《くち》が、結び目を解いた聖の唇に触れていた。

理性を押しのけて、しかし情欲のうごめきもない、大きくて温かい口吻《くち》づけだった。

本当に仕様がない方、駄目だと云っているのに。だけどたがいに化外《けがい》の身でありながら、私はこのまま、虎と妖婦のままで、たがいを慈しみ合える世界を築きたいと願っている。男を誑《たぶら》かし手籠《てご》めにするのではなく、束の間と云えども純粋な思慕を味わえるなんて、かれこれ何百年ぶりのことでしょう。

時は夕暮れ、昏れなずむ残照が境内を黄昏《たそがれ》の色で満たし、虎の輪郭で金色に輝く破線をつなげる。あまりに長く生き、人と獣のはざまを漂い、他者の死に見《まみ》えすぎた私たちは、途方もない孤独の檻を出ることはかなわない。だけどその孤独を包みこむような一時を、丹精を込めて築いていくことはできるのだ。だからこそ役目を果たさなくてはならない。雄々しいこの人となら最後まで防衛線から退くことなく、侵掠者の進攻を押しとどめることができる。李徴となら。

接した口吻を、両側から挟みこむようにして、聖はかざした左右の掌にそっと意識を凝らす。

虎の鬚に滴っていた水滴が、蛍の群れのように発光する。癒やしの力をもって聖は、李徴に病魔が雪崩《なだ》れこむのを少しでも禦《ふせ》ごうとした。

二十

「さあ、我らは急がなくてはならぬ」

「その声は、翁ではないか」

「おぬしはどうするね？」

「どうしてここがわかった」

「九州帝大で台帳に当たり、被験者を運ぶ方途と輸送経路は確認していた」

「被験者とは。何の話をしているのだ」

「集めさせた新聞を車中で読み、国内で起きている事件を総ざらいした。浜松の宿に連絡したところ、おぬしが消息を絶ったと聞かされて、あるいは……と睨《にら》んでいた。放心してさすらう剣客も、根無し草や朝鮮人と同じように恰好の餌食《えじき》になるのではないかと」

数奇な運命の輪《かなわ》がさらに廻転する。九州からT型フォードを駆って首都へ向かう道すがら、翁と六条院は**京都の愛宕山**《あたごやま》*69で車を停め、打ち棄てられていた荷馬車から馬二頭と虜囚《りょしゅう》の三名を解放した。そこには見知った顔が一人――

城主出奔《しゅっぽん》によって趨勢《すうせい》は大きく変化し、引き取り先に異変があったと気取ったらしい拉致と輸送の請負人が、運んでも益《えき》なし、と見なして盗品を野に放擲《ほうてき》して消えたようだ。馬と朝鮮人はよろよろとその場を立ち去ったが、荷馬車の檻のなかで生き腐れていた剣客はすぐに動こうとしなかった。

机龍之助は刀すら佩《は》いていなかった。

百代《ひゃくだい》の歳月にわたって人を斬り、誰よりも人を斬り、あらゆる流派の技を軍門に下して、この国の最高峰に上りつめた手練《てだ》れ。しかし湖城の立ち合いで敗残した今となっては、当代二位の剣客。某《それがし》はあえなく落魄《らくはく》した。某《それがし》はその程度の者だ、どうとなり好きにするがよい――

「おおかたそんな自暴自棄の念に灼《や》かれて、精神の混濁に身を落としているのであろう。辛気臭いのう。もともと制御不能ではあったが、抜身の刀のように冴えわたる鞏固《きようこ》な自負こそが、太刀筋をして前人未踏の域へと押し上げていたものを」

「要らぬな。佩刀《はいとう》もしていないこの男など穀潰《ごくつぶ》しの盲人。足手まといになるだけ」

六条院に扱《こ》きおろされても机龍之助は面差しをもたげない。敗走の記憶はことあるごとに視野を占める闇に蘇《よみがえ》り、蝮《まむし》のように咬むのだろう。白蟻《しろあり》に食《は》まれたように心根は病み崩れて自滅だけを存在の糧《かて》として混濁の世界を流離《さすら》っている。

「魂まで断たれてしまったのか、おぬしは」

翁は頭をふって、嗄《か》れた声で問いかけた。

「剣の頂点を究めるには人の寿命では足りぬ、そう云って**血の恩寵**を欲したのではないか。おぬしはとうの昔に塵界《じんかい》の理《ことわり》を離れ、不老によって常人にあらざる存在となった。そのような者が人並みに敗北に打ちのめされるなど、烏滸《おこ》がましきこと」

「某《それがし》は、烏滸」

烏滸、烏滸、と言葉を転がして顔を伏せる。翁も六条院もさすがに苛立ちを隠しきれない。

「痛むのであろう。体は癒えても一刀両断にされた魂の創痍《きず》がこの瞬間も幻痛に疼《うず》くのであろう。しかしどれほど惑《たぶ》れて彷徨《ほうこう》しようとも、おぬしの創《きず》はたえまなく存在を主張して、生涯消えることはあるまい。雪辱を果たさぬかぎり」

「所詮、その見通しがないから落伍しているのであろう」

六条院が舌の窪に毒を溜めている。自分以外の男には殊《こと》に厳しい同輩を目顔で制して、翁は机龍之助を奮起させる言葉を探した。

「纐纈《こうけつ》城の城主が、首都に攻めこんだ。こうしている今も帝都には阿鼻叫喚《あびきようかん》が満ちているだろう。随伴には三合目《さんごうめ》陶器師《すえものし》も加わっている」

「誰だそれは、飯を三合食うのか」

「富士の三合目に巣食うゆえの謂《いい》だ。おぬしを負かした手練れだ」

「あの男か」

睫毛《まつげ》がひくと震える。机龍之助が白濁した眼を微かに泳がせる。

「おぬしは、ただ狂気の底に沈んでいるのではあるまい」

「あの男が、首都に……」

「盲《めし》いているからこそあの仕合に幾度でも立ち返り、無窮《むきゆう》の闇のなかでひと太刀ひと太刀を蘇らせ、そして幾度となく斬って捨てられている。雪辱を果たせぬわけは、おぬしがおぬしのままで再戦に臨んでいるからだ。おのれの剣技を高められるところまで高めたと慢心するあまり、鍛錬も積まずに挑んでいるからだ」

「笑止、今さら鍛錬など……」

「首都に戻るまでに、私が稽古をつけてやってもよい」

「笑止、竹取の翁が世迷い言を」

「私はおぬしの百倍も生きているのだ。魔界の手練れに勝つための智慧《ちえ》がこの頭にはある」

「勝つための智慧、だと……」

「再び随伴するのなら、教えてしんぜよう」

「つまらぬ戯《ざ》れ言《ごと》、某許《そこもと》は使えて竹槍がせいぜいであろう」

「たしかに先ずは、その手に得物がなくてはなるまい」

当てならあると翁は云った。この国の津々浦々に深く人脈をめぐらせているのが千年超を生きる者の強み。首都に至るまでの道中で、刃文冴える名刀を手配する当てがある。相手は旧縁ある蒐集家《しゅうしゅうか》で、私の直々の頼みとあれば秘蔵の業物《わざもの》も出してくれるだろう、と机龍之助の剣士魂をこちょこちょと擽《くすぐ》った。

「それは真《まこと》か……」

「無論、業物を手にしたところで勝てる相手ではない」

無意識だろうが、机龍之助はわなわなと身を顫《ふる》わせていた。その背骨が、肝胆が、三合目陶器師に報いる術を知りたがっている。知りたがるあまりに戦慄《わなな》いている。盲いた目に冷たい焔《ほのお》が、零度の火が熾《おこ》っている。翁が口にした智慧というのも、惑《たぶ》れた剣客を再起させるための虚勢の釣り針ではなかった。

「触りだけ、教えてしんぜるなら……」

「何だ」

「あの者との鍔迫《つばぜ》りあいが始まっても、手にした業物を抜かぬことだ」

愛宕の山を下りる前に、一日《いちじつ》の陽は稜線の向こうに没した。瓦斯燈《ガスとう》もない深山の闇にあって車載の灯はあまりにおぼつかず、九十九折《つづらおり》の峠道で車の速度は上がらない。

夜にしても暗いな、と六条院が云った。翁も目を凝《こ》らす。昏れた森の気配を網膜で感じる。闇の深さに溶けてしまったような百と千の樹木。魂の目をさらに凝らすと、森の瘴気《しょうき》が濃くなっているのがわかる。臍下《せいか》にまで深く大気を吸いこんで翁は幽谷《ゆうこく》に心身を溶かす。森羅万象の陰に巣食っているものが、尻尾を生やした異形異類がまたぞろ騒ぎだしているのだろうか。

「つまらぬ下級霊か、狐狸狢《こりむじな》か」と六条院も車を操縦しながら云う。

「ふうむ」

机龍之助も後ろの座席で何かを視《み》ている。気配を嗅いでいる。

「我らの進路を阻《はば》みたい何者かが在るのか……」

翁の白髯《はくぜん》が静かに揺れ上がる。千尋《せんじん》の谷から湧いたような霧が出てきて、数間先も見通せなくなってくる。樹木が黒く歪《ゆが》みだし、野茨や蔓《かずら》に埋もれ、覆われ、頭上の空は乾いているのに小雨が降っているように冷たく体が濡れる。急な斜面を下りていたところで、突如として暗い峠道に異変が生じた。

数十の巨木が根から薙《な》ぎ払われ、車の進路を遮断するかたちで堆《うずたか》く重なっている。四方には土砂が散乱し、局所で起きたとおぼしき山津波に呑まれた馬が下敷きになっていた。被験者を運ぶ荷馬車から解放した馬か、すでに絶命し、乾いた藁屑《わらくず》が漂うなかで、たてがみも栗毛の胴も微動だにしていない。夜の深度は底なしの奈落に落ちて、物怪《もののけ》にもなりきれない下賤な霊たちが降ってわいた晩餐に嗤《わら》い、号《おら》び、猛り、ひしめきながら参集しているのが感じられた。

「これでは車の進行はかなわぬ」

「ふむ、仕方あるまい。嵯峨野《さがの》まで下りれば、**知り合いの滝口《たきぐち》武者《むしゃ》**[*70]が入っていた僧門がある。一旦身を寄せて、別の移動手段を講じよう」

ここまで長距離の移動を実現してきたT型フォードを断腸の思いで乗り捨てて、洋燈《ランタン》を手に杣《そま》道《みち》を歩いて降《くだ》った。苔生《こけむ》した石段を下りると山中の寺院に差しかかったが、本堂にも経蔵にも人の気配がなかった。救助を乞おうにも無人の廃寺のようで、野犬や鳥の死骸ばかりが目に止まった。誰かがいるとしてもそれは忘れられた即身仏にすぎないだろう。

濃霧は量《かさ》を増して、翁たちの往くあるかなきかの径《みち》を生き物のように這いつたっている。山を下りているはずなのに、高地に上がってきたように酸素は薄くなって、歩けども歩けども木々の間に人里は見えてこない。五感を圧する沈黙《しじま》のなかで、たえず何者かに凝視されているような感覚が去らなかった。

「ここは奈辺か……いつのまにか、地図に載らぬ境界に誘いこまれたか」

「どこからか笑い声がしないか、下卑《げび》た木霊《こだま》であることよ」

「我ら三人をまとめて惑わせているなら、狐狸狢に為せる幻術《あやかし》ではあるまい」

夜の森の時間がその濃淡を変えて、伸び縮みしている。径という径はどこにも接続されないいまに涯《はて》を見せない。方位磁石を持たずとも東西南北なら風を嗅げばわかるはずが、正しい方角を翁にも見出すことができない。

「余程、我らを首都に帰したくないようだな」

翁がその言葉をもって看破するやいなや、降っているようで昇っているようでもある径の前方に人影が見えてくる。提灯も洋燈《ランタン》も持たず、一人で歩いている。こちらの灯りに近づいてくるにつれてその姿が明らかになった。当世風の二重外套《インバネス》をまとった背の高い紳士だった。肩布《ケープ》には細かい幾何学模様が施され、鳥打帽をかぶっている。二つの眼は鋭く吊り上がり、顎も鼻梁《びりよう》も尖っていて、口元は鳥の嘴《くちばし》のようにすぼまり出ている。ひと目で尋常の者ではないとわかったし、相手にもそれを隠しだてするつもりはないようだった。

翁たちと行き逢って立ち止まる前に、歩いてきた男はすすんで口を開いた。

「ご賢察の通り、ここから先へ通すわけに参りません」

「はて、わしらは夜道に迷った登山客なんですがなあ。他人と山道ですれちがえば、挨拶しあって別れるのが習いでして」

翁はしらばっくれてみたが、男は快不快のいずれの反応も示さなかった。

「真の神隠しとはかようなもの。あなた方は里に下りることはない」

「愛宕山と云うとめぼしい名に憶《おぼ》えはないが、六条院、誰ぞ知っているかね」

「聞かぬな」

「この山の者ではなかろう。おぬし、他所《よそ》から出張ってきたか」

翁が態度を変えて問うと、男は雑務をこなすように答える。

「ご明察、いちいち勘の鋭いご老公ですな」

「我々を足止めするつもりかね」

「ええ、九州から観察していましたよ。良い夢は見られましたか」

「む、もしやあの夢の幻術《あやかし》もそなたか」

「現実よりも、夢寐《むび》の世界に浸っていたい方は少なくありませんから」

「おお、また術をかけてくれ」

翁は息巻きかけた六条院を手で制した。

「常人の芸当ではないと思っていた。では、おぬしはいかなる手勢の者か」

「わが主《あるじ》は、首都で大きな業《わざ》を為《な》さんがために動いている。あなた方の関与を疎《うと》んでいる」

「纐纈城の麾下《きか》の者か」

「いいえ。わが主はより古く、より強きもの」

「さてはおぬしらが……因果の網を束ねる者たちか」

正体不明、年齢不詳の紳士の背の丈が、対話の半ばから少しずつ伸びはじめた。風をはらんで膨らんだ肩布《ケープ》に施された模様は、翁にも判読できない古代の文字か、師資相承でのみ伝えられる呪文めいたものとおぼしかった。

「勘の良いご老公なら、読み解けますか」男はこちらの胸裏を見透かすように云った。「わが主は首都の者に憑《つ》き、騒擾《そうじょう》を起こして時代を操舵している。アナキストの夫妻を亡きものにし、子を井戸に落として……連鎖する事態がどのような結果を招くのか、九泉《きゅうせん》よりご覧《ろう》じろ」

大杉栄の暗殺事件についても言及した。戒厳令下と云えども憲兵隊や陸軍参謀が糸を引いているにしては、あまりに直截《ちょくせつ》で大胆無比、悪逆無慚《あくぎゃくむざん》に過ぎると感じていた。部下を従えて大杉の妻や子も殺させたあの憲兵分隊長を、この男の主とやらは憑代《よりしろ》としているのか？　だとしたら極めて由々しき事態だが、そもそも何のために――

暗黒の天蓋《てんがい》が揺れる。闇の色に染まる下草がさんざめく。此岸《しがん》と彼岸《ひがん》の境がそこに出現している。数多《あまた》の風の渦を背負った男の周囲で、霧が焔《ほむら》のように熱を帯びる。肩や肘のほかに三つも四つも節《ふし》が増えたように伸長した腕を上げると、長い指で空中に直線や曲線を描いていく。何らかの術を発動させる手印か、素性も得体も知れない怪人物はやはり幻術《あやかし》の使い手であるのか。

「おぬしも、こちら側の者なのか」

「私は恩寵など授かってはいない」

「では、一体……」

肩布《ケープ》を揺らす男が、鳥類の口許をすぼめて嗤った。

次の瞬間、跳ぶように踏みこんでくる。

「私は、羅刹《らせつ》だよ」

二十一

飛んでいるところはあまり見かけないのに、震災からこちら木末《こぬれ》に鴉《からす》の群れがいやに留まっている。がぁがぁと鳴いて触れちらかしているのか、逸《はぐ》れているのを見つけておなじ木に寄ってくるのか。地震と火災にさらされてほとんどの葉が落ち、ところどころ焼け崩れた木の枝に鈴生《すずな》りになって、沢山《たくさん》の眸《め》をぎょろつかせて四方八方を睨《ね》めまわしている。

知恵が働くくせに鴉公《かあ》め、自分たちの黒い装束が凶兆の代表であることを学びやしない。多いときには近場で被災者の葬儀があったかと勘繰《かんぐ》ってしまう。亡くなったのはもしかしたらあの人か、ここいらに住んでいたあの人か、つくづく心配の際限がなくなるので堪《たま》ったものではない。

駒込西片町《にしかたまち》も、本郷真砂町《まさごちょう》も、丸山福山町も、坊っちゃんには勝手知ったる隣近所のようなものだ。瓦解した家の残骸は、片付けられているところもあれば野積みになったままのところもあった。立派な門前《かどさき》だった**山村《やまむら》と云う家**[*71]は、出火で焼け落ちたようで、よそから訪ねてきたらしい五十手前の女が家人に二円を渡している。**銘酒屋街**[*72]の軒先では着物の襟《えり》を寛《くつろ》げてすぱすぱと烟草《たばこ》をやる遊女が閑古鳥《かんこどり》の啼《な》くのを聞いていた。親とはぐれた迷子や物乞いはそこかしこで見受けられ、雑踏ですれちがった芳《かぐわ》しい香水の薫りがする婦人が**「stray sheep……stray sheep……」**[*73]と寂しげに口走っていった。

これほどの厄災を、たった一度の人生で数限りなく通過してきた人物に、これから直談判をしに行くのだ。

竹取の翁とおなじ夜におなじ場所で、始源の光を浴びたもう一人の祖《おや》。

千年超を嵐のように生きてきた女傑。

さらなる首都の惨害を止める術は、嫗《おうな》の血にこそ秘められている。

「私たちにも流れるこの血は、つくづく不思議ですね」

教えられた住所を目指して、連れだって移動していた薫が云った。

「たとえば、あそこのお花……」

通りすぎた瓦斯燈《ガスとう》の下にいくつかの花束が積まれていた。この界隈で亡くなった被災者への献花らしい。暗夜の底に沈んだ花は萎《しお》れ、花瓣《かべん》を散らし、緑色の黴《かび》に覆われて一羽の鴉に突食《ついば》まれている。

「ああやって、花は枯れるし、月だって欠けるし、鳥も飛ぶのを止めて、人はみんな死ぬ。時間は何もかもを腐敗させていく。だけどこの血は、私たちを時間の約束事から解き放って、余っ程のことがないかぎり死そのものを遠ざける」

「どこぞの老夫婦に比べたら、お前やおれはまだひよっこだけどな」

「時間の縛りから自由になるのって、考えてもみたら途方もないことですよね。だって云うなれば潮の満ち干からも、太陽の浮き沈みからも四季からも、この心臓が搏《う》つ鼓動の回数からも縁遠くなるってことだもの」

「病に臥《ふ》せることもないしな。もともとおれは痩せても枯れても病気はしなかったが、このごろじゃあ夏風邪が恋しくてかなわない」

「だけどこの世の中って、やがては訪れる死を前提に組まれているじゃないですか。食事に気を配るのも、朝起きて夜眠るのも、誕生日を祝うのも、政治だって納税だって結婚だって、子供を産んで慈しむのだってそう。あれやこれやの習慣や儀礼であやして、なだめすかしているのが何かと云ったらそれが、死、じゃあないですか。そういう万人共通の決まり事に縛られなくなったら、人はどうなっちゃうんだろうって思うんです」

坊っちゃんは亡き父母や兄を、駒込からも遠くない養源寺に眠る清を思い出していた。

あなたは真っ直ぐでよい御気性だ――

婆さんが褒めてくれたとおり、このおれに良い気性なんてものがあるとしたら、それは人生の涯《はて》に待っている死を意識して、死ぬのが怖くて、だけど――だからこそ狼狽《ろうばい》を気取られたくなくて、尻尾を巻きたくなくて、無鉄砲とあげつらわれても計略《はかりごと》が下手でも譲らず枉《ま》がらずに往生しようとしていたからではなかったか。そうじゃないか、清？

だけど婆さんは、翁に行き逢ってからのおれの来し方を知らない。死の前提が、人生の行き止まりが五百年も千年も先に遠のいて、酔っぱらいの千鳥足ほどにも足取りがさだまらず腑《ふ》抜けている現状では、真っ直ぐな気性とはとても評してもらえないかもしれない。

つまり今のおれの体《てい》たらくは、**血の恩寵**がもたらした長命に因《よ》るものなのだと坊っちゃんは思い至った。むしろ、捨て鉢な心持ちや活力の欠如をすすんで翁や月の使者の所為《せい》にしてしまいたかった。

こうした変災が起こると、時間の流れが早くなる。ぼやぼやしているとあっという間に日々が過ぎ、あれが途中だ、あの人に謝ってない、あの子に好きだと云ってないと後悔の釣瓶《つるべ》打ちに見舞われて一日が終わっていく。だけどそんな時節でも、恩寵に与《あずか》った長命者の時間の流れは緩慢で、死神がどこかで道草を食っているあいだに長すぎる夜に身心を焦がされ、こんなことなら早く終わってくれと昏れる空に独りごちたくなる。知った顔も知らない顔もいつのまにかいなくなり、見慣れた町の風景は様変わりして、寝酒が逆効果になって目が冴え、たまに気分が昂《たか》ぶり、その反動でまた沈み、自分と云う終身刑囚の看守のように生きているうちに、いつしか思いもよらなかった地平へ運ばれている。坊っちゃんにもそうした実感はあったが、何が恐ろしいって、自分や薫はまだまだ涯のない長命の戸口《とばぐち》に立っているにすぎないと云う点だ。古参組はよく正気を保っていられると思う。最長命の翁に至っては、その一歩が常人の一夜に勘定されるような一生でどうしてあれほど泰然自若としていられるのか。自分なら三百年目ぐらいで痺《しび》れを切らして、えいやと走る市電にでも飛びこんで自決する道を選ぶのではないかと思う。

枯れるはずの花が枯れず、地虫や黴や細菌に食《は》まれてなお生きた化石のように地上に残り、やがて得体の知れない別の何かに変貌していく。そんな時間の腐蝕作用に生み落とされた私生児が、纐纈《こうけつ》城の赤マントの城主なのかもしれなかった。

「あの翁とおなじ歳月を生きているんだから」坊っちゃんは薫に云った。「たとえ耄碌《もうろく》はしていなくても一筋縄で片付くはずがないぞ」

「遅い時間になっちゃったけど」薫は夜の訪問になってしまったことを気にしている。「危急の用だって伝えれば、きっと話を聞いてくれますよ」

駒込には日が変わる前に着いた。この界隈は昔から寺社や武家屋敷が多いが、古家を改築し、四つ目垣を煉瓦《れんが》塀にした洋館のような邸《やしき》も散見された。荒《あば》ら屋《や》は見かけないが、地盤の緩《ゆる》かったところは家々が傾《かし》ぎ気味になっている。方向音痴と云うわけではないのに随分と迂回してきてしまったような気がする。油膜が張った水溜まりを駒下駄でしぶかせ、散乱する瓦やベニヤ板を飛び越えて、二つの大通りに劃《かく》された区画で目当ての年旧《としふ》りた平屋を見つけた。

「あ、ここです。千年夫婦の隠れ家。翁もしばしば立ち寄っていたという」

「何だ、その千年夫婦って。退《の》っ引《ぴ》きならない呼び名だな」

無政府主義者に数えられる翁のことだ、官憲の目を逃れて潜伏するなら平凡な家であるに若《し》くはない。黒茶色の瓦屋根、漆喰《しつくい》の外壁、二階がないからせいぜい三十坪と云うところか。二人は、玄関の戸に近づいて、おたがいに深呼吸をした。薫が戸を叩いて「ごめんください、夜分にすみません」と声をかけたが、屋内からの返答はない。くりかえし叩き、耳をそばだてても何も聞こえない。戸に鼻面を張りつかせてくんくん嗅いでも何も臭わない。玄関から左に回ると五坪ほどの庭に出た。物干し竿には何も掛かっていない。縁側の沓脱《くつぬ》ぎ石にはうっすら塵《ちり》が積もっていて、履き物すら載っていない。就寝しているのか、留守なのか、それともこの家も引き払ってまたどこかに行ってしまったか。地震で倒れた箪笥の下敷きにでもなっていないだろうな、いっそ錠前を破るかと思案していたところで、「こっちに居《お》りますよ」と塀越しに声が聞こえた。「玄関を出て、回っていらっしゃい」

隣接する細長い空き地に、手作りの菜園があった。着物姿のひっつめ髪の老女が土をいじっている。彼岸花のように鮮やかな朱色の着物に、紅葉の葉の形が白抜きに散って階調を足している。扱《しご》きの帯を左後ろ脇に絞って垂らした様子はどこか着崩した印象があった。腰を落としてしゃがみこんだまま、蟹のように横へ横へ移動して、黒い土を掘っては何かを埋めて、土をかぶせてまたその隣を掘っている。

振り返ったその顔は薄い笑みを湛《たた》えていた。富士額の生え際も、鬢《びん》からのほつれ毛も真っ白だった。とても小柄で、生まれてこのかた陽の光を浴びたことがないかのように色白で、唇までやけに白く、あるいは口の中までかまくらのように白いのではと思わされるほどだった。見た目は七十と云ったところか、路上で行き逢ってもよもやこの人が法隆寺よりは年下で、平等院鳳凰堂より年上だとは努々《ゆめゆめ》考えもしなかっただろう。

「こんばんは」と媼は云った。

「こんばんは」「こんばんは」坊っちゃんと薫も挨拶を返した。

「若いお二人、何かお困りなのね」と媼は云った。それは問いではなかった。顔を合わせるなり推して知ったのか、さもなくば遥か前から来客を見越していたと思わせる何かがあった。「そんなに何を困っているの」

坊っちゃんは言葉に行き塞《つま》った。つい先刻、清のことを思い出していた所為かもしれない。おれはこんなふうに潔く年輪を重ねた、外見からして尊《たっと》い婆さんに弱い。年寄、と云う言葉が生まれる前からこちらは目尻に皺《しわ》を寄せていたのだと云うような、年寄よりももっとずっと古いものに見えて仕様がなかった。

「私たちは、あなたのご亭主と行動を共にしている者です。わけあってあなたを探していました」

初対面なのに懐かしさをおぼえてへどもどする坊っちゃんをよそに薫がきびきびと来意を告げた。翁の一党であることを明かしても媼は表情を変えず、

「そうですか、二人ともお若いのに」

と云って動揺も見せない。真夜中の訪問に戸惑うわけでもなく、かといって家内に招いて茶を出すでもなく、気がつくと平鍬《ひらぐわ》や熊手《くまで》を握らされ、野菜か何かの種や球根を配られて、媼の庭仕事を手伝いながら話をする流れとなっていた。

「すっかり太陽の光には弱くなってしまったの。だから畑仕事は夜のうちにするようにしているんですよ」

「あなたも翁と同様に、天人の光を浴びた。私たちは翁の血に与りましたが、纐纈城の城主はあなたの血の系譜につらなる存在で、城主による疫病の流行を防ぐためには、あなたの血から血清を得なくてはならないようなんです」

「できるだけ深く掘ってくださいね。掘ると云うよりは掻き分けるような感じがいいの」

「あの震災の直後で、住むところのなくなった人がいて、避難所はどこも衛生環境が最悪で、このうえ恐ろしい悪疫が蔓延《まんえん》なんてしたら、もうひと溜まりもありません」

「私がここで育てているのは、被災者の空腹を満たせる野菜類ではないのだけどね。ほら、土が柔らかくなっているのは、前に収穫した作物が地中深くに根を下ろしていたからなの」

頭上の星。土の匂い。葉擦れの音。髪をあおる夜風。こめかみを伝う汗。媼の声を聞いていると不思議とそれらの細部が際立って、夜中の土いじりなんてしていられる事態ではないのに、肩の力が抜けて目蕩《まどろ》むような心地になっていく。

城主侵攻の抜き差しならない急報を聞いても、悠長にかまえているのだから翁にも増して斑惚《まだらぼ》けが進行しているのかもしれないが、媼のその惚けの靄《もや》にこちらも包みこまれていく感覚があって、それは決して不快なものではなかった。頭のどこかでは急かされているのに、唇や下顎の強《こわ》ばりがなくなり、体の凝りがほぐれて、一塊《ひとくれ》の土を握ってははらはらと落として、感触をしみじみと堪能するなどしている。

「本当だ、こんなに柔らかい」土にふれながら坊っちゃんは感嘆の声を上げた。

「坊っちゃんさん、これは違います」薫が云った。「柔らかいなあ、とか云って感動していられる猶予はないんです」

黒目がちの大きな瞳を見開き、「お願いします」と薫が媼にすがった。至近からしゃがみこんだ薫が媼を覗き上げる恰好になる。男たちの心に清水を湧かせる瞳は老婦にどんな効用をもたらすのかと見ていると、はっと息を呑んだ媼は、遠くから遊びに来た孫娘を愛でるように頭を撫ぜると「あなたのお生まれは……」と興味深げに尋ねた。

「もしかして、光る竹から生まれた？」

おいおい、薫は月世界の住人じゃないぞ。絶世の美女と云うほどでもないし。二人目の娘として育てるつもりなら、養子縁組の話はまたにしてくれ。光る竹からは生まれていない、中部地方の出身ですと薫が告げると媼は少し残念そうに微苦笑を湛《たた》えた。

「あの子とは、樹海で出逢ったの」

深い深い森の奥で、と懐かしむように云う。ようやく赤マントの話題になったと坊っちゃんにも分かった。

「すでに城主は、東京に入っています」薫がここぞとばかりに本題に戻した。

「それであの人は、私に何をしろと」

「翁のことでしたら、今は東京にいません」

「そうなの、どこにいるの」

「九州方面から戻ってきているところなんですが……」

「そうなの、ではこの東京が、いつかの甲府のようになるかもしれないのね」

嫗はそう云って、並んで屈んだ坊っちゃんと薫に後ろからかぶさるよう寄り添い、細い手を二人の肩に伸ばした。それからまた、あの子とは樹海で出逢った、と繰り返した。

「私はそこで余生を送っていた。繁《しげ》ろう繁ろうとする樹海の万物を見つめてね、半死半生で落ちのびてきたあの子の呼吸《いき》も継がせようとした」

嫗の言葉を聞きながら思った、この老婦にとっての二人目の子とはあの城主だったのではないか。坊っちゃんにも憶《おぼ》えがある。出来の悪い次男を「乱暴で乱暴で行く先が案じられる」と云っていた母の記憶は残っている。赤マントについて語る嫗の言葉はまさしく母の言葉だった。

「あの子は樹海で逢った私を、地母神のように敬った。偶像崇拝と云うのかね、信仰とはとても素晴らしいものか、思い違いであるかのどちらかだけど、私とあの子の関係が当てはまるのは後者だった。富士の風穴《ふうけつ》に入ったことはある？　冷気の吹き荒ぶ岩窟《がんくつ》、冥界の生き物のような石筍《せきじゅん》、岩垂氷《いわつらら》……私はそこで満身創痍《まんしんそうい》のあの子を介抱して、傷を癒やすためにこの血を与えた。新たな命を得たあの子は、我が身に復活をもたらした偉大な母だと私を敬仰《けいぎょう》した」

「あなたが、あの魔王を創ったんですね」

坊っちゃんは薫の膝を小突いた。それはさすがに言葉が過ぎやしないか。だっておれやお前の例とおんなじだ。事故で死にかけた坊っちゃんと薫を、「亡くすには惜しい」と翁や六条院がすくい上げた。**血の恩寵**をもって延命させた。似たり寄ったりの出自と知った途端に、直面するのもはばかられた赤マントがにわかに遠戚の兄さんのようにも思えてくるのだから奇妙なものだった。

「あの子は、富士の溶岩流がすべての木を根刮《ねこそ》ぎにしたあとで樹海が生まれたように、新たに生まれ直したこの世界の形を変えたいと願った。私はその時点ですでに狂気の片鱗がうかがえることを察していながら、あの子が築いていくものを見守ろうとした。もしも狂っているとしても、この子のそれは正しく時代を腑分《ふわ》けする冷徹な狂気であると信じようとしたのね」

我が子が日に日にやさぐれて堅気の世界から遠ざかっていくと分かっていながら、叱るに叱れない過保護な母親のようなものか。

愛した娘との離別を体験した翁が、歳月を経てアナキズムに接近した心境にも通じるものがあるような気がした。千年夫婦と薫は呼んだが、翁と媼はそれぞれが千年の長きにわたり、添いきれなかった娘の幻影に囚《とら》われつづけた夫婦だったのかもしれない。双方で見ている風景に違いはあっても、旧弊の価値を離れて子や孫の世代が創っていく新世界を冀求《ききゅう》し、そこに希望を託したのはおなじだったのではないか。

「私はこれでもね、あの人にも増して、新たな世代の人たちがより善い国を造ってくれると信じていたんですよ」

だけどあなたたちは、と歴代の為政者を叱りつけるように云う。心なしか潤んだ媼の視界では、雁首を揃えた帝や将軍や宰相がしゅんと萎《しお》れて正座させられているらしかった。

「あなたたちは怠け者で嘘つきで、保身や不正や欺瞞《ぎまん》にまみれて、誤りを正すことができなかった。唯々《いい》諾々《だくだく》と従う官僚もおなじ。愚かな指導者を輿《こし》に上げる衆生《しゅじょう》もおなじ。女たちが自由に生きられる世の中を作ることすらできなかった。あなたたちが私の裔《すえ》なら、裔なら……」

媼に云わせるなら、成熟しないこの国はどの時代も内戦の状態にあった。彼女が樹海の奥から見つめつづけた乱世や幕末は、決まって暗いほうへ転がり、歴史の隘路《あいろ》に嵌《は》まりこんでいった。この世に進歩というものはない。安定はどこにも存在しない。ある時期、世の中が平定されているように見えてもそれは、惨事が目の届かない遠地で起きているだけのことだ。

「あの子は、世界を転覆させることで千年つづいた闇を消滅させると云った」

「だけど、あの人が実際にしたことは……」

薫がおずおずと云ったが、その先は言葉にするのもはばかられるとばかりに口を噤《つぐ》んだ。

「ご存じなのね。あの子がしたことは、近在の者をかどわかして血を絞ること。鎖や鉄輪《かなわ》につないで、轆轤《ろくろ》にかけて、断末魔の悲鳴が染みついた纐纈布を製造すること」

「ずっと知りたかったんだが、城主はどうしてそんなものを量産したがった」坊っちゃんは重ねて訊いた。「布問屋でも志したのか、一体どこに纐纈布の需要が?」

「お嬢さんが云ったとおり、魔界の王になろうとしたのでしょう」媼の云いぶりは不肖《ふしょう》の倅《せがれ》を詫びるというより、悪い母親であった己《おのれ》を悔やむような調子だった。「人智を超えた所業を重ねることで、生きたままに黄泉路《よみじ》に足を踏み入れようと……」

「解かった。あんたの血で救われたものだから、それで異様なまでの血への執着《しゅうじゃく》が生まれた。城主にとっての信仰は、人の生き血への信仰だった」

つくづく胸糞の悪い大物《でかぶつ》め、坊っちゃんは顔をしかめた。血への執着、それもあったかもしれませんと媼は動じることなく肯《がえん》じた。

「何よりその身に生じた異変が、内なる魔物を飼ったことが大きかった」

「城主が宿主となった病原菌のことですか」

鋭利に差しこむ戦慄に、薫がおののくように云った。

「あの子はそれを、神聖な病気と呼んだのよ」

「神聖な？」

「それは、二つとないの謂《いい》」

「二つと、ない……」

「あの特異な体質は、この血の副産物なのよ」

「だけど私たちの身に、異変は起きていません」

「それはどうかしら。個人差はあるようだけど、血の供与は眠っていた特異な力を抽《ひ》き出すか、あるいは窯変《ようへん》させる副作用を働かせるものなのよ」

「そんな話は聞いてないぞ」と坊っちゃんは云った。「だったらおれたちにも長生き以外の余禄がついてきているのか」

「あの人がつるんでいる貴族や剣客、人虎に妖婦たちも血を享《う》ける以前と以後では、体質や能力に違いが生じているはず。あの子のそれは、原生林の奥処《おくか》で繁殖していた病原菌への抗体。そしてたしかに私も、おなじ場所で起居していても発症することはなかった」

「しかしあの城主は、それを眠らせておくどころか、漫《みだ》りにまき散らさんとした」

「……善行によって善果を得て、悪行によって悪果を得る」

「それは、どういう意味ですか」

「純然たる悪のかたちに悪は胚《はら》まれる。これは一つの真理で、思想の内実はそこに関わらない。悪を為したものが悪となり、生きて魔界の領袖《りょうしゅう》となるのです。そうして血にまみれた軍勢で挙兵して、この世の命の生殺与奪を掌握することができる」

「要するに、悪の箔《はく》をつけようとしたわけか。そんな独りよがりの魔物が生まれたのも、あんたが保護して**血の恩寵**を授けたからじゃあないか」

「そう、そのとおり。だけど母子の関係と云うものは、掌の大きさが逆転するのと軌《き》を一《いつ》にして不可逆的に変わってしまうもの。纐纈布を濫造《らんぞう》し始めてからのあの子は、私の手に負えなくなった。一度などは慈母よ、あなたをこの身にまといたいと云って私を纐纈布に変えたがった。あげくに郷里が懐かしい、甲府の人が恋しい、などと無邪気に云って里帰りをして、あの惨劇を引き起こしてしまった……」

「聞けば聞くほどけしからん奴だ」坊っちゃんは顔をしかめた。「甲府の事件だって酸鼻を極めたと云うじゃあないか。奸物《かんぶつ》俗物なみに心根がせせこましいわりに、世間に与える被害は甚《はなは》だしいんだから始末に負えない」

「私は、あの人の援《たす》けを借りて、甲府に向かったの」

「翁も？　甲府にいたのか」

　およそ三百年前、逐《お》われるかたちで樹海を去っていた媼は、翁とともに武田家の領地であった甲府へと足を踏み入れた。城下が見舞われていたのは、武田家のみならず全国の領主が経験したことのない悪疫による空前の外寇《がいこう》だった。

　猿も鳥も死骸となって地に落ち、花嫁行列は血と肉塊《ししむら》となって全滅した。あまりの恐ろしさに大勢が固まって避難してかえって病の猖獗《しょうけつ》が煽《あお》られた。二次的な火災や自殺者まで相次いで死屍《しし》累々《るいるい》、屍山血河《しざんけつが》と化していたところで、残った土地の者を退避させ、北条《ほうじょう》家と上杉《うえすぎ》家を動かして国境を封鎖させたのが他でもない翁だったと云う。さらには軍師の**山本道鬼**《やまもとどうき》[*74]になりすまして武田家の大評定に潜りこみ、信玄《しんげん》子飼いの蜈蚣《むかで》衆をありったけ動員させて、甲府と信濃の境界に当たる八ケ嶽《やつがたけ》にまで城主を押し戻した。そこで俗世と交わらずに生きる**窩人**《かじん》**なる一族**[*75]の助力を得て、深い窩《あなぐら》に城主を幽閉することに成功したと云うのだから凄まじい。持ち前の智略と人脈のかぎりを尽くして八面六臂《はちめんろっぴ》の大暗躍を見せたのだ。

　それから百三十年余にわたって幽閉された城主を諭《さと》しつづけ、ついに説伏《せっぷく》を果たしたのが媼だった。本栖湖の城に帰還させるかわりに二度と人界へは現われないこと。歴史の奥津城《おくつき》に祀《まつ》られる御霊《みたま》となって悠久の歳月を生きること――

「最後にはあの子も陥落した。金輪奈落《こんりんならく》、惨禍は起こさないと誓った。私もあの子の領域には立ち入らない。相互に不可侵の血盟を交わし、離れて余生を過ごすことにしました。蜈蚣衆と窩人の裔たちは代々で監視し、時代が下ってからは軍にも後身を送りこみ、この国の一つの軍事機密として綿々と包囲網が敷かれてきたのね」

「それがどうして、現代《いま》になって辛抱が利かなくなった」

「軍のほうから接触したからですか」

坊っちゃんと薫はめいめいに揣摩憶測《しまおくそく》をめぐらせる。

「私にも真意は解かりません。だけど甲府と違って随身を従えているのなら、かつての顛末を踏まえたうえでの侵攻であるのは間違いないことね」

「媼さん、三百年前の甲府のように、城主を封じこめる術はないんでしょうか」

「あの悪疾については、少なくとも私も研究はしてきたの。自生の植物が減ってきてからは、密かに栽培もしてきた。この菜園で育てている草花や根茎は、あの子がもたらす劇症に効き目がないではない。家内に蓄えがあります。持っていけば役に立つでしょう」

媼がつらつらと挙げたのは、**大黄**《だいおう》、**皁莢**《さいかち》、**白牽子**《はくけんし》、**鬱金**《うこん》、**黄蓮**《おうれん》、**呉茱萸**《ごしゅゆ》、これらは擂《す》り潰《つぶ》して粉末にして呑む。**枹木子**《ほうぼくし》、**天雄**《てんゆう》、**烏頭**《うず》、**附子**《ぶし》、**狼毒**《ろうどく》なども混合して薬剤となる。その他に**鹿の頭**、**白花蛇舌草**《びやつかじやぜつそう》、**烏蛇**《からすへび》、**虎の肝臓***76などを混ぜ合わせたものにも験《しるし》があるが、これらは材料の調達が難しい。苦心惨憺《さんたん》してそれらを集め、丸薬や粉末剤にして服用したところで症状の進行を遅らせることしかできない。

「秘薬も血清も、柄杓《ひしやく》で火事場に水を打つ程度のものか」坊っちゃんは歯噛みした。対症療法だけではこの有事は乗り越えられない。「策はないのか、大人数のお上《のぼ》りさんをどうしたら元の棲処に押し返せるんだ」

「あの子の目当てを知ることができれば、手立てを講じられるかも」と媼が応じた。

「目当てと云ったら、首都を転覆させることなんじゃないのか」

「そもそも、どうしてこのような時期を選んで」

「震災後の混乱に、乗じようとしたんだろう」

「ただそれだけ、なのかしら」

媼はそう云って、細めた目差しを遠くも近くもない中空に泳がせた。

おおその眼は、坊っちゃんの胸は郷愁で微かに疼《うず》いた。

凡俗の男たちがどれだけ考え抜いてもわからない真理を、生得の智慧《ちえ》や直感だけで見抜いてしまうような聡い眼《まなこ》。この媼よりはずっと日常の垢《あか》をまとっていたが、似たように澄明な眼差しを清もしばしば見せることがあった。

「私には、出来事の階《きざはし》が整いすぎていると思えるのね」と媼はつづけた。「次の一段、次の一段へと足をかけやすいように。あなた方の話を聞くだけでも、震災からこちらあの子の進軍に至るまで……そこに来て、こうした有事に力を発揮するあの人は、遠地に引き離されているのだし……」

「あ、媼さん！」薫もそこで何かに気がついた。「もしかして翁を九州まで遠ざけるのも、城主の計略だったと云うことですか」

「だけど待てよ、九州に城主の細菌を運んだのは、参謀の主導だろう」

「だとすると、陸軍参謀があえて首都を攻めやすくする理由は見当たらない。事の中心はどこにあるのかね。時をおなじくした麴町憲兵分隊の事件も引っかかるのね。震災を皮切りとした一切の出来事を、おなじ一つの盆に載せて見渡している眼があるような……」

「それは、別に黒幕がいると云うことですか」

「震災からこちらの黒幕と云ったら、まさか……」

坊っちゃんはおずおずと心当たりを明かした。

「……大鯰《おおなまず》？」

「たしかに陸軍や憲兵隊の動きは胡乱《うろん》。しかし憲兵分隊長以下の凶行は常軌を逸している」

「云われてみれば、あまりに突然で、あまりに人道を外れすぎていますよね」

震災後に流行る鯰絵から当たりをつけた絵解きだったが、黙殺。おれ帰ろうかな、この足で養源寺を参って帰宅しようかなと坊っちゃんは思った。

「大杉さんの吊るし上げが画策されていたのは知っていたの」嫗は話をつづけた。「私も大杉さんとは知己《ちき》があったの。雑誌の編集を手伝っていた折に伊藤野枝《いとうのえ》さんを介して。夫とも仕事をしていると判ったのちは二組の夫婦で会って、カフェーでお茶を戴いたこともありました。だから先だっての事件は、あまりに痛ましくて……」

「伊藤野枝さんと云うと、麴町で共に被害者になった婦人運動家ですよね」

「赤マントの侵攻と、大杉の事件が、どうしたら繋がるんだ」

坊っちゃんは閉口《へこ》たれずに訊ねた。尋常ではない事変が相次いでいるが、それらすべての因果を束ねる絵図があるとは思いがたい。憲兵隊による大杉の処刑と、纐纈城の城主の首都侵攻とは野放図という点で一脈を通じているが、だからと云って二つの件がおなじ企図の下で連関しているとは挙証できない。こうした変災後には、似たような莫迦《ばか》をしでかす手合いが芋蔓式に出てくるものだろうと断じたくなる。これまでにも否《いや》というほどこの目で見てきた、憂さ晴らしのごとき朝鮮人への迫害、集団の威を借りた人々の狂奔《きょうほん》――

「もしかしたら各人が……」と媼がつづけた。「全体の図を知らぬままに動かされている、ということもあるかもしれません。あの子が契りを反故《ほご》にして、挙兵するように東京に攻め上がってきたのは、何者かに強い召喚を受けたからかもしれないし……陸軍の大中将や参謀本部、戒厳司令部、そうした中枢に謀略をめぐらせる人物がまぎれているのかもしれません。高所大所から将棋《しょうぎ》や碁《ご》の盤面を見下ろすように事の始終を瞰《み》ている何者かが……」

「高所大所からって、それじゃあまるで……」

神様じゃないですか、と薫は云いたかったに違いない。黒幕が神ならその神は、随分と荒ぶる神だ。この世界に嫌気が差すことでもあったのか。今後、和《な》ぎるような予定はないのか、願わくは早々に気を鎮めてもらいたいと坊っちゃんは祈らずにいられない。

「司令部でなければ、憲兵分隊長とか……」媼がふと口走った。

「あの甘粕分隊長が、全体の黒幕なんですか」薫が目を見開いた。

「あるいは本人も知らぬうちに、操り人形になっているかね……」

「もう止してくれ。東京は一体どれだけ祟《たた》られているんだ」

そこはあの翁の古女房だ。因果や陰謀を語らせたら止まらない。

血清開発への協力については、医師団の元へ同行することを了承してくれた。症状に効用があると云う秘薬や生薬の材料も入手した。訪問の首尾はまずまずと云ってよかったが、しかし薬や血清があろうと病原菌のガトリング砲を押し廻しているような城主が跋扈《ばっこ》するうちは焼け石に水だと危懼《きく》もぶり返した。根本の解決手段がどこかにないものか。

嫗は母屋に戻ってくると、「効き目があるかはわからないけども……」と自室にある道具で自らの血の供与を申し出てきた。この嫗、数年前にスペイン風邪が席捲した時期には、免状こそないが日本赤十字社の看護助手として陸海軍病院に派遣され、流行性感冒に対する治療幇助、予防注射を手伝い、口覆《マスク》を配るなどしてきたと云うのだから、波瀾万丈の生にまたひとつ軽々と箔をつけてくれる。もしものときのために備えていたと云う医療器具を使ってこの場で坊っちゃんや薫に血を輸《おく》っておこうと云うのだ。

今ここでするのか。市電の事故で死にかけたときに翁にも受けた手技だ。とは云ってもそんなに気軽にして大丈夫なのか。血液の型が合わぬと拒絶反応が生じると聞くし、そもそも翁と嫗の二人の血を体内に輸りこんだら、体の中でいがみあって夫婦喧嘩を起こして大変なことになりはすまいか。坊っちゃんは色々の心配をしたが、「あ、それじゃあお願いします」と薫がすすんで供血の針を受け容れたので、坊っちゃんも尻込みしているわけにいかず、感染に対しての防護になるかもしれない媼の血をお裾分けされる運びとなった。

「たとえばあんたが東京在住だからと云うことはないかな。ぞんがい母堂が恋しくなって上京《あが》ってきたとしたら、あんたにまた説得してもらえば……」

媼の血が欠乏してふらふらしない程度に、運ばれてくる血の流れを見つめながら坊っちゃんは訊いたが、媼は心許なく頭《かぶり》をふるばかりだった。

「そのぐらいで退いてくれるなら、私はいくらでも出張っていきましょう。だけど所詮、あの子の私への情愛や敬仰はかりそめのもの。だって血のマントに変えようとしたぐらいだから。お気に入りの毛氈《けっと》ほどのものでしかないのでしょう。悪として開眼したあの子の猛威を押しとどめることはできません」

「だったらどうすれば……赤マントめ、今ごろどこまで来ているんだ」

「聖さんのことも心配です。そろそろ連絡を取らないと。私、ちょっと城主が進んでいた経路に戻ってみます」

「大それたことを云うな、恐ろしくないのか」

「坊っちゃんさんは、媼さんを赤ひげ先生のところへ」

おぼこい娘子に危険な仕事を押しつけては名折れだ。おれが聖の元にひと走りしてくるから、お前が媼を連れていけ、と当然のように云うべきことを云いだせないうちに輸血が済んで、薬を調合するための草や根茎を抱えられるだけ抱えて、正面の路地へ出てきた。ちょうどそこで視界の前方に、軍の車両から降りてくる軍衣の一団が見えた。

黒色の制服に短寸のマントを羽織り、腕に憲兵腕章をつけている。佩《は》いた軍刀を鳴らし、軍靴の音を揃えながらこちらに大挙して向かってくるではないか。呼笛が吹かれ、軍衣の上の拳銃嚢《けんじゅうのう》に手をかける下士官もあった。軍令を受けて機動出動して、治安維持の名のもとに叛乱分子を捕らえんとしている勢いだった。対象はおれたちか？

「憲兵隊が何だって市民に襲いかかるんだ、これはどういう了見だ！」

「坊っちゃんさん、あっちからも！」

振り返れば、背後の小路からもおなじく二十人ほどの憲兵が早馳《はやが》けしてくる。その一部はすでに媼の菜園を踏み荒らし、栽培されている草花をむしり取り、土の中の植物を根こそぎ抜いていた。どういう軍令を受けているのかは知らないが、母屋で家探しまでし始めていた。

これが戒厳令下の軍警察のすることか。咄嗟《とっさ》の判断で坊っちゃんは媼を背負《おぶ》ると、疾駆して憲兵の群れの真ん真ん中を突き貫《ぬ》けてやろうとしたが、大群の中に飛びこんでいった結果、抜けることも退《ひ》くことも出来なくなった。不意を衝かれて警棒でどやされ、倒れこんだところで軍靴の底で踏みつけられた。飛白《かすり》の袷《あわせ》に体重をかけられて、身を捩《よじ》ったはずみに筒袖が引っこ抜けた。

「おい止さないか、おれたちが無政府主義者と思うのか。大物のアナキストはこの婆さんの旦那だ。ここにいる三人は一般市民だ、井戸に放《の》りこまれる謂《いわ》れはないぞ」

鼻息を荒らげて口走ったものだから、圧しかかってくる憲兵の数が増した。大杉事件の軍事裁判を前にして世間の風当たりが強まるなかでのこの暴挙、抜き差しならない緊急の事情でもあるのか。腰を落として蹴りを入れようとした奴腹《やつばら》があったが、坊っちゃんは上体をひねって躱《かわ》した。

横面を狙って拳が飛んできたが、これも余裕をもって凌いだ。真上に乗っている憲兵の股座《またぐら》に下肢を引っかけて、跳ね上げて飛ばした。飛び起きて近くの憲兵に応酬しようとしたがこれは仕損ねた。倍以上の憲兵が雪崩《なだれ》を打って殺到して、拳銃の口に囲まれては堪《たま》らない。莫迦のひとつ憶えのように再びねじ伏せられて地面を舐めさせられた。

おのれ天道是か非か、罪状も告げずに市井《しせい》の者を組み伏せる憲兵がどこの国にあるものか。こいつらは世間に無法者の集団と評価されつつあることを知らんのか。頰を地面に擦《なす》られながら見れば、媼まで後ろ手に捕縄をかけられていた。

「放して、放してくださいってば！」離れたところで薫も叫んでいた。「争っている猶予はないんです。そのお婆さんを、お婆さんをお医者さんのところに連れていかないと、東京が大変なことになるんです」

薫がそこまで云った瞬間、見えていたその表情が見えなくなった。

「止せ！　そいつにそんなものを被せるな」

「外して、何も見えない。坊っちゃんさん！」

「おれはここだぞ、薫、ここにいるぞ」

黒眼がちの瞳が潤めば潤むほど、向き合う者の心に清水を湧かせて戦意喪失させる——そんな薫の特性をあらかじめ知ったうえで憲兵隊は、頭陀袋《ずだぶくろ》を被せて厄介な眼力を封じていた。するとこれは確実に自分たちを狙いすました捕物だ、坊っちゃんはわなないてしまった。一体どこの誰がそんな命令を出せるのか——

ついでとばかりに坊っちゃんも袋を被せられ、手首も足首も雁字搦《がんじがら》めに縛られた。狩られた野鹿のように担がれて、トラックの荷台に放りこまれた。嫗と薫も荷物のように載せられる。押収した大量の生薬や植物もどさどさと積まれていくのがわかった。

ああ、急いで戻らなくてはならないのに。

聖の元へも、誰かが馳せ参じなくてはならないのに。

娘子や老女まで容赦なく捕縛して、動きだした軍用車が向かうは憲兵隊本部か――

「終わったぞ、憲兵隊の暴挙のおかげで東京は終わった」

そんな捨て台詞を吐くのが精一杯だった。手首の縄は車の振動でも緩むことがなく、夜更けの市街に流れていく景色は、頭陀袋越しには何ひとつ見通せなかった。

二十二

襲い来た暴風が、愛宕山の木という木を揉みしだき、揺さぶり、耳を弄《ろう》さんほどに轟々《ごうごう》と渦を巻く。百や千の竜巻のように砂塵が巻き上がり、一葉も残らず吹き飛ばされて、六条院のぬばたまの髪が、翁の白髯《はくぜん》が千切られんばかりに吹き荒《すさ》ぶ。

つづけて山津波が、木々を薙《な》ぎ倒しながら襲ってきた。激しい土砂の高波が、重量にまかせて視界の水平を奪い去る。自らを羅刹と称した男は、視界前方の遥か先途、それも斜め上方に立っている。翁と六条院、机龍之助の拠《よ》って立つ足場が、相次ぐ山津波で地盤ごと沈みこんでいた。

「これほどの幻術《あやかし》を弄するとは、人界の者ではないな」

めくるめく颶風《ぐふう》、霹靂《へきれき》、山津波——急襲する天変地異の連なりは激烈だった。出し抜けに眩暈《めまい》の向きが変わる。斜め上方にいた男が、斜め下方にいる。ほとんど垂直に近いほどの急斜面となった山間で、鳥類の嘴《くちばし》を持った羅刹だけが真っ直ぐに立っている。地球が球ごと反対側に腰を下ろした天秤遊《シーソー》に乗っているようだった。翁たちは急峻な斜面を辷《すべ》り落ちる。手はどこにもしがみつけず、足は氷上に立っているように踏ん張りが利かない。止まれずに急斜面を辷っていく、辷っていく。このまま世界の涯《はて》まで突っこんでいって、世界もろとも砕け散るのか——幾重にも幻術を張りめぐらせた羅刹は、冷たい頰笑みを湛《たた》えて、巖《いわお》のようにそよとも揺らがずに立っていたが、落ちてくる三者を迎え入れるように歩きだす。体重を感じさせない足取りで、遠近の加減ではなく一歩前進するたびに体が巨大になっている。

「某《それがし》は、なぜこれが視《み》えている」盲目の机龍之助すら眩惑されているのだから、この景観の大変化が幻術であることは明白だった。「こんなものは視たことがない、出口はあるのか」

「脱するためには、あれの正体を知らなくては」翁は目を凝らして羅刹の姿を見据える。

「ぶつかるぞ、跳ねよ」六条院が一声を発した。

急斜面を徒歩《かち》で近づいてくる羅刹と衝突する寸前で、傾《かし》いだ木を踏み台にして跳躍した。高く跳んで、着地する。脛骨《けいこつ》が軋《きし》むほどの衝撃が膝に来た。

降りたったのは、透き間もなく木々が群生する原生林だった。

現実の愛宕山の風景ではない。視界の全方位に展《ひろ》がる森に時間はない。

若木も老木もない。天地の区別もない。見上げんばかりの巨樹が繁りながら、下草がそのまま樹冠となって陽光を貪《むさぼ》り、樹液が鮮血となって流れ、飛散する種子がボッボッと弾け、銀河のように果てしなく拡大して刹那のうちに誕生と消滅を繰り返す。螺旋《らせん》を描く蔓《かずら》が木を締めつけて、そそり立った枝の先端で芋虫や毛虫が有翅《ゆうし》の成虫へと変態を遂げる。動物たちは肉食と草食の理《ことわり》を逆転させせて、羚羊《かもしか》が豺《やまいぬ》の群れを食《は》んで陰血で牙を光らせる。灌木と岩を腐葉土が擁《いだ》いて奇岩へ変化させ、落花がさかしまに昇っていき、降りたてる驟雨《しゅうう》が細い針となり、雲母《うんも》や石英のような鏃《やじり》となって昆虫や動物を殺し、姦して、泡沫のうちに微生物の誕生の夢を爆発させる。その永い、永い連鎖に結尾はなかった。

「畢竟《ひっきょう》するにここは森の牢獄か。私たちを閉じ籠めて下山させぬつもりか」

「どうするのだ、我らとて出られぬのでは往生する」

翁が口走った言葉に、机龍之助が焦燥をもって返した。

六条院は黙ったままで、注視の目差しを四方《よも》に配っている。

「これほど無際限で細密な幻術をほしいままにする手練《てだ》れ。つまらぬ妖の眷属《けんぞく》であろうはずがない。西国のいずれか、山陰や山陽からここまで出張ってきたか、あるいは土佐や讃岐《さぬき》から海を越えてきたか……」

「あれを見よ、景色が割れる」

鎖《とざ》された森の景観が開かれる。地響きを轟《とどろ》かせ、木々を割くようにして出現した羅刹は、両翼を拡げた巨鳥と化していた。否、それはもはや鳥ではない。梟《ふくろう》のような眸《め》は四つ、鷲のような肢《あし》は八本あり、蝶と蜉蝣《かげろう》を掛け合わせたような翼はもはや何対か数えきれない。狗《いぬ》のごとき胴部からは大蛇の尾を生やしている。分厚い鱗《うろこ》に覆われた体表には苔《こけ》が生えていて、後背には背毛《せなげ》さながらに木々が生え育っていて、小さな山を背負っているような威容だった。

「これはこれは、何たる大盤振舞い」六条院が呆気に取られたように笑う。

「其許《そこもと》たちで、何とかせよ」

机龍之助は他力本願だった。刀を持たせれば万夫不当《ばんぷふとう》の豪の者でも丸腰ではただの人。幻術世界を斬り破れる鋒《きつさき》はそなえていない。森の主たる巨鳥はその総身を打ち震わせ、雷鳴のような啼《な》き声とともに樹冠を突き破って翔《と》び上がり、天の高みでその異形をくゆらくゆらと翻《ひるがえ》した。

「あれこそ天《そら》の鳥。天《そら》を駈ける狗《いぬ》のようだ」

翁はそこで漸《ようや》く、未知の敵の正体に目処《めど》をつけていた。

「つまり、**天狗**[*77]」

「あれが天狗だと？　山伏姿でもなければ、赤っ鼻でもないではないか」

釈然としていない机龍之助に翁は説いた。古来、天狗とは異国《とつくに》において凶事《まがごと》を知らせる流星を意味した。地表近くまで接近した火球は、宙で爆発してけたたましい大音響を発する。この天体現象を吠えながら天を駈ける狗に見立てた。

天狗とはそもそも、天より降《ふ》りて地上に災禍《さいか》をもたらす凶星。

我が国では平安の世から山岳信仰とも習合して、山界の魔妖が総じて天狗と称された。修験者の装束で一本歯の高下駄を履き、ヤツデの羽団扇《はうちわ》で高い鼻に風をそそぐ天狗の姿は、山岳信仰から附会された俗説の姿。実際の天狗はあのように得体の知れないぐちゃぐちゃの魔物であることがほとんどだ。ただし強力な術をもって災禍をもたらすことに変わりはない。

「愛宕山と云ったら**太郎坊天狗**《たろうぼう》*78ではないか」と六条院が云った。「残存していたのなら、由縁なき麻呂《まろ》たちの行く手をなにゆえ阻《はば》むのか」

「太郎坊とは思えぬな」翁はそう云って頭《かぶり》をふった。「あれは力自慢の豪壮な天狗、こんなふうにねちっこく幻術を重ねてくる手合いではあるまい。そもそも太郎坊と云ったら焼亡したはずではないか」

「安元《あんげん》の大火でな。ならばあの天狗はいずこの天狗か」

「空座となったこの山に、他山《よそ》から何者かが這入《はい》りこんだわけか」

「いずれにしても、稀《まれ》に見る幻術の使い手。さぞや大天狗に違いあるまい」

「其許《そこもと》ども、喋《しゃべ》舌ってないで何とかせよ」

「む、降ってくるぞ」

頭上の高みで、四つの眸《め》の光を彗星の尾のように燃やし、巨《おお》きな顎門《あぎと》ごと地面に降ってくる。もしも机龍之助の手に得物があれば巨鳥と化した天狗の喉に鋒を突きこみ、造次《ぞうじ》顚沛《てんぱい》、踏みこんだ斬撃で首級《みしるし》を落とすこともできたやもしれず、しかし今、幻術と分かっていても魔物を退《しりぞ》ける武術も膂力《りょりょく》もない三者は、あたかも大鯨《いさな》に平らげられる小魚のように巨大な口に呑みほされ、弾力のある赤黒い壁や通路でどむどむと体を弾ませ、揺さぶられ、揉みしだかれて、はたと気がつけば暗々たる巨鳥の胃の腑に落ちていた。

あたかもそこは、海の底《わた》だった。

森の幻術、そして海の幻術。山海のまぼろし。

めくるめく変幻自在の夢が、一瞬きのうちに千の場面を視せる。

海の内臓《わた》。群泳する小さな魚の集団幻想。藻と草がからみついて織りなす鹹水《かんすい》の悪夢、潮《うしお》になぶられて烏賊《いか》や蛸《たこ》や貝類が痴《たぶ》れたように漂っている。魚群は千尾が寄り集まって一尾と化し、降りたてる死の灰のような懸濁物《けんだくぶつ》を食らっている。微生物の死骸や有機物の塊《かたま》りとおぼしき汚濁は海《わた》の底に降り積もり、底棲《ていせい》の生き物たちの寝床となる。白皙《はくせき》の海老《えび》や鱗をまとった巻き貝、異貌の古代魚、吸血烏賊、無数の肢を生やした具足虫《ぐそくむし》たちがうごめいて、死の灰もろとも翁たちの屍骸が底に降るのを待っている。何よりもここは海中、皮膚にかかるたしかな水圧が本能を慄《おのの》かせて止めどもなかった。

（うむ、これは呼吸《いき》ができぬな）

すべては幻《まやかし》と判っているはずが、呼吸器が脳の働きに先んじて眼前の光景を現実と容《い》れはじめている。そこにきて猛毒の針を持った水母《くらげ》が、稚魚で餓えを満たせない鮫が、蜷局《とぐろ》を崩した蟒蛇《うわばみ》が、ありとあらゆる肉食の魚類が現われた闖入者《ちんにゅうしゃ》に荒らぶり、猛《たけ》り狂って、途切れもなく猛襲を仕掛けてくるではないか。

（むぬぬ、これは堪《たま》らぬ）

（切りがない、幾重にも幻術で蓋《ふた》をされては）

（出られぬぞ。机、おぬしが得物を置いてきたのが悪い）

（食われている。某《それがし》の足指を食う生物がある）

（こら、髯《ひげ》を食うではない。痛い痛い）

（よもや天狗と出くわすとは、某《それがし》も思いもせぬ）

（途方もない魔妖。これでは事実、窒息死してしまう）

海中にあって言葉の遣り取りはかなわず、目顔をもって意思を疎通する。夥《おびただ》しい魚や巨蛇《おろち》に突《つ》い食《ば》まれ、三人揃って海の藻屑となりかけていた。大天狗、恐るべし。疑う余地もなくこの道中で最も梟猛《きようもう》かつ獰悪《どうあく》な大敵。どうやって難局を打破するのか、誰がこの事態に始末をつけるのか。何とかせよ、そっちが何とかせよと責任を押しつけ合うさもしい目配せが交わされた。

（相手が人にあらざる魔の物ならば、そろそろそなたが仕事をする番ではないか）

声に出さぬままに翁が告げた。九州くんだりまで往きて戻るなかで際立った働きを見せなかった、一言で云えば役立たずだった同行者を見据えていた。頰の肉に齧《かじ》りつく魚群を、顔はやめて顔はやめて、と払っていた六条院が翁からの視線を受けて、

（いたしかたなし）

と云わんばかりに鼻から気泡を吹くと、光る君と称されたその相貌を一変させた。

たえまなく目蕩《まどろ》んでいるような、完全に覚めてしまえば夢もろとも世界が消えてしまうのではと懼《おそ》れているような一重の瞼《まぶた》が見開かれて、そこまで堰《せ》き止めていた情念を溢れださせる。為すべきことを為すと覚悟を定めた六条院の面輪《おもわ》が、海の内臓《わた》の中で見る見る光り輝き始める。

すっ、と伸ばした指先で、すっすっすっと虚空に線を描いて――

薄い唇の内側で、静かに経を唱えた。

それから二つの蹠《あしうら》を底に下ろして、ゆるやかに足踏みをして廻った。時に力強く、足元を撥《ばち》で鳴らすように。時に静やかに、そこに雪でもあらば沫雪《あわゆき》を舞わせるような摺《す》り足で。左足を前に出し、右足で左足の先を踏み、左足を右足の横に添える。前に左足を出して、右足を左足の横に置き、左足を右足に添えて、左足で右足を過ぎ、右足を左足の横に置き、右足を左足の前に横切らせる。一連をやんごとなき挙止で、貴族の暮らしが染みついていなくては為せない優雅な所作で繰り返す。

反閇《へんばい》、と呼ばれる足の運びだった。

(ここへ参れ、二人共)

九つの足跡を刻んだ空間に、翁と机龍之助を呼び寄せた途端、局所に集中して胃酸が溢れだしたように、青白い炎と泡とが足元に拡散されて、胃の壁が溶解していく。ざばりざばりと鹹水が流れだして、弾けて、海《わだつみ》の幻想がまず滅《き》える。


一つ目の幻術の獄《ひとや》を破って、森へと立ち戻っていた。

眼の前には、腹腔を食い破られた怪鳥が臥《ふ》せっている。

蛇の尾がのたうち、異形の姿のそこかしこに爛《ただ》れを生じさせ、重力に逆らえずに全身の輪郭を崩していく。頭蓋《ずがい》に渋皮を貼りつけたような相貌に成り果て、肢という肢が枯れ枝のように痩せさらばえていく。たとえ幻術と云えども胃の腑に落とした獲物に肚《はら》を割《さ》かれ、あげく体腔を満たす水が溢れだしてはひと溜まりもないようだった。

「そのような術を、なにゆえ貴様が……」

巨鳥の嘴から天狗の声が漏れた。そのような術——読経、呪法《ずほう》をもって魔障を打ち破れる者が一党にあろうとは大天狗も予期していなかったと見える。身に着けているのは狩衣《かりぎぬ》ではなかったが、それでも天狗に対峙する六条院は、太古より占術と加持祈禱《かじきとう》をもって災異を回避、退魔調伏《たいまちょうぶく》を果たしてきた熟練の呪術者そのものだった。

「体内に嚥《の》んだのが運の尽きであった。労せずに急所を破ることができた」

「なにゆえ、貴様が、貴様が……」

「麻呂《まろ》に由縁を問うならば、こちらからも訊こう。千載の長きにわたる年月を、麻呂がおもに何をしてきたと思っているのか」

六条院のその言葉を傍らで聞いて、翁は机龍之助と思わず顔を突き合わせた。今さらそんなことを問うのか？　この六条院を知る者であれば、口を揃えて即答することができた。森に息づく猿や鳥や昆虫ですら、声を合わせて囃《はや》したてそうなほど明々白々だった。千年にわたって六条院が為してきたことなんて、女人を追いかけるほかにあるまい！

「宜《う》べなるかな、六条院、さすがに愚問すぎぬか」翁は一同を代表して云った。「おぬしが為すことと云ったら、色欲に耽《ふけ》るほかに……」

「それはまあ、それとして」

「問いの立て方が悪いのだ」

「横から口を挟むな。麻呂がこの者を糾問《きゅうもん》しているのだ」

「六条院、貴様は……ただの色惚けの公卿ではないのか」

妖鳥が喘《あえ》ぎながら云った。六条院は頭《かぶり》をふりながら、胸元に指を突きだして九字切《くじぎ》りを始めた。呪力をそなえる道教の九字印だ。**臨・兵・闘・者・皆・陣・裂・在・前、臨ム兵闘ウ者皆陣裂《やぶ》レテ前ニ在リ**。一字を唱えるごとに虚空に横線を引き、次に縦線を引き、次にまた横線と、空中に四縦五横の格子を描いていく。公に道教を入れなかった我が国では、陰陽道や修験の派が九字の担い手となった。密教や日蓮宗でも九字は活用されているが、六条院はここに一字を加えて四縦五横を五縦五横とする。病人加持のときは**鬼**。海や河川を渉《わた》るときは**龍**。深山を抜けるときは**一**《いっ》。塞がった方位を開くときは**角**、退魔調伏においては**太**、と唱えて縦に斬り下ろす。強い霊力の磁場を作ったうえで六条院は、上衣の懐《ふところ》から細く巻いた弦を出した。**鳴弦《めいげん》・蟇目《ひきめ》の儀**にも用いられる弓弦《ゆづる》だ。さらに呪《しゅ》と図柄が見える霊符を出して、先端の尖《とが》った木枝で三枚重ねに貫き、これを適度に撓《しな》る弓状の枝に番《つが》えた。

「麻呂の生は、**物の怪や悪霊と切っても切れない生**[*79]であった。愛した女が悪霊や鬼魅《きみ》に憑《つ》かれ、この手で守れなかった者もあった。男女の睦《むつみ》に妖物は付け入り易きもの。ゆえに自ら外法《げほう》の者を祓《はら》う手立てを、**血の恩寵**を享《う》けしその日より追いつづけてきた」

六条院はもとより文武に優れ、騎射の才も群を抜いていた。鳴弦が魔に対する威嚇《いかく》であるのに対して、実際に鏑矢《かぶらや》などを放つ蟇目は実力行使と云える。六条院は後者を選んだ。射られた矢は弧を描き、巨鳥の四つ目の中心に突き刺さった。呪《かしり》、と呼ばれる破邪の呪法。最高度の秘術の鋒《きっさき》が、幻術の中心へと躍りこんだ。

二つ目の獄《ひとや》が、森の牢獄がたちまち滅《き》える。


傾いだ地平も元に戻っていた。もはや颶風も雷鳴もない。

現実の愛宕の、夜の明け始めた山間へと立ち還っていた。

暁光《ぎようこう》を浴びて、光る君の相貌は目映《まばゆ》いまでに輝いていた。

「六条院、なぜすぐに術を使わんのだ」

限界までその力を韜晦《とうかい》していた六条院に、翁はぼやくように云った。

「なぜかと？　この者は九州であれほどの甘美な夢を見せた幻術使いであろう。あの夢がよもや再現されるのではないかとそわそわして行方を見守っていたが、場面が変わってもただの一人も現われぬものだから。さすがに麻呂、痺《しび》れを切らしちゃって」

「それにしても、どんな夢を見ておったのだ……」

眉間に矢文のように霊符を突き立てられた天狗は、人の形に戻っていたが、後方に廻りこんだ机龍之助によって遁走《とんそう》を阻まれていた。気息奄々《きそくえんえん》でぎしぎしと青息を吐きながら、手負いの獣のように四つん這いで体を引きずっている。周辺一帯に翼の音がつらなって、払暁《ふつぎよう》の空に向かって鳥の群れが羽搏《はばた》いていったが、突っ伏して自らに聞こえているかもあやしい糸のような声音を吐く天狗は、翔《と》んで逃げる余力も残していないようだった。

「軍の謀略を探る任務で、魔の眷属に襲われるとは想像もしていなかったが」六条院は冷ややかに天狗を見下ろした。「麻呂も無為に生きてきたわけではない。それが解かってもらえたものと思う。麻呂はこの千年を費やし、持てる富と権力を惜しみなく注いで、大陸の密教を中心に据えながら、神道、陰陽道、日蓮宗や曹洞宗の呪法、道教の卜占《ぼくせん》や蠱術《こじゅつ》、鬼道《きどう》、呪禁道《じゅきんどう》、奇門遁甲《きもんとんこう》、宿曜道《すくようどう》を一つひとつ歳月をかけて習得していった。**妖狐の母**＊80に育てられて陰陽寮に入った**安倍晴明**《あべのせいめい》＊81にも、朝廷に属さない播磨《はりま》の**道摩法師**《どうまほうし》＊82にも教えを乞うた。そこの翁などは、あまりに見境がないとあげつらうが」

「だって見境はなかろう。清明と道満はどちらかでよかろう」

「麻呂の才が、開花を見たのだ。難癖の類いは控えよ」

「おかげでおぬしの呪法の体系は、常人の理解がおよばぬものになっている」

「つまり、貴様は、貴様は、陰陽道の……」

「わりと麻呂、験力《げんりょく》に優れていた」

あいかわらず六条院の云い草には、物事の上っ面を辷っていくような浅薄さがあった。

大陸を出自とする密教は、時代とともに土俗的な呪術への回帰を含め、中国でももともと現世利益を重んじる民族性のゆえもあって強力に呪法が推進された。呪法は釈尊の教えではなく、云うなればさらに古い、大乗仏教で云うところの阿頼耶識《あらやしき》、人類の潜在記憶の最古の層に蓄えられた叡智《えいち》にも結びついていると六条院は云う。中心となっているのは密教だが、六条院は学んだものを自ら習合させて独自の呪法体系を築き上げていた。

「ただしそれも、愛した女から一切の悪しきものを祓うため。天狗なぞを懲《こ》らすためではなかった。こうなったからには敗残の狗よ、名と出自を明かすがよい」

「纐纈《こうけつ》城の城主よりも古くて強きもの、それがおぬしの主だと云ったな」翁も天狗にひたと目差しを向けた。「首都の何者かを憑代《よりしろ》としているのだな、この世に擾乱《じょうらん》をもたらすのが狙いか。主の真意はどこにあるのだ？」

愛宕山にひそやかな暁の光が染みていき、視界に映る風景が少しずつ明瞭になっていく。それでも闇を手放さずに抱えこんでいるような天狗は、そこでいよいよ気が触れたかのように呵々大笑《かかたいしょう》しはじめた。

「ふははは……ふはははははっ……足止めはもはや十二分に果たされた。お前たちは取り返しのつかない一夜を棒に振った。これで良い、これで良い。ここからどれほど足搔《あが》こうとも、お前たちは間に合わない」

「間に合わない、何に間に合わぬと云うのだ」

「我らの足止めをする、帰途を阻《はば》む、それがそなたの役目か」

「……あるいは事の初めから、分断が狙いであったか」

翁がふと脳裏をよぎった疑念を口にしたところで「気づいたところで手遅れだ」と云って天狗が嘴を開き、暗渠《あんきょ》のような口腔を見せて嗤《わら》った。

「竹取の翁の一党が、歴史の陰で暗躍してきたお前たちが、我が主の成すべきことの障壁となるのは分かっていた。だが今のお前たちは散り散りとなり、肉体は酷使されて困憊《こんぱい》の極み。僻遠《へきえん》より馳せ参じようとも後の祭り。我が主の前に立ちはだかる奇蹟は万に一つも失せた。私はそのために讃岐の陵《みささぎ》から灘を越えてきたのだ。かつての甲府のように悪疫を主上の城へと運ぶ――それこそが**不死鳥計画**の本懐であったのだ」

天狗はへたりこんだまま、芝居がかった仕種で腹を抱え、体を前後に揺らしながらひとしきり声もなく哄笑《こうしょう》した。

「今、何と申した」翁は瞬きせずに天狗に見入った。「悪疫を城に運ぶ、それが纐纈城の城主の挙兵の主意か。東京にある城とは――ただ一つしかないではないか」

ここに至って翁の心眼がいよいよ真実を見貫《みぬ》かんとしていた。挙兵、城、大天狗、讃岐の陵、太郎焼亡、**不死鳥計画**――散らされた言葉の断片が魂の座に一つの名前を浮上させる。讃岐にある御陵とは――翁はそうして、感情の緒が焼き切れたように熱を帯びる声で云った。

「主とはまさか、まさか、御陵の……」

「左様。しかし見通すのが遅かった」

「おぬしは白峯の、**相模坊天狗**《さがんぼう》*83か」

二十三

「起きろ、いつまで寝ているのだ」

突如、叩き起こされて、汗で蒸《む》れた頭陀袋《ずだぶくろ》を外された。

寝惚《ねぼ》け眼《まなこ》を擦って見れば、首都の建物の織りなす稜線が、朝焼けの色彩に染まっていた。

眠っていたのか、夜深けに視界を袋で塞《ふさ》がれたら嫌でも瞼《まぶた》には錘《おもり》が載ってくる。深夜まで媼《おうな》の家で庭仕事をして、輸血を受けながら話をしていたから、一、二時間は寝ていた勘定になるか。ここはどこだ、どこに連れてこられた？　半醒半睡の頭では思考がもつれてまとまらない。少なくとも麴町の憲兵司令部ではないようだった。

「おい、そっちの娘も起こせ」

憲兵隊の上等兵が、居丈高に坊っちゃんに指図をしてくる。頭陀袋を外されてもすやすやと眠っている薫を小突いたが、頑として目覚めない。

「むにゃ、お母さん、あとちょっと……」

親に布団を引っ剝がされても床にしがみつく寝ぼすけのようだった。薫め、よくもこの状況で熟睡なんぞできるものだと坊っちゃんは思ったが、気を張りつづけて疲弊しきっていたのだろうとも思った。ここではないどこかの心地よい夢を見ているようなので、暫《しばら》くは放っておいてやりたくて、憲兵たちの怒声を浴びても強くは小突かなかった。

「お前たちの出頭命令を出したのは、憲兵司令部である」

一網打尽で連行されてきた媼は起きていて、澄明な面差しで事態を窺《うかが》っていた。寺の境内らしきところに隊伍を組んだ憲兵が居並んでいて、下士官に揺すり起こされて愚図っている薫も、坊っちゃんも媼も、手首を縛られたままお白洲の罪人のように座らされた。三人だけではなく他にも引ったてられた数人の男たちがいて、憲兵たちの話しぶりからしていずれも潜伏していた無政府主義者のようだ。もしかして本当に、この機に乗じてアナキストを一斉に処刑する算段か。子供まで殺《あや》めたのだからもはや十人も二十人も大差はあるまいと云う話か。憲兵司令部はどこまで破落戸《ごろつき》の集団に落ちぶれてしまったのかと坊っちゃんは歯嚙みした。

「おれはアナキストじゃあないが、縊《くび》りたいなら縊れ」捨て鉢な心持ちで坊っちゃんは声を荒らげた。「寺の井戸に抛《ほう》りたくば抛るがいい」

「いやぁ、井戸はいやぁ」

薫はまだ寝惚けている。憲兵たちの、アナキストたちの視線が集まるのがわかった。啖呵《たんか》を切った手前、坊っちゃんは退《ひ》くに退けずに気勢を吐いた。

「こうしている間にも、恐ろしい悪疫の主がすぐそこにまで来ている。憲兵隊もまったく知らぬわけではあるまい。座していれば東京は壊滅と云う情勢なのに、それでも虱《しらみ》を潰《つぶ》すようにアナキストを責め殺したいなら好きにしろ」

「衛戍《えいじゅ》警備は戒厳司令部の、軍事出動がかかれば歩兵連隊の任務である。我らは首都の治安維持に当たっているのだ！」

軍帽を目深にかぶったロイド眼鏡の憲兵曹長が云った。最大級の叛乱分子の侵攻を察しているにもかかわらず、云うにことかいて自分たちは関係ないと来たか。こいつはいよいよ話せない雑《ぞう》兵《ひょう》だ。容疑のかかった当事者は軍法裁判を待つ身だが、坊っちゃんの目にはこの曹長こそが、大杉とその家族を手にかけた甘粕分隊長に見えた。否、亀戸で活動家たちを処刑し、各地で自警団を使嗾《しそう》して朝鮮人を簀《す》巻《ま》きの骸《むくろ》に変えたすべての官憲それ自体の顔に見えた。

どうした早くしろ、やるならやれと喚《わめ》き散らして、君、自棄《やけ》っぱちになって憲兵を刺激するんじゃない、粋がるな！　と他のアナキストからも罵声《ばせい》を浴びた。あらためて後方からねじ伏せられたところで、身を屈めていた媼が口を開いた。

「ただの処刑のためではない。憲兵隊の方でも何かあったからこそ、私たちは忙《せわ》しなく検束されて、こうしてお白洲に並べられているのではないですか」

事の推移を見守っていた媼の言葉に、これから話すところだったのだ、と甘粕もどきの曹長が険しい形相でつづけた。

「お前たちの誰かが、大杉を奪ったのであろう」

大杉を奪った。どういう意味だ。あの男はとうに荼毘《だび》に附されたのではないのか。

甘粕もどきが云うには、検死解剖を終えた大杉の遺骸は、火葬を急ぐはずが司令部からの待ったがかかって、憲兵分隊の管理下にあるこの寺で秘密裏に安置されていたらしい。その大杉の亡《なき》骸《がら》が昨夜、忽然と消えたと云うのだ。

大杉を慕うアナキストが遺骸を盗みだしたと見た憲兵司令部は、陸軍参謀からの伝達も受けて、関東の無政府主義者とそれに与《くみ》する者を検束し、家探しをして、大杉の亡骸探しを各分隊に遂行させた。憲兵隊への非難の声も高まるなかで、これ以上の醜態を上塗りするわけにいかぬ、あげくに細かく大杉の遺骸を検分されて、処刑の実状が白日の下にさらされることだけは避けねばならぬと云うわけか。憲兵隊は一般人やアナキズムの信奉者にもなりすまして隠密捜査や情報収集を行なっているので、大杉とつるんでいた翁の妻も、その一味の者も漏れなく閻魔《えんま》帳に載せられてしまっていた。

今もって大杉は発見されておらん、と甘粕もどきの曹長は云った。家探しでも見つからなかった。お前たちの中の数名が共謀し、遺体を盗みだして、どこかに隠したのであろう。洗いざらい白状しなければ、疑惑が濃厚な者のみならずこの場の全員を処断する——我が身可愛さで黙秘を貫けば、関東のアナキストは全滅することになるのだぞ。

「大杉の遺体なんぞ知らない、これは濡れ衣だ！」坊っちゃんは捲《ま》くしたてた。

「え、大杉さんいなくなったんですか」薫はまだ少し寝惚けていた。

「アナキストの仕業とは限らないじゃないか」

「お亡くなりになったのに、あれ？　大杉さん亡くなりましたよね」

「大杉の物好きなファンか、別の情婦がやったかもしれないじゃないか」

「だって死体は歩かないのに。どこかに仕舞ったのを忘れたんじゃないですか」

「薫、お前は大事なところを聞き飛ばしている」

五月蠅《うるさ》い、黙れ！　騒然とする一同を曹長がどやしつけた。

「大杉はアナキストの領袖《りょうしゅう》。聖人の遺骸を盗むようにアナキストが盗んだとしか考えられん。お前たちの誰かには憶《おぼ》えがあるはずだ。さっさと云え、云わねば本当に一人ずつ、この寺の井戸に抛りこむぞ。体重の軽い者から順繰りに！」

正確な事情も分かっていない薫が、真っ先に下士官たちに担ぎ上げられてきゃああと悲鳴を上げた。坊っちゃんは撥条《ばね》のように跳び上がらんとしたが、捻《ね》じ伏せられているのを忘れていて運動音痴の雨蛙のように跳びそびれた。証言をする者は現われず、寝惚け眼では薫の眼の力も発揮されず、事態がいよいよ窮したところで「憶えがあります」と云ったのが媼だった。

「刀自《とじ》、主謀者を知っているのか」甘粕もどきの曹長が媼に歩み寄った。

「いえ、知りませんけども。大杉さんの行方なら当てがあります」

「この娘を庇《かば》おうとして、出鱈目《でたらめ》を云っているのなら承服できない」

「皆さんの捕縄を、外してくださいな」

腰曲がりの老女を装っていた媼が、憲兵隊との取り引きに臨もうと上体を反らしていた。

開けっぴろげな双眸《そうぼう》で、聞く者を引きこむ話術で、憲兵隊の関心を自らに引き寄せる。

「大杉さんの居場所へ、案内して差し上げますよ」


当てがあると云うのは本当ですよ、と媼は耳打ちで教えてくれた。

私は云いました。あまりに事がお膳立てされすぎている——そこにきて大杉栄の遺体の消失が一連の経緯とまるで無関係とは考えづらい。今日只今、進行している事象の最前線へと足を運べば遺体盗難の動機とその行方にも見当がつくはずです。あるいは纐纈《こうけつ》城の城主の進みゆきの贄《にえ》として、ある種の供犠《くぎ》として捧げようと云う者がいるのではないか、ここでもやはり全体の首謀者が糸を引いているのではないか、と確信に満ちた声で告げていた。

「首都に襲い来たる軍勢の、進行している経路に入ってください」

あなた方も遺体を見つけなくては大事《おおごと》なのでしょう、と老練な駆け引きと静謐《せいひつ》な迫力をもって憲兵隊を説き伏せた媼は、麻布龍土町《りゅうどちょう》の寺から再び憲兵隊の車で出発した。

昨夜から急速に東京縦貫の速度を増した行軍は、浜離宮恩賜庭園の正面を通過して、鍛冶橋《かじばし》通りにまで達していると云う。ああ、東京のど真ん中にまでとうとう来てしまったのか——車の前方に、鹿鳴館や帝国ホテルの新館が見えてきたところで、坊っちゃんは朝の雑踏を逆向きへ走っていく群衆の多さに面食らった。後方を顧《かえり》みながら、植えこみを踏みつけて、百や千もの市民が平静を失って逃げ惑っている。親が子を背負い、子が親を背負い、転んでも匍匐《ほふく》で進み、車道へはみだして人力車と衝突し、車の往来も行き塞がったり玉突きを起こしたりして通常の交通規則すら失われていた。あたかもそれは月初の震災直後の、東京市民による上を下への大混乱の再現にほかならなかった。

ああ、ああ——そして三度《みたび》、相見《あいまみ》えることになった。

ついに来てしまった、この瞬間が。

魔王の来臨を、この東京で望むときが——

おれが腑《ふ》抜けていたのは、この瞬間のこの場面に立っていたくなかったからだと坊っちゃんは漸《よう》く自覚した。およそ想像し得るかぎり最悪の風景から、自分可愛さで少しでも遠ざかっていたかったのだ。たとえ空前の大震災に見舞われても、それでも瓦礫《がれき》と焦土のはざまで朝が来るたびに市民が目を覚まし、新たな一日を始める力が残っているなら大丈夫だ、東京はどうにかなる、必ずや復旧できると信じていた。だけど鍛冶橋通りを顧みれば、数日をかけて富士の本栖湖より進軍してきた軍勢が、破壊の爪痕が残る首都を蹂躙《じゅうりん》し、血煙と粉塵を巻きあげるように逼《せま》っているのが見える。先頭を往くのは、血染めのマントをまとった城主。総身から猛悪の気《け》を放つ、邪《よこしま》の化身——仮面の下から咆吼《ほうこう》するように吐く息は、満身の毛穴から噴きだす瘴気《しょうき》は——無類の呪い。浴びた万物を塵《ちり》に還す邪気は、屍山血河を越え、死屍《しし》累々《るいるい》の軌跡を描きながら数えきれない感染者を路上に卒倒させ、今まさに空前の災禍《さいか》をもたらしていた。巻きあがる行軍の塵と血煙で、早暁の低い空までもおどろに搔き曇《くも》らせていくようだった。そうだ、あの赤マントの侵入を許してしまった東京に、もう朝は来ない。

おれは、おれはこの風景を拝みたくなかったのだ。

これはもう、いけないかもしれない。

何もかもが手遅れなのかもしれない。

震災のあとにこれほどの規模の災害に見舞われれば、東京はもういけないかもしれない。

「おれの東京に、お前らは、お前らは何てことをしてくれるんだ……」

憲兵隊のトラックから下ろされたが、そのまま腰砕けになって、日比谷濠《ひびやぼり》に沿った歩道にくずおれてしまった。家族や友人と、清と、幾多の記憶を蓄えてきた東京が、おれの好きな東京が、悪疫と暴威になぶられて見るも無残に壊滅していく。たとえ秘薬や血清が間に合っていても焼け石に水なのに、それすらない有り様ではもはや手の施しようがない。「どうしたの、しゃんとしてください！」と薫に活を入れられたが、どうにも立てない。背骨が蒟蒻《こんにゃく》になったように体幹に力が戻ってこない。こんな醜態をさらす自分を、致命的に滅んでいく東京を、おれは生きているうちにこの目で観たくはなかった。

「坊っちゃんさん、ほら、あれを見て」

声につられて五間ほど前に視線を転じれば、城主が近づいてくる鍛冶橋通りの手前、日比谷通りと交差する十字路の反対側の路肩に、見覚えのある男の姿があった。

「媼さん、あなたの仰ったとおりですよ」

あれはまさか、大杉栄か。たしかにそれらしき人影があった。ほとんど裸の体體《からだ》はしかし、路《ろ》傍《ぼう》に打ち棄てられているのではなかった。

混乱を極める雑踏のただなかで、乗り棄てられたとおぼしき車の前蓋に、座位の姿勢を取らされている。坊っちゃんは他人の空似を疑った。大杉暗殺の報道を受けて、信奉者が手の込んだ抗議運動でもしているのではないかと。走ってきた者たちが異様な風体を目の当たりにして小さな悲鳴を上げる。さもありなんだった。なにしろその男、晒木綿《さらしもめん》の越中褌《えっちゅうふんどし》しか身につけておらず、全身の膚《はだえ》は、紫藍色に染まって浮腫《ふしゅ》状に膨張《ぼうちょう》して、両眼球は一旦突出したのを強引に押し戻したように眼瞼《がんけん》に嵌《は》まりきっていない。前胸部、頸部《けいぶ》にすこぶる強い力で殴られ蹴られ絞められ、踏みつけられたとおぼしき痕跡があり、斑《まだら》な赤紫色の痣《あざ》も残っていた。あたかも土葬の棺《かん》から這いだしてきたばかりのような怪人物が、驚くべきことに誰の介添えもなく、むくりと起き上がって車の屋根に上り、鍛冶橋通りを目路《めじ》に入れて、近づいてくる者たちを迎え入れるように腕を大きく広げたではないか。

「薫さんは云いましたね。死体は歩かないのにって」媼の狼狽《ろうばい》した声が聞こえた。

「だけど動いてますよ。大杉さんのそっくりさん？」薫も呆気《あっけ》にとられている。

「大杉さんの亡骸は、盗まれたのではないのかもしれない。あるいは自らの足で、遺体安置所を出てここまで来たのかもしれない」

「死んでなかったってことですか」

「そうじゃない、あれは憑《つ》かれているのだよ」

「え、だって操縦されているとしたら、軍や憲兵隊の方だって……」

「そう云ったね。だけどそこから、見誤っていたのかもしれないね」

あまりと云えばあまりの光景に、坊っちゃんはいよいよ絶句していた。自分たちが迷いこんでしまった東京では、悪夢か冥途《めいど》もかくやの風景が顕《た》ち現われる。そこでは機銃掃射のように魔王が病毒をばら撒《ま》き、死体が自らの足で動きだす。拠《よ》って立つ現実の足場が跡形もなく崩れる音を聞きながら、それでも確信を抱くことができた。たしかにあれは大杉栄だ。しかしその容れ物に入りこんでいるのは大杉栄ではない。

坊っちゃんはふらふらと立ち上がった。薫と媼は車道を横切って、斜め後方から車の屋根に立つ男に近づいていった。遅れて坊っちゃんも後を追った。

黒ずんだ眼《まなこ》が、世の中を穿孔《せんこう》するように睥睨《へいげい》している。あたかもその眼は、人には見えないものを透視していた。全身に刻まれた痣や傷痍《しょうい》は光と影でできた深い溝のようだ。顔をぬるりと片《かた》掌《て》で拭うと、眼窩《がんか》の奥で鬼火が迸《ほとばし》った。肺腑《はいふ》から漏れる底籠《そこごも》りするような呼吸音を、唾の糸とともに吐きだされる隻語《せきご》を、坊っちゃんはその耳で聞いていた。

唇の端からは、涸《か》れているはずの血が滴《したた》って落ちる。

「我は日本国の大魔縁となり、皇をとって民となし民を皇となさん……」

そう云った瞬間、頭髪が黒い焔《ほのお》のように伸びて、夜叉《やしゃ》のごとき異貌に拍車がかかった。

現世の法から一切有為が乖離《かいり》して、視界に映る現実のことごとくがひしゃげていく。

大事な賓客を迎えに出てきたような、大杉栄の後景には。

鍛冶橋通りを直進する、纐纈城の主が見据える前方には。


東京の、宮城《しろ》があった。

二十四

現実の地平には、森が見えている。

帝都の一丁目一番地の、菊のヴェールをまとった森。

燃えたつような蜃気楼《しんきろう》が、そこに顕《た》ち現われていた。

それは幻ではないし、白昼夢でもない。

あるいは夢想が、現実の座を奪おうとしているのか。

緑の天蓋《てんがい》が、森の葉が騒いでいる。日比谷濠と馬場《ばば》先濠《さきもり》の水面がひそやかに波立ち、揺れる鏡となって梢《こずえ》から翔《と》ぶ鳥の群れを映しだす。越中褌《えっちゅうふんどし》のみをまとった大杉栄の遺骸は、鍛冶橋通りから来る纐纈《こうけつ》城の軍勢を誘《いざな》うように、車から降りたつと、自らの足で地面を踏みしめて、馬場先門より宮城へと歩みを進めていくではないか。

九泉《きゅうせん》の下《もと》より大杉が蘇った。

否、あれは大杉の屍《かばね》に何かが憑《つ》いている。

さもなくば急に伸びた髪や爪の、眼窩《がんか》の奥に灯った鬼火の説明がつかない。

黒い髪は膝頭に届かんばかりに伸びて、禽獣《きんじゅう》もかくやに十指の爪が尖《とが》って、禍々《まがまが》しい異貌をさらしながらも奇瑞《きずい》をふり撒《ま》くような足取りで宮城外苑に入っていく。一歩を進めるごとに頸《くび》や胸の傷痕は薄くなり、浅くなり、紫藍色に脹《ふく》らんでいた体體《からだ》も見る見るうちに引き締まって、筋肉の張りを取り戻しているではないか。これはいよいよ末法の世だ。憑代《よりしろ》となった死者が威風堂々御所へと入っていくなんて――

「大杉さんの体に、何がいるんですか。何が憑いているんですか」

急転直下、急変する事態にあって薫が口走った。坊っちゃんの膝小僧もひそかに震えていた。

「被災者の死霊ですか、狐狸貉《こりむじな》ですか」

「あれではまるで城主の宮城入りを、先導しているようじゃないか」

後方、鍛冶橋通りから来たる城主の軍勢は、五十間ほど先にまで接近していた。宮城の森を見据えて曲がらず退《ひ》かずに直進してくるのは確実だった。逃げ惑う市民の幾つもの流れを生み、波を割るようにして進んでくる。大杉栄に憑いているものと、纐纈城の城主はあらかじめ示し合わせていたのではないかと坊っちゃんは疑りたくなった。あたかも宮城の門前で、待ち合わせでもしていたみたいじゃないか。

「もともと宮城を攻めるつもりだったのか」坊っちゃんの声が震えた。膝が笑い上戸になってかなわなかった。「首都を陥《お》とすために大本営に攻めこむのか。外苑の松の枝を折るだけでも不敬罪で逮捕されかねないのに……あの連中にまともな国民の理性をたのむだけ無駄か」

「数千数万の避難民がいるんですよ、城主たちが侵入したら大変なことになります」

「ここが陥落したらいよいよ終いだ。東京はもう駄目だ」

「避難民を、別の場所に避難させないと……」

「戒厳司令部は、軍は何をしているんだ。近衛兵はみすみす死人や魔王を宮城に入れるのか」

九月の暮れに至っても被災者は宮城に残っていた。云うなれば馬場先門から二重橋《にじゅうばし》前までの外苑へは市民の誰でも出入りできるようになっている。吸いこまれるように外苑の奥へ向かう大杉の背中を、坊っちゃんと薫、媼《おうな》の三人で追いかけた。蓬髪《ほうはつ》を伸ばした褌一丁の男を目の当たりにしてひゃっと退《ひ》く者、周章狼狽《しゅうしょうろうばい》する者、濠《ほり》の内側にたちまち騒ぎが出来《しゅったい》する。慌てふためく群衆の一人ひとりを、大杉に憑いたものは顎を上げて睥睨《へいげい》し、転んだ者には手を差しのべて余計に怖がられている。しかし歩みは止めずに、勝手知ったる庭のように外苑を進んでいった。

「おい、大杉」

今もまだ大杉栄であることを期待して、坊っちゃんはその背中に声をかけた。ところが振り返らない。尻の肉をきゅっきゅと締めながら歩いていくばかりだ。

「大杉じゃないんだな。違うんだな」

幾度となく叫んでも、振り返らない。これではこちらが莫迦《ばか》みたいだ。

「誰だか知らないが、富士からの見物客は知り合いか、もしそうなら退《ひ》けと云ってくれ」

大杉に憑いたものは振り向かない。あるいは聞こえていて無視しているのか。

「何がしたい、御前で狼藉《ろうぜき》を働くつもりか」

振り向かず、脹脛《ふくらはぎ》の平目筋《ひらめきん》を突っ張らかせて、跳躍した。

浮いた?

外苑の松の高枝の高さにまで、褌の尻が浮上して、そのまま重力を無視する。

そのまま翔んで、外苑の奥へ奥へ向かう。

「飛べるのか、もはや確実に人間じゃあないな」

むくつけき闖入者《ちんにゅうしゃ》がおどろな髪を乱して浮遊したのだから、避難民はますます動揺する。外苑に鼎《かなえ》の沸くような騒ぎが発生する。己の身を衆目にさらそうとするように、胸を反らし、両腕を双翼のように広げた。五尺四寸ほどの身の丈もこころなしか大きくなり、膚《はだえ》の色こそ死者のものだが、筋肉の張りは希臘《ギリシャ》彫刻もさながらに隆々と変質していた。

「おい、どうなってる。どんどん形《なり》を変えていくぞ」

「媼さん、大杉さんに何が憑いているんですか」

「解からない。解からないけど、まるで自らの居城のような振舞いだこと。避難民が来客だとするなら、そこに現われた主人のような素振りね」

そのとき後方から、荒れ狂う轟音が響きわたった。横殴りの雷鳴のような大音声《だいおんじょう》がこだまして螺旋《らせん》を描いて宙で暴発する。ああ、ついに――飢渇《きかつ》のままに死病を運んできたもう一人の闖入者が御所に到達していた。振り返ればその巨体が、最後に宮城に入れまいと格闘していた四つ脚の生き物を吹き飛ばすのが見えた。近衛兵の騎馬隊か、違う――一頭の虎が砂利を散らして地面に伏せり、後背から一人の婦女が投げだされるのが見えた。

歓喜と悲痛の入り混じった声で薫が叫んだ。

「あれは、聖さんに、李徴さんもいます！」

「何だと、虎か！　九州からこんなに早く戻ったのか」

「ああ、だけどあんなに、あんなにも傷ついて」

「衛戍《えいじゅ》の兵に代わって、姐さんと虎で食い止めていたんだな」

猛虎の身には縦横に傷が走り、皮が裂けて緋色の肉が覗いていた。頭部から尻尾に至るまで輝きを失ったように黒ずんでいる。壮健だった毛皮の縞が血と粉塵で汚れている。かたや聖も気息《きそく》奄々《えんえん》、引き離された李徴の元へ這って戻ることもできない。両人ともほとんど首の皮一枚でこの世に踏みとどまっているのは明らかだった。

衛《まも》ろうとしたのだ、二人はこの首都を――二つで一つ、二人で一人となって血戦を演じてきたことが坊っちゃんにも想像できた。だがそれでも、あの猛々しい虎と霊験あらたかなウィッチでも、攻め上がってきた城主を止められなかったのか。あるいは聖と李徴もすでに富士炭疽《たんそ》に感染してしまっているのか。

坊っちゃんと薫は駆け寄ろうとしたが、長槍や刀を向きつけて手負いの虎を囲繞《いじょう》し、城主に近づけまいとする真紅の軍勢に阻《はば》まれる。近寄ろうにも近寄れない。そこで胴間声が響きわたった。立ちはだかる者をことごとく退かせて一意専心、宮城にまで達した城主は、荒ぶるままに荒ぶり、哮《たけ》るにまかせて哮っている。避難者たちも、森の虫も鳥も、下草や葉叢《はむら》にいたるまであらゆるものが激甚《げきじん》な叫びに震撼《しんかん》した。宮城を貫いた雄叫びは、大杉栄だったものの耳朶《じだ》にも届き、浮遊するその体を振り向かせた。腐爛《ふらん》の色と、血染めのマントの真紅、この二色《ふたいろ》によって現実の色という色は侵蝕《しんしょく》され、穢《けが》され、見る者に絶望と叫喚《きょうかん》、眩暈《めまい》と恐怖をもたらす赫《あか》い、冥《くら》い、終末の色に染めあげられていた。

ああ、李徴でも止められないなら実力行使で退かせることはできない。あとは富士炭疽の宿主に近づかずにとにかく遠くに逃げるしかなかったが、赤マントに誰も近づくな、そっちに逃げるな！　坊っちゃんや薫がどんなに叫んでも、混乱を来した避難所の人々は我がちに動きまわり、天幕やトタンの小屋を押し倒し、外苑から出ようとして軍勢の脇をすり抜けたところで、袖の擦り合う近さで瘴気《しょうき》を浴びて、ずりっと崩れ落ちる。その身に病を猖獗《しょうけつ》させて痙攣《けいれん》、腐爛、硬直したのちに卒倒して、恐るべき速度で黒ずんだ肉の一塊《ひとくれ》に変わり果てる。誰かが避難所に持ちこんだ雌鶏も駈けまわり、莚《むしろ》を敷いて売られていた食料や日用品が泥にまみれ、数えきれない人の動線が八方破れに交錯しながら混乱をなぞっていく。ああ駄目だ、これはいけない、宮城もろとも東京が滅んでいく。坊っちゃんはその場で嘔吐《おうと》しそうになった。もう堪忍してくれ、もう止してくれ――

「余は参じた。そこに浮かぶのは、余をこの地に召喚したものか」

城主の荒ぶる声が、大杉に憑いたものへ問いかけるのが聞こえた。

この両人、どこかでやはり結びついているのか。端《はな》から城主は宮城へ侵攻することを目途としていたのか、因果、陰謀、坊っちゃんや薫の与《あずか》り知らないそれらが水面下で跋扈《ばっこ》していたのか、この世を混沌に落とそうとする首魁《しゅかい》、将棋や碁の盤面を見下ろすように全体を見渡していたのが大杉に憑いたものなのか。城主の呼びかけによって振り向いた相貌は、眼下の混乱を哀れむように、慈しむように眺めていた。

城主の到着を祝うように、両の手を鶴翼《かくよく》のように広げて、森羅万象すべてをひれ伏させ、傅《かしず》かせるような日線が降ってきた。

「院なのだな、その男の中身こそは」

いん？

たしかに城主はそう呼びかけた。

これに応えて、空中の男が云った。

「いかにも。朕《ちん》である」

ちん？

ちんと云ったのか。狆《ちん》くしゃの狆か。

一人称の朕かとすぐに気がついた。この国で朕と自らを呼んでいいのは――

大杉栄であったものは、城主にも、群衆にも、高みから見渡せるすべての者たちに斉《ひと》しく目線を注いでいた。

「傷つきし者たちよ」うやうやしい声が響きわたる。「大地に額《ぬか》ずきし者たちよ。すべてを奪われて、虐《しいた》げられた、愛しき者たちよ――」

詠《うた》うような音声が空間に浸みわたった。すくみあがっていた主婦や老人が、垢《あか》と汗にまみれた老若男女が、それぞれに首をもたげて、頭上に浮かぶ越中褌の男を見上げる。そこに存在するだけで溢れる威光に、魂ごと吸い上げられるようにして。

「朕は、汝《なんじ》らが愛おしい。民よ、衆生《しゅじょう》よ、汝らは税を搾《しぼ》られ、兵に徴《ちょう》され、国体を存《あ》らしめるための敷石となってきた。しかし護られるべきときに護られず、厄災の降りしのちも内裏《だいり》の庭までしか入れてもらえぬ。汝らの命は、後の世にも丁半博打《ばくち》の賭け金とされるであろう。政《まつりごと》の供犠《くぎ》となるであろう。無為な未来を望まぬ者は、朕とともに参れ。飢えた者は朕が満たそう。傷ついた者は朕が癒やそう。朕とともに過ぎ去った世の終焉《しゅうえん》を、未だ来ない世の黎明《れいめい》を見届けるのだ。地に這いつくばりし者たちよ、朕とともに、在れ」

うやうやしいと云うよりも、その声はやんごとなかった。宮城の森に、外苑に、朗々と静かな鼓動が搏《う》たれるかのようだった。坊っちゃんも媼も茫然とするしかなかった。倒れた李徴と聖に近づく隙を窺《うかが》いながら「朕、朕、云ってるあの人は誰ですか」と薫が訊いてきた。

「千載の年月を超えて、遠き日の誓約を果たす秋《とき》が参った」その朕がつづけた。「——只今この時をもって、**皇をとって民となし民を皇となさん**」

城主の軍勢がオオオオッ、オオオオオッ——と鬨《とき》の声を上げた。避難民はわなわなと慄《ふる》えているが、空中の男に掌《て》を合わせる者も、瓦斯《ガス》燈《とう》に群がる虫のように蹠《あしうら》に集まる者も出てくる。**皇をとって民となし民を皇となさん**。まがりなりにも大杉の唇から漏れると、政府の転覆を謀《はか》った無政府主義のアジにも聞こえた。媼がそこで「あれは元天皇だね」と口走った。坊っちゃんにも薫にもすぐには真意がくみとれない。元天皇？　大杉に憑いているものの正体に察しをつけたらしい媼は誰に云うでもなく云った。あの言葉は知っている。あの言葉はそもそも、あらゆる世の権威に寇《あだ》をなさんとする怨讐《おんしゅう》の辞《ことば》であったはずだよ。

天来の気品が、体體の下に宿っているのが坊っちゃんにも分かった。

仄《ほの》かに朱《しゅ》を注《つ》いだような顔は、竜顔《りゅうがん》。

やんごとなき声は、玉音《ぎょくおん》。

「朕の名は、**崇徳院**《すとくいん》」*84

一瞬、水を打ったように外苑が静まり返った。

避難者の騒《ざわ》めきが、鳥や虫の音《ね》が消えた。

おお、と地べたに額《ぬか》ずく者がいた。瞳孔《どうこう》を開かせる者がいた。

大杉の唇が語った、大杉ではない者の名前。その名前には憶《おぼ》えがあった。

坊っちゃんのみならず、この国で生きて歴史を知る者であれば、知っている。

大杉栄の遺骸に取り憑いているのは——

「あの有名な、怨霊か」

神の直系子孫である天皇の中でも、名にし負う怨霊。

地上の宗主である現人神《あらひとがみ》の、遠かりし先祖。

「ごめんなさい、私、存じ上げないんですけど……」

話の流れについていけずにまごつく薫に、媼が口元を隠して云った。

「随分と昔に、讃岐へ流された天皇ですよ」

「天皇がどうして怨霊に？　坊っちゃんさんは知ってるんですか」

「当たり前だ。おれを誰と思うんだ。これでも元教員だぞ」

「ああそうか。宮城は、遷都《せんと》のあとの御所だから……」

媼が云って、坊っちゃんが言葉を継いだ。

「たしか血で恨みつらみの辞《ことば》を書き残したんだよな」

「そうね、それが今の言葉。**皇をとって民となし民を皇となさん**」

「元教員だなんて威張って！　だったら物を知らない生徒に教えてくださいよ」

教えてやろうとしたが、間違ったら外聞が悪いから見合わせた。薫への説明は媼に任せることにしたが、それにしても真実、大杉に憑いているのが元天皇ならえらいことだ。首都を襲った事態の首謀者は、皇国の御霊信仰における無二無三の大怨霊なのか——

せをはやみ　いはにせかかる　たきがはの　われてもすゑに　あはむとぞおもふ

崇徳院——元永《げんえい》の世に鳥羽《とば》天皇の第一子として誕生、諱《いみな》を顕仁《あきひと》。しかしこの皇子は祖父である白河《しらかわ》法皇の胤《たね》であり、人々はみなこれを知っていた。鳥羽天皇はそういう出自もあってほとんどこの第一子を愛でず、あげくに叔父子《おじこ》とまで呼んだ。文武百官が口を揃えて英明の天子と誉《ほ》めそやした顕仁は数え五歳で譲位を受けて即位、崇徳天皇となったが、すぐに跡継ぎができなかったために鳥羽上皇が寵愛する女御が産んだ皇子を嫡子とした。

「ふむふむ、ややこしいけどつまり、齢の離れた異母弟を養子にしたわけだな。つづけてくれ」

この嫡子は体仁《なりひと》と云った。出自からして可愛くてしかたない体仁を即位させるべく、鳥羽院は手を替え品を替えて崇徳天皇に退位を強要、体仁を三歳で近衛《このえ》天皇として即位させると、ただちに院政を敷いて鳥羽院が政務を仕切った。皇位を去る意思こそなかったがやむなし、崇徳は生まれついての詩歌の才を伸ばし、和歌の世界でめきめき頭角を現わした。

「早くもどろどろしてきたな。上皇《おやじ》さんとの仲がこじれて不遇をかこっていたわけか、つづけてくれ」

おなじ頃、摂関家において藤原忠実《ふじわらのただざね》は、次子の頼長《よりなが》を引きたて、長子の忠通《ただみち》と不和になっていた。頼長は崇徳と近しかったため、後に崇徳が儲けた重仁《しげひと》が即位したらすみやかに忠通が失脚する。そこでこの忠通、皇族と頼長の仲違いを画し、崇徳との対立の謀略までめぐらせた。

「皇位継承争いに、摂関のお家騒動まで複雑にからんでくるわけか。なんとも七面倒な修羅場だな。それから?」

近衛天皇が病を得て十七歳で崩御すると、鳥羽上皇は自らの寵妃の養子を皇太子に立てるべく、先《ま》ずその父を践祚《せんそ》すると云う強硬手段に打って出る。そのようにして即位したのが崇徳の弟の後《ご》白河《しらかわ》天皇だった。すっかり傍流に追いやられた崇徳だったが、保元《ほうげん》元年、鳥羽院がついに崩御すると、絡まりあって膠着《こうちゃく》した事態が動きだす。鳥羽院の死後、崇徳が兵を東三条殿に集めて後白河天皇の内裏を窺《うかが》っているとの風聞あり、後白河天皇は検非違使《けびいし》を召して洛中を取り締まらせ、禁中の警衛に当たらせる。崇徳の臨幸なきままに行なわれた鳥羽院の初七日を過ぎて、頼長らがいよいよ上洛《じょうらく》、崇徳の御所につぎつぎと参集して挙兵の狼煙《のろし》を上げたが、対する後白河天皇も負けじと源義朝《みなもとのよしとも》、平清盛《たいらのきよもり》を初めとする武士を集結させていた。源義朝は二百騎の軍兵を率いて、平清盛は三百騎を率いて崇徳の御所へ攻め入った。機先を制されるかたちとなった崇徳の側も邀《むか》え撃ち、多勢に無勢ながら、僧兵が援軍に来るのを待って持久戦を仕掛けるも、最後には御所に火をかけられて崇徳たちは逃亡を余儀なくされた。天下分け目の乱はかくして雌雄を決したのであった。

「え、お終《しま》いか。**保元の乱***85と云うのは、数時間で決着《かた》がついちゃったのか」

残勢が逃げこんだ法勝寺《ほっしょうじ》も焼き払われ、崇徳に与《くみ》した武士の多くが白旗を上げた。中心人物とその子弟たちは処刑され、所領を没収され、捕らえられた崇徳も配流されることになった。

讃岐に流された崇徳院は、自筆で五部《ごぶ》大乗経《だいじょうきょう》を書写して、これだけでも京に置いてほしいと送ったが、後白河法皇は受けつけなかった。送り返されてきた経文を手にした崇徳院はしっちゃかめっちゃかに激昂《げっこう》し、絶望と悲憤のあまりに舌先を食い破ってその血で経に**日本国の大魔縁**となることを認《したた》めた。生きながらに天狗さながらの見た目となり、生き霊を放って平治《へいじ》の乱を起こし、崩御して玉体を焼かれてからも怨霊となって猛威をふるった。京では怪死や天変地異が相次いで起こり、後白河院の周辺でも不審死が立てつづいた。比叡山《ひえいざん》の大衆《だいしゅ》が神輿《みこし》を振りかざして洛中へ乱入し、鹿ケ谷《ししがたに》の陰謀が世を騒がせ、太郎焼亡と呼ばれる火災では京中に焼け焦げた死骸が転がった。まるで安定しない政情は、崇徳院の怨霊がその呪いによって社会不安を増幅させているがゆえと見なされた。

媪による「三十秒で分かる保元の乱」でした。

あらためて坊っちゃんは、薫とも変わらずに委細を把握していなかったことを知った。親と子が皇位をめぐって争って。父が子を、弟が兄を流罪にして、摂関家の争い、源氏と平氏の対立とてんこ盛りの史実に辟易《へきえき》させられた。おれはそんなふうに誰にも肩入れができない、皇家にありながら民を見ていない雲の上の争いごとは大嫌いだ。

「つまり宮城に侵攻したのは、保元の乱のつづきか。数百年越しに雪辱戦を仕掛けたわけか。だったら何か、赤マントは鎮西八郎為朝《ちんぜいはちろうためとも》か。京都の内裏にはもう住んでないから、こっちの天皇の居城に攻めこんで、恨み節を末代にまで向けようと云うのか」

皇家のお家騒動なら皇家だけでやっているがよい。巻きこまれては堪《たま》ったものではないと喚《わめ》いていたところで、空に浮かんだ大杉栄が、崇徳院がこちらに面差しを向けた。

「そこの汝、何と申した」

聞こえていたと分かると、途端にばつが悪くなった。首都に禍《わざわい》をもたらす怨霊と分かっていながら、国家や民族の基となる一族の祖なのだと思うと、畏《かしこ》まって体が萎縮する。頭《こうべ》を垂れてやりすごしたくなった。これはやっぱり、おれが日本人だからなのか。

「汝らは、讃岐造《さぬきのみやつこ》の手の者であろう」

さぬきのみや……って誰だっけ。度忘れしていた坊っちゃんに、翁のことですよ、と薫が助け舟を出した。崇徳院はさらに言葉を継いだ。生きながら不老に恵まれし者たちがこの場におらぬのは朕の計らい。非力な者しか残らなかったのも、城主が猛虎を打ち破るのもすべては了《わか》っていたこと。汝らだけで朕を止めることは叶わぬ。

「私たちのことですよ、非力な者だって！　好き放題に云わせていいんですか」

「翁を知っているのか、九州まで出向かせたのも算段通りと云うことか」

「私たちには止められないって。見くびられていますよ」

「しかしまあ、その通りだからな。魔王と怨霊の二段構えでは……」

「私たちも翁の一党ですよ、云いかえしてくださいよ」

「うむ、そうか。では嫗、何か云ってやってくれ」

年の功にたのもうとしたが、肝心の嫗は他所見《よそみ》をしていた。城主と視線を突き合わせて、射すくめられたように「母よ、あなたがどうしてここに……」と云う城主を見つめて微笑を返している。前方には崇徳院、後方には城主、二名の巨魁《きょかい》に挟まれる恰好になっていた。

「御前《ごぜん》！」

仕方がないので、坊っちゃんは緊張しつつも問答を仕掛けた。

「この侵攻は、怨霊となった御前の、怨みを晴らすためですか」

「語れと申すのか、この朕に？」

「畏《おそ》れ多くも、かつての天皇ともあろうお方が」

「血書を記し、経ごと魔道に回向《えこう》した。朕はかつての誓約を果たすべく参った」

「配流されたのは四国ですね。**おれも四国には縁があるが**[*86]、あなたは陵墓や廟《びょう》を建ててもらって丁重に祀られているじゃないですか。それなのに、千年近くが過ぎても祟るというのは道理が通らなくないですか。とにかくこれ以上、東京を痛めつけるのは止めてくれ」

怨霊を鎮《しず》めるために、追善供養は重ねて行われた。崇徳の建立した寺で祈禱《きとう》が繰り返され、讃岐の墓所は整備されて山陵となった。京にも霊廟が建てられ、御骨は高野山に納骨されて菩提《ぼだい》も弔《とむら》われた。時代が下ってからも忘れ去られることはなく、明治の改元に合わせて白峯宮《しろみねぐう》が建立され、崇徳院の霊は奉遷《ほうせん》されて、神霊として崇《あが》め奉《たてまつ》られるようになっていた。

「うやうやしく供養されてきた」坊っちゃんは云った。「軽んじられたり、忘れられたりしちゃいない。それなのにまだ恨みますか、何を祟りますか」

「汝よ、讃岐造の手の者よ」

「だからおれは、誰の手の者でもない……」

言葉の息継ぎで、呼気を呑みそうになった。肚《はら》の下がわななくように震えた。

「おれは、おれは、震災と疫病でぼろぼろになった東京の一市民なんだ」

「汝らと朕では見ている次元が違う」頭上から崇徳院が答える。「時間とは汝らの幻想に過ぎぬ。過去も未来もすべては途方もなく巨大な円環の中に存在する。あらゆる事物は避けがたい結末のみに向けて収斂《しゅうれん》して、世紀をまたいでおなじ出来事が連綿と繰り返される。五百年後、二百五十年後、百二十五年後……不可視の曲線が幾世をまたいで渦を巻いている。それがこの世界の実相である」

崇徳院はそこまで云ったところで、参ろうか、と赤マントに進軍の再開を促した。自身でもその身を翻《ひるがえ》して、外苑の二重橋の先の正門へと向かう。参るとはどこまで参るのか、崇徳院と赤マントの最終目標はどこにあるのか。この宮城にいる天皇や皇后、皇太子に見《まみ》えて富士炭疽に罹患《りかん》させればそれで満足なのか。媼との再会をもってしても赤マントは踵《きびす》を返さず、「母よ、余は余が存在した証を残すのみ」と唱えてその側《そば》を通過していった。あとは振り返ることもなく崇徳院を追って進路を急いでいく。鎮西八郎になぞらえたのもあながち間違っていない。赤マントの姿はまさしく主君の蜂起に合わせて上洛した武将そのものだった。

「大杉栄と、纐纈城の城主とお見受けいたす」そこで声が立ちはだかった。「この門より先は戦時大元帥の行在所《あんざいしょ》、大本営令に定められた最高統帥機関。避難所の区域を超えて立ち入る者には刑法七三条の規定する大逆罪が適用される。分かったら矛《ほこ》をおさめて退がられよ！」

近衛師団だった。騎兵連隊と歩兵連隊、総じて三桁に届こうかと云う儀仗《ぎじょう》部隊が、二重橋の手前で隊列を組んでいる。そうなるのが当たり前だった、禁闕守護《きんけつしゅご》を責務とする精鋭部隊がむざむざ城内への侵入を許すわけがない。張りめぐらせた防塞《ぼうさい》の向こうで臨戦の構えを敷いていた。それでも赤マントも崇徳院も退かず、近衛兵たちは統制された手つきで天《そら》の崇徳院へ、地の城主へと銃口を向けていった。

朕とともに在れ――

勅諚《ちょくじょう》のようなその言葉で、数十から数百の避難民がにわかに叛乱の意思を育んだか、さもなくばよく分からないうちに酔い痴れたようになって、地表すれすれまで下りてきた崇徳院を囲むように随伴し始めていた。図らずもこの追従者たちが自然発生した人間の楯になっている。そのなかには異国の号《さけ》びも聞こえた。勅諚にたぶらかされた群衆の中には、避難していた朝鮮人も混ざっているとおぼしかった。

「解からぬか、朕は、汝らが干戈《かんか》を交える敵《かたき》にあらず」

解からぬか、この竜顔《かお》が、この玉音《こえ》が。

解からぬか、朕が、何者であるのかを。

催眠に誘《いざな》うような音声で、崇徳院は連禱《れんとう》のように云う。「禁闕を——宮城の門を、守護する意気はよし。しかし鳳輦《ほうれん》を——天子の乗る輿《こし》を、汝らは供奉《ぐぶ》せねばなるまい。この行幸《みゆき》はすなわち即位や大嘗《おおなめ》の儀にも比するもの。朕とともに汝らも、在れ」

「もしかしたら、あなた方の云った**不死鳥計画**とはこのことではないの」後方からついてきていた媼が、崇徳院の言葉で何事かに気がついたようだった。「不死鳥とは鳳《おおとり》のこと、鳳とはすなわち——天皇よ」

「初めから天皇に成り代わるのが目的だったと?」

「初めからって、いつどこの初めからですか」

坊っちゃんと薫は、固唾《かたず》を吞むしかなかった。

「つまりだな、おれたちに初めて**不死鳥計画という符牒《ふちょう》を聞かせたのは、大杉だ**」

「鳳輦と云うのはね」媼がつづけた。「鳳凰の飾りがついた天皇の正規の乗り物ね。皇族の中でも天皇しか乗らないもの。輿のように人力で背負われて牽《ひ》かれるもの。近衛兵の最大の任は禁闕守護と鳳輦供奉の二つなのよ」

「初めておれたちにその語を伝えたのも、宮城外苑の避難所だった。もしかしたら大杉は、そのときからこうなるのを見越していたんじゃないか……事の初めから大杉は、憑かれていた？」

近衛歩兵連隊が、そこで仕掛けた。避難民もろとも蜂の巣にはできずとも、集められているのは帝国陸軍の猛者《もさ》ばかり。十八、二十人が束になって防塞を越えて、刀剣で斬りかかっていく。纐纈城の軍勢が躍り上がって邀撃《ようげき》する。魔将は荒ぶる息を浴びせ、臣下の者たちが矢を放ち、躍り出た三合目《さんごうめ》陶器師《すえものし》が「姦夫《かんぷ》！」と叫んで、儀仗の兵を一人また一人と袈裟《けさ》斬り、なます斬り、微《み》塵《じん》切りにしていく。宮城の森でいよいよ血戦の幕が上がっていた。城攻めを神意と見なしたように進むのは赤マントの巨軀《きょく》、「邪魔立てするものは撃滅《げきめつ》、進路を阻むものは鏖殺《おうさつ》！」と剛忿《ごうふん》のかぎりに吼《ほ》えおらび、暴威のままに近衛の兵を押し返して、組みふせては斃《たお》し、防塞を破って正門の内側へと雪崩《なだ》れこんでいった。

視界に映るのは、渾沌《こんとん》の語では収拾のつかない渾沌。そのさまを再び浮上した上空より見晴らすのは、実体をもって蘇った怨霊——

限りがない争乱が、凶事が、闇の侵蝕がとうとう宮城の内部に達していた。

そして、視界が割れる。

二十五

「すなわち我らを、帝都より遠ざけることが今ひとつの真意。正木博士を東京に招致することなく九州帝国大に残し、富士炭疽《たんそ》の兵器化研究を進めさせたのはそのためであろう。帝国陸軍を、纐《こう》纈《けつ》城の主とその配下を、贄《にえ》となる旅芸人や朝鮮人をさらう偸盗《ちゅうとう》を、さらには正木博士を目に見えぬ傀儡《くぐつ》の糸で自在に操り、相手によっては壮図《そうと》に与《くみ》していると気づかせぬままに、これまで因果の網を引いていたのが……」

「大杉栄を、憑代《よりしろ》としているもの」

「事の初めから、崇徳院はそこに在ったのだ」

「あの、保元で敗れ去った院が……」

「我らは、崇徳より古きもの。私やそなたに悟らせずに今日まで暗躍していたとは……」

「あれは還遷《かんせん》されて奉じられたはずであろう。大正の世まで怨霊として世を漂っていたのか、それほどに根に持っておったのか、流罪の憂《う》き目にあった者はあれだけではない。**麻呂《まろ》もかつては洛中を逐《お》われて須磨《すま》、明石《あかし》の侘《わ》び住まいで寒風に揉まれた**。[*87] それでも麻呂、根になんて持たなかった。だからこそ召し戻されて栄達《えいたつ》を摑《つか》んだのである。嘆かわしきは怨みを骨髄に染みこませたあの者の性根《しょうこん》かな」

北九州では正木の謀《はか》りによって足止めされ、愛宕山では崇徳院の右腕である相模坊天狗の幻術に搦《から》めとられた。危難は脱したものの、翁、六条院、机龍之助の足取りは山を降《くだ》って嵯峨野で手配した車で南下して、奈良に差しかかったばかりだった。このままではいかに車の速度を増そうとも、絶大な距《へだ》たりは埋めようもなかった。

「首都に現われたとなると、新院の眼が見据えるのは宮城か」

「纐纈城の主の歩みも、軌を一にしておるだろう」

「皇家を滅ぼすつもりなのか」

「あるいは」

「あの宮城には、神田明神、水天宮、金刀比羅宮《ことひら》、日枝神社、日比谷大神宮の五社によって強大無比な結界が敷かれていた。しかるに震災によって宮社も被害が甚《はなは》だしく、社殿の幾つかは崩落したとも聞く。崇徳はこの機を窺《うかが》っていたのかも知れぬな」

「それもあるだろう。すべては精緻に図られている」

「しかし、間に合わぬ」

後部の席で、憮然としていた机龍之助が呟いた。

「其許《そこもと》らは、どうにかなる距離と思っているのか」

「うべなるかな」六条院も同調する。「麻呂たちは新院の企てた盛儀に間に合わぬ。たとえ駿馬《しゅんめ》に乗ろうとも四輪を繰ろうとも。そうであろう」

「うむ、選択の余地はないと云うことだな」

翁は決然と云って、伏見《ふしみ》街道で車を停めさせた。

「なぜ、停めるのだ」机龍之助が眉根をひそめる。

「ここで、乗り換える」

手配した車を乗り捨てて歩いていくと、ほどなくして六条院や机龍之助の髪が、翁の白髯《はくぜん》がたなびいて揺れた。塵《ちり》と煙を逆巻かせる旋風が起こり、気がつくと視界の端に、薬売りの行商らしき小男が立っていた。「おたくら、ただ者じゃねえな。うんうん」と云いながら田舎然とした顔に好奇心を宿して近寄ってくる。

「うんうんうん、まったく只者じゃねえや。今日はいやに風が騒いでいると思ったら、宮城を攻めてんのはおっかねえ野郎みたいだね。怨霊ってのはああしたもんかい。おれたちみんなしておったまげてるべよぉ」

たった今、遠く離れた首都で起きていることを、奈良の伏見街道にありながら周知している。山出しのようだがこの男も、個にして全、全にして個の、又三郎だ。ようやく捕まえた風の飛脚を迎えると、翁はその肩を両手で摑んで揺さぶった。

「おぬしたちの親方に、この世で最初の又三郎に、急いで謁見《えつけん》を賜《たまわ》りたいのだ」

「親方にかい。どうしておたく、親方のことを知ってんだべよぉ」

「我らもそれなりに古いのでな。街道に出ることも、客人に会うこともないのは承知しているが、この危急存亡の秋《とき》にあっては他に手段が残されていない。この奈良は、親方どのも縁起ある山のお膝元であろう」

あらゆる風の便りは共有される。この又三郎たちは、一人ひとりが知覚を同期させている。すなわち目の前の又三郎に申し入れることは、又三郎の親方に申し入れるのとおなじ。現にしばしの逡巡《しゅんじゅん》のち、又三郎はちぃんと鈴を揺らすように喉の音を鳴らして「では、会おう」と云った。会わせよう、ではなくて、会おうと云った。

すると嵐の斥候《せっこう》のような一陣の風に先導されて、すべての風が来る。熱風、強風、そよ風、木枯らし、空っ風、つむじ風、陸風、烈風、山颪《やまおろし》、千に千を累《かさ》ねた風に巻かれた翁たちは、舞い乱れる一枚一枚の葉とともに地表を離れ、松の木の頂《いただき》を越えて、高楼や櫓《やぐら》のさらに上の高さから三十六方位を鳥瞰《ちょうかん》していた。銀色に輝く葉波、舞いながら弾んでいる記憶の断片、雄の風が雌の風を求めて交合《つが》うような息吹、風の竜脈に乗るように吹かれて吹かれて、流れて流れて、風の奔流《ほんりゅう》とほとんど同化しかけたころに、蹠《あしうら》がふいに地面に触れた。遥かな山系を見晴らす高峰の頂に着いていている。目の前の岩場には、頭巾をかぶった人影が座している。環《わ》のついた錫杖《しゃくじょう》を肩に立てかけ、一本歯の高下駄を履《は》いた仙人風の老爺《ろうや》だった。

「これは、役行者《えんのぎょうじゃ》どの」

「竹取の翁、数百年ぶりじゃな」

「この二人、共に参りましたのは……」

「おおともさ。光の君と机龍之助じゃろ。存じておるよ」

「あなたが知らぬことはない、そうでしたね」

眼前で笑う老爺は、臑《すね》をぼりぼりと掻いている。

すべての又三郎の親方は、**役小角**《えんのおづぬ》。*88

すわ、天狗や怨霊につづいて仙人もおでましだ。翁よりも早い生まれの、独自に発祥した修験道の開祖。十代にしてこの大和葛城山《やまとかつらぎ》で山岳修行を積み、若くして仙人と呼ばれていた傑物。神仏調和を唱えたが、あるとき人々を惑わしていると讒言《ざんげん》されて流罪、享年六十八にて入寂《にゅうじゃく》したと伝えられたが、そこは流刑先の伊豆大島から毎晩のように風に乗り、海上を渉《わた》って富士へ昇りつめるほどの法力をそなえていた役行者のこと。風の一部となって現世に滞《とど》まり、時間と存在を超越して又三郎の鼻祖《びそ》となっていた。

「お前さんたちは、首都まで運べと云うんじゃろ」

「ええ、烏滸《おこ》がましいとは存じていますが、どうか一度だけ」

「分かるけどもな。これまでそんなふうに、輿《こし》や駕籠《かご》のように使ったことはないのでなぁ。例外を許しちゃうと又三郎どもに示しがつかんじゃない」

役行者は掌《て》の窪《くぼ》で錫杖を転がして、高下駄の歯で足元の石ころを弄《いじ》っている。

あまり乗り気ではないようだった。これは風向きが悪いな、と翁は焦燥をおぼえる。

「放置しておくと崇徳院は、皇家を滅ぼすのみならず、自然界の摂理をすべて一変させてしまうでしょう。我らが総出で食い止めなくてはならない相手です」

「ここにきて崇徳とはなあ、急じゃなあ。まったくそんな気配は悟らせなんだというに。あれはなんじゃろ？　此度《こたび》のような計略をめぐらせていようとは、わしらの耳目にもかからなんだ。それがどういう意味か解かるかね」

「ええ、解かると思います」

「わしらの、又三郎どもの風の投網《とあみ》にかからなかった。云うならば一切有為の風が吹かぬ真空の中で悪だくみをしていたと云うことじゃぞ。それは時間の流れにも関わる。つまりあの者はそこに居って、しかしそこに居らん。ここにも在りながらあそこにも在る。わしらのお株すら奪って陰に日に存在して、表にも裏にも同時に顔を出す。そんな芸当はいかに怨霊と云えども為せることではあるまいに」

「我々の想像をはるかに凌《しの》ぐ存在となっているのですね。しかし、解かると思います」

「解かるのか、翁、お前さんに」

「某《それがし》には、何を云っているかちんぷんかんぷんだ」

「ふむ、麻呂も」

「解かるのなら、では訊こう。いかにしてその謀略を止めるのかね」

帝都にまで運ぶとしても、勝算はありやいなや？　と役小角は問うていた。ここで役行者の信を預かれなければ、首都への唯一の通行手形は得られない。翁は持てる言葉を尽くして仙人に説かなくてはならなかった。この眼には何が見えているのか、自分たちが馳せ参じなくてはならない理由がどこにあるのか。

「我らは九州にまで遠ざけられ、踵《きびす》をひとたび返すや、愛宕の山で相模坊天狗に行く手を阻まれた。あの者の策謀にとって我らはよほど目障りであったと見える。換言するなら崇徳院の首都攻めは我らを分断し、切り離すことが必須条件でもあった。そこにこそ活路が窺えます。私はこうしている間にも、古今の乱のいずれにも立ち会い、首都の森で崇徳院とも見《まみ》えている。そこへ行けば大魔縁を鎮ずる方途が見つかるはずです」

「そなた、こんな大事なときにひがら眼《め》になっておるぞ」六条院が横から口を挟んだ。

「うむ、たしかにお前たちが行かねば誰にも手出しはできまい」役行者は大きく頷いた。「よろしい、しかし努々《ゆめゆめ》忘れぬことじゃな。あれは史実に語られる怨霊を超越して、我々の誰も知悉《ちしつ》しきれぬ存在の次元まで上りつめておる。我らの網にかからぬとはそう云うことじゃ。あるいは天地《あめつち》と光陰の理《ことわり》さえ超えたもの。わしやお前とて、触れれば無傷ではすまんぞ……」

出《い》でや、と役行者が錫杖を突き鳴らすと、ふたたび風の渦が翁たちを呑みこんだ。

海と陸を吹き抜ける風の竜脈とともに、上がっていく、上がっていく。瞬きするように千里を翔《と》ぶ。

太陽。雲。鳥の翼。雨となって降る前の蒸気は飛礫《つぶて》となり、明滅する日中の星が示すのは人の命と風のおぼろな渦。螺旋《らせん》状に上がっていき、錐揉《きりも》み回転して降りながら、颶風《ぐふう》の速度で世界が流れ去っていく。これこそが風の俯瞰《ふかん》。風の往来。

帝都に達する前に、眼下を風の目で瞰《み》る。

逆巻く風の破れ目に、眼差しを凝らす。

遥か下方に港町が見えた。翁のたっての願いで、風の群れは寄り道する。

翁たちは今一度、下降していく。

「お前《めえ》ら、一体なんだぁ？　突然現われやがって、どこの馬の骨だ」

「急いでおるのだ、私は竹取の翁」

「おきなぁ？」

「この名を知る者にお目通りを願いたい」

「取り次げって云うのか、得体の知れねえ爺どもを」

息巻いていた男衆は、縁側より下りてきた若頭《わかがしら》らしき者にどやしつけられた。若頭は急いで中腰になると、右の掌《てのひら》を見せるように前へ突きだして、

「お控えなすって、三尺三寸借り受けまして稼業仁義を発します。この若衆《わかし》、粗忽《そこつ》者たちゆえ前後間違いましたる節は真っ平ご容赦願います。手前、生国は野州宇都宮、縁持ちまして身の片親と発しますは当家二代目を継承しました小沢惣太郎《おざわそうたろう》でございます。以後万事万端お願いなんしてざっくばらんにお頼み申します」

ご丁寧に仁義を切られたので、翁も咄嗟《とっさ》におなじ姿勢になって、

「ご挨拶をありがとうございます。申し遅れて失礼さんにござんす。向かいましたるお兄さんには初のお目見えと心得ます。手前、姓名と云うほどのものはございませんが、生国は讃岐と発しますところ、稼業はこの日本国の裏で密偵や便利屋などをしております。以後、見苦しい面体《めんてい》、お見知りおかれまして、万事ひきたって宜しくお願い申し上げます」

「ありがとうございます、どうぞお手をお上げなすって……」

「いやいや、お兄さんからお上げなすって」

「それでは困ります、どうぞお上げなすって」

「では、せえので一緒に上げましょう」

仁義などを切り合っている場合かと六条院や机龍之助の白い目を浴びた。翁たちが立ち寄ったのは、清水《しみず》で名高い俠客《きようかく》の一家の屋敷だった。幸いにも一家と翁の関係は次世代にも語り伝えられていたようで、降りついた庭先から速やかに屋敷へ上げてもらった。火急の用であるがゆえ、飲

みねえ食いねえの接遇は辞退した。

「おぬしの人脈こそ際限がない、慎《つつし》みというものを知らぬ」

「これほど一切合切の手綱を手繰《たぐ》ると云うのも、初めてのことかもしれんな」

若い衆を後ろに控えさせ、仁義を切った若頭が翁たちを丁重に接遇した。それで火急の用と云うのはなんですかと尋ねられて、翁は単刀直入に云った。

「実は、刀を用意してもらいたい」

「へえ、出入りでもあるんですかい」

「うむ、出入りと云えば出入りである」

「長ドスや道中差ならいくらでもお貸しできますが……」

「次郎長《じろちょう》一家には、ひと振りの業物《わざもの》が保管されているはず。そちらを借り受けたいのだ」

清水次郎長一家[*89]は、初代亡きあとに大政系の幹部が二代目を継ぎ、その二代目も亡くなって跡目が空座になっていた。震災の被害によって横浜港が潰滅《かいめつ》状態となり、代替の主港として清水港が挙げられ、荷役の応援として朝鮮人を多く雇おうと提案する一派と、神戸から流入する組と合同で仕切ろうと云う一派が対立し、一大抗争にもなりそうな一触即発の気配を窺っていた。

富士山南麓《なんろく》の開墾《かいこん》事業のために次郎長親分が三河の一家と手打ちを行なう際には、双方に知己《ちき》があった翁が仲介に奔走した。清水を発展させるためには博打《ばくち》や荷役ではなく、お茶の販路こそを拡げるべしと助言したこともあった。

「戊辰《ぼしん》戦争の際、清水港に放置された咸臨丸《かんりんまる》の中の遺体を、死ねばみな仏、官軍も賊軍もないと初代が小舟を出して収容して、丁重に葬《ほうむ》った逸話は聞いておるだろう。世の荒波に揉まれるばかりの弱い立場にあるものを助けることこそ、初代が貫いた義俠心《ぎきょうしん》であって……」

「待て待て、悠長に一説打《ぶ》っている暇があるのか」

渡世人に会うとどうにも似たような血を感じて、ついつい生き方を説いたりしてしまう。座敷には多くの若衆が集まって、初代の心を現代に伝える翁の演説に聞き入る車座ができていた。そうこうするうちに幹部連には内緒ですよ、と云って若頭が鞘《さや》に収まった日本刀を翁の元へ運んできた。長物から匕首《あいくち》まで沢山《たくさん》の得物が俠客の元には集まってくるが、なかんずく次郎長一家には初代の頃から、ひそかに家宝とされる名刀が守られていた。有事にあたってそのひと振りが、翁たちの手に、譲り渡される。

「この業物は、**村雨《むらさめ》**」*90

脱け殻のように随行していた机龍之助の面差しが、その一言で変わった。

渡された鞘の鯉口《こいぐち》から、わずかに鍔《つば》を離す。

すると刀の付け根から露《つゆ》が生じ、屋敷の温度がにわかに下がった。

冷気が散らして冴える刃紋、机龍之助の見えない眼が何かを見入る。

「無論、おぬしがこれを佩《は》くのだ」

寂寞《せきばく》の荒野を彷徨《さまよ》うのはそろそろ飽いたであろう、と翁は云った。その手に得物が戻ってくれば、おぬしも木偶《でく》の坊から働き者に戻れようというもの。しかしながら——先だって私が告げたことを覚えているかね。これほどの名刀を、剣客であれば抜きたくて抜きたくて堪《たま》らなくなる業物を、おぬしは抜かずにいることができるかね？

二十六

崇徳院の目は、眼下を見晴らしている。

皇城の内部に達して、真下にあるのは内濠《うちぼり》だった。

水面に映しだされるのは、自らが憑代《よりしろ》とした大杉栄の肉体であった。

崇徳院の中で、時間は円環をなしている。目の前にあるのはただひとつの現在であり、同時に過ぎ去った御代《みよ》でも、未だ来ない御代でもあった。

崇徳院は、遍在《へんざい》している。現在、宮城に身を置きながら、讃岐の墓にも、大杉と出逢った五年前の夜にも存在している。


世に逢坂《おうさか》の関は許さじと名高い関所を抜けて、その男はやってきた。ロシア革命の影響で日本でも労働運動が隆盛し、これを好機とおのれの醜聞によって失った全国の同志との関係修復を図り、アナルコ・サンディカリスムについての講演や研究会を行なって、葦《あし》の花が散る難波《なにわ》を越え、自身の生地でもある四国を廻っていた。

讃岐に入ったのは、もとから白峯の墓を参ることが目当てだったと見える。真尾坂《みおざか》の林と呼ばれる草庵へ到ったその男は、山に上り、松や柏が奥行きも深く重なり伸びた万葉の昔のような森の奥では、晴れていても小雨が降るような湿度に体を冷たく濡れそぼらせる。千仞《せんじん》の谷から雲のように湧く霧は、伸ばした自分の手さえ見えないほど、一歩先もおぼつかないほどで、それでもどうにか進むうちに木立がわずかに切れて展《ひら》けた場所へやって来る。かつては鹿のほかに訪れる者などいない、小高く土を盛ったところへ石を三重に積んだだけの墓所だったが、以後に整備されて山陵と呼べるほどにはなっていた。陽が昏れて山奥に夜の帳《とばり》が下りて、月も出るには出たものの木々に遮《さえぎ》られ、一寸先も見えない闇に沈むなかで、山陵にとどまった男が眠るとも醒《さ》めるともつかない心地でいるようなので、

「大杉、大杉」

と、こちらからその名を呼んで、瞼《まぶた》を開かせて闇に目を凝らさせた。顔形や衣服の仔細は知れずとも、誰に呼ばれたのかをただちに察した大杉栄は、怖れおののくこともなく、さりとて地にも伏さず、炯々《けいけい》と大きな瞳を見開いて云った。

「御身、未だにこの世を彷徨《さまよ》っておいでとは真実《まこと》でありましたか。鎮撫され、神霊と奉られても濁世《じょくせ》を離れていないとは。この私は**円位《えんい》のように**[*91]御身を供養申し上げるつもりも、仏縁にあやかろうという肚《はら》づもりもございません。もしもあやかれるのなら、叛乱分子として大先達である御身の知名度、朝廷をあれほど恐れさせた神威のような力にこそあやかりたい」

崇徳院は呵々《かか》と笑い捨てて、

「汝も奇異な男よ。無政府主義を標榜《ひょうぼう》しながら御陵を訪《おとな》うとは。朕《ちん》はここへ流されて以来、魔道に心を傾けて、平治の乱を出来《しゅったい》させ、崩御したのちも朝廷に祟《たた》りを見舞ってきた。あのころとお

なじように、近今の世の擾《みだ》れも朕の仕業と見ているのではないか」

　これを聞いた大杉も呵々と笑って、

「天下に今も大乱を起こす力がおありなら、ぜひともおやりください。ご明察のとおり私は無政府組合主義者、朝廷に寇《あだ》をなさんとする者は、たとえ元天皇でもみな同輩、おやりください」

「聞くがよい。帝の位は人臣のきわみ。もしも上位にある者が人倫を乱したのなら、天命にしたがって民の望みを容《い》れ、これを討つべきである。そもそもそれ以前、永治の年に落ち度もない朕が父帝、鳥羽院の命によって三歳の異母弟、体仁に帝位を譲ったことだけを見ても、私欲が深いとされる謂《い》われはない。体仁が早世したのち、またしても弟である雅仁《まさひと》に帝位を奪われたのを何も怨みに思うなと申すか。それでもまだ父帝が存命のうちは、子として孝信の道を守って謀反の気配などは見せずにいたが……」

　そこまで聞いた大杉は恐れる気配もなく膝を進めて、

「ヤア、よくぞ長広舌を聞かせてくださいました」と云った。

　この者、朕の弁舌に割って入るのか。崇徳院はその増上慢《ぞうじょうまん》を懲《こ》らしたいと願った。

「円位のみならずここに参った者に、幾度も聞かせてきたのでしょう。私はあなたを諫《いさ》めるつもりはございません。故事をくだくだしく引くつもりもございません。私は労働組合を原動力として直接行動、ゼネラル・ストライキなどの院外闘争を是とする者。革命ののちに労働組合が生産と分配を行なう社会を目指す者ですので、それ以前の世が擾《みだ》れるのは歓迎すべきところ」

「平治の乱をすぎて武者の世が訪れても、朕は都には戻らなかった。五部大乗経《ごぶだいじょうきょう》の書写を突き返してきた不倶戴天《ふぐたいてん》の敵の元へは還らなかった。血書を添えた経を海に沈めて、この身を魔道に回《え》向《こう》したのである」

「その血書、**皇をとって民となし民を皇となさん**と云うのは、我々の信条にも通じるものがあります」

「我が瞋恚《しんい》の炎《ほむら》はやみがたく尽きることなく、大魔縁と化して天狗の眷属《けんぞく》三百余類の首魁《しゅかい》となった。人に幸いあれば禍《わざわ》いへと転じ、政《まつりごと》を壟断《ろうだん》して、世の治まるを見ては戦乱でかき乱す。朕はそのような存在となったのである」

「おお、私もその眷属の一人！」

「大杉よ、汝《なんじ》はすなわち朕のファンなのだな」

「左様、当世風に云うならそれですな」

「大杉よ、汝がここに現われるのを朕は知っていた」

「と、申しますと」

「我が目で見る世界では、過去も未来も等しくなった。かつて洛中から落ち延びた夜に目にした風景も。こうしておぬしが朕の話を遮《さえぎ》り、無政府主義について語る夕べも。数年後、首都に烈震《れっしん》が起こって汝の屍《かばね》が井戸に棄《す》てられ、朕が血の軍勢を随《したが》えて首都の城に攻め入る未来も。朕はそのすべてを遍《あまね》く知覚し、一瞬きのうちに視《み》ている」

「御身、何をおっしゃっているのか、今ひとつ意味が……」

「汝は、史上最も高名な叛乱者にあやかろうと、己が己の意思でここを詣《もう》でたと思っておるのであろう」

「ええまあ、そうです」

「さにあらず。朕がこの陵《みささぎ》に呼んだのだ。朕のほうで汝を見込んだのだ」

峠や谷がふいに激震して、森林を薙《な》ぎたおす勢いで風が吹きつけ、砂や小石が空に捲《ま》き上げられる。崇徳院の膝の下からたちまち青白い鬼火が燃え盛り、森林も山陵も昼日中のように照らしだされる。「相模、相模」と呼び、鳶《とび》のように降りてきて御前に伏した天狗へ向かって、崇徳院は「この者を待っていた。これより憑依《ひょうい》の儀を行なう」と告げた。

「ひょ、憑依と申しますと」大杉は面食らって眉をひそめた。

「これまでの汝は、この夜にて終《つい》える」

「私を、祟り殺されるのですか。お食らいあそばされるのですか」

「汝はここで死するのではない。汝の死するときは決まっている。その瞬間までは、汝の内側で気配を殺していよう。これより汝は朕の容器となり、命の滅びしあとにその身のすべてを譲り受ける。苦しゅうない、汝よ、朕が**不死鳥計画**を遂行するための最初の輿《こし》となるのだ」

「あ、あ、あ、あああアアアアアアア――」

青白い火焔《かえん》が大杉を呑みこんで、しかるのちに大杉は何事もなかったように山を降《くだ》った。讃岐を離れて首都へ戻り、無政府主義者の同士と家族の元へと帰ったが、すでにその大杉は、大杉だけの大杉ではなかった。朕の名は崇徳院。怨みが朽ちて蘇生を繰り返す永久機関。これより大杉にどこへ足を運ばせ、どの組織と渉《わた》りをつけさせ、誰と契《ちぎ》りを結ばせて、どのような絵図を描かせればよいかも解かっている。この世のあらゆるものを転覆させるべく網をめぐらせ、政《まつりごと》を壟断《ろうだん》し、御所をも平らげる呑舟《どんしゅう》の魚《うお》と化すのだ。

一瞬きのうちに崇徳院の視界は、宮城の渾沌《こんとん》を見据えている。

勅諚《ちょくじょう》のままに従う衆生《しゅじょう》、後方からは纐纈《こうけつ》城の手勢が押しこむ。民はさらに奥へ奥へ進み、その波はとぎれることを知らない。

万世一系の帝は、皇后や皇太子は、正門の内側に入りこんだ騒乱を察知して避難したか、地下に掘った壕《ごう》にでも潜っているのか。宮内の誰かは知っている。居所は突き止められる。

「すべては為されるべくして為され、起きるべくして起きたこと。朕はこの風景を観るために、長きにわたる歳月を雌伏してきたのだ」

ある意味では、大願は果たされた。もはや宮城は昨日までの宮城ではない。震災に破壊されつくした都市にあっても真の渾沌がこの森において誕生している。痛憤と惑乱のかぎりに叫び、荒れ狂う衆生。演じられるのは血戦。執政のもはやまかり通らぬ大本営。今日この日の宮城から、真の日本国が広がっていくだろう。

二十七

近衛兵が、十人、二十人と斃《たお》れていた。宮内でもすでに富士炭疽《たんそ》は蔓延《まんえん》して、生え抜きの軍人たちすらも端から朽ち果てさせていた。

それでも魁偉《かいい》な城主は止まらない。近衛兵をまとめて押し戻し、組み伏せ、逃散《ちょうさん》させて、狭まったり曲がりくねったりしながら伸びていく玉砂利の経路にも沿わずに、木立の間や緑の芝生を思うままに進んでいった。

外苑で倒れているのは、李徴と、聖――

坊っちゃんと薫はそこまで馳《か》け戻って、ようやく傍《かたわ》らに添うことができたが、妖婦も虎も気息《きそく》奄々《えんえん》でこの世に出たり入ったりしている様子が看《み》てとれた。現世にかろうじて踏みとどまっているのが奇蹟と云うほどの深傷《ふかで》を負っていた。

「李徴さん、聖さん、そんな、そんな……」

「ごめんなさい、押しとどめきれなかった」

李徴は虎のままで横たわって、毛皮の表面すらほとんど波打たせていない。異類の身のままで命の灯《ともしび》を吹き消されようとしていた。並んで横臥《おうが》する聖は、おなじく瀕死《ひんし》の重傷を負い、自らを癒やす恢復《かいふく》の力も追いつかないようで、一刻一刻と過ぎゆくものを、失われていくものをもはや誰にも逆行させることはできなくなっていた。

「李徴は、互角に渉《わた》りあっていたんです」聖が云った。「だけどあの城主は、沢山《たくさん》の手勢を連れていたから。八方から矢が放たれ、槍で突かれ、分銅つきの鎖を投じられて引きずられ――大杉栄の姿が見えてからは、城主自身も暴威を増していった」

李徴は、聖は、最後までその役目を全《まっと》うしていた。聖が李徴の背に乗って、振り落とされずにしがみついて、李徴が傷ついても即座に癒やし、悪疾に冒されても進行を遅らせ、傷つきながらも癒やす一個の生き物となって、城主に爪牙《そうが》をふるい、背面から前肢で薙《な》いだ次の刹那《せつな》、後ろ肢で蹴りつけ、肉球の一撃で仮面に亀裂を入れた。弾かれてもすぐさま跳んで、咆吼《ほうこう》とともに魔王の肩に囓《かじ》りついて巨体を投げ飛ばす。これは天下無双の猛虎！　さしもの城主も劣勢にたじろいだ場面もあったが、しかし虎であっても物怪《もののけ》や妖魅ではない。前肢は六本も八本もない。牙も爪も数は限られていて、折れたら生えてはこない。臣下の者たちの攻勢にも圧《お》され、人獣共通で感染する富士炭疽も少しずつ李徴を蝕《むしば》んだ。**血の恩寵**による恢復も、聖の治療も追いつかず、壮絶な肉弾戦にあって次第に防戦に回りはじめる。押しとどめきれずに宮城までの侵攻を許し、外苑前で城主の手によって放り飛ばされて――

今、瀕死の李徴に、聖がすがっていた。

愛しい者を、その消滅の気配を、目と耳と膚《はだえ》で察して。

胸の奥底に秘してきた想いの蓋《ふた》を、開け放っている。

歳月をまたいでたがいの運命を、異類の身を重ねあわせながら、李徴と聖が、臨終の時を迎えようとしていた。緑の天蓋《てんがい》を縫って落ちる午後の陽が、去りゆく二人を悼《いた》み、猛虎と女の冥婚《めいこん》を祈って、温かい死衣を被せるように降ってきていた。

「ああ、李徴どの――」

頬を伝うのは、泪《なみだ》。尽きることのない涕涙《ているい》。

ただその瞬間ばかりは、世の垢《あか》を知らぬ乙女へと回帰している。

聖は、泣いていた。

坊っちゃんは、薫は、**血の恩寵**を分けた同輩の、長きにわたって脈を博《う》ちつづけた鼓動が尽きる瞬間に立ち会っていた。与えられた時間がどれほど永くても、それはまがいものの永遠にすぎなかった。

「ああ、もっと時間が、時間があれば……」

李徴の吐く息が、毛皮の波立ちが、止まった。

李徴が虎のままで、動かなくなった。

「いましばし、私たちに時間をいましばし……」

聖はずっと仰向けにならなかった。ずっと横臥《おうが》して、指先で鼻面に触れ、鬚《ひげ》を撫《な》で、李徴の側を向いていた。それでも最期の瞬間ばかりは、目差しだけで天を仰いで、「時間を、時間を……」と呪文のように唱えつづけていた。

坊っちゃんはおのれの愚昧《ぐまい》を羞《は》じていた。この李徴は駈けて駈けて本州を縦断して、異国の首都を、仲間を、市民を衛《まも》るために最後まで血戦を演じた。かたやこちらは、おれの東京が、おれの東京がと嘆くだけで結局何もできぬままに項垂《うなだ》れている。生きづらいこの世で右往左往してきたのは同様なのに、この雲泥の差はいったい何なのだ？

李徴が運んできたものは、聖が癒やしてきたものは、実際のそれよりもっと重たく、もっと価値があるものに感じた。たとえ長命であろうとも、こうして最期の時はやってくるのだ。遅かれ早かれ命の涯《はて》はやってくる。それならやっぱり永遠なんてものはどこにも存在しない。ちょっと長生きの、乾布摩擦などを欠かさず健康管理に余念がない、あの人本当に死なねえなあと隣近所に噂されるご隠居ぐらいのものと思っていたらいい。自分もやがてはおなじ末路をたどるだろう。幸運であれば誰かに看取られて、最後の呼吸を終えるだろう。だとしたらそこらの市民と変わらない。ここまで過ごしてきたのと同様に、これよりたどるべき生《ものがたり》も、**血の恩寵**に与《あずか》る前と変わらない。そうだろう、そうじゃあないか！　坊っちゃんは自らの掌に、失くしたはずの死を取り戻して、自分が誰なのかを思い出していた。

李徴が、聖が、それを思い出させてくれた。

「箆棒《べらぼう》め……」

と、久しくつっかえていた言葉も転がり出した。

「李徴、仇《かたき》は討ってやる」

臨終に立ち会った坊っちゃんは、矢も楯もたまらずに駆けだしていた。

二重橋に向かって駆けて、倒れた天幕や小屋の残骸を飛びまたいだ。

莚《むしろ》敷きの上には、踏み荒らされた野菜や非常食が転がっている。

坊っちゃんはそこに目敏く、踏み潰《つぶ》されずに残った食料の一部を発見した。

すかさず一個、二個と拾いあげて袂《たもと》に放りこんだ。それからまた駆ける。

坊っちゃんにだって分かっていた。近衛兵にも虎の爪牙にも止められないものを自分に制圧できるわけがない。万に一つも勝利の筋書きは思い描けない。

それでも、体が馳けたがっている。

生まれながらの癇癪玉《かんしゃくだま》が騒ぎだしている。

だから馳けて、馳けて、破られた防塞《ぼうさい》を飛び越え、門から宮内に飛びこむと、殿中へ歩みを進めていた城主の背中に追いついた。

「おい、赤マント！」

大声で叫ぶと、袂から出したものを力一杯に擲《たた》きつけてやった。

投じたものは、宙に直線を描いて、纐纈《こうけつ》城の城主にうまく届いた。

ぐしゃっ。

もひとつ、ぐしゃっ。

投げた二つが二つとも、城主の面に命中して割れた。

城主の仮面に、卵の黄身が伝ってだらだらと顎から滴《したた》った。

これは避難民が食うための卵であって、ぶつけるための卵じゃない。

だけど抑えきれない衝動で、つい投げてしまった。天誅《てんちゅう》に使ってしまった。

「お似合いの面だ、たわけ者の奸物《かんぶつ》め……」

城主の面が真っ黄色になった。赤一色の風貌のなかで卵の黄色はよく映えた。

随《したが》えてきた手勢は宮内に散っているようだ。坊っちゃんは生来の巻き舌で捲《ま》くしたてた。

「厚顔無恥のお上りさんめ、傍《はた》迷惑の極みの破廉恥漢め！　震災で弱ったところへつけこんで首都と宮城を打ち滅ぼそうなんて蛮人のすることだ。そいつでちょっと頭の中に栄養を補給して、自意識過剰なその仮面の中身に血の気をめぐらせろ！　挙兵した武将のつもりかもしれないが、お前なんざ愚にもつかない雑兵《ぞうひょう》だ、それどころか猫被りの、モモンガーの、岡っ引きの、わんわん鳴けば犬も同然の奴め！」

喧嘩の用心に取って置く言葉を沢山《たくさん》卸《おろ》してやった。胸が塞《ふさ》がれるような危機感と、一刻一刻ごとに強度を増す恐怖と、離別の辛さと悲嘆にさらされて、坊っちゃんのなかでも生き延びるための言葉が冀求《ききゅう》されていた。だから喉も裂けよとばかりに叫んだ。一番大いに弁じてやろうと息巻くときほど二言三言で行き塞《つま》ってしまう弱点があったが、このときばかりは擲きつけた卵の勢いも借りて、滔々《とうとう》と述べたてることに成功していた。

「この余《よ》が、雑兵。犬も同然だと？」

そんなふうに無鉄砲に向かってくる者がいるとは想像もしていなかったと見える。おれだって恐ろしい魔王を犬やモモンガーだと本気で思わないが、江戸前の丁々発止を理解できない田舎者に効き目がありそうな罵言《ばげん》があとからあとから生唾のように湧いてくるので、湧いたそばから吐きだしてやった。

「煙と莫迦《ばか》は高い所が好きだが、田舎者ほど御所に群がりたがるとことわざを一つこさえてもよさそうだ。気障《きざ》な赤マントめ、図体しか育たなかった独活《うど》の大木め、お前の足りない脳では大逆罪の意味は分からないらしい。そんなに活気に充ちて困るなら国技館へ行って相撲でも取っているがいい。緞纐布でこさえた廻しを締めて、独り相撲を取っているがいい」

「お前のような小童《こわっぱ》が、群れることしかできぬ有象無象が、余を愚弄《ぐろう》するのか」

「お前だって群れているじゃあないか。虎と一対一で立ち合えない卑怯者め」

「遠巻きで吠えていないで近う寄れ。かわいがってやる」

「誰が寄るものか。卵の黄身が垂れてきたらかなわない」

「こんなものをぶつけられたところで、余は痛くも痒《かゆ》くもない」

「嘘をつけ、悔しくて足を止めたくせに」

「特段に、悔しくはないな」

「だったら仮面を外して見せてみろ。べっかんこうでもしてみせろ。そもそも赤マントだの仮面だので粉飾しすぎて、魔王の演出過多なのがてんで判らないんだから……」

「この面を、か?」

城主が突如、中将の面を外した。

頽《くず》れはてた皮膚、上瞼が捲《ま》くれて、煮崩れたように鼻梁《びりょう》が垂れ下がっている。交換しているのかも定かではない繃帯《ほうたい》の破片がぬらぬらと体液でへばりつき、隙間からは引き攣《つ》れや瘢痕《はんこん》が覗いて、ところどころ皮膚が剝《む》けてせっかちに頭蓋の形を露出していた。

「あ、面目《めんぼく》ない。面はつけてくれていい」

「こんな黄身臭い面、もう要らぬ」

ああ、藪蛇《やぶへび》だった。気炎に逸《はや》るあまりに、おどろおどろしい城主の素顔をさらす破目になった。

次の瞬間、巌《いわお》のように佇立《ちょりつ》していた城主が、急に動きだした。

近づかないなら余から参ろうとばかりに、赤マントを翻《ひるがえ》して馳け寄ってくる。荒肝《あらぎも》をひしがれた坊っちゃんは、踵《きびす》を返して逃げだした。ちょうどそこへ纐纈城の臣下たちも三人、四人と主につづくように馳けて来て、赤マントを筆頭とした多勢に追われる恰好になっていた。これは敵前逃亡じゃない、霍乱《かくらん》作戦だ、と自分に言い聞かせながら止まらずに逃げる。宮内でもできるだけ、できるだけ人がいない森の奥へと逃げるんだ。

真っ赤な集団に追いたてられて、なかなか撒《ま》くこともできずに全身の毛穴から汗が噴きだしてきた。莫迦でかい体のくせに赤マントは驚くほどに敏捷で、ちょっとでも速度を落とせばたちまち追いつかれるのは間違いなかった。こうなったら体力勝負だ。どちらかの脚力が萎《な》えるまでの根競べだ。宮内の方位も分からなくなりながら逃げていたところで、

「坊っちゃんさん、こっち、こっちです！」

木の陰から薫が呼ばわった。坊っちゃんは声のした方に飛びこんだ。

聖は？　と訊いたが「……ここまでは来られませんでした」薫は目を潤ませるばかりだった。つややかな豊頬《ほうきょう》が、ここに至るまで保たれてきた岩清水の清さが、聖の最後の言葉を伝えながら翳《かげ》り、くすみ、濁っていく。この九月だけで一生分の修羅場をくぐってきた気がするが、それでも薫の無垢は、その清さは、珠《たま》のように無疵《むきず》でありつづけたのに。おれはこの娘の純真な魂を守りきれなかった。震災から今に至るまでずっと一緒にいたのに。おれは腑《ふ》抜けていて、むしろ不甲斐《ふがい》ない鼻面を薫に引きまわされる有り様だった。

「解かった。姐さんの言葉も何もかもしかと受け取った。お前はここを離れろ。宮城を荒らす二

匹の怪物はおれが何とかするから」

「私だけ逃げろって云うんですか」

「残ったところでお前に何ができる」

「それを云ったら、坊っちゃんさんだって」

「それでも、東京はおれの生まれた故郷だ。おれにはここで養われた気《き》っ風《ぷ》がある。駿足もある。赤マントよりは小回りが利く。現に二匹のうちの一匹は食いついて、おれに標的を絞っている。奥の方へ引きつけるからその間に、お前は宮城から出ろ」

坊っちゃんは諄々《じゅんじゅん》と諭《さと》した。頼みの綱であった李徴は斃《たお》れて、聖も長くは保《も》たない。このまま全滅なんてしてしまったら、誰がこの顚末《てんまつ》を語り残すんだ。お前がいなかったらおれがその役を引き受けたいところだが、それについては実に遺《い》憾《かん》だが、だけどお前がいる以上はおれの役目ではないらしい。

「分かります、このまま残っていたら私たちだって……」草叢《くさむら》にしゃがみこんだ薫の瞳が潤みだす。「……聖さんも李徴さんも、ほぼ不死身のように感じていた人たちだったのに。だからこそ思い残しがないようにしたい。云いそびれたことも云っておきたいです」

「縁起でもない。何だ、思い残しって」

「出逢ったころから、坊っちゃんさんが好きでした」

「ぬなっ」

あんまり驚いたので、坊っちゃんは頓《とん》と尻餅《しりもち》を突いてしまった。

真顔で云うものだから困った。そんな話はまったく予想もしていなかった。流星群を眺めていたら、降ってくるはずのない星の一欠《ひとか》けが眉間に降ってきたような心持ちがした。こんな修羅場で云うことか、修羅場だから云っておきたかったのか。その手の打ち明け話をされて当意即妙に返せる機智はないから、へどもどしながら乱れた髪を撫でつけていたら、

「あ、でも今は違いますけど」と薫は云うのだからわけが分からない。

「おい、どっちだ。どういう告白だ」

「今でも人としては好きです。最初に云ったような意味では好きではなくて」

「からかっているなら上手くはないぞ、とにかく今する話じゃない」

「初恋の人に似ていたんです。一人旅の学生さんだったんだけど……だけど坊っちゃんさんと任務で一緒になるたび、あれ、似ても似つかないやって判ってきて。その人は無鉄砲でもなければ巻き舌のべらんめえでもなかったし、そのうち初恋が本物だったかも判らなくなって……」

遠回しになじられている心持ちにもなって、まったく尻餅の突き損だと憤慨した。これは何なんだ。どうして今、乙女心の機微を考察しなくちゃならないんだ。

「ごめんなさい。私が云いたいのは、翁の一党に加えてもらって、新しい女になったようで嬉しかったってことです。坊っちゃんさんのことも、人として好きになってからのほうが信頼できるようになったし。信頼しているからこそ、この任務で翁たちと離れてもやってこられたんです。だからね、皆さんは娘か妹のように私の世話を焼いてくれますけど、私はもう娘や妹のように生きるのは止めようと思ったんです。聖さんや、媼《おうな》さんや、婦人運動家さんの生き方にもふれて、強

く強くそう思ったんです」

薫の眼に、その瞳の底に、沈みこんだ硝子《ガラス》玉のような深い光がよぎった気がした。こちらを見つめる目差しは、坊っちゃんを透過して、その背後に展《ひろ》がる世界を見据えているふうでもあった。おきゃんな娘だ、要するにそれが云いたかったんだなと坊っちゃんは察した、守ってもらいたいとは端《はな》から思っていませんと云うことか。

「新しい女になるにしても、命あっての物種なんだぞ」

「坊っちゃんさんもおなじです。おれには気っ風がある？　そんなもので怨霊や怪物とどうやって張りあうんですか。駿足って、ただの逃げ足じゃないですか」

「こんなときぐらい、先輩の云うことを聞け。意地を張るな！」

「だって聖さんが、李徴さんが、あんなことになったのに……」

薫はしゃがんだ姿勢から、伸びやかに立ち上がった。

「私だけ、お尻を捲くれません！」


あいつもあいつなりに思うところはあるらしいが、それにしたって分からず屋だ。本人があんなふうに云うのなら兄の代役を気取るのは今後止しておくが、それにしたって身内の先輩の思いをもう少し斟酌《しんしゃく》するべきじゃないか。

坊っちゃんは草叢から出ると、薫をとにかく宮城の門の方角へと押しやって、それから慎重に宮内の森をめぐった。あちこちで近衛兵の防衛線は突破され、城主の手勢にも斃《たお》れた者があり、合戦の場もかくやの様相を呈している。そこで呼笛を吹かれて、赤マントの城主に見つかった。仮面を剥《は》いだ素顔に瞋《いか》りを燃やし、玉砂利を敷いた径路も無視して、分厚い緑の壁を突き破るように追ってきた。

おお、来た、来たぞ！　暴君竜もかくやに猛進する城主の目当てはただひとつ、猪口才《ちょこざい》にちょろちょろし、あろうことか生卵をぶつけてきた小童の誅戮《ちゅうりく》！

暴威の王が馳けるだけで、宮城の森がいたいけな箱庭にも見えてくる。病毒をその身に宿しながらも脚力は豪勇無類、恐ろしい異貌と血染めのマント、鬼ごっこの鬼役としては古今無比の当たり役だった。

激越《げきえつ》をほしいままに、塵を巻きあげながら城主が追ってくる。

赫々《かっかく》と二つの瞳を燃やして、魔王が追ってくる。追ってくる。

坊っちゃんも走った。逃げて、逃げて、城主の動線をひたすら霍乱《かくらん》した。

渡るそばから崩れ落ちる吊橋を渡っているようだった。一矢《いっし》を報いたくても弓矢はない。武術も膂力《りょりょく》もなければ、窮鼠《きゅうそ》の牙に当たるものもない。これほどないない尽くしの自分が、暴走汽車のような相手に追われているのだから、卵をぶつけた代償にしては釣り合いが取れない。逃げているだけでは徒《いたずら》に消耗するだけだ、やがて体力の尽きるときが来る――それでも逆立ちして頭を振ったところで打開策は降ってきそうになかった。

「ちょこまかと目障りな、さっきの威勢はどこへ行った！」

追いたてながらも城主は怒号を浴びせてくる。うなじを逆立てるような声がすぐ後背に聞こえれば、坊っちゃんは逃げ足を急きたてる。罵《ののし》られたら罵りかえすのが流儀なので、肝をひしがれているのを隠して喧嘩の言葉を返した。

「そっちこそしつこすぎるぞ、お前は冬眠を邪魔された羆《ひぐま》か」

「熊だの、犬だの、モモンガーだのと、そんなに余を獣《けだもの》にしたいか」

「獣の方が知恵も回る、敵兵一人を追いまわす一軍の将がどこにあるものか」

「もしも余を獣に喩《たと》えるなら、余はさながら梟《ふくろう》であろう」

「梟、どこが梟だ」

「智慧《ちえ》の神が肩に載せる梟は、黄昏《たそがれ》の世に翔《と》びたつのだ」

「お前のような大物《でかぶつ》を、肩になんて載せられるものか」

「これは独逸《ドイツ》の哲学者、ヘーゲルの言葉だ」

「屁ぇ出る？」

「院は、古今東西にわたる神話の蘊奥《うんのう》を蓄えている。神の肩に載った梟は、知性の象徴だ。黄昏とは物事の終息期を差す。つまり多くの事象は、歴史の終末が近づかなければ重大な真理を見出せぬと云う意味だ」

　肺が三つも四つもあるのか、城主は坊っちゃんを追いながら大声で弁舌までふるった。

「我らは物事を、一世代かせいぜい数世代の単位でしか考えられない。国家とその管理者が、そのように仕向けて、馴化《じゅんか》させているからだ。お前にそれがわかるか！」

　鬼ごっこのみならず知恵比べを仕掛けるつもりらしい。城主は片時も足を止めずにつづけた——

歴史書と云うのはタニマチがつねに国家であるがゆえ、大抵はお手盛りの自己愛に満ちた自画像しか描かれない。道徳の教科書、字引に図鑑、徴税簿や系図、六法全書から建国の神話に至るまで例外なく国家の存在を軸とした文書だ。国家の押印がないものはすべて稗史《はいし》と云われる。稗史の側から歴史を読み解くのは並外れて困難な作業になるが、国や民の実像とは稗史のなかにこそ宿るもの。稗史にこそ真実が宿ると云うことに、民草《たみくさ》も識者も、梟が翔《と》んでいく黄昏時にしか気がつくことができないのだ。

「ははあ、さては崇徳院の受け売りだな」

「小童、どうした、そろそろ息が切れてきたか」

「怨霊がのたまいそうなことだ。そっちこそ走りながら喋舌《しゃべ》るからへばってきているぞ」

馳けながら、後方をたびたび振り仰いで、問答に応える。

馳けながら、歴史の黄昏、終末期、と云った城主の言葉に感じ入るものもあった。

傾聴に足ることを述べているようだが、怨霊や城主はその終末を見据えているというのか。

この森を見るがよい、と胴間声がうなじを震わせた。この森の豊饒《ほうじょう》はまやかし。そこに咲く花は民の膏血《こうけつ》に咲いた徒花《あだばな》だ。

「純粋な悪のかたちに悪は胚《はら》まれる――正史を善とするなら、悪は稗史と結びつく。余はあの院との出逢いでそれを悟った。我らは正史と稗史を反転させる。**皇をとって民となし民を皇となさん**、とはそういうことだ。そのとき善と悪が、聖と邪が、貴と賤が、人の世のあらゆる理《ことわり》が反転した世界が訪れる。裏が表と入れ替わり、最下層の乞食が万世一系の天子を下に見る。悪人は善人と讃えられているだろう。そんな世界を見たくはないか」

即《つ》かず離れず、たえず距離を置きながらも、返す言葉で挑発しすぎると赤マントが一気に距離を詰めてくるので、坊っちゃんも気が抜けない。休まずに疾走しなくてはならない。

緑の木立を縫って、坊っちゃんはどこまでも逃げる。

城主は、追ってくる。

こんなに引きつけたのだから、薫は無事に宮城を出ただろうか。あのじゃじゃ馬め、森のどこかをしつこくうろちょろしてやしないだろうな。

勝てば官軍、負ければ賊軍――城主が云っているのはそういうことだろう。仕掛けた戦争に勝利して国の歴史書や教科書に載りたいと見えるが、それにしても終末とは剣呑だ。

坊っちゃんは眩暈《めまい》をおぼえていた。呼吸が乱れ、動悸《どうき》が荒くなってくる。震災に疫病、官憲の暴走と人心荒廃、それらが連鎖すれば自分の見ている現実などたやすく崩壊してしまうのかもしれない。この宮城が、東京が、世界そのものが継いできた歴史を一旦閉じて、新たな朝を待ちながら黄昏に昏れていくのか。背後からは銅鑼《どら》を叩き鳴らすような声が聞こえる。足がもつれて呼吸が苦しい。心臓が早鐘を搏《う》ちながら喉元に迫《せ》り上がってくる。

自分たちが巨大な断崖に向かって馳けているのかもしれないという予感に、坊っちゃんはそろそろ見て見ぬふりを貫けなくなっていた。

二十八

汝らは太陽が、自身の光に目を眩《くら》ませると思うのか——


地上の者たちに、そんな問いが投げられているかのようだった。

傷ついた近衛兵が、避難民がその玉体を見仰いでいる。

倒れた者の眼が、立ちつくす者たちの眼が見つめている。

大杉栄の眉目に、やんごとなき血の形質が蘇《よみがえ》って、竜顔からは輝きが放たれている。

それはしかし、太陽の光とは程遠い、濡れ鴉《がらす》の類《たぐ》いに属する闇黒《あんこく》の照り映えだった。

魔道の天子。

その大いなる矛盾こそが、現状のあらゆる混沌《こんとん》を象徴していた。

主戦場となった宮内では、秩序の崩壊の、人心の惑乱の、あらゆる局面を見ることができた。激戦で力尽きた者、病毒に冒された避難民、戦傷者たちは瞼《まぶた》に下りる緞帳《どんちょう》の狭間に、宮城の腸《はらわた》に入りこんだ怨霊の権現《ごんげん》を映している。宮内省の官僚も、近衛の人も馬も、富士炭疽《たんそ》で血と膿《うみ》を垂らしながら卒倒している。さて当代の帝は、皇太子は——西の丸の吹上御苑《ふきあげぎょえん》の上空を漂いながら右顧左眄《うこさべん》していた崇徳院の天顔《てんがん》が、そこで遠方の空に向けてもたげられた。

たしかにその瞬間、天子の竜顔が、曲眉が、彼方より到来するものを認めている。世界を端から捲《めく》り上げるような風音が轟《とどろ》き、天子の蓬髪《ほうはつ》をたなびかせる。多くの葉はいちどきに枝から離れて轟々《ごうごう》と渦を描き、地表に降《ふ》りたて、宮殿の甍《いらか》を越えて吹き昇った。棟がたわんで壁が軋《きし》み、下見板が割れて硝子《ガラス》戸が鳴った。樹木から鳥の大群が一丸となって羽搏《はばた》いて、宙でくるりと舞った羽毛が、怯《おび》えた子供のように頭を抱えた避難民の鼻先に落ちてきた。

透明に近い蚕《かいこ》の糸が、陽差しを受けて輝くように、風の渦は目視できそうなほどの実在感を伴っていた。幾筋にも尾を引き、細い線で空中に五線譜でも描くように交錯し、土煙や葉を取りこみながら柔らかい繭《まゆ》のようなものを形づくっていく。一つ、二つ、三つ、蛹化《ようか》したような突風が吹き去ったあとには、離れた土地にいるはずの者たちが出現していた。

宙を逍遥《しょうよう》する天子は、蹠《あしうら》をどこにもつけず、地表のすれすれまで下りてくる。たしかにそこに立っている。翁が、六条院が、机龍之助が——迎え撃つのは崇徳院、時の流れにも空間にも距《へだ》てられていた両者が、ここに至って合流を見ていた。

「大杉、ではないな。憑《つ》いているのは崇徳院か」

現われるなり翁が、眼前に現れた者の正体を看破していた。

眉宇を曇《くも》らせる六条院の手には、清水で調達された弓と矢が握られている。

腰に刀を佩《は》いた机龍之助は、浮遊する天子ではなく、地上で激戦をつづける兵士たちに視線を配っていた。

「汝《なんじ》らは、風の輿《こし》に乗ってきたのだな」崇徳院がやんごとなき声を響かせた。「よもや汝らが会戦に参じそびれることはあるまい」

「我らは、我らを呼号する場には現われる」翁がしめやかに返答する。「それにしても凄まじい異貌であることよ。暗い輝きの中にあらゆる災厄が滲《にじ》みだしておる。私には元の大杉の、斜《はす》に構えた面《つら》つきの方が好ましかった」

「うむ、麻呂《まろ》も。あの男には目をかけていたものを」

同舟して女護島を目指せる逸材と見込んでいたものを、六条院がそう云って瞑目《めいもく》する。

机龍之助はゆらりと御苑前を離れ、伏見櫓《ふしみやぐら》の方向へ歩きだした。着いて早々に独断で動きたがる朋輩《ほうばい》を呼び止めず、「二、三、訊いておきたい」と翁は言葉を継いだ。

「大杉を処刑させたのも、おぬしの計略の範疇《はんちゆう》か」

「憲兵隊の中に、第六感の聡い者があった」

崇徳院はこともなげに云った。天顔には一切の表情が窺《うかが》えない。

「ほう、さては甘粕分隊長か」

「霊感が強かったと云うことかな」

翁と六条院は、大杉暗殺事件の真相に言及していた。

「ゆえにおぬしを、大杉の中の怨霊の気配を察して、半狂乱になるほどの恐怖に駆られて凶行におよんだ。陸軍や憲兵司令部の策謀ではなかったのだな。するとおぬしは事件の前から大杉に憑いていたことになる。我らに任務を下したときには、すでにそこに在ったのか」

「いかにも。だがしかし我が憑代《よりしろ》とならずとも、大杉の死は既定の事実であった。朕《ちん》はそれを知っていたがゆえ、この者を選んだのだから」

「知っていた。まるで未来を予知できるかのような物言いだ」

「大杉が死ぬことを見込み、そなたは大杉に入った」

「見込み、ではない」

既定の事実である、と崇徳院は云った。遠近のいずれも見通すかのような目差しは、分岐する選択肢のすべてを視座に収めていると云わんばかりだった。あれは怨霊を超越したもの。天地《あめつち》と光陰の理《ことわり》を超えて、我らの知悉《ちしつ》しない次元にまで上りつめたもの——吹き残った風が騒ぎ、役行者の言葉がよみがえる。翁は眉根に寄せた一すじの皺《しわ》を解《ほど》いた。息張っていてはいけない。心を溶かし、この崇徳院の真実を見抜かなくてはならない。

「大杉との接点が要《かなめ》となるようだ」翁は絡みつく事態の結び目を断たんとする。「おぬしは従前から大杉に入りこみ、此度《こたび》の争乱を画していた。相模坊や大杉を動かして、纐纈《こうけつ》城の城主に、正木博士に、旅芸人や朝鮮人を攫《さら》っていた者に接触し、経糸《たていと》と緯糸《よこいと》が結びついて中心が空白でも稼動する因果の網を束ねあげた。震災まで謀《はか》りの一部ではあるまい。都市を崩壊させるほどの天変地異が起こり、地脈が乱れ、東京に張られた結界が破れるのを待っていたのであろう」

翁の口舌によって、絵解きがなされる。首謀者の前で壮図《そうと》の編み直しが試みられる。風が塵《ちり》を運び、白い羽毛が舞う。もつれていた糸が解きほぐされて正しい形状に組み替えられる。

「陸軍参謀を巻きこんだ**不死鳥計画**において、炭疽菌芽胞《がほう》による人間兵器を得ようという目論見《もくろみ》は云わば副産物に期待するほどのもの。軍への撒き餌《まえ》であり、陽動。計画の本懐はこうして城主とともに首都へ侵攻し、宮城の内側から都市存在そのものを壊滅させることであった。そして大杉が死に、おぬしが蘇《よみがえ》った」

「この者が斃《へい》死《し》することによって、この肉身は自在となる。霊と肉の契《ちぎ》りとはそのようなもの。憲兵が処断しなくてもこの者には、二重三重の死線が用意されていた。歴史とはそのようなもの。この者は自らの着想によって計画を得たと思っていただろうが、朕がその精神の営為に陰ながら影響を与えていた」

「大杉は、條虫《さなだむし》のように怨霊を体中に飼い、自ら首都陥落計画を立てたものと錯誤した。その青写真の中には、我らを首都から遠ざける意図も含まれていた。それで、この宮城でのおぬしの狙いは何なのだ」

崇徳院にとっても、纐纈城の城主にとっても、往年の雪辱戦に当たることは云わずもがなだった。御苑に至ったのは、最終の標的として天皇とその一族を探しているからであろう。だが己の後裔《こうえい》でもある皇族を疫病で打ち滅ぼし、宮城を中心に東京を阿《あ》鼻《び》地《じ》獄《ごく》に変えたとして、その先にいかなる地平を窺っているのか——

「そなたは、いかなる高みから事象を見据えているのか」と六条院が云った。

「崇徳よ、怨霊よ、我らは呼号に応じたからには、袖手傍観《しゅうしゅぼうかん》はしない」翁がつづけた。

数世紀をまたいで見《まみ》えた崇徳院。翁も六条院も、粛々とした物言いとは裏腹に内面を滾《たぎ》らせている。両者ともに、この世の深淵に接していること、深淵そのものと化した存在と対峙していることを了解している。

ここに在るのは――

史上に類なき大魔縁。

雌伏と暗躍の果てに、全能に近づいた悖乱《はいらん》の天子。

ある確信、ある理解が、昂揚《こうよう》と異なる次元で告げている。

崇徳院は、冥府魔道の蓋を開けるだろう。平らかな地平を割るだろう。

我らは、深淵の縁に立っている。

「汝らの視座は哀しいほどに低い、まことに哀しい」

大魔縁となった天子が告げた。高みから呪われた玉音《こえ》を響かせる。

「この朕を剪滅《せんめつ》したくば、試してみるがよい」


薄氷のような面貌が、その太刀筋に浮かび上がる。

「姦夫《かんぷ》！」と叫びながら刀を躍らせるのは三合目《さんごうめ》陶器師《すえものし》だった。

腕の関節を外して伸び上がるような変幻自在の剣によって、近衛兵はきりきり舞いを舞う。脳天から左右に開かれんばかりに斬りこまれた者、心の臓を串刺しにされた者、弧を描く太刀に首を刎《は》ねられた者もあった。刀身を払って血滴を切っても切っても足りない。収める鞘《さや》はとうにどこかに放っていた。

すでに大勢の決した戦場にあって、残存する者を見つけだしては立ち合って、「この程度で禁闕《きんけつ》守護とは、片腹痛し！」と叫びながら躍動する陶器師の剣の冴えは、ひと振りごとに、ひと刎ねごとに万夫不当《ばんぷふとう》の領域に上りつめようとしている。そのようにして伏見櫓《やぐら》の前に達した陶器師の前に、無言のままに立ちはだかる人影があった。

「姦夫？」

抜き身の刀そのものと化した陶器師の眼に、一人の剣客が映っていた。

「どこから湧いてきた」

机龍之助はそうして、纐纈城で一戦を交えた手練《てだ》れと向かい合った。たがいに氏名は知らない。剣客同士の立ち合いが得てしてそうであるように、交わすべき言葉もない。だが双方の手には、刀がある。机龍之助はその本能の導きによって再戦を望み、陶器師の方もそれを了承したことを盲《めし》いた眼で視認する。

「では、参ろうか」

陶器師の声からは血の臭いがした。唇の形が歪《ゆが》んでいるのがわかった。血を吸いすぎて妖刀の輝きを放つ得物を斜めに上げて、陶器師の鬱々《うつうつ》たる殺気が高まった。

退魔調伏《たいまちょうぶく》の霊符を手に、六条院が前へ出る。

口元に符をかざすと、魔障を打ち破る呪《しゅ》を唱え、吹きかける。

六条院が手にするのは、破魔弓《はまゆみ》。破魔矢。清水一家が重んじる神前の儀式において、護摩木《ごまぎ》を燃やして浄めた神具を調達していた。

九字《くじ》を切り、一字を足して、五縦五横の格子を引くと、破魔矢の先で日輪を描き、輪の中に真言《マントラ》の種字を記す。万物の素である地・水・火・風・空を五指に配して、手指だけで森羅万象を描きだす印契《いんげい》を結ぶ。遊行無畏《ゆぎようむい》、如獅子王《にょじしおう》、智恵光明《ちえこうみょう》、如日之照《にょじつししょう》。弾指して怨敵退散の真言《マントラ》を誦んじると、射手となって呪符を貫いた咒《かしり》を放った。

「たとえ大杉の首を刎ねようとも」流麗な指さばきや誦呪《じゅじゅ》に、感嘆しながら翁が云う。「それでも打ち滅ぼすことはできまい。虎の牙も剣客の刀も、物理の威では封殺できない。あれに対峙し得るは六条院、おぬしの呪法《ずほう》のみ！」

御苑の空を飛びわたる怨霊を狙ったが、放たれた咒は、標的を射抜く手前でまばゆい光の飛沫《しぶき》となって飛散した。崇徳院に粉砕されたのか、否、飛んで散るのも呪法のうち。次々と放たれる光の箭《や》は、粒の目が粗い濃霧のように垂れこめて、大気の粘度を増す。浮遊する天子の手と足を束縛して、融通自在な動きを封じていた。

「身体髪膚《しんたいはっぷ》を有すると云うことは、縛める《いまし》手足を、急所やアキレス腱を、弁慶の泣き所を有すると云うこと。怨霊にとっても両刃《もろは》の剣《つるぎ》に相違あるまい」

遥かに俗人の寿命を超えて、数多《あまた》の術を修めては習合していった六条院、益荒男《ますらお》ぶるのを好みはしないが、呪術的創意を大いに加味した独自の呪法体系は、翁であっても悉知《しっち》はかなわない。こんな呪術は見たこともない。六条院は近衛兵の手からこぼれた松明《たいまつ》の残り火に薪をくべると、調伏の印と真言《マントラ》を重ねながら、神々しいまでに顔《かんばせ》を発光させた。

地上にその場かぎりの護摩壇を出現させている。常に懐中に携えている呪を籠《こ》めた鉄粉、芥子《けし》、多羅樹《たらじゅ》の葉を火中に投じて、雅《みやび》なまでの反閇《へんばい》を踏みながら、真言《マントラ》とともに崇徳の名を叫ぶ。焔《ほむら》が高ぶり、中空に縛られた崇徳院がムムッと唸《うな》って、身じろぎを止める。しかし六条院にも応《こた》えているようだ。久しく浮かべたことのなかった汗の玉を額に浮かべて、「効いておらぬ」と口走ったではないか。

「怨霊退散の護摩であろう、他に有効な呪法はないのか」

「麻呂《まろ》は、五大尊を嗾《けしか》けているのであるぞ」

六条院によれば、崇徳院はたったいま五大明王——不動明王、降三世《ごうざんぜ》、軍荼利《ぐんだり》、大威徳《だいいとく》、金剛夜叉を観じていると云う。翁には見えなかったが、崇徳院には見えている。退魔調伏に凄まじい効験を顕《あら》わす五大尊が崇徳院を包囲して、睨《にら》みつけ、どやしつけ、喝上《かつあ》げして、六面六臂《ろっぴ》六足にして忿怒《ふんぬ》の相の大威徳明王に至っては胸倉を鷲掴《わしづか》みにして重量級の拳の連打を見舞っていると云う。ところが動くに動けなくなってはいても、崇徳院は涼しい顔をしている。空中に寝そべって、小指で耳掻きをするなどしている。

「たしかにあれは……まったく効いておらん」翁は啞然《あぜん》とするしかなかった。

「五大尊を勧請《かんじょう》までして呪殺を試みている」六条院もついに狼狽《ろうばい》の気配を見せていた。「もしもあれが天狗の類《たぐ》いなら、粉微塵《こなみじん》に撃砕されている」

「摩利支天《まりしてん》でも陀羅尼《だらに》でも、ありったけを総動員はできぬのか」

「神仏の分霊を請《しょう》じて効かぬなら、あの怨霊を調伏する咒などあるのか」

天子のやんごとなき面輪《おもわ》は、翁と六条院を哀れむかのように、諸尊の忿怒の相とはまるで対極にあるような面差しを湛《たた》えていた。それこそ半眼の菩薩《ぼさつ》のような——

あらゆる古今の蘊奥《うんのう》を極めた六条院の呪法でも、大魔縁には拮抗《きっこう》し得ない？　翁は大正の世がいよいよ悪星の下に転がるのを感じて、劇《はげ》しい眩暈《めまい》に襲われていた。

二十九

翁？

もしかして宮城に来ているのか。

駆《か》けつづけることで血が全身をめぐり、五感がどこまでも研ぎ澄まされている。麻呂《まろ》公や机龍之助も馳せ参じているのかもしれない。おれも虫の知らせに敏感になったのかと坊っちゃんは思った。あるいはこれも**血の恩寵**の成せる業《わざ》か。もしも一党が勢揃いしているのなら、一ケ所に集まって怨霊と魔王の乱を鎮定《ちんてい》するべく談合を持ちたいものだった。

振り返ってみれば一党が勢揃いしたのは数日限り、本栖湖の城に往きて戻ったあのとき限りだ。もはや今となっては――聖と李徴は集まれない。つくづく離散の前に、他の面々との友好を築いておかなかったことが悔やまれた。

「赤マント、こっちだ！　もうへばったのか」

あんまり悔やしかったから、駆けるのをやめなかった。

城主への挑発を止めず、距《へだ》たりも縮めさせず、森をひたすら遁走《とんそう》しつづける。

「この子鼠《こねずみ》、いつまで逃げるつもりだ！」

退《ひ》くに退けない城主も猪突猛進の姿勢を崩さない。体力こそ無尽蔵だが、ぞんがいに与《くみ》しやすい直情者と云える。臣下の者たちとはぐれてもおかまいなしに、逃げれば逃げるだけ追ってくるのだから。坊っちゃんは疾駆しながら、たしかに至近に来ているはずの翁や六条院に思いを馳《は》せた。長命者たちの文殊《もんじゅ》の知恵にたのめば、大杉に憑《つ》いた怨霊を鎮められるかもしれない。だとしても聖と李徴の命を奪った赤マントには、坊っちゃんは自らの手で報復したかった。そうすることで東京を守り、街道で亡き数に入った老若男女の弔《とむら》い合戦を果たしたかった。

稗史《はいし》だの何だの、そんなものは知ったことではない。百歩も千歩も譲ってこの騒乱の後に、威張り散らす奸物《かんぶつ》俗物が駆逐されて、ひもじい連中が腹一杯に飯を食えて、生まれや言語の差で蔑《なみ》されることもなく、この宮城が森林公園となって開放されるような時代が訪れるとしても。たとえ今よりはましな世の中が到来するとしても、だからと云って今日只今、死の疫病を蔓延《まんえん》させて無辜《むこ》の命を奪ってよい法があるものか。数えきれない屍《しかばね》の上にしか出現しない理想郷、そんなものはこっちから願い下げだ。

だからこそ、と坊っちゃんは念じていた。おれが今すべきことは、逃げ散らかすことだ。破れかぶれでとことん無鉄砲で、哀れなまでに徒手空拳に走りまわる――そんな素振りに徹することだ。

「おい、鬼さんこちらだ！」

よし、云ってやった。云うほうも羞《は》ずかしい言葉で挑発してやった。手も鳴らした。

赤マントの怒号はもはや何を云っているか分からなかったが、かまってやることはない。仮面に卵をぶつけて逃げだした折には、行き当たりばったりの誹《そし》りも免《まぬか》れなかったが、今は違う。坊っちゃんは一つの目途を探しながら馳けていた。

それもこれも文殊の導きがあったから。宮城の森は宏大で、逃げながら腰を据えて周囲の観察をするのは難しい。おかげでさんざっぱら馳けめぐる破目になったが、ようやくその目途らしきものが見つかった。是非もなく押しつけられた作戦だったし、どうやって最後のひと突きをするのかも定まっていないが、このまま遮二無二《しゃにむに》突っこんでやれ。

黒松の木立から、東側の桔梗門《ききようもん》の櫓《やぐら》が見通せる場所――

あった。たしかにあった。

今、通過したところがそうだ。

勢いを止めずに馳け抜けて、迂回《うかい》するかたちで同地点に向かった。坊っちゃんは奥歯を嚙んで一か八かの賭けに打って出る。後方を振り返れば、赤マントは目と鼻の先まで逼《せま》っていた。よし、そのまま馳けろ、随《つ》いてこい、右に大きく曲がるような径路で、逃げ足を加速させた坊っちゃんは、背高い草藪を突っきって飛びだした。

その先に、地面はなかった。

石塁。水。

水面に映る鱗雲《うろこぐも》、森の深緑。

宙で手足を躍らせて、坊っちゃんは濠《ほり》の水面に飛びこんだ。

あまりに躊躇《ちゅうちょ》もなく飛びだしたものだから、追ってきた赤マントも完璧に釣られた。勢いを殺せずに放物線を描いて、マントを風で脹《ふく》らませながら、宮城の濠へと落ちてきた。

ざぶん、ざぶんと水音が二つ。坊っちゃんは水中で大きく身をしならせ、真上から白い気泡の渦とともに着水してきた赤マントを確認すると、両手足で犬搔きをして、輝きたつ濠の水面からざぶんと顔を出した。

「おれが無暗《むやみ》に逃げていたと思うか、大袈裟《おおげさ》な身形《みなり》の報いだ！」

高所から落ちるのは、グランド・サーカス団で三角テントの頂上から落ちて以来だが、あのときほどの高さはないし、着地点も硬い地面ではなかった。よっぽど楽だった。

「計略どおりだ、溝板《どぶいた》でも踏み抜いた気分だろう！」

城主がもしも釣られなかったら飛びこみ損もいいところだったが、幸いにも損はしないですんだ。陥穽《かんせい》に落とし入れた達成感に満たされて、坊っちゃんは聖の計略に、それを仲介した薫にも大いに感謝を捧げた。

ただ一度、宮城に至るまでの船溜まりに落ちたとき、あの城主の動きはひどく鈍り、すぐには上がってこられなかったと聖は云った。泳げないと云うわけではあるまい、纐纈《こうけつ》布でできた分厚いマントや鎧直垂《よろいひたたれ》が水中に没することで重さを増して、浮上したくてもできなくなるらしい。攻防を重ねたからこそ見抜けた魔王の急所を、聖は死の間際に薫に伝え、「お濠に落としなさい」と云い残した。そこからの薫はめざましい立ち廻りを見せた。ただちに近衛連隊長を捕まえると、例によってその瞳で相好を崩させ、連隊長の口から皇居の濠のちょっとした秘密を聞きだした。宮城を囲んでいる外濠は、市民が水没事故を起こすことも考慮してそれほど深くならないように設計されているが、城内にある内堀——蓮池濠《はすいけ》、中道灌濠《なかどうかん》、上道灌濠《かみどうかん》、二重橋濠は違う。有事にそなえて他よりも極端に水深が深くなっている箇所がいくつかあると云う。連隊長は薫に告げた。目印を教えるから、落とすならそこに落とせ。

これこそ薫の本領発揮に他ならなかった。侵略の真っ只中とは云えど、宮城を護る近衛の隊長の口から宮城の秘密を聞きだしたのだから。伝令役となって聖と近衛兵をつなぎ、それぞれの言葉を、坊っちゃんに届けに来ていた。出逢ったころは好きだったけど今はそうでもない、などと云うふざけた言葉に、事の筋道を脱臼させるような告白に惑わされたが、あのときの薫はしっかり伝令役を務めあげていた。

実際、聖が看破したとおりだった。血絞りのマントや装具は水に浸かりきったことで、幾重もの錘《おもり》となり、海難者を苦しめる紅藻類のようになって、城主は暴れれば暴れるほど水妖に足を引かれるように溺れていく。湖の城に住みながら溺水するとは皮肉な話だ。浮揚した坊っちゃんは泳いで濠の石塁へ向かおうとしたが、そこでむんずと足首を攫《つか》まれた。

「おのれ、なんという小癪《こしゃく》、なんという猪口才《ちょこざい》!」

「離せ、神妙にしろ」

「余《よ》を、溺死させようと云うのか」

「おれはお前と心中なんて真っ平御免だ」

蹴り飛ばそうにも、蹴り飛ばせない。引きずりこまれて再び水中に没し、顔を水面に出してはまた沈む。溺水者を助けようとした者が自分も溺れるという話はよく聞くが、溺れて恐慌を来した者が暴れ狂うとこんなにも脱出が難しいのか。相手はしかも並外れた大男、まとわりつく腕《かいな》は容易に振りほどけない。水面に浮かんだり沈んだりする城主は、嚇怒《かくど》していた。外貌のおどろおどろしさはむしろ増していた。

「おのれ、おのれ下郎……」

強《こわ》い皮膚が崩れて、膿《うみ》や皮膚片が水に混ざる。瘢痕《はんこん》や裂傷から蒸気が上がり、唇や鼻孔が飛沫を噴きだす。

そして、坊っちゃんにまでまとわりついてくる纐纈布――

大きな口蓋垂《こうがいすい》を見せつけるように大口を開けた城主が、気道の奥から瘴気《しょうき》を吐きだした。坊っちゃんは魔王の息を、鼻頭がぶつかるほどの至近で浴びていた。

伏見櫓の前では、二人の剣客の一騎打ちが始まっている。

しかし、刃と刃の接する剣戟《けんげき》の音は聞こえない。

「なぜ、抜かぬ」

大上段から斬り下ろされる白刃を、柄頭《つかがしら》で受ける。柄の紐が断たれて落ちる。

鬼気を剝《む》きはなった鋒《きっさき》から、斜めに片手の袈裟斬りが襲ってくる。

三合目《さんごうめ》陶器師《すえものし》はひと太刀ごとに速度を増して、上段下段の構えや大勢を自在に変える。相対する机龍之助は、佩《は》いた業物《わざもの》を抜いていていない。

白刃と戯《たわむ》れるように、剣舞を舞うように、陶器師はめまぐるしく立ち位置を転じ、大旋回して背面から突き、机龍之助はこれを鞘《さや》で止める。鋭さと烈《はげ》しさを増す太刀筋は、机龍之助を二つに割いて、三つに割いて、あわよくば背開きにしようと狂おしく乱舞していた。

横一文字に薙《な》ぐような中段の水平斬りを鞘で受け止め、返す刀で抜こうとした机龍之助は、しかし止める。疲れも知らずに斬って払って突いて薙ぎつづける陶器師の太刀筋を、鍔《つば》迫《ぜ》り合いでからくも防ぎ、本能を御して、抜刀しない。

「なにゆえ抜かぬ？」

跳躍して斬りこまれ、立てつづけの猛撃を浴びて、すべてを躱《かわ》すことはできない。浅く斬られ、深く斬られ、机龍之助の総身にはすでに縦横の血の線が走っている。

「抜かぬなら、死ぬだけだ」陶器師はこともなげに宣告した。

抜刀しない剣客を待つのは、悶死《もんし》のみ。

不名誉なる、惨死のみ。

ごもっとも、と机龍之助も心中で賛同する。一瞬でも気を逸《そ》らせば、斬り捨てられる。

盲人であるばかりではない、刃を振るう手も封じられて、攻勢に打って出ることができない。すでに防禦《ぼうぎょ》を捨てた陶器師は、急所をさらして攻めこんでくる。終始一貫して抜かない相手を責めなぶりつづける。

「さては、一瞬の隙を衝こうと云う算段か、俺にそんなものはない」

このままでは長くは保《も》つまい。敵は無名ながら古今無双の手練《てだ》れ。鍔迫り合いで凌《しの》げる相手ではない。敗走を強《し》いられた屈辱も、噴出寸前にまで積もり積もった憎悪も、抜刀しなくては相手に返すことはできない。

そもそもこれはいかなる戦術なのか、机龍之助は懊悩《おうのう》をめぐらせている。無心になれと云うことか。心頭滅却して万物を感じろと。しかし某《それがし》は盲人。心頭滅却なら常日頃からしている。音で、風で、匂いで、衣擦《きぬず》れで、立ち合う者の姿形を目明《めあ》きよりも熟視してきた。翁はなにゆえ「抜くな」と云ったのか。抜きたいではないか。

ずっと抜きたい、と云う本能に従ってきた。抜きたいから命をつないできた。脊髄《せきずい》反射のように人を斬り、斬ることは生きることと同義であった。抑えがたい抜刀の衝動は、辛抱のあまりに某《それがし》の面相をひょっとこや鬼瓦《おにがわら》のごとくに変じているだろう。嵐のような武者震《むしやぶるえ》がひとわたり胴や手足をめぐっては、行き場もなく鬱積《うつせき》していく。抜かなくては生きられぬ某《それがし》に抜くなと云うのは――つまり「一度死ね」の謂《いい》ではないのか。

刹那《せつな》に首を両断されぬように、立ち合っている相手の太刀筋の他にも、縦横に心の眼を向けなくてはならなかった。敵の輪郭に配されていた焦点がふくらんで、四方の世界へと拡散されていく。机龍之助は翁や六条院の気配を感じている。翁が指揮して、貴族が呪法《ずほう》を放っている。遠い森のどこかではあの小倅《こせがれ》が命を燃やしている。妖婦は、踊子は、虎は――抜かずにいるからか、世界の開かれ方が違って感じられる。斬撃を防ぎきれずに手傷を負うなかで、某《それがし》はなにゆえ一党の者たちのことを観想しているのか。斬ることで生きてきた自己を殺しにかかった結果、急に友愛の精神に目覚めたとでも云うのか。そんなはずがないではないか。

立ち合っている者の斬撃とすら、濃《こま》やかに接せられているように感じた。

百の太刀筋にふれて、一《いっ》の意思を観じている。

たしかにそれは、机龍之助が達したことのない境地だった。

幕末より虚無に憑《つ》かれ、自らの技倆《ぎりょう》にたのんで、意に添わぬ者は木刀で撲殺した。放りだした奉納試合、新撰組から天誅組への寝返り。歌う者は勝手に歌い、死ぬ者は勝手に死ぬのが世の摂理と信じて疑わなかった。錯乱と零落の日々、辻斬りの快楽――

今、抜かずにいることで、斬り捨てた者たちの姿すら瞼《まぶた》の裏に浮かんでくる。皆の者、その節はすまなかったと今さら詫びるつもりもないが、生者とも死者ともつながり、意識だけでも孤塁を離れ、一党の者と、立ち合いの相手とも意識を結ぶことで、斬撃の音ではない世界の共鳴りのようなものを聞いていた。あるいはこれが抜かない境地なのか。

共鳴り？　何だそれは。数百年を生きてそんな感覚は覚えたことがなかった。

誰だ、お前は。某《それがし》のなかに誰かがいる。


「坊っちゃんさん、坊っちゃんさん！」

薫の声が聞こえた。あいつめ、やっぱり脱出してないじゃないか。

聞こえてくる声は云った。早く、早く城主のそばを離れて、さもないと――

一瞬、頭が真っ白に飛んでいた。城主の呼気を浴びて意識が混濁したのか、それとも富士炭疽の症状なのか。蛇《くちなわ》の毛髪を生やすメドゥサを直視した者がただちに石像になるように、城主とこれほど身近に接して、おなじ水に浸かって、吐かれる呼気や飛沫を被ってしまえば、瞬く間に腐《ふ》爛《らん》して果てるしかないのか。

熱を帯びた膚《はだえ》の下に、蜈蚣《むかで》が這うような感覚が生じ、瞼が浮腫《むく》んで風景が見えづらくなる。凄まじい速さで症状が出ている。唇が引き攣《つ》れて斜めに上がり、蛇口が緩んだように血の涎《よだれ》があふれて濠の水に混ざった。鉤《かぎ》のように指が硬直して曲がり、神経痛のような痛みが生じた。意識が飛んだのも富士炭疽の症状の一環か、しかし醒《さ》めてから見れば、全身の劇症はある段階で進行を止めている。坊っちゃんは腐り落ちていかなかった。

「なぜだ」

赤マントすらも驚愕《きょうがく》していた。

坊っちゃんも驚いた。効いたのか、媼《おうな》の血が――そうとしか考えられない。

ああ、よかった。あのとき媼や薫につられて輸血を受けておいて正解だった。

「そうか、お前は我が母と一緒にいたな。下郎の分際で、母の血を――」

「神妙にしろ、お前はここで没《しず》め！」

富士炭疽に冒されない者を目の当たりにして、赤マントは愕然としていた。腕の力が弱まったところで坊っちゃんは、追いすがる赤マントの胸板を蹴り飛ばし、反動で身をひるがえして離れる。濡れた纐纈布の水域からも脱して、石塁を目指してがむしゃらに水を掻いた。

「坊っちゃんさん、離れて、もっと離れて」

そこでまた薫が叫んだ。四方の濠の際のどこかにいる。隊列を組んだ近衛兵が水端に詰めかけていて、薫と、媼がその一団に混ざっていた。近衛兵たちは軽機関銃に歩兵砲、速射砲、使わなくなっていた午砲《どん》用の大砲まで台車で運んできて、隊長の合図によって銃砲が一斉に口火を切った。濠のぐるりを囲んで、城主への一斉掃射を開始していた。

すわ、馳けまわって時間を稼ぎ、云われたとおりに濠に落とした。あとは近衛の底意地を見せろ。この砲撃に至るまでが作戦だった。薫が直談判した連隊長が、残った兵を集めて陣容を立て直し、急場の砲撃隊を結成していた。撃て、撃て、午砲《どん》も撃て！

「お前、契《ちぎ》りをなぜ破ったの……出てきてはいけないと云ったのに……」

嫗が嗄《しわが》れた声を絞った。親がわりに成長を見守った不肖の息子。我が子との別れはこれが二度目だ。水溜まりに落ちた犬を叩くようではあったが、それでもこの砲撃だけは、母子《おやこ》の結びつきや惻隠《そくいん》の情で中止してはいけない。だってそうじゃあないか！

赤マントが東京に達するまでにしたことを、関東の市民にもたらした厄災を、血を絞られた者たちの無念を考えろ。現に石塁にへばりついた坊っちゃんの眼には、纐纈布に変えられた犠牲者たちがマントの布地で慟哭《どうこく》しているのが見えた。濡れて色味を濃くしたマントや衣装に、夥《おびただ》しい断末魔の顔が浮かんでは消え、消えては浮かび、尽きせぬ呪詛《じゅそ》を、燃えるような怨嗟《えんさ》を城主一人にまとわりつかせ、おぞましくも神がかった紅蓮《ぐれん》の業火《ごうか》となって責めさいなみ、城主を搦《から》めとって集中砲火に差しだしているようにも見えた。

「お前、お前……」嫗は悲痛に叫んでいたが、砲火を止めて、と訴えることはなかった。「お前はお前なりに魔王の装束を身にまとって、悪を為してでも新たな人の世を出現させんとしたのでしょう。だけど犠牲者の屍の上にしか築けない世界は、誰のための世界なの」

「母さま、母さまぁぁ……」

「私が、富士の樹海にいなければ……お前は生まれなかった」

「母さま、どうか余を助けてええ、母さまぁぁ……」

「私たちは過《あやま》ちを犯した。だけど人は過ちを認め、正すことができる」

「母さま、ご無体なぁぁ……」

敬仰する母に引導を渡されても、それでも赤マントはしぶとかった。水柱が上がるほどの砲撃を浴びて、大小の弾をたしかに被弾しても没んでくれない。哭《おら》び、号《さけ》び、流血した勇魚《いさな》がのたうつように水面で暴れて、しかし息の根は止まっていない。

恐るべきは**血の恩寵**か、疫病の宿主となったことをおいても頑丈すぎる。たとえ兵舎のありったけの砲弾を見舞っても、血が一滴でも残っていれば動きつづけるかもしれない。慈母の情けを得られずに猛《たけ》り狂って、マントに自由を奪われながらも水面を移動し始める。オオオオオォォ……と地鳴りのように唸《うな》りながら、坊っちゃんの取りついた石塁に向かってくる。近衛兵もこれには動揺をあらわにして、一斉掃射の一角が崩れるのがわかった。ここまで攻めてもとどめを刺せないのか、このまま砲弾で風穴を開けられても、向こう側の景色がよく見渡せる体體《からだ》のままで巨大な頭足類のように這い上がってくるのではないか——

坊っちゃんは天を仰いだ、その瞬間だった。

濠に向かって、咆吼《ほうこう》が降ってきた。

近衛兵の隊列の真上を跳んで、巨大な影が降ってきた。

それは大きくて、美しい獣。黄金に輝く吹きおろし。

それは一頭の、虎だった。

李徴――

動かなくなったはずの虎だった。

濠の水面へ飛びこんできた李徴は、真っ直ぐに赤マントの元へと降った。

そのまま顎《あぎと》を開いて、坊っちゃんや薫、媼、近衛兵が見ているなかで、蘇《よみがえ》った牙を赤マントの頭蓋に打ちこむと、瞬時に後ろ肢を靭《しな》やかに両肩に載せた。

猫科動物の身軽さと、雄々しき猛獣の蛮勇をもって赤マントに圧《の》しかかって――首のひと振りだけで、魔王の頭部を脊椎《せきつい》ごと引き抜いた。


姐さんが、ウィッチが奇蹟を起こしたのか、と坊っちゃんも察していた。

私たちにいましばしの時間を、いましばし――

坊っちゃんの時間稼ぎは、聖のそんな言葉にこそ応えるものだった。

臨終《いまわ》に際した聖は、最後の命の滴を、治癒の力を、先に逝った李徴の亡骸《なきがら》へ輸《おく》りこんだのだ。

聖の力はあくまで治癒、命なき亡骸の蘇生はかなわないはずだったが――

あるいはそれは聖と李徴の、華燭《かしょく》の典であったのかもしれない。猛虎は息を吹き返した。外苑の端に残った聖は、その代償のようにたちまち皺《しわ》が寄り、垂れ落ちるように輪郭が崩れて、結いあげた髪が噴きこぼれて解《ほど》けた。ぬばたまの髪は総白髪となり、髑髏《しゃれこうべ》に渋皮を貼ったような相貌に変わり果てる。千年衰えない容色を誇っていた聖にすれば、身内の誰にもその姿を見られなかったのは僥倖《ぎょうこう》であったのかもしれない。時間の涯《はて》に到達したような老婆が、瘦せ猫のように背を丸めて、李徴の勇躍と時をおなじくして――離れた外苑でことりと息絶えているのを、坊っちゃんも薫もまだ知らなかった。


「最後にはあんた方が、手柄をさらっていくんだな」

それでも、二人が為したことの途方もなさは感じられた。

坊っちゃんは息を呑んでいた。薫が頻《しき》りに李徴の名を呼ばわっている。

猛虎は骨の尻尾をぶらさげた城主の頭部を嚙み砕くと、濠に吐いて捨てた。次の瞬間、たちまち体軀の黄金を変色させ、四肢を萎《な》えさせ、そのまま後ろ倒しに水中に没した。聖によって蘇った命の耐用時間は、束《つか》の間にすぎなかった。

最後の最後で、気泡の渦とともに沈みこむ猛虎の突き上げた前肢が、水中で大きさや形を変えていくのが坊っちゃんには見えた。沈水しているので辞世の詩を諳《そら》んじても泡《あぶく》になるだけだ。ならば指先だけでもと、水中に詩を書きだすように微かに躍らせていた。たしかにそれは人の手指だった。坊っちゃんはたしかにそれを見届けた。李徴は最後は人として、詩人として水底へ消えていった。

その方がいいだろう。詩人で在りたかった男が、屈託から解放されて人の姿で逝けるなら。その方がいいだろう。聖とともに旅立つのだから、夫婦の装束だって揃えられる。それとも聖は、虎でもかまわなかったと笑うのだろうか？

三十

この身の内側には、共鳴りが宿っていた。

濃度の異なる四方の空気の節と分岐が、呼吸の数の増減が肌で感じられる。それぞれの作用を、体感している。命あるものは細胞分裂して増殖して、森の只中でひとかたまりの運動体となり、空間という空間、間隙という間隙で、共鳴しあっている。風景と人、人と世界が共振しあっている。干渉しあっている。

これが、抜かずの境地――そのとき机龍之助は、盲《めし》いてはいない。某《それがし》のなかにいる。誰かがいる。それはあまりにも怪異で、しかし生々しさに満ちた感触だった。某《それがし》に入ったのは何者か。肉の一片一片が、血の一滴一滴が騒いでいる。机龍之助は膚《はだえ》の内側に宿った者の輪郭をなぞる。自身に宿った者と視線を合わせる。たしかに目明《めあ》きよりも見える。そこにいるのは某《それがし》を斬り殺さんとするお前か、立ち合っているお前か。某《それがし》は敵《かたき》とすら睦《むつ》んだのか。尋常ならざる神秘の体験が、次の刹那《せつな》、膠着《こうちゃく》状態を断った。

視界が喪《うしな》った光を取り戻したその瞬間に、机龍之助は抜刀した。

腰に差した、稀代の秋水《しゅうすい》を。

抜いた瞬間、刀の根から露《つゆ》が湧いた。

冷気が立ち昇るような奇瑞《きずい》が生じた。

使い手の気魄《きはく》が高ぶるほどに水勢は増し、振り下ろすとともに水の龍が奔《はし》った。

鋒《きっさき》から迸《ほとばし》る奔流《ほんりゅう》、あたかも葉先を洗う村雨《むらさめ》のごとし――

「某《それがし》は、辻斬り。常に唐突に抜くもの也《なり》――」

電光石火、踏みこんだ机龍之助が、村雨の太刀筋を辷《すべ》らせる。三合目陶器師《さんごうめすえものし》も疾風となって出る。大きく開いた胸部へ、斜めに斬り上げる。古今無比の剣の頂《いただき》に達した二人の血戦は、人知れずその一瞬で、決した。

三十一

数百の呪法《ずほう》が、数百の魔障とぶつかり合って鎬《しのぎ》を削っている。

吹上御苑の焰《ほのお》は大きく燃え盛っている。宮内省の役人や近衛兵の助力によって、御苑は突貫の護摩《ごま》堂となっていた。六条院は火の正面で結跏趺坐《けっかふざ》を組んで真言《マントラ》を誦《じゅ》している。

崇徳院の弄《ろう》する魔障業障《ごうしょう》は、大天狗の幻術を遥かに凌駕《りょうが》する強度と容量で襲いかかる。凄絶な嵐が吹き荒び、宮殿の甍《いらか》が飛び、森林を燃やしつくす大火焰《かえん》がすべての植物を焼きつくす。竜巻の柱が巨大な砂時計のように屹立《きつりつ》して、流砂によって風景を呑みほして攪拌《かくはん》する。黒く凝集した瘴気《しょうき》は、でいだらぼっちのような巨大な蹠《あしうら》に変化して、翁や六条院を、護摩堂にある者をひと踏みで踏み潰さんとする。現実に存在する天変地妖ではないと分かっていても、燃やされたと思えば燃やされ、踏み潰されたと思えばぺしゃんこになってしまうだろう。宮城を護るためだと助太刀を頼んだ役人や近衛兵はすでに退散させて、護摩堂に立っているのは翁と六条院をおいて他には一人もいなかった。

「おい、こいつは何だ、これは怨霊の手妻《てづま》なのか！」

そうした渦中へ、危険を顧《かえり》みずに飛びこんでくる者があった。おぬしか——翁は引き結んだ唇をゆるめる。まったくもって無鉄砲、竹を割ったような気性の坊っちゃんだ。

「翁、戻ったんだな」と坊っちゃんも云う。「ご無沙汰《ぶさた》だな、さすがに遅すぎるぞ」

「そうだったかね」翁は応じた。「私にはずっと一緒にいたように思えるのだが」

「摩訶《まか》不思議なんだが、あんたたちが宮城に着いたのが判った」

「そうか、大分待たせてしまったようだな」

「李徴と、聖は、ここに来られなかった」

「うむ、判っている。それぞれが役目を果たした」

「薫と、あんたの女房は一緒に来たぞ」

「うむ、そのようだな」

雷雨と土砂降りのなかで顔を伏せ、目を瞑《つむ》るようにして、薫と媼《おうな》も馳《か》けてきた。翁はまるで今朝方も朝食を共にしたばかりのように自然に媼を抱き止めた。先輩の想いを汲まずに宮城を出ようとしない踊子も、御所の一角に出現した護摩堂を目の当たりにして驚嘆している。何が驚いたって、護摩を焚きながら印を結び真言を誦する六条院が、瑞相《ずいそう》をそなえた聖者のような姿を見せていたことだった。

「あの麻呂《まろ》公が、活躍している……！」並ぶ者のない呪法の使い手であると教わっても、坊っちゃんは信じられずに頭をふった。「呪法だか白菜だか知らないが、そんな凄い術者ならこのまま怨霊を退散させられるのか」

「これほど奥の手を披露する六条院は見たことがない」翁は見守ってきたかぎりの戦況を伝えた。「六条院は自らの無明煩悩《むみようぼんのう》を智火《ちか》に転じ、一切の諸業《しよごう》を焼きつくし、悟りの境地に入って、この怨霊を連れていってくれと諸尊に請願している。しかし……」

「麻呂公が、煩悩を焼きつくした？　たしかにそれは捨て身だ」

「それでも調伏《ちようぶく》はできないんですか」薫が声を震わせた。

大杉が崇徳院の憑代《よりしろ》となっていたこと、**不死鳥計画**の本懐がそもそも首都の転覆にあった事実は、おたがいの行動で得られた知識と情報を寄り合わせずとも共有できた。怨みを累《かさ》ねて蘇《よみがえ》り、宮城を平らげようとしている大魔縁は——六条院の最高度の呪法をもってしても調伏に至っていなかった。

するとそこで崇徳院が、護摩堂の上の樹冠と雲を割って巨大な顔を出現させ、一行の視界を蓋《おお》いつくした。怨霊に見せられている魔術幻術、眩惑《げんわく》されてはならぬと翁に説かれても土台が無理な話だった。坊っちゃんは率直に云って、この世の終わりだ、と思った。大魔縁に比べれば赤マントの城主なんて等身大の良心的な魔王だった。こんなふうに物理法則を無視して巨大になられた日には、尻尾を巻きたくなるような怖気にさらされても仕方がない。城主は討ち取ったぞ、もはやお前たちの負け戦だと大きな声で説伏《せつぷく》してやりたいところだったが、抜山蓋世《ばつざんがいせい》の異貌があまりに恐ろしかったので、見合わせた。

「城主の軍勢は、壊滅か」崇徳院はその目で見てきたように云った。「だが死の病は十分に蔓延《まんえん》した。たとえ城主が滅《き》えようとも、罹患《りかん》者は箍《たが》が外れたように増殖し、遠からず皇辺《すめらへ》の者たちにもおよぶであろう。これでよい」

「そなた、護摩壇の前へ出でよ」そこで護摩炉に向かっていた六条院が云った。

「おれ？　いや、おれは遠慮しておく」坊っちゃんは指名を辞去した。

「そなたではない、机だ」

振り返ってみれば、満身創痍《まんしんそうい》ながら机龍之助が護摩堂に入ってきていた。赤マントが随行させていたあの剣客との再戦を制したようだが、あらゆる刀傷の見本市のようになって、元々の肌の色が覗いているところがない。頸筋《くびすじ》からも夥《おびただ》しい血が噴きこぼれて、よくぞ立っていられるものだと云いたくなる始末だった。首の皮一枚で命をつないでいる机龍之助を、六条院はさらに酷使するつもりらしかった。

「大明王一字をそなたに布置する」六条院は手負いの剣客に呪法を向けた。「そなたの手にあるのは、邪《じや》を退《しりぞ》けて妖《よう》を治める氷刃、ならば斬れ！」

六条院がくねくねと総身で印を結び、真言を誦した途端に、盛夏の蛍の群れを一身に寄せ集めたように机龍之助の体が緑がかった光を放った。崇徳院の背後からは黒塗りの暗雲が這い上がってきて、坊っちゃんは奥歯を嚙み砕かんばかりに嚙み締めた。宇宙よりも巨《おお》きな存在が暗幕を被せてきたように視界が搔き曇《くも》った。襲い来たる崇徳院に、溢れんばかりの水飛沫《しぶき》を迸《ほとばし》らせる刀が斬りかかった。

「おお、やったか！」

坊っちゃんは快哉を叫びかけたが、気が早かった。左顎から右眼にかけて斜めに薙《な》ぎ斬ったが、崇徳院のやんごとない面輪《おもわ》に変化はない。むしろ大きく裂けた生創《なまきず》から血の代わりに溢れだしたのは、とめどない闇黒《あんこく》だった。

黒色の血とも表現できない。坊っちゃんたちの居る宮城は正午過ぎだが、地球の裏側から夜が溢れだしてきたかのようだ。あるいは星のひと屑もない銀河と云うべきか。溢れだした闇黒は、溶岩流のようにどろどろと這いひろがった。物音も呼吸も吸いこんで、そこかしこで黒ずんだ泡《あぶく》を沸騰《ふっとう》させ、奈落を穿《うが》ち、黒々とした洞《ほら》のような口を開きながら拡大していくではないか。これは怨霊の体液か、坊っちゃんは叫んでいた。退避だ、退避！

「ここでは退《ひ》けぬ」そう云ったのは六条院だ。「机の一太刀はこれまでになく効いている。あの夥しい闇黒の決壊を見よ、あれは大魔縁が出入りしている世界の漏出だ——すなわち怨霊の内と外をつなぐ通路が開いたのだ」

視界一面を覆った闇黒は暈《かさ》を増して、一行の手足を搦《から》め取り、吸い寄せるように大きな渦の中へと引きずりこんでいく。坊っちゃんの意識は糸のように細り、解《ほぐ》れてちぎれそうになった。このままでは吸いこまれる。溢れだした闇黒に呑みほされる。しかし六条院は翁に向かって云う。相模坊天狗との争いを思い出せ、霊体の内側に深く這入《はい》りこんだのが功を奏した。このまま呑みこまれれば完全調伏の緒《いとぐち》を摑めるかもしれない。残された手段はそれしかない。もっとも二度と出てこられないこともあろうが――

怨霊が出入りする世界、そんな領域に入りこむのは御免だ！　しかし是も非もない。坊っちゃんは翁や六条院、薫、媼、机龍之助もろとも粘りつく闇黒の津波に攫《さら》われていく。空気よりも重くねっとりした闇黒に温度はなく、火傷しそうに熱いようにも、凍傷を起こしそうなほど凍てついてもいる。そのうち己と己にまとわりつくものの境目が曖昧《あいまい》になって、茫漠《ぼうばく》たる時間に意識が希釈されるような感覚が襲ってきた。

坊っちゃんたちは気がつくと、一切の光がない闇黒の只中を流されていた。そこには天も地も、右も左も、前景も後景もない。途方もない眩暈《めまい》の渦の中を廻転しているようでもあるし、ずっと静止しているようでもある。一分の隙もなく簀巻《すま》きにされたような閉塞《へいそく》感があったし、灯火も浮標もない暗夜の海に抛《ほう》りだされたような絶望感もあった。**よかろう。朕《ちん》が見ている地平にまで、汝らも連れていこう。**どこかから崇徳院の声音が響きわたった。鼓膜を撲《なぐ》るように乱暴に聞かされたようでいて、不思議なほどに静心《しずごころ》を湛《たた》えている音声だった。朕の見ている地平？　偉そうに何だ、高みから盤上遊戯のように一部始終を操っていた怨霊天子が何を見せようと云うんだ。ここが怨霊の世界なら見せられるのはさしずめ、保元の乱に敗れて配流され、怨霊となって祟《たた》りに祟ってきた歳月の写真帖《アルバム》か――と、思ったところで坊っちゃんは、手足がやけに重たいのがわかった。というよりまるで動かない。瞼《まぶた》が重たく、口元まで自由がきかない。顎が落ち、磔刑《たっけい》にかけられたまま放置された屍肉《しにく》のように手足もだらしなく垂れ下がるばかりだ。他の者たちも同様らしい。翁も、六条院も、薫も、媼も――星のない銀河を漂うような、昏《くら》い海を浮き具もなしで流されている感覚で、どこにも光源がないので一党の者の姿は見えない。意識の端におぼろげな気配が感じられるだけだが、それでも皆が坊っちゃんとおなじ昏迷と恐怖を、屍《しかばね》の疑似体験を味わっているのがわかった。**ここは星のない銀河、灯火のない夜の海、無窮《むきゅう》の闇、無時間の泥濘《でいねい》――**他の者たちと一緒になってどこへ流されていくとも知れないなかで、はたと遠い空の北極星のような、白いような黄色いような小さな光が揺らめいているのが見えた。おかげで意識の向きが定まってくる。一つから二つへ、三つへと、幽《かす》かな光源が増殖していくのが分かった。希望の目映《まばゆ》い光のようであり、祭りのあとに消し忘れた提灯のような寂寞《せきばく》とした光でもあった。とにかくこの世界ではすべてがどちらでもあり、どちらでもないのだ。坊っちゃんはそのまま、闇の亀裂から漏れてくる光の一つに吸い寄せられるに任せた――

視界が真っ白に飛んだかと思うと、淡い輝きの線が風景の輪郭を結んでいった。

奥行きと強度、平坦さと懐かしさを帯びた光だった。光源は、見えてきた風景の奥にあった。

ここはどこだろう、いつの時代だろう。山裾の竹藪が発光している。光はやがて収束して、竹の間から杣人《そまびと》の装束をした老翁が出てくる。両掌に包むように載せているのは、小さな女の子のようだ。老翁はその娘を家に連れて帰り、妻の老女に手渡す。子のない夫婦を不憫《ふびん》に思い、天の人が授けてくれたのであろうと夫は妻に云う。妻もその娘がたいそう美しいのを喜んで、この子は大事に育てましょうねと夫に云う。どんな名前がいいだろうか、と夫妻は相談する。学のある名付け親に頼んで、名付けてもらおうか――

これは私たちの記憶ではないか、そう云ったのは翁だった。

そうです、それなのにどうして、そう云ったのは媼だった。

どうして自分たちの過去の記憶を、第三者の視座から見ているのですか？

朕がこの場にいたからだ、これは朕の記憶である。崇徳院の声が夫妻の声に答えて云った。

一瞬《ひとまたた》きのうちに一同は、別の情景を見つめている。

秋の花はみな衰えて、浅茅《あさじ》の原で虫の音も途切れ途切れに聞こえている。荒涼とした風が吹き抜ける野辺の風景は、いとものあわれなり。

仮普請に住まう女の元へ忍んでいく男が一人。火《ひ》焼屋《たきや》の明かりが微《かす》かに見えて、あたりに人気はなくしめやかで、こんなところで愛しく想う御息所《みやすんどころ》が世間を離れて暮らしているのかと思うと、いといみじうあはれに心苦し。立ち隠れて来意を告げると、女房たちに相手をさせて引っこんでいた御息所も嘆き戸惑いながらいざり出て、男は取り繕《つくろ》ったことを云うのも気恥ずかしいとばかりに、持っていた榊《さかき》の枝を渡すと歌を詠《よ》んだ。

少女子《おとめご》があたりと思へば榊葉の香をなつかしみとめてこそ折れ――

麻呂《まろ》が詠んだ歌である、と六条院が云った。そなたがどうして御息所との邂逅《かいこう》を、おのれの主観の記憶としているのか。**たしかに汝《なんじ》が詠んだ歌であるが、**と崇徳院は応《こた》える。**しかしこれは我が目で観じた記憶なのだ。その意味が解かるか。**

一瞬きのうちに、別の場面へ——青嵐が谷から峰へと吹き上がる。廃道に等しい峠《とうげ》道だった。連れの娘が瓢簞《ひょうたん》に水を汲むために沢に下りるのを見送った老巡礼は、声をかけてきた編笠の武士に小手招きされて、近寄っていったところで胴体を真っ二つに寸断され、青草の上に前のめりに倒れこんだ。たしかこれは手前《てまえ》の記憶、と云ったのが誰かは云わずもがなだ。まったくもって碌《ろく》なものじゃない。

地方のどこかの乗船場では、汽船に乗りこむ学生を見送りに来た十五歳手前の娘が、唇をきっと閉じたままでうずくまっていた。

これ、私、私です！　薫がさっそく自己申告した。

しゃがみこんでいるのが薫か、今よりもっと若い。すると向き合っているのが初恋の人とやらか——艀《はしけ》が揺れて学生が振り返ったとき、薫はさよならを云おうとしたが、それも止して、ただうなずいて見せた。鳥打帽を振っている兄と並んで、薫も遠ざかる汽船を白いハンカチを振っていつまでも見送った。

私の大事な思い出になんだって土足で踏みこむんですか、と薫が抗議するように云った。**汝の記憶であると同時に、**と崇徳院が云った。**これは朕の記憶でもあるのだよ。**

気がつくと寄宿舎の二階にいた。崇徳院がその存在を濃くして、どすんどすんと物音を立てるように床板を踏み鳴らすと、一階から寝巻の男が三股半に階段を躍り上がってきた。ところが上がってきてみると静まり返り、人の声も足音もない。ランプは消えているから、暗くてどこに何があるかは判然と分かっていない。どうも変だ、さては夢でも見たかと戻っていくが、そこで再び床板が踏み鳴らされ、階下から再び男がすっ飛んでくる。そんなことを繰り返して幾度目かには、真っ暗な廊下で堅いものに向脛《むこうずね》をぶつけていた。

何てことだ。階段を上がってくる宿直の教員はこのおれだ、と坊っちゃんは云った。

他の者たちが出逢いや別れの趣深い情景なのに、どうしておれのはこれなんだ。

教員だったころの記憶だ。このとき一階の宿直室にいたおれは、二階にいるおれの目線から当時の記憶に触れている。あの夜、八釜《やかま》しい物音を立てていたのは生徒ではなかったのか。だとすると……どういうことだ？　さっぱり分からない。裏と表をひねくって両端を貼りつけた紙の輪っかのように、時間が捻《ね》じくれてつながっている。**その時間というものがそもそも存在しないのだ、**と崇徳院は云った。

時間というものは存在しない——崇徳院の言葉が、意思が、闇黒を通じて精神に染みわたってくる。坊っちゃんは、翁と媼は、六条院は、薫は、そのようにして数多《あまた》の場面に、崇徳院の知覚と記憶を通じて立ち会わされる。**讃岐の白峯《しろみね》陵における大杉栄への憑依《ひょうい》**のみならず、**纐纈城の城**

主や九州の精神医学博士、サーカス団の怪盗紳士、姿形を変えてそれぞれの者へ接触する場面すら、あたかもその場に同席していたかのような主観として垣間見せられた。

朕の存在する地平においては、過去と未来は区別をされない。それが解かったかね。汝らは、過去の痕跡を認めることはできるが、未来の痕跡は観測できない。喩《たと》えるなら、古い家についた疵《きず》を視認することはできる。しかし未来の家につく予定の疵は認識できない。

これは熱が高いところから低いところへ流れ、その逆がないからであり、熱はこの世界を構成する要素であるので、これに合わせて世界は一方向に流れていくように見える。しかしここで云う世界とは、あくまで熱から解放され得ない俗人にとっての世界。人と云う観察主体を反故《ほご》にして朕のような存在にまで昇華されてしまえば、時間の経過に伴う熱の移動も相対化され、巨大なひと塊《かたま》りの渦のようになる。あらゆる出来事はすでに起こってしまっていて、同時にこれから始まる真《ま》っ新《さら》なものとして共存するようになる。

これこそが、朕の見ている地平である。

汝らに片時、声を返そう。これを理解した者から物を云えるようになるだろう。

「崇徳院、そなたは……」真っ先に翁が云った。「すべての時間に遍《あまね》く存在している」

「そんな地平に立ったら」つづけたのは媼だ。「すべてがあらかじめ、決定された地点に向かって収斂《しゅうれん》するのを見ることになるね」

「我らの次元で何かを選択したつもりでも、あらゆる選択はすでに決定済みのことであるのか」

六条院も云った。

「この者の心眼は、過去と未来を等しいものと視ている」と机龍之助が云って、

「そんなの常人の視点じゃない。あ、だから怨霊なのか」と薫まで口を開いた。

混沌《こんとん》のなかでめいめい甲論乙駁《こうろんおつばく》をやりだしたが、坊っちゃんだけは何かを云いたくても明確な言葉を発することができなかった。この闇黒の地平そのものが口唇を得たかのように、滔々《とうとう》と述べたてる崇徳院の言葉は、その一言一言が、常人を一歩また一歩と狂気に引きずりこむ論理体系であるかに思われた。天地も彼我もない、どこへ運ばれているかも知れない地平にあって、坊っちゃんは精神にぎしぎしと軋《きし》るような負荷を感じる。身の毛のよだつような乗り物から降りられず魂の嘔気《おうき》がいや増していく。**物分かりのよい者が多くて幸いだ**と崇徳院は云った。**永遠に廻りつづける渦巻きこそが時間であり、不可視の曲線構造のなかでは運命の悪戯《いたずら》や、歴史の偶然と云うものは存在しない。この地平ではあらゆる事象が、世界の総体そのものと同一視される。限定されない空間に同時存在し、歴史を踏み越え、極限的な行為の連鎖が引き起こす波及効果を解《ほぐ》せるものこそが、汝らの云う怨霊の真の正体であるのだ。**

「つまり私たちが視《み》ていたのは」と翁が云った。

「この世界の、この国の来し方」と六条院が云った。

「するとここから視るのは」と嫗が云った。

「行く末か」

そのとおり。朕の見ている地平を見るがよい。

「あれがそうなのか、流される先のあの光点が――」六条院が云った。

そのとおり。朕はあらためて告げよう、滅亡の時代の訪れを。

「この国が亡びるとでも」と媼が云った。

「震災と、悪疫で？」と薫が云った。

否、衰亡の歴史はすでに経てきたもの。朕はそこに到来した特異点である。

その目でとくと視るがよい。朕がこの世に再来した理由を。

知るがよい。この国がたどる歴史を――


涯などない。ここは億万劫《おくまんごう》の闇の地平だ。

坊っちゃんたちは流される。際限なく延べひろがる闇黒を漂いつづける。

海難者のように溺《おぼ》れて、望んでいないのに押し流されて、屍《かばね》のごとき肉体は一指も動かず、抗うこともできないままに時間の汀《みぎわ》へと逢着する。すでに過ぎ去った過去へ、それから、未だ来ていないはずの未来へ――

坊っちゃんたちは、視《み》ている。

政争に敗れた崇徳院が配流されたのち、この国には武者の世が到来している。

朝廷の争いの解決に武士の力を借りたゆえ、後につづく数百年にわたって武家政権が固定される。天皇親政や院政、摂関政治から大きく舵《かじ》が取られて、保元と平治の二つの乱で武功を挙げた平清盛が一番乗りで平氏政権を確立した。

しかしこれは、伊勢平氏一門であらかたの官位を占め、清盛もちゃっかり天皇の外戚に収まったので従来の摂関政治と大差はなかった。同時発生した叛乱から台頭した源義仲《よしなか》や源頼朝《よりとも》によって平氏は打ち滅ぼされ、征夷大将軍《せいいたいしょうぐん》に任ぜられた頼朝が鎌倉幕府を開いたのが天皇から武家へ政権が移った瞬間となった。朝廷の権威の衰えはこれをもって決定づけられ、移譲された政権が戻るのは大政奉還を待たなくてはならなかった。

奉還されて、そして揺り戻す。時間はここでひと廻りする。

大正の世は大震災の三年後には終わって、皇太子が即位する。この昭和と云う時代はかねてより台頭していた陸軍や憲兵隊の実権が揺るがぬものとなり、軍国主義の完成を見る時代となる。**これは予言ではない。朕が遍《あまね》く存在している現在であり、過去でもあるのだ。**坊っちゃんたちもすべての場面を同時に見つめて、同時に居合わせられる。第一次世界大戦後の不況に喘《あえ》ぐこの国は、長きにわたる経済の低迷期に入っている。活計《たづき》に窮した者たちは、低賃金労働や港湾労働、臨時工によって食い扶持《ぶち》にありつかんとする。休みなしにセメントを混ぜる**松戸《まつど》と云う土工がセメント樽から箱に入った手紙を見つける。**[92]**「おい、地獄さ行《え》ぐんだで!」と博光丸に乗りこんだ漁夫たち**[93]は北洋で漁獲したたらば蟹《がに》を船上の工場で缶詰にする。悪臭の充満する船室に詰めこまれ、酷使の果てに死ねば海に棄てられる。坊っちゃんたちはときに鷗《かもめ》の鳥瞰《ちょうかん》で、ときに船員の目差しで、気になる手紙を盗み見する視線となり、漁夫の水葬を見送る参列者となってそれらを見届ける。薫よりずっと若い女工が**キャラメル工場**[94]で働き、**小石川の印刷会社**[95]で解雇反対のストライキが起こり、**靴職人の娘は置屋に売られ**[96]、京都の青年は憂《うれ》いを爆弾になぞらえた**一顆《いっか》の檸檬《れもん》**[97]に託す。その数年後、三日にわたって**関西を襲った大豪雨**[*98]は、河川決壊、浸水、土砂被害などを相次がせて都市機能を崩壊に追いやった。

地震、水害。貧富貴賤《ひんぷきせん》の差が拡大する世間に天災がとどめを刺して、復興と云う大義が人々を隘路《あいろ》に誘いこむ。これも幾度となくたどった事象の連鎖だ。

昭和になって十年余はこうした防火や治水、砂防などの都市機能の強化、震災や水害による被災地の整備や広域避難手段の確保、自動車網の整備が国体を為していく。貧する者たちは戒厳令を主導して存在感を強めた陸軍や憲兵への依存を強め、仰ぎ見るようになり、国体そのものである皇室に代わって帝国陸軍が実権を握る。日露戦争の勝利によってロシアより引き渡された南満州では鉄道を爆破し、これを中国軍の犯行とすることで軍事展開の口実を得て、関東軍はおよそ六ケ月で満州全土を占領する。血盟団によって政財界の要人が暗殺され、おなじ年の五月には総理官邸で内閣総理大臣が頭を撃たれ、数年後には、**陸軍青年将校によるクーデター**[*99]が尊皇斬奸《そんのうざんかん》を錦《にしき》の御旗《みはた》に元老重臣を処刑し、天皇親政を実現しようとした。軍の派閥の一つである皇道派の影響下にあった青年将校たちは、君側《くんそく》の奸《かん》の腐敗と地方の困窮とを憂いていたが、蹶起《けっき》から鎮圧に至るまで天皇が将校の想いを汲むことはない。君臨すれども統治せずの天皇は、あなたが大元帥、あなたが立憲君主、よろずの国の宗主さまとおだて奉《たてまつ》られながらも、輔弼《ほひつ》する国務大臣の副署なくしては国策を決定できず、この頃には陸軍大臣と参謀総長が事実上の国家元首となっている。**ほら、ひと廻りした。時間は廻る。不可視の螺旋《らせん》を描いておなじところに戻ってくる。**治安維持ノ為ニスル罰則から生まれた治安維持法、ラジオ放送、大政翼賛会、国民学校、すべての人的物的資源を政府が運用できる国家総動員法がこれを盤石《ばんじゃく》なものとして、北平《ほくへい》は盧溝橋《ろこうきょう》での軍事衝突によって支那《しな》事変の端緒が開かれる。すでに国際連盟は脱退していたので、日独伊の三国で軍事同盟を結び、世界における枢軸国の一角へと躍りだす。国民の多くは歓呼をもってこれを迎え、旭日旗を掲げて、大陸へ出征する兵には万歳三唱、国威発揚の歌でたえまなく国土を脈打たせた。欧米列強の手からアジア諸国を解放することを、大東亜共栄圏の樹立をひたぶるに信じた。同盟のあくる年にはオアフ島沖の真珠湾へ奇襲作戦が展開されて、こうして二度目の世界大戦の幕が切って落とされた。

——今のは、何だ。

活動写真のようでいて、それ以上に多層的で、多次元的な——坊っちゃんは、めくるめく情景に気圧《けお》されていた。おれたちは何を視せられたのか。この大正の世から、向こう数年間の未来を視ているのか。昭和、それが次なる元号なのか。軍国主義の台頭、そこまでは分かる。しかし治安維持法？　満州事変に、盧溝橋事件？　国連脱退と三国同盟？　対米開戦？　本当にそれらがこれから来たる未来なのか。すべては現実に起こる戦争なのか。

これは予言ではない。現在であり、過去でもあるのだ。

怨霊はこうした世の趨勢《すうせい》に、たったいまこの瞬間にも、遍く偏在しているのか。武家政権の誕生と、大日本帝国陸軍の実権掌握、**時間はひと廻りする。**

崇徳院はそのすべてを一瞬きのうちに見ている。

坊っちゃんは、一党の者たちはその目で見て、膚《はだえ》で触れている。音やにおいにも接しながら、一瞬きのうちに各地の戦線に飛ばされる。**中国戦線で捕虜の首を刎《は》ねる場面**[100]に出くわした報道部員がその惨虐に目を背《そむ》ける。フィリピン戦線では**レイテ島の俘虜《ふりょ》**[101]がフジヤマやゲイシャについて米兵の質問攻めに遇《あ》い、結核で部隊を追われた**田村一等兵**[102]は骨と皮になりながら熱帯の原野を彷徨《ほうこう》する。ビルマでは**水島《みずしま》上等兵**[103]がかき鳴らす弦楽器の演奏に聞き入った。本国に戻ってくると、ラジオから流れる大本営発表によって**銭湯通いの主婦さえも**[104]鬼畜米英に憎しみを募《つの》らせ、**映画演出家の伊沢《いざわ》**[105]が、情を通じた隣家の女房と焼夷弾《しょういだん》の中を逃げまわる。上野動物園では空襲で檻が壊された際の逃亡を視野に入れて**象のジョン、トンキー、ワンリー**[106]が殺処分されて、九州では医学研究生の**勝呂《すぐろ》と戸田《とだ》が、捕虜となった米軍飛行士の生体実験に立ち会わされる**[107]。この頃には太平洋戦争も末期を迎えていた。あちこちで玉砕や撤退を余儀なくされ、それでも負けましたと白旗を降らなかった日本には、凄まじい威力の新型爆弾を二つも落とされて、天に届くほどのきのこ型の雲の下で数十万人の命が失われる。**矢須子《やすこ》と云う娘**[108]が海上で黒い雨を浴び、おなじ瀬戸内では親も夫も娘も亡くした**大石久子《おおいしひさこ》**[109]がそれでも教壇に立つことを決意する。**玉音《ぎょくおん》放送**[110]によって我が国の敗戦は伝えられて、戦犯たちは軍事裁判にかけられ、財閥は解体され、華族制度の廃止によって**没落貴族となった母子《おやこ》**[111]は、南方戦線で行方不明になっていた弟を出迎える。**戦地からの引き揚げに苦労する者もあり**[112]、傷痍《しょうい》軍人として両手両足、聴覚、味覚を失った**須永中尉**[113]は、何をされても無抵抗な夫の醜さに嗜虐《しぎゃく》心を高ぶらせる妻になぶりものにされるのだった。

坊っちゃんは、翁と媼は、薫は、六条院は、机龍之助は、それらの場面のすべてに立ち会い、目で視て、主観として知り、そこに生きて死んでいく者たちの影と我が身を重ねる。教育勅語《ちょくご》も八紘一宇《はっこういちう》も消え去って、それまで一億玉砕を叫んでいた新聞や識者も掌《てのひら》返しで進駐軍にすり寄るさまを目の当たりにする。焼け跡の闇市から再出発したこの国は、新しい憲法と民主主義の下でやがてめざましい経済成長を果たすが、何かを犠牲にし、何かを置き去りにして、芝区のあたりに巨大な電波塔が建っても、五輪の競技大会を東京で迎えても、かつて自分たちの世界を彩っていた精彩や生気の光はほとんど感じられなくなっていた。

「これが、これが私たちのたどる未来」千年ぶりに喋るかのように薫の声は嗄《しゃが》れていた。

「……そうか。軍の御旗についていって、日本は戦争に大負けするわけか」

坊っちゃんも気がつくと、物が云えるようになっていた。

「この国は、一旦滅びるんだな」

すべてが狂っているようで、至極当然の成り行きのようでもあった。ここはどこだろう、と坊っちゃんはあらためて思った。もしかしたら夢を見ているのだろうか、こんなにも生々しい夢を？夢だと分かっていてそれでも振り払えない夢を？　そうではない、すべては自分たちの意識に先んじて存在していて、何もかもが緻密《ちみつ》な感触をもって生理に認識を強いてくる。脳裏に吹きこむ隙間風がまとまりかけた思案を散らかして、何をどう云ったらよいかもわからず、あいかわらず手足も唇も動かせずに、茫然《ぼうぜん》自失するしかなかった。

視界に何か、白っぽいものが浮かんでいる。何かふわふわとした靄《もや》のような——と思っていたらそれは見る見る凝集して、大杉栄の姿形になり、億万劫の闇のなかに浮かび上がった。

「朕を見よ」

崇徳院が、この億万劫の闇に逍遥《しょうよう》していた。

やはり、この空間で自在に動けるのは、崇徳院だけのようだった。

悖乱《はいらん》の天子、その声音はどことなく哀れみの気配をまとっている。瞋《いか》りもそこにはなく、浅い含笑《えみ》にも独りよがりの気味はない。あらゆる時間と空間をまたぎ越し、認識を拡大させて、途方もない視座を得てしまった者にしか理解しえない孤独の境地にいるのか。ここでは人々の命と渦巻く時間の網目模様が見える。明滅する因果のなかに崇徳院は存在している。

「朕を見よ。真《まこと》の主上の光を宿したこの朕を」

億万劫の闇へと連れこんだ坊っちゃんたちに云っているようでも、同時に知覚しているすべての者たちへ勅語を述べているようでもあった。

「汝らの世紀は魂を鈍らせ、感性の泉を涸渇《こかつ》させる世紀となるだろう。汝らはすべての死者の総和なのだ。にもかかわらず、汝らのまとう霊は灰色にくすんでいる」

汝らは、汝ら自身を知るがよい、と崇徳院は繰り返した。

朕を見よ。濁った目を覚まして、朕を見よ。

朕はつねに、汝らのなかにいる。

「了解したか。震災を経ていよいよ軍部への実権委譲が本格化する、ここが分水嶺《ぶんすいれい》なのだ。ゆえ

に朕はこうして現われ、特異点となることを選んだ。帝の位にあるものが人世の擾《みだ》れを正せず、民の望みを容《い》れぬのならばこれを討ち、政《まつりごと》を壟断《ろうだん》して、この国を一旦無に帰す。悪疫によって民の過半は命を落とすであろうが、来るべき巨大な死を避けるための聖断とわきまえよ。終末をその身で知ることでしか真の叡知《えいち》は訪れない。帝の位は人臣の極み、これを今一度思い出させ、あやまつ者たちの手から真の国体に統治の力を蘇《よみが》えらせるのだ」

すなわち歯止めが利かない軍国主義に、陸軍支配の確立に待ったをかけて、大陸政策や本土攻撃に至る歴史を変えるべく、卓袱台《ちゃぶだい》を引っくり返すように国を転覆させ、しかるのちに天皇親政を取り戻そうということか。坊っちゃんはようやく合点がいった。宮城に入ってきてから崇徳院は鵜《う》の目鷹《たか》の目で天皇や皇太子の行方を追っているように見えたが、富士炭疽《たんそ》菌でもろとも滅ぼす魂胆と見せかけて、その実は正しく避難を促し、何だったら先祖として末裔《まつえい》に説いて聞かせんとしていたのかもしれない。

体の自由は利かなかったし、言葉も舌の端から断崖に落ちていくように、頭上の怨霊に届く気がしなかった。坊っちゃんは得体の知れない思いが渦巻くのを感じる。憤激のようで憤激ではない。悲しいようで悲しくもない。恐怖のようで恐怖でもない、癇癪玉《かんしゃくだま》も湿気《しけ》って火が点かないような按配《あんばい》で、それらすべての心情を含んでいるようでもあるが、それだけでも十分ではない。これまでの来し方と行く末に、別の次元からけちをつけられているような、歳月をさかのぼって仕組まれていた嘘と裏切りに気づかされたような、それらの一切を束ねたようなこの心情にはおそらくまだ名前が附与されていなかった。

怨霊とはつまり、荒ぶる神か——

焼き畑農業のようなその処断は、すでに坊っちゃんたちの眼前で為されていた。

破壊され、蹂躙《じゅうりん》される東京を、李徴や聖を、人々の死を思い返して、そこでようやく癇癪玉の火種が見つかったような心持ちになった。

「城主が云っていたことともおんなじだ」誰も何も云えなくなっているようなので坊っちゃんは二言三言、思いのたけを述べたてた。「お前たち悪の首魁《しゅかい》が云うことは似たり寄ったりで芸がない。そうやって大所高所から世を睥睨《へいげい》して、小さな犠牲に目もくれず、これこれこう云う歴史を歩みなさいと指図するのは傲岸《ごうがん》の極みだ。たとえ行く末に悲劇が待ちかまえていても、それを防ぐために今この時代に市民の過半を亡ぼしていいわけがない。怨霊に心配されなくても、人類の未来は……人類で選ぶのが筋だ」

捲《まく》したてているうちに調子が出てくるようでもあったし、黙禱《もくとう》でも捧げているようなしんとした心持ちも保っていた。頭が火照っているようで冷静さを押し抱いているような、こんな心持ちで弁舌をふるうのは生涯で初めてかもしれなかった。

「だってそうだろう、翁も麻呂も、黙ってないで何か云ってやれ。どうなるかはやってみなくっちゃわからないだろう。案外、心配症の怨霊の取り越し苦労と云うこともあるかもしれん。だったら滅亡の前倒しなんて受け容れる道理があるものか！」

「**愚かな。まだ分からぬか。杞憂《きゆう》などではないのだ**」

「そうですよ、坊っちゃんさんの云うとおり」

薫もそこで漸《ようや》く加勢してくれた。

「たった今、目の前にある不幸や悲しみを見すごせません！」

「その通りだ。お前もやっと先輩《にい》さんの意を汲めるようになったな」

「聖さんが、李徴さんが、どうして市民の楯になって戦ったんですか」

「おまえが取っ憑《つ》いている大杉だって、たとえアナキストでもこんな形の国家転覆を望んでいたとは思えない」

「汝らのことは、よく知らぬが……」

崇徳院が云った。実際、そうなのだろうと坊っちゃんも思った。九州へ飛ばした翁や六条院と違って、歯牙にもかけていないのだろう。

「ここに至って、そのような迷妄を口走る者はおらぬはずだが……」

このやりとりも未来を過去のように知悉《ちしつ》する怨霊の掌《たなごころ》にあると云うのか。そのうえではてなと首を傾《かし》げるのなら、こんなはずではないと云うのなら、時間の奔流《ほんりゅう》を流しこまれるように見せられた場面の連なりだって、焼け野原に至るまでの道筋だって、どこかで見当が外れることもあるかもしれないじゃないか、そうとも！

「おれは決めたぞ、おれは怨霊の理屈になんぞ付き合わない。民は民のまま皇は皇のままで悪戦苦闘したらいい！　どこかで何かの拍子で違う運命が転がりだすのだ。変わらない未来なんてあるはずないじゃあないか」

「よくぞ云った、坊っちゃん！」

翁の声が聞こえて、そこで背中をどんと叩かれるのを感じた。

そこに至って翁が、億万劫の闇に己の姿を具現化させていた。

「おっどうしてあんたにだけ体があるんだ」

「私は、この闇黒《あんこく》のなかでも自由が利くようだ」

「なんと」

翁は、ひがら眼《め》になっていた。

斑惚《まだらぼ》けした珍言奇言を吐くときに、翁がしばしば見せていた顔だ。

「朕のほかにも、なにゆえ、汝が……」

これには崇徳院も動揺を覗かせた。断わりもない闖入者《ちんにゅうしゃ》を居室に見出したかのように、者ども出会えとでも云いだしそうな様子で、やんごとなき面差しがわずかに波打っている。

「すごい、翁、動けるんですか」

「あなただけ、ずるいわね」

薫と媼も口々に漏らす言葉を、坊っちゃんが引き取った。

「だったらどうして、ここまで為されるがままだったんだ」

「私も最初は、まるで自由が利かなんだ。だけど次第に……体が馴染《なじ》んできたのだね。そもそも私も、おなじような次元に出入りしておったから」

「出入りしていた」

「ここに？」

「ここであったかは分からんが」

「**汝が、いかに長命であろうとも……**」

「坊っちゃんの云うように、痴《し》れたゆえかと自分でも思っていたが」

「**生きながらに、朕の次元に到達できるはずがない……**」

「だがしかし、こうして大魔縁と対峙する日も、その先につづく戦争や発展も、ときおり透かし見ていたような気がするのだ」

「**そのようなはずがない。これは朕の次元である**」

「私はまだ動けない。あなたの特質と云うしかないのかもね」そう云った媼の自論では、**血の恩寵**は与えられた者の潜在の力を伸張させるか、あるいは劇《はげ》しい変質をもたらす。薫や聖は無垢《むく》や回復にかかる異能を増大させ、六条院の験力は高まり、机龍之助の刀は鬼気を増して、虎は人獣を往還するようになり、纐纈城の城主はそのうちに富士炭疽の抗原を飼うようになった。坊っちゃんの無鉄砲はさておくとして、翁はそもそもの時間を超越する力、遍在の素質を長い時間をかけて開眼させていったのではないかと云うことだった。つまりこの億万劫の闇の中で我がもの顔ができるのは崇徳院だけではない。翁はみずからの千年の来し方によって、怨霊すらも周章狼狽《しゅうしょうろうばい》させて、無時間の地平にまでその魂を昇華させていた。

「坊っちゃん、それから薫。おぬしたちと出逢った日から、私は今日この日を見据えていたようにも思うのだ。神の裁量をうそぶく大魔縁が、真にすべてを見通していようとも、たとえ滅びへの長い道程を世界が歩んでいるとしても、それでも私は、ここにいる未来を信じる。崇徳院、そなたにも観測しきれぬ小さな綻《ほころ》びこそを信じる」

おい、未来と云うのはおれか。坊っちゃんは咄嗟《とっさ》に固辞したくなった。踊子だけならまだしもこれでもおれは結構よい齢だ。未来って柄じゃないと云いかけたところで、翁に触知されることでにわかに実体化した六条院がまた印や真言《マントラ》をやりはじめた。

「為すべきことは分かっているな」

「無論」

六条院の顔がたちまち目映い光を放ちはじめた。

「新院、そなたは云わば麻呂の遠戚。それを忘れてはいまいか」

「この期におよんで、朕にはいかなる呪法も意味をなさない……」

「阿尾奢法《あびしゃほう》を用いる。鉤《かぎ》、索《さく》、鎖、鈴《りん》の四字明《しじみょう》によって麻呂がそなたの憑代《よりしろ》となり、摂縛《しょうばく》する」

「六条院さん、そんなことができるんですか」

「大杉から怨霊を、お前の中に移すのか。だけどそんな親戚だからって……」

「怨霊なんて平らげたらお腹を壊しますよ、六条院さん」

六条院が大きく印を結ぶと、闇黒を漂っていた大杉の体が顫動《せんどう》し始め、震えながら胸を反らして喉仏が突き出された。いと憂《う》し者よ、ここへ参れ、同族のほうが馴染みもよかろうと六条院が大きく息を吸いこんだ。

「この大怨霊を調伏する術は現時点ではない」と翁がつづけた。「だが六条院が呪法でその身に沈めることはできる。私はその見守りをする人柱となろう。お前も……頼まれてくれんかね」と云って、媼に目差しを注いだ。

「はいはい。夫婦で力を合わせてね」

「崇徳院は、この闇黒の中に封じ籠《こ》める。これより私がこの時空を開く。おぬしたちが出るための束《つか》の間だけだ」

オオオオオォォォォ――オオオオオオオオオオ――オオオ……、と怨霊の恐ろしい声を発したのは大杉ではない、六条院だった。光る君が顔を発光させて、その内側に請じ入れた暴れ馬を御するように乱れた呼気を矯《た》めて、全身を大きく撓《しな》らせている。憑依を許してもすぐに操舵を奪われることがないのは、大杉のように屍《かばね》ではないからか、それとも六条院の験力の賜物《たまもの》なのかは解からなかった。

「おれたちが出て、翁たちが残るってことか」

言葉もなかった。翁の云わんとしていることを本能で理解して、坊っちゃんは背筋の毛がきりきりと逆立つのを感じた。坊っちゃんたちを外に出す、その片時だけこの闇黒を開く――そんなことができるのか。できるのだろう。おそらくそれが、崇徳院だけにこの次元の所有を認めなかったことの意味であり、天然自然に選び取られた決断であるようだった。

「ちょっと待ってくれ」

「翁さん、媼さん」

坊っちゃんと薫は、同時に声を漏らした。

「何かね」

飄然《ひょうぜん》と白い髯《ひげ》を揺らす翁は、用足しに向かおうとしたところで、不意に呼び止められたような態度だ。その目差しは、世界のすべてに同時に焦点を合わせようとするようなひがら眼だった。隣では媼が、顔をくしゃくしゃにして小さな永遠を咥《くわ》えたように笑っている。

「翁」

「翁さん」

「だから、何かね」

「もしかしたら、これっきりなのか」

「開けたら、閉じるからな。顔を合わせられるようでは失敗と云うことだ」

「こっちに残るって、そんな、急にいくらなんでも……」

薫もその目を取り戻していた。水を溜めた硯《すずり》のように黒い瞳を潤ませている。

「大丈夫、きっと上手くいくから。私を信じたまえ」

「そうじゃなくて、上手くいったら……」

「これが、今生の別れになるのか」

「だからね、私がこっちに残って閉じねばならんのだよ」

「まだ、必要じゃないのか」

「必要、何がかね」

「ここからつづく動乱を見ただろう。あんたの力が必要なんじゃないのか」

「最前にも云ったとおり、私や六条院はここでおぬしや薫どのを残すために長く生きてきたようだ。だからあとはおぬしたちでどうにかしなさい」

「どうにかしろって、そんな無責任な話があるものか。おれはまだ、あんたに何も返してない。ろくすっぽ暗躍の仕方も教わっちゃあいないぞ」

あんたに恩返しをしていない。本当ならそう云わなくてはいけなかったかもしれない。**血の恩寵**によって生きづらい世を生きのびて、有為転変の際涯《さいはて》のようなところまで連れてきた、その張本人をもっと難詰したかった。あまりに豊饒《ほうじょう》な世界を共に生き長らえて、長命にも動じない秘訣《ひけつ》や蘊奥《うんのう》を盗みたかった。

だけど翁は、欠けるところのない小さな円を閉じるように笑っていた。静粛な佇《たたず》まいのうちには、ひとつの物語を心地よく終えたような永訣《えいけつ》の帳《とばり》が下りてきていた。

「私たちは死ぬわけではない。この闇黒の中で漂いながら、あらゆる天地に、あらゆる時間に存在するであろう。ここだけの話、おぬしたちにも血は継げる。おぬしさえその気になればいつだって。坊っちゃん、おぬしはこの世界を助け、つづく千年を生きよ」

怨霊を平らげた六条院が、オオオオオオ……と狂馬《きょうば》の嘶《いなな》きを上げた。翁が人差し指を突きだすと、そこから一滴の青白い滴があふれて、震えながらゆっくりと滴り落ち、弾けた。すると億万劫の闇の只中に波紋が立ち、坊っちゃんたちの方に円形の波が押し寄せてきた。巻き起こった渦に浸かった爪先が沈み、踵《かかと》が、腰が、胸が、肩が吸いこまれるように沈んでいく。薫はともに沈みながら、翁と媼、六条院を呼ばわった。しかし一旦沈みはじめると、遠ざかる翁たちからはいっかな返答がなかった。坊っちゃんも呼んだが、あるいは声など出ていなかったのかもしれない。愛してやまない月夜を嵌《は》めこんだような翁の眼が空々漠々《くうくうばくばく》とひろがって、やがてそれは頭上の空に浮かんだ現実の月に結晶していた。

それが翁と媼、六条院との最後になった。

宮城の森からは、黄昏《たそがれ》色の西陽までがすでに去り、青いほど冷んやりとした暗い月夜に包まれていた。近衛連隊のみならず陸軍も憲兵司令部も兵を送りこんできて、防毒服をまとったうえで残っていた纐纈城の手勢を鎮圧していった。

森の隅々に棲《す》まう影が濃くなり、視界からは色彩が失われていた。去っていった者たちに黙禱を捧《ささ》げるように、森はどこまでも深閑《しんかん》としていた。再び自らの足で地面を踏むことができたのは三人だけだった。残された——あるいは生かされたと云うべきか。あたかも宮城そのものがそれぞれの生の物語を口元に頰張ったままで、三千世界にも稀《まれ》なる一日に緞帳《どんちょう》を引き下ろそうとしているようだった。

「……誰のことを考えている」坊っちゃんはふと思いたって、薫に尋ねてみた。

「皆さんのことを考えています」むくれたように強張っていた薫の顔が震えた。「翁さんも媼さんも、六条院さんも、李徴さんも、聖さんも……みんなみんな去ってしまわれた」

御苑を歩きながら坊っちゃんは、どうしておれも薫も、身も世もなく叫びだしたりしないのだろうと思った。あの月に向かって、こんなことが許されてたまるかと問いただささないのはなぜだろう。離別の真の痛憤や悲嘆が押し寄せてくるまでには、それなりの時間を要するということなのか。すこし後ろをふらふらと歩いてくる机龍之助も同様だった。

「机さん、あんた傷を癒やしたら、それからどうするんだ」と訊いてみた。

「これまでどおり、何も変わらぬ」机龍之助はぎしぎしと頰を吊り上げるように云った。最後に笑みを見せたつもりかもしれないが、気のせいだったかもしれない。「某《それがし》はこの足で、生きて往けるところまで往くばかり」

「そうか、辻斬りはもうよせよ」

「遠からずまた会うだろう、達者でな」

外苑から馬場先門へ出たところで、反対側へ歩き去っていく机龍之助の背中を見ながら、坊っちゃんは踵《きびす》を返そうとして二、三歩進み、そこで立ち止まってしまった。

「坊っちゃんさん、私たちは赤ひげ先生のところへ行かないと。媼から受け継いだこの血は、血清を製造するのに役立つかもしれないんだから」

「ああ、解かってる。そりゃ行くさ」

「ほら、早く行きましょう」

「そのあとは、お前はどうする」

「それはまだ、分からないけど……」薫は少し考えこんで、「当面は医療団で看護を手伝おうかと考えてます。それから兄を迎えに行って、再会できたら故郷に戻って、しばらく世間を離れていたいです。色々なことがありすぎて、気持ちを整理する時間が欲しい。そのあとは……婦人運動に参加して、媼さんたちのように雑誌でも編もうかな。そうすれば、この世に警鐘を鳴らすこともできるんじゃないかなって」

「お前までどこかに行っちまうのか、風にふらふら吹かれるみたいに」

「行かなくちゃ。あんなものを見てしまったんだから」

「おれたちでなんとかしろと翁は云ったな。だが何ができる」

「分かりません、だけどそれを探すためにも、行かなくちゃ。私たちは簡単に死ねないけど、おなじ場所にもいられないんだから」

「おれの前から、全員が去っていくんだな」

「坊っちゃんさん、ほら、行きましょう」

振り仰いだ宮城から、去った者たちの奥津城《おくつき》から視線を切ると、坊っちゃんは公道を歩きだした。夜の世界はどこまでも静かで、滅びの跫音《あしおと》がひたひたと這い寄っている首都を、慰め、鼓舞する言葉はこの世界のどこにも存在しないような気がした。坊っちゃんはなぜか、住み慣れた東京なのになぜか、塒《ねぐら》の方角が分からなくなった獣になったような前後不覚のよろめきを覚えて、路上に頓《とん》と尻餅《しりもち》を突いてしまいたくなった。

このところはめっきり時間の流れに頓着《とんちゃく》しなくなって、震災の年からどのぐらい月日が経過したかも定かではない。

あの宮城の決戦では、崇徳院が時間についての講釈を垂れていたが、なるほど、たしかに振り返ってみれば、時間はおれたちの思うように一定に流れていないかもしれない。鼻たれ小僧の頃から、長い一日もあれば短い一日もあった。実際のところは、そのように感じる、と云う主観の問題であって、浦島太郎のような異常事態に見舞われないかぎり一日の長さは変わらないのが道理だ。

*　*　*

そういうものだとわかっていても、どうしても合点が行かないところもなきにしもあらずで、たとえばあの日はとにかく無聊《ぶりょう》をかこっていて、退屈で退屈でかなわなくて夜が来るのがやたらと遅かった。他のあの日は、何をしていたかも思い出せないほど用事が立てこんで、韋駄天《いだてん》のように一日が馳《か》け去っていった。長い一日と短い一日。しかしあとから思い返してみると、長かったはずのあの一日はまるでほんの一瞬のことのようで、光の速さで過ぎたはずの別の日は、二十四時間とは思えないほどに長く感じる。当時の体感にかぎらず、後年になって振り返っても一日はその長さを伸び縮みさせるらしかった。

ところが最近では、かつて感じていた時間の不可思議にも無頓着になっているのだから、歳月を重ねるごとに俗人離れしていくのがわかる。最後の翁たちとの任務についても記憶は薄れていき、実際にあったこととなかったことの区別があやふやになっている自覚もあったが、それでもことあるごとに思い出すのは、汽車の屋根にへばりついたことでも、サーカスの天幕や宮城の濠《ほり》端《ばた》から飛び降りたことでも、怨霊の導きで過去も未来も一緒くたの闇黒世界に入りこんだことでもない。坊っちゃんが何よりも鮮明に憶えているのは、湖の畔《ほとり》で参謀の密使が現われるのを待ちながら、他の六人と焚き火をして夜を明かしたことだった。

坊っちゃんは湖で釣ったワカサギを串焼きにして食べている。そこには薫がいて、李徴は聖の関心を惹《ひ》こうとしていて、六条院も、机龍之助も火を囲んでいて、翁が驚くような故事の裏話を語っている。虎の歯糞《はくそ》は巨大だとか、盲人は用を足して尻を拭くときにどうするのかとか、漁色に耽《ふけ》らなければ六条院は帝になれたのではないかとか、そんなくだらなくも他愛のない話をしていて、どこかから調達した酒のせいでどの顔にも朱色が差していた。

そもそも交わることのなかった七人が、数奇な縁でこうして夜の畔に集《つど》っている。そう考えると途端に、この一夜が遥かな昔から約束されていたもののようにも感じた。片時、身を寄せあって、語らい、笑うことで途方もなく巨大なものに、引き延ばされた時間の試練に耐えようとしている。それはたとえ**血の恩寵**に与《あずか》っていなくとも、この世に産まれて人が生きていくうえで最も大切な、最も永遠に近づける営みであるかにも思われた。

だけど随分と経ったころ、薫にふとその夜のことを話してみると、「あのときは参謀の密使がいつ来るかいつ来るかで、纐纈城に入る方法を探っていたりして、皆で火を囲む余裕なんてありませんでした」と云われた。

そんな莫迦《ばか》な話があるものか、だったらこの記憶はなんなのか、夢で見たありもしない場面を、実際の過去とはき違えているのか。あるいは翁たちのように、一度も訪れたことのない情景をひがら眼《め》で視《み》られるようになりつつあるのか？　もしかしたら薫が忘れているだけではないかという思いも捨てきれない。一度ぐらいは語らいの夕べもあったはずだと、胸中で孵《かえ》らない卵を温めているような心地に陥《おちい》ることもしばしばだった。

鉄道技手を辞したあと、職を転々としながら坊っちゃんは、この国の進みゆきを見守った。歳月が流れるにつれて、崇徳院の見せた幻想が幻想でなかったことは骨の髄《ずい》まで知らしめられた。元号は変わり、軍は大陸や島嶼《とうしょ》のそこかしこに旭日旗を立てた。陰ながら動いて変えられたこともあったが、変えられなかったことのほうが多くて、もしも坊っちゃんの干渉が功を奏したとしても、そこから再び別の分岐から滅びの道をたどるのだろうと云う経緯も少なくなかった。この不可逆的な流れは止められないのだ、国家や人類と云うものはそもそもが、崩れかけた砂上の楼閣のようなものなのだ。

おぬしたちでなんとかしなさい、私はここにいる未来を信ずる――

別れ際の言葉が蘇ってくる夜などは、輾転反側《てんてんはんそく》して、伝わり来る心臓の鼓動が、息遣いが恐ろしくなってくる。胸が張り裂けそうになって、恐ろしい望みが脳裏に兆《きざ》して夜が凍りつく。どうあっても生きなければならないと云う意思が、死を避けるべき弥終《いやはて》として遠ざけつづける澄明な精神が失われていくのがわかり、これこそが真の絶望なのだと知り、家を飛びだして夜の市街を彷徨してまわった。

もしも、もしも――

もしも、あのとき、最終段階まで**不死鳥計画**を成就させていたら。

あの年のあの日に、何かを覆《くつがえ》して、何かを変更していたら。

この国は、違う歴史を歩んでいたのだろうか。

事前に芽を摘まれた暴政が、抑えこめた悲劇がどれだけあったのか。

結局、自分たちが何かをすべき時機はとうに過ぎてしまったのかもしれない。人類全体がどうにもならない深淵《しんえん》に落ちこんでいるように感じることもしばしばだ。諦観《ていかん》や無力感には抗《あらが》いがたいものがある。自分は長い歳月をかけてそのことを思い知らされただけなのかもしれない。

さんざん滅入ってげっそりする夜もあったが、それでもある頃からは、急に思いたって旅に出ることも、酒場で飲んだくれることもなくなった。朝起きて仕事に出かけ、夜になって床に就く。規則正しい生活を送るようになったのは、夕方過ぎに客を迎えることが日課に組みこまれたからだ。たいてい同時刻に現われるので、日が暮れるとそわそわして時計に目をやってしまう。

そろそろだ、ほら来たぞ、扉が叩かれて「坊っちゃん、来たよ」と声が聞こえた。

「おお、入ってきな」

すると扉を開けて、一人の**子供**[*114]が坊っちゃんの部屋に顔を覗かせる。

背後にはもう一人、**新入り**[*115]も一緒だ。借家の前で鉢合わせたらしい。

「で、今日こそ任務があるんでしょ」

子供が云う。この瞬間ばかりは目の輝きを失わない。

「ないよ。そうそう密偵だの潜入だのがあるものか、今日もせっせと外廻りだ」

「ないの？　今日もまた血湧き肉躍らないの。ここんところずっとじゃない」

「どうしてそう危険な目に遭いたがる、お前も懲《こ》りないな」

「だって坊っちゃん、うちらは火の用心の警防団じゃあないでしょ」

「だからその呼び方はよせ、親方か、小父《おじ》さんに戻せ」

この子供と出逢ったのはつい最近のことだが、通常の時間感覚なら大昔ということになるのかもしれない。盗みだか掏摸《すり》をやらかして袋叩きにあったようで、病院に連れていったが全身骨折や脳挫傷《のうざしょう》で助かりそうになかった。仕方なく自宅に連れて帰って一晩悩んだ。息を引き取りかけた朝方に、**血の恩寵**を授けた。それからは養源寺の墓参りに行くのも、独自の任務に臨むのにもついてくるようになった。

初めのうちは小父さんと呼んでいたが、何度か薫の方の任務を手伝わせたら、何を吹きこまれたものやら「坊っちゃん」と呼び方が変わっていた。見た目は子供で止まっているが、それなりに大きな役目もこなしてきている。分別もなく刺激に飢えてばかりいるのは玉に瑕《きず》だった。

「あんたも一緒に行こう。夜の散歩みたいなものだからさ」

この日は、似たような経緯で血を分けた新入りも一緒だった。どことなくまだ警戒していることの人物について、坊っちゃんは実はほとんど何も知らない。

身支度をすると、三人で夜の市街へと出た。

ところどころに立つ街灯が白々とした光を投げかけている。

ついこのあいだにょきにょきと電波塔が立ったかと思ったら、もう一本新しいのが生えてきた。人々は長屋を縦にしたようなタワーマンションでひしめいて暮らし、ちいさくて薄っぺらい機械に話しかけながら歩いていく。

月末と云うこともあってか、街路には少なくない出足があって、水滴が集まってやがて川になるように、幾流とない人の往来が通りから通りへと流れていた。

頭上に散らばる星々は、そのひとつひとつが良からぬ凶兆のようでもあり、地上の者を怯《おび》えさせぬように鏤《ちりば》められた燈火のようでもあった。坊っちゃんはそのようにして、これから起こるべきことを厳粛な心地で静かに待つ。このところは並んで歩く足音があったし、新入りとこころゆくまで話しこむ愉悦も残していた。

「こんなふうに月のない夜だった、おれも電車の事故で死にかけて……」

我らは不死ではないが不老。たとえこの身が滅《き》えても不滅になれる。おいそれと大局を変えることはできなくても、離合集散を繰り返し、遍歴の徒となっても、時が満ちればかならずお鉢が回ってくる。遠からず出番はあるさ。そうなったら薫とも合流して、消息の知れない机龍之助も探しだして、群衆の波を、時代の河を分けて、あらたな身内を探しだすこともあるかもしれない。

だけどその前にあんただ――

「それで、なんだってまたあんなところで倒れていたんだ」

無鉄砲は二人もいらない。心に清水を湧かせる笑顔の主でもない。剣客なら間に合っているし、虎に変化したり傷を癒やしたりする並外れた異能は期待できないかもしれない。それでも坊っちゃんは夜の市街を並んで歩きながら、向き合った新入りに故事来歴を尋ねずにいられない。

教えてくれ、あんたはどんなものがたりを生きてきたんだ？

注釈&原典解説

この「注釈&原典解説」はPDFでダウンロードできます（内容は同一）。下のQRコードを読み込み、アクセスしてください。

『ものがたりの賊』注釈&原典解説

＊1　券売場の爺《おやじ》　菊池《きくち》寛《かん》『出世』。帝国図書館で長年働いている大男。

＊2　叔母の美登利　樋口《ひぐち》一葉《いちよう》『たけくらべ』。吉原《よしわら》に暮らす少女・美登利と僧侶の息子・信如《しんにょ》の淡い初恋が描かれる。一八九〇年頃の出来事なので、震災の年（大正12）には美登利は四十代になっている。

＊3　竹中時雄　田山《たやま》花袋《かたい》『蒲団』。妻と子のある作家だが、弟子入りしてきた女学生に片想いして、性欲の悶えにまかせてその蒲団の匂いを嗅ぐ。

＊4　お玉婆さん　森鷗外《もりおうがい》『雁《がん》』。高利貸しに囲われているお玉が、医学生の岡田にひそかな恋心を寄せる。お玉は一八八〇年（明治13）の当時で十九歳なので、震災の年は六十二歳の見当になる。この齢になるまで独身を貫いた模様。

＊5　秤屋の仙吉　志賀《しが》直哉《なおや》『小僧の神様』。お鮨《すし》を奢《おご》ってくれた行きずりの男を仙吉が「神？」と思う話。

＊6　「自分は鶴が心配である」　武者小路《むしゃのこうじ》実篤《さねあつ》『お目出たき人』。女を知らない「自分」が、近所に暮らす鶴という女に恋慕を寄せつづけ、鶴がよそに引っ越し、人妻になっても望みを捨てない。全編にわたって「自分」のモノローグで進行する。

＊7　長吉　永井《ながい》荷風《かふう》『すみだ川』。将来の進路と恋に悩む十八歳の長吉は、友の影響で役者を志すが、母や伯父に反対される。十数年が過ぎたこの頃には、夢を叶えて舞台に立っているようだが、今戸《いまど》の住まいから被服廠《ひふくしょう》跡が近かったばかりに……

＊8　坊っちゃん　夏目《なつめ》漱石《そうせき》『坊っちゃん』。教師を辞めたのちに鉄道会社の技手となり、一九〇六年（明治39）の市電値上げ騒動および電車焼き討ち事件に巻きこまれるなかで、竹取の翁との邂逅を果たす。それから二十年弱の歳月を経て、坊っちゃんも翁の一党に一応は加わっている模様。

＊9　薫　川端康成《かわばたやすなり》『伊豆の踊子』。伊豆を旅する青年と、旅芸人一座の踊子との出逢いと別れが語られる。「十九の娘」とあるが、当時の薫は十四歳だったので、数年後になんらかの縁で翁の一党とめぐり会い、**血の**

恩寵を授かることになった様子。詳細は追って語られることでしょう。

＊10　聖　泉鏡花《いずみきょうか》『高野聖《こうやひじり》』。原典では女の名前は明かされていない。飛騨《ひだ》の山奥で旅の僧や行商を誑《たぶら》かしていた妖婦と、『康富記《やすとみき》』『臥雲日件録《がうんにっけんろく》』などに伝承が残る八百比丘尼《やおびくに》は同一人物（＝聖）と考えてよさそう。翁の一党のなかでも古参組の一人。

＊11　竹取の翁　作者不詳『竹取物語』。九世紀の後半から十世紀前半にかけて成立したとされている。この時代から「今は昔、」と昔話形式で語られており、登場する帝《みかど》や公達《きんだち》が生きた年代から七〇〇年～七九〇年ごろの出来事であると推定される。後述する『源氏物語』には、この『竹取物語』を「物語の出で来はじめの祖《おや》」と評する箇所があり、冒頭より登場する竹取の翁を物語世界の最古の人物としている。

＊12　六条院　紫式部《むらさきしきぶ》『源氏物語』。光源氏としてその名を知られる桐壺帝と桐壺更衣の第二皇子。臣籍降下して源姓となるが、のちに准太上天皇に上げられて「六条院」と称される。原典では「君」「院」と呼ばれる。ちなみに全五十四帖のなかでも六条院が死去したとされる「雲隠《くもがくれ》」の帖だけは、題名が知られるのみで内容が伝存していない。あるいはこの帖で翁との出逢いがあったか？

＊13　鼻緒をすげる端切れを渡していた　これは＊2に出てくる少女の叔母・美登利と、僧侶になった信如の姿と思われる。好意のある異性に素直になれない十四歳の機微が、同様の場面で二人の仲を邪魔したが、実に三十年越しに、たとえ片時だけでも淡い紐帯をすげ直すことができたようだ。

＊14　あれは男の女装であったろう　谷崎潤一郎《たにざきじゅんいちろう》『秘密』。刺激に餓えるあまり女装して街に繰りだしていた男が、あろうことか趣味の最中に被災したらしい。

＊15　「豊年だ、豊年だ」　志賀直哉『暗夜行路《あんやこうろ》』。放蕩生活を送る小説家・時任謙作《ときとうけんさく》による歓喜の言葉。時任はある時期、吉原に通いつめていた。

＊16　色物のシャツを着かねない手合い　『坊っちゃん』で教師をしていた時代の上司（教頭）、赤シャツのことを引き合いに出している。こうした色男タイプはいけ好かないらしい。

＊17　世之介と云う男　井原西鶴《いはらさいかく》『好色一代男』。「たはぶれし女三千七百四十二人、小人（子供）のもてあそび七百二十五人」と語られる色狂い。山盛りの責め

道具を船に積み、海の彼方にあるという女護島《にょごのしま》を目指して出航したのちに消息を絶った。六条院は世之介と親交を結び、女だらけの島を探す旅にも同行していた模様。

＊18 纐纈城《こうけつじょう》 国枝史郎《くにえだしろう》『神州《しんしゅう》纐纈城』。原典で語られるのは十六世紀半ばの出来事、武田信玄が甲斐武田家の当主の座にあった時代。するとこの城は三百年以上の歳月にわたって、朽ちることなく本栖湖の霧の奥に存立していたということになるが、城主はかの時代と同一人物なのか、城の陣容とは？

＊19 李徴 中島敦《なかじまあつし》『山月記』。中国の隴西《ろうせい》地方の官吏。詩家を志すが文名は揚がらず「臆病な自尊心と尊大な羞恥心」によって虎に変貌を遂げた。唐の時代の人物なので六条院と並ぶ古参組。翁と出逢ったことで日本に渡り、**血の恩寵**にも影響を受けてか、ある一定の周期や刺激によって人になったり虎になったりする人獣往還型の体質に変じた模様。

＊20 李徴の詩 （訳）たとえ異郷に渡っても、千歳の年月を生きてきても、人と云うものは容易に達観はできない。いわんや虎をや。自分はどうして人虎としての生に束縛されているのだろうか。わりと正気を保っているときには、翁来ないかな、早く来ないかなと願いつづけている。かれこれ数十年ぶりに来てくれていまはめちゃくちゃ嬉しい。新しい仲間もいるので生来の人見知りも顔を出してしまうが、月に詩を吟じることで歓迎の心を表現してみたい。人ならぬ獣の身なので、ただのぶざまな吼《ほ》え声にしか聞こえないかもしれないけれど。

＊21 机龍之助 中里介山《なかざとかいざん》『大菩薩峠《だいぼさつとうげ》』。幕末の剣客。峠道でひとりの老巡礼を惨殺し、奉納試合で立ち合うことになった男の妻に負けてくれと頼まれたが、その妻をさらってこさせて手籠めにして、試合では相手の頭蓋骨を砕いて殺すというはちゃめちゃぶり。新撰組とかかわり近藤勇《こんどういさみ》と芹沢鴨《せりざわかも》の争いに巻きこまれたが、近藤暗殺は気分が乗らずにすっぽかし、遊郭に入り浸るも事故で失明。盲目になってからはいっそう辻斬りに精を出す。長大な原典のいずれの時期に翁と出逢っていたかは不明。

＊22 グスタフ・ヴィーゲルト 森鷗外『舞姫』。この男は原典に登場するドイツに留学した官吏・太田《おおた》と、ヰクトリア座の踊子・エリスの間に生まれた私生児と思われる。参謀本部に拾われるかたちで因縁ある父親

の国に渡ってきたか。

＊23 纐纈布　纐纈とは絞り染めの意。人血で染めた纐纈布、それを作る纐纈城に関しては『宇治拾遺物語《うじしゅういものがたり》』の百七十節「慈覚大師《じかくだいし》、纐纈城に入り給ふ事」に最初の記述が見られる。こちらの城は本栖湖ではなく唐の時代の中国に存在したとの由。

＊24 纐纈城の城主　国枝史郎『神州纐纈城』。纐纈城の主として、あらゆる手練手管で人の生き血を絞り取ってきた猟奇の化身。暴虐の限りを尽くす男。仮面の下の素顔を見た者はたちどころに死ぬと云われる。洒脱な装いにこだわり、血染めの纐纈布でマントや褌や鎧直垂《よろいひたたれ》をあつらえる。元は武田家の家臣であったと伝えられるが、故郷の甲府において空前絶後の人災を引き起こした過去あり。原典では正体不明の怖ろしい病に罹患していたが……

＊25 三合目陶器師《さんごうめすえものし》　右に同じ。富士の三合目に巣食う殺人鬼。通りすがりの旅人や行者を斬り殺して、陶器を焼くための竈《かま》で処分していた。立ち合いはきわめてトリッキーだが、身をやつす前は天真正伝神道流《てんしんしょうでんしんとうりゅう》を使う武士だった。纐纈城の城主とつるんでいる場面は原典にはない。

＊26 八幡の藪知らず　千葉県市川市八幡にある「ここに足を踏み入れると二度と出てこられない」という伝承で知られる雑木林。現在でも地元民によって禁足の地とされている。夏目漱石『虞美人草《ぐびじんそう》』などで「わけのわからないところに迷いこむ」ことの喩《たと》えとして出てくる。

＊27 九ツ谺という異界　泉鏡花『龍潭譚《りゅうたんだん》』の舞台となる山中の谷間。男の子をめぐって実の姉と、九ツ谺に住む「うつくしき人」がこっちに来いそっちに行くなと綱引きをする。飛彈の山中で旅人を誑かしていた聖こそあるいは、九ツ谺の「うつくしき人」であったのかもしれない。

＊28 鉦や太鼓を鳴らして〜　これらの出来事については、根《ね》岸《ぎし》鎮衛《しずもり》『耳嚢《みみぶくろ》』「神隠しといふたぐひある事」などに詳述されている。

＊29 しわくちゃの老婆　柳田國男《やなぎたくにお》『遠野《とおの》物語』。岩手県遠野地方に取材したこの民話集では、神隠しの逸話がいくつも語られる。寒戸《さむと》の婆はそのなかでも代表格で、「其日（注・婆の戻った日）は風の烈《はげ》しく吹く日なりき。されば遠野郷の人は、今でも風の騒がしき日には、きょうはサムトの婆が帰って来そうな日なり

と云う。」とある。

＊**30　山岡と云う人買い**　森鷗外『山椒大夫《さんしょうだゆう》』。安寿《あんじゅ》と厨子《ず し》王《おう》の姉弟を売りさばく血も涙もない人身売買業者。中世の説経節『さんせう太夫』に典拠している。

＊**31　又三郎**　宮沢賢治《みやざわけんじ》『風の又三郎』。ある風の強い日に転校してきた不思議な少年。地元の少年たちは風の神様の子「又三郎」じゃないのかと疑念を抱きつつ、連れだって高原や渓流でさまざまな体験をする。これは一九三四年（昭和9）の物語であり、本作のおよそ十年後に当たるが、大人と子供とで違うし、風貌にも差異が見られるので、坊っちゃんたちが出逢ったのは別の〝又三郎〟ではないかと思われる。

＊**32　駿河からの二人連れ**　十返舎一九《じっぺんしゃいっく》『東海道中膝《ひざ》栗毛《くりげ》』。オヤジと男娼の二人組、弥次《やじ》さん喜多《きた》さんも又三郎に遭遇していたらしい。

＊**33　悪名高き山賊**　坂口安吾《さかぐちあんご》『桜の森の満開の下』。翁と六条院が噂しているのは、原典のなかで満開の桜の下を通ると発狂すると信じている山賊。有名人が表舞台から去ったかのように「消えたなあ」と云っているが、実際にどのように消えたのかと云えば……

＊**34　グランド・サーカス**　江戸川乱歩《えどがわらんぽ》『サーカスの怪人』で語られるサーカス団だが、するとそこの曲芸師とはあの怪盗なのであろうか？　旅のさなかに坊っちゃんたちが見《まみ》えるのは、恐ろしき眩惑《げんわく》と猟奇のグラン・ギニョル？

＊**35　遠藤平吉**　江戸川乱歩『怪人二十面相』などに登場する世紀の大泥棒・怪人二十面相の本名。世間にその名を轟《とどろ》かせるのは一九三〇年代に入ってからなので、この頃は云ってみればデビュー前のアマチュア時代。グランド・サーカス団の曲芸師をしていた時期に当たるが、すでに「盗み」は働いていた模様。

＊**36　元基督教徒が～**　志賀直哉『濁った頭』。津田《つだ》と云う棄教者が、駆け落ち相手のお夏《なつ》とともに錯乱状態に陥り、津田はお夏を殺害したのちに行き倒れて精神科病院に送られている。この医学部精神病科の研究者が、津田の診断書等を入手したらしい。

＊**37　客の咽を掻き切った床屋の剃刀**　志賀直哉『剃刀』。顔剃りの名人だが情緒不安定な床屋が、いきなり咽をぐいとやる。凶行に使用された剃刀のようだが、どこから手に入れたのか……

＊**38　麻酔なしで外科手術を受けた夫人～**　泉鏡花『外科室』。執刀医からやおら奪ったメスで自身の体を

切り裂いた恰好だが、これも右におなじく入手経路は？

＊39　田舎に越したインテリ青年～　佐藤春夫《さとうはるお》『田園の憂鬱《ゆううつ》』で都会の喧騒に苦しみ、内縁の妻と犬二匹・猫一匹とともに武蔵野に転居した青年のことか。ちなみにこのお話に出てくる薔薇は「ばら」とは読みません。

＊40　鉄道病なる神経疾患～　谷崎潤一郎『恐怖』。鉄道に乗ると血流が一挙に脳天に向かって沸騰しはじめ、冷や汗、悪寒などの症状が生じて、頭蓋骨が風船玉のように破裂しそうになると云う。現代であればパニック障害と診断されるところか。

＊41　Kという親友の後追い自殺～　夏目漱石『こゝろ』。Kとの経緯を遺書に綴った「先生」の頭蓋骨と思われる。

＊42　瓶詰めで流した書簡　夢野久作《ゆめのきゅうさく》『瓶詰の地獄』に登場する三つの漂流物のいずれかである模様。

＊43　弥勒菩薩だと気づいた～　稲垣足穂《いながきたるほ》『弥勒』。安下宿で貧乏と戦いながら創作や思索に励んでいた江《え》美留《みる》は、売れるものを質屋に入れつくして無一物になり、着るものもないので裸にカーテンを巻きつけて生活していたところで「おれって弥勒じゃね？」とブレイクスルーの瞬間を迎える。その後、自伝小説を脱稿したらしい。

＊44　座敷牢に軟禁された青山半蔵　島崎藤村《しまざきとうそん》『夜明け前』。明治維新間近の幕末期、信州の馬籠宿《まごめじゅく》に生まれた人物。王政復古に陶酔し、西洋文明や山林の国有化に抗い、上京して役人になるが挫折。郷里に戻るも晩年は精神を蝕《むしば》まれて、座敷牢で自らの排泄物を他人に投げつける日々を送った。

＊45　五、六寸はあろうかという長い鼻　芥川龍之介《あくたがわりゅうのすけ》『鼻』。五～六寸（十五～十八センチメートル）の長い鼻をもっていた僧侶・禅智内供《ぜんちないぐ》のものか。『宇治拾遺物語』の二十五節「鼻長き僧の事」にも長っ鼻の僧についての記述が残っている。

＊46　レエン・コオトと歯車　芥川龍之介『歯車』。神経衰弱した小説家の「僕」は、正体不明のレインコートの男や、空中を飛びまわる半透明の歯車に悩まされるが……。どちらも「僕」の強迫観念の産物なので、陳列された二つの品物の並びはただの偶然ですね。部屋の主の私物か？

＊47　娘が火焙りになるのを～　芥川龍之介『地獄

変』。平安時代、大殿から地獄の屛風絵を描くように命じられた良秀《よしひで》の作とおぼしいが、もしも本物ならとてつもなく値の張る古美術品ではあるまいか！

＊48　三十二人の村人たちを〜　横溝正史《よこみぞせいし》『八つ墓村』。わが国の犯罪史に残る無差別大量殺人者《スプリー・キラー》、田治《たじ》見要蔵《みようぞう》の遺品であるようだが、遺体発見時の要蔵は屍《し》蠟《ろう》化した状態で甲冑をまとっていたために、その内側にはいろいろとたいへんなモノが付着していると思われる。それにしてもこの陳列室の主はどうやってこれらの品物を蒐集《しゅうしゅう》したのだろうか。

＊49　正木敬之　夢野久作『ドグラ・マグラ』。大正が生んだ狂博士《マッド・サイエンティスト》と云えばこの人。常人の理解を超えた数々の論文を著わし、スカラカ・チャカポコ、スカラカ・チャカポコと木魚を叩きながら祭文を唱えて闊歩《かっぽ》し、「狂人の解放治療」と称して人道的なのか非人道的なのか分からない理論の実践をおこなう。原典では自殺したとされているが、この物語は原典の数年前に当たっていて主任教授にも就任していない。解放治療の準備をするかたわらで、並行して陸軍参謀の推し進める**不死鳥計画**に参画し、中心的役割を担っていたと目される。

＊50　天然痘　鎌倉初期に成立した説話集『続古事談』にも天然痘の流行による混乱が描かれている。天然痘を神になぞらえた疱瘡神《ほうそうがみ》は、最たる悪神として恐れられた。

＊51　結核　堀辰雄《ほりたつお》『風立ちぬ』『菜穂子《なおこ》』。前者では「私」の婚約者が、後者では菜穂子さんが結核療養のサナトリウムに入る。

＊52　梅毒　芥川龍之介『南京《なんきん》の基督《きりすと》』で梅毒にかかったクリスチャンの少女娼婦が登場する。

＊53　スペイン風邪　武者小路実篤『愛と死』。逆立ちと宙返りが得意だった夏子という娘が、婚約者の洋行中にスペイン風邪にかかって急死する。

＊54　麻呂も体を壊しやすくて　実際にそのとおりで、六条院は「若紫」の帖ではわらわやみ（蚊が媒介するマラリアか）を患い、「夕顔」の帖ではしわぶきやみ（咳病）で欠勤したと言い訳している。もっとも六条院の場合は、療治をきっかけに恋のお相手に出逢ったりしているので、転んでもタダでは起きない。

＊55　大宰府　筑前の国に置かれた地方行政機関のこと。洛中の貴族の暮らしは大宰府とは縁が深く、六条院たちの生活を彩る唐物などの輸入品は、いったん大

宰府に運ばれてから京都に送られていた。

＊56　**愛した女の娘**　稀代のエロ貴族がらみの注つづきで恐縮ですが、これは『源氏物語』第二十二帖に登場する玉鬘《たまかずら》のことと思われる。若死にした夕顔の娘・玉鬘は乳母一家とともに筑紫に下国し、二十歳になるやその見目麗しさのあまりモテまくって、京へと逃げ帰って六条院に囲われる。

＊57　**李徴の詩**　（訳）遠く離れてしまって会えないでいたが、窓辺に君を想わない日はなかった。自然の美しさにも何も感じなくなっていた自分も、君のもとへと万里を駈けていく今は滾《たぎ》っちゃってしかたない。もしも再会できたならこれまで果たせなかった願いを果たそう。思いきって君の胸元にこの虎の鼻を埋《うず》めよう。もしも想いが伝われば、それだけで悪を挫《くじ》く力を得られる。駆けめぐる胸一杯の喜びで、どんな牙城も突き破れるだろう。

＊58　**日本人と西洋人の二人連れ**　有島武郎《ありしまたけお》『一房《ひとふさ》の葡萄《ぶどう》』。主人公の「僕」は西洋人の同級生が持っている舶来の絵具が羨ましくて盗んでしまうが、女教師の取りなしで仲直りできた。後年もずっと写生仲間として交流を深めていた様子。

＊59　**錆落としをする船具工**　吉川英治《よしかわえいじ》『かんかん虫は唄う』。かんかん虫とは横浜ドックで働く労働者の総称。ボイラーや煙突に取りついて、金槌で打って錆を落とすことからこの名がつけられた。

＊60　**千代吉爺さん**　大佛次郎《おさらぎじろう》『霧笛』。外国人居留地で生まれ育ち、中華街の親分と喧嘩したり、雇い主のイギリス人と恋の鞘当てをする多感な青年。開港直後に二十代だったので、この頃は八十の坂を降っているはずだが、負けん気の強さは相変わらず。

＊61　**麦湯と書かれた看板**　大佛次郎『幻燈』などに出てくる、麦湯を飲ませると見せかけて私娼と遊ばせる岡場所。大正の世にも残っていた？

＊62　**外国人墓地**　外国人居留地の点在する横浜では、見晴らしのよい数ケ所に外国人墓地が設けられていて、異国情緒漂う開化風俗のある種の象徴となった。中島敦『かめれおん日記』ではこの墓地で教員がポケットから詩集を取りだして短い時間を過ごす。これもヨコハマ。

＊63　**赤ひげ先生**　山本周五郎《やまもとしゅうごろう》『赤ひげ診療譚《たん》』。わが国のマッド・サイエンティストと云えば正木敬之の名前が挙がるが、市井《しせい》の名医と云ったらやはりこの名

前か。新出去定は、文政年間のころに小石川養生所の責任者を務めていた老医者で、原典でその家族関係については語られていないが、時代をまたいで〝赤ひげ〟の名を継承していたようで、坊っちゃんたちが訪ねた医師は初代の玄孫《やしゃご》に当たる様子。

＊64 媼《おうな》 作者不詳『竹取物語』。ある種の天変地異と云えなくもない月の使者の来訪で、無差別にふりまかれる瑞光を浴びたのは翁だけではなかった！ もう一人の祖《おや》とまで語られたが、霊威に与ったのちに諸国を漫遊してやがてアナキズムと共鳴した翁に対して、媼はどのような有為転変の生をたどったのか。運命に翻弄された夫妻のあいだに何があったのか？

＊65 美しく成長した娘 『竹取物語』で翁によって光り輝く竹の中から発見され、長じて「なよ竹のかぐや姫」と名づけられる月の都からやってきた美女。どうして地球へ来ることになったのかは諸説があり、翁の日頃の善行に報いてやろうとした天人の気まぐれ、姫が月世界で罪を犯したために所払いを食らった等々の巷説が伝えられている。いずれにしてもこの姫の存在によって、翁と媼の夫妻はその余生を大きく変転させることになった。

＊66 女護島 井原西鶴『好色一代男』で還暦を迎え、この世の色道は究めたという世之介が向かう伝説の島。その実在はまことしやかに伝えられていて、近松門左《ちかまつもんざ》衛門《えもん》による浄瑠璃《じょうるり》『平家女護島』、曲亭馬琴《きょくていばきん》『椿説弓《ちんせつゆみ》張月《はりづき》』でも海の向こうの異界として語られている。

＊67 艶二郎 山東京伝《さんとうきょうでん》『江戸《えど》生艶気樺焼《うまれうわきのかばやき》』『通言総《つうげんそう》籬《まがき》』に登場する仇気屋《あだきや》艶二郎。通人《つうじん》ぶりたくて妾《めかけ》を抱えたり、心中《しんじゅう》の真似事がしたくて遊女を身請けしたりする遊び人。六条院は『好色一代男』の世之介と女護島を目指したが一度の航海では見つけられず、それでも諦めきれずに、およそ百年後にふたたび艶二郎らを誘って船出をしていた模様。その執念たるや！

＊68 高坂録之助 樋口一葉『十三夜』。幼なじみが家の事情で他の男と結婚したことに絶望し、自暴自棄の暮らしを送ったすえに人力車夫となる。原典から月日の流れたこの頃は四十代後半ぐらいか、そろそろ体力的にも俥を牽くのはきつくなってくるはずだが、そこにきて災難に見舞われてしまった。

＊69 京都の愛宕山 古都とその周辺は言うまでもなく物語の宝庫。愛宕山は『源氏物語』第五十帖「東《あずま》屋《や》」でも言及されている。翁や六条院にとっては郷里

の山のひとつと言ってよいが、古都に因縁が深いのは、何も二人ばかりではなく……。

＊70　知り合いの滝口武者　高山樗牛《たかやまちょぎゅう》『滝口入道』。宴で舞った女との身分違いの恋を許されず、元武士が出家して入道となった嵯峨の往生院の子院三宝寺跡が、現代では滝口寺となっている。

＊71　山村と云う家　樋口一葉『大つごもり』の山村邸はことのほか被害が大きかった様子。訪ねてきた女性は元女中のお峰《みね》であると思われる。被災を知って金を貸しにきたのか、それともかつて盗んだ金額を返しにきたのか。こうした主従や貧富の逆転現象は、震災後の首都でしばしば見られた光景だった。この後のことが知りたいものだ。

＊72　銘酒屋街　樋口一葉『にごりえ』などにも登場する、飲み屋を装いながら私娼を斡旋《あっせん》する店が並んだ売春街。

＊73　stray sheep……　夏目漱石『三四郎』。この婦人は小川三四郎《おがわさんしろう》の想い人であり、三四郎に迷子の英訳が「stray sheep」だと教えた里見美禰子《さとみみねこ》（本郷真砂町在住）の三十代後半の姿か。三四郎が選んだヘリオトロープの香水を、十数年がすぎても使っているらしい。

＊74　山本道鬼　近松門左衛門『信州川中島合戦』などに登場する武田家の家臣・山本勘助《かんすけ》の出家号。武田五名臣に数えられ、築城や用兵の才に長《た》けた天才軍師とされているが、翁はそんな人物とどうやって交渉し、果てには道鬼その人になりすましたのか。策略家同士でウマが合ったたか？

＊75　窩人なる一族　国枝史郎『八《やつ》ケ嶽《たけ》の魔神』。一人の姫をめぐって恋の鞘当《さやあ》てをくりひろげた兄弟が、惨酷な結末を迎えて世を儚《はかな》み、両人とも人界をドロップアウトした一族の祖となる。窩人はその兄のほうの末裔だが、翁のコネクションがこのような秘峰の一族にまで食いこんでいたことは驚くばかり。

＊76　大黄、皁莢、白牽子……　国枝史郎『神州纐纈城』。富士の裾野で療養園を営む薬剤師・直江《なおえ》蔵人《くらんど》によって語られる処方だが、なにぶん疾病そのものが大きく誤解されていた時代の秘薬なので、実際には調合も服用もしてはいけない。天雄、烏頭、附子などはトリカブトの部位の名称で、猛毒なので間違っても口にしちゃダメ絶対！

＊77　天狗　編著者不詳『今昔物語集』（巻第二十・

本朝付仏法）においても、空を駈け、一定の姿形を持たず、人に憑依する魔の物としての天狗の説話が多く記載されている。『平家物語』においては「人にて人ならず、鳥にて鳥ならず、犬にて犬にもあらず……」と天狗の威容が語られている。

＊78 太郎坊天狗　前述の『今昔物語集』や『古事談』『源平盛衰記』などでも語られる。中国から力比べにやってきた天狗がこの太郎坊に案内を頼むなど、なかんずくのん気な説話が残されている。京都が地元と云える翁と六条院は、故郷の旧い名士のように太郎坊を語っているが……

＊79 物の怪や悪霊と切っても切れない生　『源氏物語』第四帖「夕顔」では、某院に連れこんだ夕顔が恐ろしい怪異に見舞われて明け方に息を引き取ってしまう。第九帖「葵」では、妊娠中の葵の上が禊《みそぎ》の物見に出かけた後から原因不明の病に臥せり、男子を出産したのちに容態が急変して亡くなるが、これは六条院の愛人である御息所《みやすんどころ》が生霊を飛ばし、葵の上の心身を蝕《むしば》んでいた。愛した女を実に二人も妖物や悪霊によって亡くしたことになる六条院が、不老の身となって魔を調伏する術を身につけようとしたのも至当な選択と云えるかもしれない。

＊80 妖狐の母　曲亭馬琴『敵討裏見葛葉《かたきうちうらみくずのは》』、他にも説経節『信太妻《しのだづま》』、浄瑠璃『信田森女占《しのだのもりおんならかた》』などに伝えられる葛《くず》の葉《は》狐のこと。安倍保名《やすな》と云う男との間に、童子丸《どうじまる》（後の安倍晴明）を儲ける。

＊81 安倍晴明　『今昔物語集』『宇治拾遺物語』『平家物語』（いずれも作者・編著者不詳）など数多くの原典で語られる史上最も名を知られた陰陽師。朝廷の陰陽寮に属する従四位下の公家であった。ちなみに六条院がバリバリの現役だった「いずれの御時《おほんとき》」は八九〇年代から九三〇年代の間とされ、安倍晴明が活躍した時代にはすでに「雲隠」しているので、年少の師に教えを乞うかたちになっていた模様。

＊82 道摩法師　『宇治拾遺物語』や竹田出雲《たけだいずも》『蘆屋《あしや》道満大内鑑《どうまんおおうちかがみ》』に出てくる在野の陰陽師・蘆屋道満のこと。いずれの原典でもライバルとされる晴明に比べて、朝廷の者によこしまな呪術をかけたりする悪役、裏通りを歩むトリックスターの性格が強かった。

＊83 相模坊天狗　上田秋成《うえだあきなり》『雨月物語』の「白峯」に登場する日本八天狗の一狗。破格の魔力を持つとされる。

＊84 崇徳院 右に同じ。この国の御霊信仰における「怨霊」の代表格と云える。保元の乱ののちに讃岐に配流されるが、生きて二度と都に戻ることは許されず、舌を嚙みきった血で写本に呪詛を書き、崩御するまで爪も髪も切らなかったという壮絶な逸話が数多あり。当時は新院、のちに讃岐院を経て崇徳院と称される。玉体は白峰山で荼毘《だび》に附され、この地に陵墓が建てられたが、崩御後もこの崇徳院ときたらとにかくもう祟る祟る、延暦寺の強訴、安元の大火、鹿ケ谷《ししがたに》の陰謀をたてつづけに起こし、高松院や九条院を相次いで薨去《こうきょ》させた。この国の「大魔縁（＝魔王）」になるとまで壮語し、実際にそうなった。天狗、人虎、妖狐、呪術師と次々に現われていよいよ魔界大戦の様相を見せはじめた本編においても真の首魁と呼ぶにふさわしき「怨霊になった天皇」である。

＊85 保元の乱 作者不詳『保元物語』に詳しい。皇位継承争いに端を発して、崇徳側の敗亡、それ以降の武者の世の到来を予兆するまでが描かれる。崇徳側に与して一騎当千の活躍を見せた鎮西八郎為朝が軸となっていて、この為朝、強弓《ごうきゅう》で馬ごと鎧武者を射抜き、わずか二十八騎の手勢のみで源義朝や平清盛の数百騎を退ける働きをするが、勝敗の決したのちは流刑。漂流したのちに琉球に渡って、琉球王国を再建するさまが別の原典にて描かれる。

＊86 おれも四国には縁があるが 坊っちゃんの教師時代の赴任先は、愛媛県の松山である。

＊87 麻呂もかつては洛中を逐われて〜 と六条院は語っているが、『源氏物語』第十二帖「須磨」で須磨に移ったのは朱雀帝の即位後、外戚である右大臣と反りが合わなかったのと、朧月夜《おぼろづきよ》とのスキャンダルが発覚するのを恐れたゆえのいわば自主退去であり、崇徳院がさらされた配流と同等に扱うのはいくらなんでも崇徳院に失礼。

＊88 役小角 この国の「仙人」のイメージはこの人の肖像が影響している向きがある。『日本霊異記』では「役行者のやつ、謀反をたくらんでますぜ」と讒訴《ざんそ》されて、母親を人質とした朝廷によって流刑に処される経緯が語られ、『南総里見八犬伝』では仁義八行の珠《たま》を伏姫《ふせひめ》に授ける者として登場する。仙人系の千両役者として引っぱりだこ。

＊89 清水次郎長一家 三代目神田伯山《かんだはくざん》の講談『清水次郎長伝』などで語られる、街道一の大親分・清水次

郎長率いる侠客集団。大政・小政《こまさ》、森の石松《いしまつ》など清水二十八人衆なる屈強な若衆が属していた。維新後には富士の開拓にも乗りだし、次郎長親分は実業家としても名を馳せた。

＊90 村雨　曲亭馬琴『南総里見八犬伝』。八犬士の一人、犬塚信乃《いぬづかしの》が用いた宝刀。「抜けば玉散る三尺の氷」と称され、使い手の殺気が高ぶれば高ぶるほどに刀身は水気を増して、人を斬ると勢いよく流れて刀の鮮血を洗い流すと云う。もともと鎌倉公方足利《くぼうあしかが》家に伝わる重宝で、この妖刀がなにゆえ侠客の手に渡ったのかは不明だが、かつて鬼神丸国重《きしんまるくにしげ》を愛刀とした森の石松は、知る人ぞ知る日本刀の蒐集家《しゅうしゅうか》であったと伝えられていて、この隻眼《せきがん》の侠客が縁あって入手したものだったかもしれない。

＊91 円位のように　円位とは西行《さいぎょう》法師の僧名。歌と仏道という二つの道を同時に歩んだ者として崇敬され、後世の放浪系の歌人にも大きな影響を与えた。大杉栄の崇徳陵への参拝は、『雨月物語』の「白峯」で西行がすごした一夜と重なりあっている。

＊92 松戸と云う土工〜　葉山嘉樹《はやまよしき》『セメント樽の中の手紙』。発見された手紙はいったい誰が入れたものなのか、松戸は自分の混ぜたセメントが何でできていたのかを知ることになる。

＊93 「おい、地獄さ行ぐんだで！」〜　小林多喜二《こばやしたきじ》『蟹工船《かにこうせん》』。博光丸は舞台となる船の名前。情けを知らない漁業監督によって酷使され、暴力や虐待、過労や病気の渦のなかで労働者たちは次々と倒れていく。

＊94 キャラメル工場　佐多稲子《さたいねこ》『キャラメル工場から』。働きに出された女工は十一歳（年齢詐称して十三歳）。えんえんと立ち仕事がつづくわ、隙間風で冷えこむわ、退勤時にはキャラメルをくすねないように弁当箱の容器まで調べられるわで、もう辛すぎる！

＊95 小石川の印刷会社　徳川直《とくがわすなお》『太陽のない街』。こちらも一日十時間労働、徒弟制度で十代前半の少年工が働かされ、栄養不足で脚気《かっけ》になる者も出てきて、ほんとにもう限界！

＊96 靴職人の娘〜　徳田秋声《とくだしゅうせい》『縮図』。博打好きの父親のせいで芸妓となり、身分の違いから縁談も白紙にされて、株屋のお妾になるも悪性の肺炎を患う銀子《ぎんこ》の半生は、当時の日本社会を生きる女たちの一つの「縮図」であった。

＊97 一顆の檸檬　梶井基次郎《かじいもとじろう》『檸檬』で京都丸善の

店頭に置かれる擬似爆弾。

＊98 **関西を襲った大豪雨**　一九三八年（昭和13）に発生した阪神大水害のこと。谷崎潤一郎『細雪《ささめゆき》』などでその様子が語られている。

＊99 **陸軍青年将校によるクーデター**　二・二六事件のこと。決起将校らは首相官邸や警視庁、陸軍省や参謀本部を占拠して、首相以下を襲撃、首脳部を通じて天皇に昭和維新を訴えるが、昭和天皇自身にそれマジないから、と拒否される。ていうか近衛兵に鎮圧させるよ？　と嚇《おど》されて叛乱は収束する。野上弥生子《のがみやえこ》『迷路』などが事件前後の東京の様子を、一歩一歩戦争に向かう時代の空気を仔細に伝えている。

＊100 **捕虜の首を刎ねる場面**　火野《ひの》葦平《あしへい》『麦と兵隊』。日中戦争開戦翌年の徐州会戦、孫圩《そんう》における中国軍奇襲などが語られる。

＊101 **レイテ島の俘虜**　大岡《おおおか》昇平《しょうへい》『俘虜記』。召集されてフィリピン戦線に送られた「私」は、俘虜となってレイテ島俘虜収容所に送られて終戦までを過ごす。

＊102 **田村一等兵**　大岡昇平『野火』。同じくレイテ島で野戦病院に入院を拒否され、現地民には「鬼」と見なされて、米軍の砲撃によって陣地は崩壊、食うや食わずで熱帯の山野にて飢餓の迷走を始める。そんな田村一等兵に、孤独のなかで芽生えた欲求とは……。

＊103 **水島上等兵**　竹山道雄《たけやまみちお》『ビルマの竪琴』。竪琴の演奏が巧かった水島上等兵だが、こちらも捕虜収容所に送られ、立てこもる友軍の説得に当たり、人食い人種に食われかけ、ビルマ僧になり、葬られずに蛆《うじ》を湧かせる無数の日本兵を目の当たりにするなど数奇な運命をたどる。

＊104 **銭湯通いの主婦～**　太宰治《だざいおさむ》『十二月八日』に登場する、大本営発表のヘビーリスナー。

＊105 **映画演出家の伊沢**　坂口安吾『白痴』。「死ぬときは二人一緒だ、怖れるな、俺から離れるな。俺の肩にすがりついてくるがいい、わかったね（要約）」と熱いことを云いながら、豚のような鼾《いびき》をかいて眠る女を置いていきたいと願う堕落男、それが伊沢。

＊106 **象のジョン、トンキー、ワンリー**　土家《つちや》由岐雄《ゆきお》『かわいそうなぞう』。戦時猛獣処分が下されたのは一九四三年（昭和18）。象たちは毒入りの餌を食べず、注射しようにも硬い皮膚で針が折れてしまうため、餓死するのを待つしかなかった。

＊107 **勝呂と戸田～**　遠藤周作《えんどうしゅうさく》『海と毒薬』。折しも

この生体解剖実験が行われていたのは、正木博士が働いていた九州帝国大とおぼしい。この実験は悪名高き731部隊にも一脈通じている。同部隊は、捕虜やスパイ容疑で拘束した朝鮮人、中国人、アメリカ人などを「丸太」と隠語で呼び、ペストやコレラなどの生物兵器、びらん性・腐食性の毒ガスなどの化学兵器研究のために本人の同意に基づかない生体実験を重ねていた。ここには正木博士の行なっていた富士炭疽菌芽胞の生物兵器開発の残響が聞き取れるかもしれない。

＊108 矢須子と云う娘　井伏鱒二《いぶせますじ》『黒い雨』。婚期を迎えているが、縁談が持ち上がるたびに被爆者という理由で破談になってしまう悲運の娘。黒い雨とは原爆投下直後に降る放射性物質を含む雨。

＊109 大石久子　壺井栄《つぼいさかえ》『二十四《にじゅうし》の瞳』。瀬戸内の小島の分教場に赴任した若き女教師。その年に入学した十二人の児童の行く末を見守りながら生き抜いていく。

＊110 玉音放送　天皇の録音による敗戦の報せのこと。太宰治『トカトントン』の二十六歳青年は、これを聞いているときに空襲で壊れた家を建て直すトンカチの音が聞こえていたために、ことあるごとにトカトントンの幻聴に悩まされることになる。

＊111 没落貴族となった母子　太宰治『斜陽』。終戦後、苦しくなる一方の「最後の貴族」の生活が語られる。母は戦後の新聞に出された天皇の写真を見て、「陛下もこんど解放された」と呟くのだった。

＊112 引き揚げに〜　藤原てい『流れる星は生きている』。満州の気象台に勤めていた夫と離れ、新京から紆余曲折して日本に引き揚げてくる親子の道中が描かれる。その頃、夫はと云うと捕虜となって抑留生活を送っていたのだった。

＊113 須永中尉　江戸川乱歩『芋虫』。戦争のために四肢を失い、言語不能になった傷痍軍人と、エスカレートしていく妻の変態性愛が描かれる。最後の感覚器官すら絶たれた須永中尉の生きている世界とは——

＊114・115 子供と新入り　?・?『?・?・?』。さてさてここには読者諸氏の「この物語のこの人」という原典人物をそれぞれに当てはめていただきたい。坊っちゃんより**血の恩寵**を受け継ぐのは、わたしの愛するあの人か、あなたの胸に住みついたあの人か。というわけで総天然色冒険絵巻もこれにて大団円。最後までのご愛読誠に有難うございます。すべての原典に幸多からんことを。物語よ、千年生きよ！

参考文献　原典として記したものの他、左記を参照しました。

『関東大震災』吉村昭／文春文庫
『九月、東京の路上で 1923年関東大震災 ジェノサイドの残響』加藤直樹／ころから
『証言集　関東大震災の直後　朝鮮人と日本人』西崎雅夫編／ちくま文庫
『日本藝能史六講』折口信夫／講談社学術文庫
『関東大震災と鉄道』内田宗治／新潮社
『戦後日本〈ロームシャ〉史論』松沢哲成／インパクト出版会
『日本呪法全書』藤巻一保／学研プラス
『関東大震災と皇室・宮内省』堀口修／創泉堂出版
『関東大震災の想像力』ジェニファー・ワイゼンフェルド著、篠儀直子訳／青土社

中国語監修　劉笑梅

初出
「ある寵児」　　　「オール讀物」二〇一九年九・十月合併号
「ものがたりの賊」「別冊文藝春秋」二〇二〇年一月号〜二〇二一年九月号

真藤順丈（しんどう・じゅんじょう）

1977 年東京都生まれ。2008 年『地図男』でダ・ヴィンチ文学賞大賞、『庵堂三兄弟の聖職』で日本ホラー小説大賞・大賞、『東京ヴァンパイア・ファイナンス』で電撃小説大賞銀賞、『ＲＡＮＫ』でポプラ社小説大賞特別賞を受賞し、四賞同年受賞デビューで大きな話題となる。『宝島』で 18 年に山田風太郎賞、19 年に直木賞受賞。著書に『黄昏旅団』『畦と銃』『墓頭《ボズ》』『七日じゃ映画は撮れません』『われらの世紀　真藤順丈作品集』など。

ものがたりの賊《やから》

2021 年 11 月 10 日　第 1 刷発行

著　者　真藤《しんどう》 順《じゆん》 丈《じよう》

発行者　大川繁樹

発行所　株式会社 文藝春秋

〒102-8008 東京都千代田区紀尾井町3-23

電話　03-3265-1211（代）

印　刷　凸版印刷

製　本　大口製本

ISBN978-4-16-391453-4